MEG CABOT
Naschkatze

Das Buch

Lizzie Nichols ist gerade erst in New York angekommen und überglücklich, als ihr Angebeteter Luke mit ihr zusammenziehen will. Begeistert tauscht sie ihre Pläne, eine WG mit ihrer besten Freundin zu gründen, gegen ein gemeinsames Appartement mit ihrem geliebten Luke. Bei der Jobsuche jedoch hat Lizzie kein so glückliches Händchen. Aber wofür hat man gute Freunde? Und so wird ihr ein Posten als Empfangsdame in einer schicken Anwaltskanzlei vermittelt – nebenbei beginnt sie noch, in einem Brautmodengeschäft zu jobben, ihre eigentliche Leidenschaft. Doch es dauert nicht lange, bis Lizzie mal wieder ihre frechen Sprüche in die Quere kommen. Nicht nur in der Kanzlei tritt sie von einem Fettnäpfchen ins nächste, Luke reagiert sehr verschreckt, als sie das berüchtigte Wörtchen »Heirat« in den Mund nimmt. Plötzlich steht Lizzie ohne Job und ohne Wohnung da. Wie kann sie Luke zurückgewinnen und ihren Traum verwirklichen? Den Traum von einem eigenen kleinen Brautmodenladen – und ihrer eigenen Hochzeit …

Die Autorin

Meg Cabot stammt aus Bloomington, Indiana. Nach dem Studium wollte sie Designerin werden, jobbte währenddessen in einem Studentenwohnheim und schrieb ihren ersten Roman. Inzwischen ist Meg Cabot eine international höchst erfolgreiche Bestsellerautorin. Sie lebt mit ihrem Ehemann in New York City und Key West.

Bei Blanvalet von Meg Cabot erschienen:

Um die Ecke geküsst; Der will doch nur spielen; Aber bitte für immer

Heather Wells – Amateurdetektivin wider Willen:
Darf's ein bisschen mehr sein; Schwer verliebt; Mord au Chocolat; Keine Schokolade ist auch keine Lösung; Gibt es ein Leben nach der Torte?

Lizzie Nichols – Eine Frau ist nicht zu bremsen
Aber bitte mit Schokolade!; Naschkatze; Hokus Pokus Zuckerkuss

Romantasy
Eternity, Endless, Jenseits, Underworld, Schattenliebe

Besuchen Sie uns auch auf www.facebook.com/blanvalet
und www.twitter.com/BlanvaletVerlag

Meg Cabot

Naschkatze

Roman

Aus dem Amerikanischen
von Eva Malsch

blanvalet

Die amerikanische Originalausgabe erschien unter dem Titel
»Quen of Babble in the Big City« bei William Morrow,
an imprint of Harper Collins, New York.

Sollte diese Publikation Links auf Webseiten Dritter enthalten,
so übernehmen wir für deren Inhalte keine Haftung,
da wir uns diese nicht zu eigen machen, sondern lediglich auf
deren Stand zum Zeitpunkt der Erstveröffentlichung verweisen.

Verlagsgruppe Random House FSC® N001967

1. Auflage
Taschenbuchausgabe Juli 2018
bei Blanvalet, einem Unternehmen der
Verlagsgruppe Random House GmbH,
Neumarkter Straße 28, 81673 München
Copyright der Originalausgabe © Meg Cabot, LLC, 2007
Copyright der deutschsprachigen Ausgabe
© 2008 by Blanvalet Verlag in der Verlagsgruppe Random House
GmbH, Neumarkter Straße 28, 81673 München
Umschlaggestaltung: www.buerosued.de
Umschlagmotiv: plainpicture/Maria Dorner; www.buerosued.de
JB Herstellung: wag
Satz: Uhl + Massopust, Aalen
Druck und Einband: GGP Media GmbH, Pößneck
Printed in Germany
ISBN 978-3-7341-0629-3

www.blanvalet.de

Für Benjamin

Lizzie Nichols' Ratgeber für Brautkleider

Das richtige Kleid für den schönsten Tag im Leben zu finden, ist nicht so einfach, aber das ist kein Grund, in Tränen auszubrechen.
Selbst wenn Sie eine formelle Zeremonie mit einem traditionellen langen Kleid planen, gibt es eine große Auswahl.

Man muss einfach nur die richtige Braut ins richtige Kleid stecken. Und dafür braucht man eine Spezialistin für Brautkleider – eine wie mich!

Lizzie Nichols Designs

1

Es genügt nicht, wenn ein sprachliches Werk Klarheit und Inhalt aufweist… Es muss auch ein Ziel und eine Botschaft haben. Sonst sinken wir von der Sprache zum Geschwätz herab, vom Geschwätz zum Gestammel und vom Gestammel zur Verwirrung.

René Daumal (1908–1944) französische Dichterin und Kritikerin

*A*ls ich die Augen öffne, sehe ich im Licht der Morgensonne den Renoir über meinem Bett hängen. Ein paar Sekunden lang weiß ich nicht, wo ich bin.

Dann fällt es mir wieder ein.

Und mein Herz fängt zu rasen an, und mir wird ganz schwindlig vor Aufregung. Ja, schwindlig. So wie am ersten Schultag, oder so als würde ich ein brandneues Designer-Outfit von TJ Maxx kriegen.

Nicht nur wegen des Renoirs über meinem Kopf. Der ist übrigens echt. Kein Druck so wie in meinem Zimmer im Studentenwohnheim. Ein richtiges Original vom impressionistischen Meister höchstselbst.

Anfangs konnte ich's gar nicht glauben. Ich meine, wie oft geht man schon in ein Schlafzimmer und sieht einen echten Renoir über dem Bett hängen? Eh – eigentlich nie, wenn man so ist wie ich.

Als Luke das Zimmer verlassen hat, bin ich zurückgeblieben. Ich tat so, als müsste ich das Bad benutzen. In Wirklichkeit zog ich meine Espandrillos aus und stieg aufs Bett, um den Renoir genauer zu betrachten.

Und ich hatte tatsächlich recht. Ich sah die Farbkleckse, die Renoir benutzt hatte, um die Spitzenmanschetten am Ärmel des kleinen Mädchens so detailliert darzustellen. Und das gestreifte Fell der kleinen Katze im Arm des Mädchens. Ein Relief aus Klecksen. Ein ECHTER Renoir.

Und der hängt über dem Bett, in dem ich aufgewacht bin… Im selben Bett, das jetzt von Sonnenstrahlen übergossen wird. Durch ein großes Fenster zu meiner Linken fällt helles Licht herein, reflektiert vom Gebäude auf der anderen Straßenseite… Und dieses Gebäude ist das METROPOLITAN MUSEUM OF ART. Vor dem Central Park. An der Fifth Avenue. In NEW YORK CITY.

Ja! Ich bin in NEW YORK CITY aufgewacht!!!! Im Big Apple! In der Stadt, die niemals schläft (obwohl ich versuche, jede Nacht mindestens acht Stunden zu schlafen, sonst sind meine Lider geschwollen, und Shari behauptet, ich wäre schlecht gelaunt).

Aber das ist es nicht, was mich schwindelig macht. Der Sonnenschein, der Renoir, das Met, die Fifth Avenue, New York. Nichts davon lässt sich mit dem vergleichen, was mich *wirklich* aufregt – etwas viel Besseres als das alles zusammen, als mein erster Schultag und ein TJ Maxx-Outfit zusammen.

Und es liegt direkt neben mir im Bett.

Allein schon sein Anblick. Wie süß er aussieht, wenn er schläft! Auf maskuline Weise süß, nicht kätzchensüß. Luke liegt nicht mit offenem Mund da, aus dem Speichel seitlich herausrinnt, so wie bei mir (das weiß ich, weil's meine Schwestern gesagt haben und weil ich jeden Morgen einen feuchten Fleck auf meinem Kissen finde). Luke hält seine Lippen geschlossen. Sehr hübsch.

Naschkatze

Und seine langen, geschwungenen Wimpern ... Warum habe ich keine solchen Wimpern? Das ist unfair. Immerhin bin ich ein Mädchen. *Ich* sollte so lange, schön geschwungene Wimpern haben, keine kurzen, geraden Borsten. Die ich mit einer Wimpernzange behandeln muss, welche ich mittels eines Föhns erhitze, und mit mehreren Schichten Mascara, damit sie überhaupt wie Wimpern aussehen.

Okay, ich höre auf damit, ich will mich nicht über die Wimpern meines Freundes ärgern. Stattdessen werde ich aufstehen. Ich kann nicht den ganzen Tag im Bett herumlungern. O Gott, ich bin in NEW YORK CITY!

Und – okay, ich habe keinen Job. Und keine Wohnung.

Denn der Renoir gehört Lukes Mutter. Ebenso wie das Bett. Und das Apartment auch.

Aber das hat sie nur gekauft, weil sie dachte, sie würde sich von Lukes Dad trennen. Dazu kam es nicht, und das verdankt sie mir. Deshalb hat sie gesagt, Luke könnte hier wohnen, so lange er will.

Glücklicher Luke ... Ich wünschte, *meine* Mom hätte eine Scheidung von *meinem* Dad geplant und ein luxuriöses Apartment in New York City gekauft, gegenüber vom Metropolitan Museum of Art, und jetzt würde sie es nur ein paar Mal pro Jahr benutzen, um einen Einkaufsbummel zu machen oder eine Ballettaufführung zu besuchen.

Okay, im Ernst. Jetzt muss ich aufstehen. Wie kann ich im Bett bleiben (übrigens ist es ein sehr komfortables Kingsize-Bett mit einer großen, flauschigen weißen Daunendecke), wenn NEW YORK CITY direkt vor der Tür darauf wartet, von mir erforscht zu werden? Nun ja, nicht direkt vor der Tür. Erst mal muss ich mit dem Lift hinunterfahren.

Und da wäre natürlich noch mein Freund.

Komisch, wie das klingt. Allein schon der Gedanke – ich und mein Freund.

Weil ich nämlich zum ersten Mal in meinem Leben einen richtigen Freund habe. Einen, der mich tatsächlich für seine Freundin hält. Der nicht schwul ist und mich nicht nur als Tarnung benutzt, damit seine katholischen Eltern nicht merken, dass er in Wirklichkeit mit einem Kerl namens Antonio zusammenlebt. Und er versucht auch nicht, mich zu betören, bis ich vor lauter heißer Liebe einem flotten Dreier mit seiner Ex zustimme, weil ich sonst fürchten müsste, dass er mit mir Schluss macht. Außerdem ist er kein zwanghafter Spieler, der sich nur mit mir einlässt, weil ich genug Geld gespart habe, um ihm jederzeit aus der Klemme zu helfen und seine Schulden zu bezahlen.

Nicht, dass mir so was jemals passiert wäre. Oder öfter als einmal.

Und ich bilde mir auch nichts ein. Luke und ich sind *zusammen*. Klar, ich darf nicht behaupten, ich wäre nicht ein bisschen beunruhigt gewesen. Als ich Frankreich verließ und nach Ann Arbor zurückkehrte, hatte ich ein bisschen Angst, ich würde nie wieder von ihm hören. Wenn er nichts mehr von mir wissen und mich abservieren wollte, wäre das eine perfekte Gelegenheit gewesen.

Aber er rief mich immer wieder an. Erst aus Frankreich, dann aus Houston, wo er hingeflogen war, um seine Sachen zu packen, sein Apartment und sein Auto loszuwerden, und schließlich aus New York. Dauernd versicherte er mir, er könnte es gar nicht erwarten, mich wiederzusehen. Und er erzählte in einem fort, was er alles mit mir machen wollte, wenn er mich wiedersehen würde.

Naschkatze

Letzte Woche kam ich endlich hierher. Und er *hat* alles gemacht, was er mir prophezeit hatte.

Kaum zu glauben. Ich meine, dass ein Junge mich zur Abwechslung genauso mag wie ich ihn. Dass es nicht nur ein Sommerflirt war. Denn der Sommer ist vorbei, der Herbst hat begonnen (nun ja, beinahe), und wir sind immer noch beisammen. In New York City, wo er Medizin studieren wird. Und ich mir einen Job in der Modebranche suchen will – oder zumindest irgendwas machen, das mit Mode zu tun hat. Gemeinsam werden wir in dieser Stadt, die niemals schläft, unsere Zukunft aufbauen.

Sobald ich einen Job gefunden habe. Oh, und ein Apartment.

Aber Shari und ich werden ganz sicher einen hübschen Pied-à-terre aufstöbern und unser Heim nennen. Bis dahin schlafe ich in Lukes Apartment, und Shari wohnt in der Bude, die ihr Freund Chaz letzte Woche im East Village gefunden hat. (Mit gutem Grund hat er die Einladung seiner Eltern abgelehnt, wieder in das Haus in Westchester zu ziehen, wo er aufgewachsen ist, wenn er nicht gerade in ein Internat verfrachtet wurde. Von dort fährt sein Vater jeden Morgen in die City zur Arbeit.)

Selbst wenn's nicht die allerbeste Gegend sein mag – die Wohnung ist sicher nicht das schlimmste Loch der Welt und liegt in der Nähe von der New York University, wo Chaz seinen Dr. phil. macht. Außerdem ist sie billig (ein Zwei-Zimmer-Apartment mit gebundenem Mietpreis, für nur zweitausend Dollar im Monat. Nun ja, eins der beiden Zimmer ist nur ein Alkoven. Trotzdem …).

Okay, Shari hat schon eine Messerstecherei durchs Wohnzimmerfenster gesehen. Aber was soll's? Nur eine familiäre Streiterei. Im Haus auf der anderen Seiten des Hofs hat ein Kerl seine schwangere Frau und seine Schwiegermutter mit einem Messer angegriffen. Und es ist ja nicht so, dass in Manhattan jeden Tag irgendwelche Leute niedergestochen würden.

In diesem Fall ist alles gut ausgegangen. Sogar das Baby kam unbeschadet zur Welt, von den Polizisten auf den Eingangsstufen des Hauses entbunden, nachdem bei der Frau die Wehen vorzeitig eingesetzt hatten. Sechs Pfund und hundertfünfzig Gramm! Klar, sein Dad sitzt jetzt auf Rikers Island hinter Gittern. Wie auch immer, willkommen in New York, kleiner Julio!

Wenn Sie mich fragen – ich glaube, Chaz hofft insgeheim, wir würden keine Wohnung finden und Shari müsste bei ihm bleiben. Weil er so irre romantisch ist.

Mal im Ernst, wäre das nicht wunderbar? Dann könnten Luke und ich die beiden besuchen, und wir vier würden zusammen rumhängen, so wie damals in Lukes Apartment in Frankreich. Chaz würde Kir Royals mixen, Shari würde uns herumkommandieren, ich würde Sandwiches aus Baguette und Hershey-Riegeln für alle machen, und Luke wäre für die Musik oder sonst was zuständig.

Und das könnte tatsächlich passieren, denn Shari und ich hatten bisher nur Pech bei der Wohnungssuche. Über tausend Inserate haben wir schon beantwortet. Entweder waren die Apartments schon vergeben, bevor eine von uns dazu kam, sie zu besichtigen (um festzustellen, ob sie okay sind). Oder sie waren so grauenhaft, dass kein normaler Mensch da reinziehen würde. (Einmal habe ich eine Toilette gesehen, die aus Holzbrettern mit einem LOCH im Boden bestand. Und das war ein sogenanntes Atelier

in Hell's Kitchen für zweitausendzweihundert Dollar im
Monat.)

Aber es wird sicher klappen. Irgendwann werden wir
was finden. So wie ich irgendwann einen Job kriegen werde. Deshalb flippe ich nicht aus.

Noch nicht.

Oh, es ist schon acht Uhr! Am besten wecke ich Luke.
Heute ist sein erster Tag, an dem er sich an der New York
University umsehen muss. Dort wird er an einer Einführungsveranstaltung für Medizinstudenten teilnehmen,
die ihren Bachelor schon in der Tasche haben. Dieses Programm braucht er, wenn er mal Arzt werden will. Natürlich darf er nicht zu spät kommen.

Aber er sieht wahnsinnig süß aus, wie er so daliegt.
Ohne Hemd. Und seine gebräunte Haut hebt sich so
traumhaft vom feingewebten cremefarbenen ägyptischen
Bettzeug seiner Mutter ab (ich habe das Etikett gelesen).
Wie kann ich…

Ups, ich glaube, er ist schon wach. Jedenfalls liegt er
jetzt auf mir.

»Guten Morgen«, sagt Luke. Er hat noch nicht mal die
Augen geöffnet. Aber er nuckelt an meinem Hals. Und einige seiner anderen Körperteile nuckeln an anderen Stellen von mir. »Es ist acht Uhr«, japse ich. Obwohl ich natürlich nicht will, dass er aufhört. Was wäre himmlischer,
als den ganzen Vormittag hier zu liegen und mit meinem
Freund wundervolle Liebe zu machen? Insbesondere in
einem Bett unter einem echten Renoir, in einem Apartment gegenüber dem Metropolitan Museum of Art. In
NEW YORK CITY!

Aber er will Arzt werden. Eines Tages wird er krebskranke Kinder heilen. Also darf ich ihn nicht vom Studium abhalten. Denk an die Kinder, ermahne ich mich.

»Luke«, sage ich, als seine Lippen zu meinen gleiten. Oh! Nicht einmal am Morgen riecht er aus dem Mund. Wie kriegt er das hin? Und warum bin ich nicht schon längst aus dem Bett gesprungen und ins Badezimmer gelaufen, um mir die Zähne zu putzen?

»Was?«, fragt er. Träge spielt seine Zunge mit meinen Lippen, die ich nicht aufmache, weil er nicht merken soll, was in meinem Mund los ist. Wahrscheinlich gibt's da eine kleine Party, vom Nachgeschmack des Chicken Tikka Masala und des Krabbencurrys veranstaltet. Das haben wir uns gestern Abend von Baluchi's liefern lassen. Und offenbar war beides immun gegen das Mundwasser, mit dem ich's vor acht Stunden bekämpfen wollte.

»Heute Morgen musst du zur Uni, zu dieser Einführungsveranstaltung«, erkläre ich. Es ist gar nicht so einfach, so was zu sagen, wenn man die Lippen nicht öffnen will. Und wenn man unter hundertachtzig Pfund von einem hinreißenden nackten Kerl liegt. »Du kommst zu spät!«

»Das ist mir egal«, murmelt er und presst seinen Mund auf meinen.

Gar nicht gut ... Ich öffne die Lippen noch immer nicht.

Nur ein bisschen, um zu erwidern: »Und was ist mit mir? In der Garage meiner Eltern stehen fünfzehn vollgepackte Umzugskartons, die sie mir schicken wollen, wenn ich ihnen eine Adresse gebe. Wenn das nicht bald passiert, wird meine Mom in dieser Garage einen Flohmarkt arrangieren, und ich sehe meine Sachen nie wieder.«

»Bestimmt wär's viel praktischer, du würdest nackt

schlafen, so wie ich«, meint Luke und zupft an meinem Vintage-Teddy.

Leider kann ich ihm unmöglich böse sein, weil er nicht auf mich hört, denn er zieht mir den Teddy in atemberaubendem Tempo aus. Und im nächsten Moment verschwende ich keinen Gedanken mehr an sein Studium, meinen Job, mein Apartment und die Kartons in der Garage meiner Eltern.

Nach einiger Zeit hebt er den Kopf, schaut auf die Uhr und blinzelt überrascht. »Oh, ich komme zu spät!«

Ich liege auf schweißnassen zerwühlten Laken mitten im Bett und habe das Gefühl, eine Dampfwalze hätte mich platt gemacht. Ich liebe das.

»Ich hab dich ja an dein Programm erinnert«, sage ich, hauptsächlich zu dem Mädchen im Renoir über meinem Kopf.»He!« Luke, steht auf und geht zum Bad, »ich habe eine Idee.«

»Mietest du einen Hubschrauber, der dich hier abholt und zur NYU bringt?«, frage ich. »Das ist nämlich die einzige Möglichkeit, wenn du noch pünktlich ankommen willst.«

»Nein.« Jetzt ist er im Bad, und ich höre die Dusche rauschen. »Warum wohnst du nicht einfach bei mir? Dann musst du heute nur einen Job suchen.« Er steckt den Kopf zur Tür heraus, das dichte dunkle Haar reizvoll von unseren erotischen Aktivitäten zerzaust. »Was hältst du davon?«

Aber ich kann nicht antworten, weil mein Herz vor lauter Glück fast explodiert.

Lizzie Nichols' Ratgeber für Brautkleider

Beim traditionellen langen Brautkleid gibt es viele verschiedene Stile und Schnitte. Hier sehen Sie die fünf gebräuchlichsten:

Das Ballkleid

Das Empirekleid

Das Etuikleid

Die A-Linie

Das Kleid mit Schleppe

Lizzie Nichols Designs

Welcher Stil passt am besten zu Ihnen?

Seit Jahrhunderten ist dies die allumfassende Frage, die sich alle Bräute stellen.

2

Ein Verleumder verrät, was er heimlich weiß; aber wer getreuen
Herzens ist, verbirgt es.

Die Bibel: Die Sprüche Salomos, 11, 13

Eine Woche früher

*W*enigstens ziehst du nicht zu ihm«, betont meine
ältere Schwester Rose, während zehn kreischende
fünfjährige Mädchen abwechselnd auf eine Piñata in Pony-
gestalt einschlagen, die hinter uns am Ast eines Baumes
hängt.

Das tut weh. Damit meine ich Roses Bemerkung. »Weißt
du«, entgegne ich irritiert, »hättest du vor der Hochzeit
eine Zeit lang mit Angelo zusammengelebt, wäre dir vielleicht klar geworden, dass er keineswegs dein idealer Seelengefährte ist!«

Erbost starrt sie mich über dem Picknicktisch an. »Ich
war *schwanger*. Also hatte ich keine Wahl.«

»Hm«, murmle ich und beobachte die Fünfjährige, die
am lautesten schreit, das Geburtstagskind, meine Nichte
Maggie. »Da gibt es was, das man Verhütung nennt.«

»Hör mal, manchen Frauen macht es tatsächlich Spaß,
den Augenblick zu genießen, statt sich dauernd um die
Zukunft zu sorgen. Und wenn ein attraktiver Mann mich
verführt, denke ich nicht automatisch an Verhütung.«

Darauf fallen mir mehrere Antworten ein, während ich

dasitze und zuschaue, wie es meiner Nichte zu langweilig wird, das Pappmaché-Gebilde mit ihrem Stock zu verdreschen. Stattdessen verprügelt sie ihren Vater, und ich halte ausnahmsweise den Mund.

»Großer Gott, Lizzie«, seufzt Rose, »du warst zwei Monate in Europa, jetzt kommst du zurück und glaubst, du weißt alles. Aber du verstehst nichts von den Männern. Die kaufen keine Kuh, wenn sie die Milch nicht umsonst kriegen.«

Verblüfft blinzle ich sie an. »Wow! Ist es möglich, dass du Mom mit jedem Tag ähnlicher wirst?«

Da kann sich's meine andere Schwester Sarah nicht verkneifen, in ihr Margarita-Glas zu prusten.

Rose starrt sie an. »Ausgerechnet *du* musst dich aufspielen, Sarah!«

»Wieso ich?« Schockiert runzelt Sarah die Stirn. »Also, *ich* bin nicht so wie Mom.«

»Wohl kaum. Aber behaupte bloß nicht, das sei kein Kahlúa gewesen, den du heute Morgen in deinen Kaffee geschüttet hast. Um *neun Uhr fünfzehn!*«

Lässig zuckt Sarah die Achseln. »Kaffee ohne Schuss schmeckt mir nicht.«

»Oh, natürlich nicht, *Granny.*« Die Augen zusammengekniffen, wendet Rose sich wieder an mich. »Nur zu deiner Information – Angelo *ist* mein idealer Seelengefährte. Um das zu erkennen, musste ich vor der Hochzeit nicht mit bei ihm wohnen.«

»He, Rose!«, ruft Sarah. »Gerade wird dein idealer Seelengefährte von deinem ältesten Kind zusammengeschlagen.«

Rose dreht sich um und sieht Angelo zusammengekrümmt am Boden liegen, die Hände zwischen den Schenkeln. Inzwischen schmettert Maggie den Stock gegen den Mini-Van ihrer Eltern, begeistert angefeuert von ihren Partygästen.

»Maggie!« Entsetzt springt Rose von der Picknickbank auf. »Nicht Mommys Auto! Nicht Mommys Auto!«

Sobald sie außer Hörweite ist, sagt Sarah: »Hör nicht auf sie, Lizzie. Wenn du mit einem Kerl zusammenlebst, bevor du ihn heiratest, wirst du rausfinden, ob ihr zueinander passt – und zwar, was die *wichtigen* Dinge angeht.«

»Zum Beispiel?«

»Ach, du weißt schon …«, erwidert sie vage. »Ob ihr beide am Morgen gern fernseht oder was auch immer. Wenn der eine nämlich frühmorgens ›Live with Regis and Kelly‹ sehen will und der andere absolute Stille braucht, um sich auf den Tag vorzubereiten, kann's Ärger geben.«

Wow. Ich erinnere mich, wie wütend sie geworden ist, wenn eine von uns am Morgen den Fernseher eingeschaltet hat. Und ich wusste gar nicht, dass Sarahs Ehemann Chuck ein »Live with Regis and Kelly«-Fan ist. Jetzt begreife ich, warum sie diesen mexikanischen Likör in ihrem Kaffee braucht.

»Übrigens«, fährt sie fort, streicht über den Rest des pferdeförmigen Geburtstagskuchens und leckt die Zuckerglasur von ihrem Finger, »hat er dich noch gar nicht gefragt, ob du zu ihm ziehen willst?«

»Nein, denn er weiß, dass Shari und ich eine Wohnung suchen.«

»Das verstehe ich nicht, Lizzie.« Mom stellt einen neuen Limonadenkrug für die Kinder auf den Picknicktisch. »Warum musst du überhaupt nach New York ziehen? Warum bleibst du nicht in Ann Arbor und eröffnest *hier* einen Laden für Brautmoden?«

»Weil«, erkläre ich zum dreißigsten Mal, seit ich vor ein paar Tagen aus Frankreich zurückgekommen bin, »ich hier zu wenig Kundinnen hätte. Deshalb will ich meine Boutique in einer großen Stadt betreiben.«

»Das finde ich albern«, sagt Mom und sinkt neben mir auf die Bank. »In Manhattan sind die Mieten horrend, und das Kabelfernsehen kostet ein Vermögen. Das weiß ich. Suzanne Pennebakers älteste Tochter ... Erinnerst du dich an sie, Sarah? Sie ist mit dir in eine Klasse gegangen. Wie heißt sie doch gleich? Ach ja, Kathy. Also, sie ist nach New York gezogen und wollte Schauspielerin werden. Drei Monate später kam sie zurück, weil sie keine bezahlbare Wohnung finden konnte. Was glaubst du, Lizzie, wie teuer es erst ist, einen *Laden* in dieser Stadt aufzumachen?«

Ich verzichte darauf, meiner Mutter zu erklären, dass Kathy Pennebaker an einer narzisstischen Persönlichkeitsstörung leidet. (Zumindest hat Shari das behauptet, wegen der vielen, vielen Jungs, die Kathy anderen Mädchen in Ann Arbor ausgespannt und dann fallen lassen hat, sobald der Reiz der Eroberung verblasst ist.) Wenn sie das auch weiterhin getan hat, wird sie in einer Stadt wie New York nicht sonderlich beliebt gewesen sein. Dort sind heterosexuelle Männer Mangelware, soviel ich gehört habe. Und die Frauen schrecken nicht einmal vor Gewalt zurück, um ihre Kerle unter Verschluss zu halten.

Stattdessen sage ich zu meiner Mutter: »Ich fange ganz klein an. Erst mal suche ich mir einen Job in einem Secondhandshop, schaue mich in der New Yorker Vintage-

Modeszene um und spare mein Geld. Dann eröffne ich meine eigene Boutique, vielleicht an der Lower East Side, wo die Mieten billig sind.«

Nun ja, *billiger*.

»Welches Geld?«, fragt Mom. »Wenn du jeden Monat eintausendeinhundert Dollar für dein Apartment ausgibst, wird dir nichts übrig bleiben.«

»So viel zahle ich nicht für die Miete, weil ich mit Shari zusammenziehe.«

»Ein Atelier – das ist ein Apartment ohne extra Schlafzimmer, nur ein einziger Raum – kostet in Manhattan zwei Tausender«, wendet Mom ein. »Deshalb brauchst du mehrere Mitbewohnerinnen. Suzanne Pennebaker hat mir das erzählt.«

Seufzend nickt Sarah. Sie weiß Bescheid über Kathys Gewohnheit, anderen Mädchen die Jungs zu stehlen. Zweifellos hatte Mrs. Pennebakers Tochter einige Schwierigkeiten mit ihren Wohngenossinnen. »Das haben sie in ›The View‹ auch erwähnt.«

Aber es ist mir egal, was meine Familie sagt. Irgendwie werde ich Mittel und Wege finden, um mein eigenes Geschäft zu gründen. Selbst wenn ich in Brooklyn leben muss. Wie ich gehört habe, soll's dort ziemlich avantgardistisch zugehen. Da wohnen all die richtigen Künstler. Oder in Queens. Weil sie von den Wahnsinnsmieten, die gierige Investmentbanker verlangen, aus Manhattan vertrieben worden sind.

»Erinnert mich dran«, stöhnt Rose, als sie zum Tisch zurückkommt. »Angelo darf nie wieder eine Geburtstagsparty organisieren.«

Wir schauen hinüber und sehen, dass ihr Ehemann inzwischen wieder auf den Beinen ist. Aber er humpelt von Schmerzen gepeinigt mühsam zu Moms und Dads hinterer Veranda.

»Sorg dich nicht um mich!«, ruft er seiner Frau sarkastisch zu. »Biete mir bloß keine Hilfe oder sonst was an! Mir geht's großartig!«

Rose verdreht die Augen. Dann greift sie zum Margarita-Krug.

»Oh, ein idealer Seelengefährte«, kichert Sarah.

»Halt den Mund«, faucht Rose und knallt den Krug auf den Tisch. »Leer.« In ihrer Stimme schwingt panische Angst mit. »Wir haben keinen Margarita mehr.«

»Ach, mein Gott«, sagt Mom beunruhigt, »den hat dein Vater eben erst gemixt ...«

»Schon gut, ich gehe rein und mache noch einen.« Ich springe auf. Alles würde ich tun, damit ich mir nicht mehr anhören muss, welche Fehlschläge ich in New York erleiden werde.

»Mach ihn stärker als Dad«, weist Rose mich an. In diesem Moment fliegt ein Pappmaché-Fetzen, der vom Piñata-Pony stammt, an ihrem Kopf vorbei. »Bitte.«

Ich nicke, nehme den Krug und gehe zur Hintertür. Auf halbem Weg treffe ich Gran, die gerade aus dem Haus gekommen ist. »Hi, Gran, wie war ›Dr. Quinn‹?«

»Keine Ahnung.« Weil sie ihren Hauskittel wieder einmal verkehrt herum angezogen hat, merke ich sofort, dass sie betrunken ist. Schon jetzt, um ein Uhr mittags. »Ich bin eingeschlafen. Aber Sully war ohnehin nicht dabei. Wieso drehen sie manchmal Folgen ohne ihn? Das ist doch sinnlos. Wer will denn Dr. Quinn in ihren Gaucho-Hosen rumlaufen sehen? Da geht's nur um Sully ... Ich habe gehört, die wollen dich davon abbringen, morgen nach New York zu ziehen.«

Ich spähe über meine Schultern und beobachte meine Mutter und meine Schwestern, die alle ihre Finger in den restlichen Geburtstagskuchen stecken und Zuckerglasur naschen. »Na ja – die haben Angst, ich würde so enden wie Kathy Pennebaker.«

Überrascht hebt Gran die Brauen. »Meinst du – wie eine Nutte, die anderen Frauen die Männer abspenstig macht?«

»Moment mal, Gran, sie ist keine Nutte, nur …« Lächelnd schüttle ich den Kopf. »Woher weißt du das überhaupt?«

»Weil ich immer auf dem Laufenden bin«, erwidert sie mysteriös. »Die Leute glauben, eine alte Säuferin würde nicht merken, was ringsherum passiert. Aber ich kriege alles mit. Das ist für dich.«

Sie drückt mir etwas in die Hand, und ich schaue nach unten. Jetzt lächle ich nicht mehr. »Wo hast du das denn her, Grandma?«

»Kümmere dich nicht drum. Ich will, dass du's nimmst. Wenn du in die Stadt ziehst, wirst du's nötig haben. Vielleicht willst du mal ausgehen und brauchst dringend Geld. Man kann nie wissen.«

»Aber Grandma«, protestiere ich, »das geht nicht …«

»Verdammt noch mal«, fährt sie mich an, »nimm's einfach!«

»Also gut.« Ich stopfe den sorgsam zusammengefalteten Zehn-Dollar-Schein in die Tasche meines ärmellosen, schwarz-weiß gemusterten Suzy Perette-Vintage-Tageskleids. »So. Bist du jetzt glücklich?«

»O ja«, sagt Grandma und tätschelt meine Wange. Ihr Atem riecht angenehm nach Bier und erinnert mich an meine ersten Schuljahre. Damals hat sie mir oft bei meinen Hausaufgaben geholfen. Meistens waren die Lösungen falsch. Aber ich bekam immer Bonuspunkte für meine Fantasie. »Bye, du alte Stinkerin.«

»Leb wohl.«

»Grandma, ich reise erst in drei Tagen ab.«

»Schlaf bloß nicht mit Seemännern«, mahnt sie und ignoriert meinen Einwand. »Sonst holst du dir noch 'nen Tripper.«

Nun lächle ich wieder. »Ich glaube, dich werde ich am schmerzlichsten vermissen, du alte Vogelscheuche.«

»Keine Ahnung, wovon du redest«, murrt sie. »Wer ist denn hier eine Vogelscheuche?«

Bevor ich ihr das erklären kann, marschiert Maggie schweigend an uns vorbei, das enthauptete Piñata-Pony auf dem Kopf, gefolgt von ihren Partygästen. Alle Mädchen tragen Pappmaché-Teile auf den Haaren – einen Huf, ein Stück vom Schweif. In feierlicher Formation stolzieren sie dahin.

»Wow«, sagt Gran, nachdem das letzte Mitglied der makabren Piñata-Parade im Haus verschwunden ist, »jetzt brauche ich einen Drink.«

Das kann ich ihr nachfühlen.

Lizzie Nichols' Ratgeber für Brautkleider

Welches Brautkleid passt am besten zu Ihnen?

Wenn Sie Glück haben und groß und schlank sind, können Sie sich jeden beliebigen Stil aussuchen. Deshalb sind Models groß und schlank – weil an ihnen einfach alles gut aussieht.

Aber angenommen, Sie gehören zu den vielen Millionen Frauen, die nicht groß und schlank sind? Welches Kleid würde am besten zu Ihnen passen?

Nun, wenn Sie klein und rundlich sind – warum versuchen Sie's nicht mit einer Empiretaille? Die fließende Silhouette wird Ihre Figur größer und schlanker erscheinen lassen. Deshalb wurde dieser Stil von den alten Griechen und der sehr modebewussten Josephine Bonaparte, der französischen Kaiserin bevorzugt.

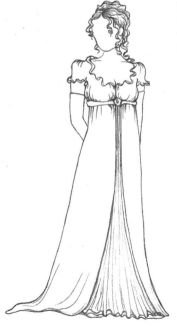

Lizzie Nichols Designs

3

Große Menschen sprechen über Ideen, durchschnittliche Menschen sprechen über Dinge, und unterdurchschnittliche Menschen sprechen über Wein.

Fran Lebowitz, (geb. 1950),
amerikanische Journalistin und Satirikerin

*D*ass ich an Märchen glaube, ist meine eigene Schuld. Nicht, dass ich sie jemals als historische Tatsachen betrachtet hätte.

Aber ich bin in dem Glauben aufgewachsen, für jedes Mädchen würde es irgendwo einen Prinzen geben. Den man eben nur finden muss, um dann bis in alle Ewigkeit mit ihm glücklich zu sein.

Also können Sie sich vorstellen, was passiert ist, als ich es herausgefunden habe. Dass mein Prinz *wirklich* einer ist. Ein Prinz.

Nein, das meine ich ernst. Er ist ein richtiger PRINZ.

Okay, in seinem Vaterland wird er nicht anerkannt, weil die Franzosen den Großteil ihrer Aristokraten vor über zweihundert Jahren umgebracht haben. Dabei sind sie sehr gründlich vorgegangen.

Aber im Fall meines besonderen Prinzen konnte einer seiner Vorfahren blitzschnell nach England flüchten und der grausamen Madame Guillotine entrinnen. Viele Jahre später gelang es der Familie sogar, ihr Schloss in Frankreich zurückzuerobern, wahrscheinlich nach intensiven,

langwierigen Rechtsstreitigkeiten. Zumindest, wenn diese
Leute auch nur ungefähr so veranlagt waren wie die jet-
zige Verwandtschaft meines Prinzen.

Und – ja, okay, heutzutage bedeutet der Besitz eines
Châteaus in Südfrankreich etwa hunderttausend Dollar
Steuern pro Jahr, die man der französischen Regierung
zahlen muss, und ständige Kopfschmerzen wegen der
Dachziegel und der Mieter.

Aber wie viele Jungs lernt man schon kennen, die so
was besitzen? Ein Château, meine ich?

Deshalb habe ich mich natürlich nicht in ihn verliebt,
das schwöre ich Ihnen. Als ich ihn kennenlernte, wusste
ich nichts von seinem Adelstitel und diesem Schloss. Damit hat er nie angegeben. Hätte er's getan, wäre ich gar
nicht so fasziniert von ihm gewesen. Ich meine, welche
Frau würde sich mit so einem Kerl einlassen?

Nein, Luke benahm sich genauso, wie man's von einem
entrechteten Prinzen erwartet – seine aristokratische Her-
kunft war ihm peinlich.

Ein bisschen ist's ihm immer noch unangenehm, dass er
ein Prinz ist – ein RICHTIGER Prinz – und der Alleiner-
be eines riesigen Châteaus in einem Weingarten (tausend
Morgen groß, aber leider nicht besonders produktiv), eine
sechsstündige Bahnfahrt von Paris entfernt. Das alles habe
ich nur zufällig herausgefunden, als ich in der Eingangshalle des Château Mirac das Porträt eines furchtbar hässlichen Mannes entdeckte. Auf einer Plakette stand, er sei
ein Prinz, und er hatte denselben Nachnamen wie Luke.

Luke wollte es nicht eingestehen. Schließlich konnte ich's seinem Dad entlocken. Er sagte, es sei eine große
Verantwortung. Das mit dem Prinzen nicht, aber das Châ-

teau zu verwalten. Er schafft's nur, das Gebäude instand zu halten und genug Geld für die Steuer einzunehmen, indem er's reichen amerikanischen Familien und gelegentlich einer Filmgesellschaft vermietet, die historische Filme darin dreht. Der Weingarten sei weiß Gott nicht profitabel, erklärte er.

Als ich das alles erfuhr, war ich schon bis über beide Ohren in Luke verliebt. Sobald ich ihm im Zugabteil gegenübersaß, wusste ich's – das ist der Richtige. Nicht, dass ich erwartet hätte, er würde meine Gefühle erwidern – nicht in tausend Jahren. Aber er hatte so ein nettes Lächeln, ganz zu schweigen von diesen endlos langen Wimpern, wie sie Shu Uemura so eifrig anstrebt. Ich *musste* mich ganz einfach in ihn verlieben.

Und so bilden sein Adelstitel und das Château nur den Zuckerguss auf dem wunderbarsten Kuchen, den ich jemals gekostet habe. Luke lässt sich nicht mit den Jungs vergleichen, die mir auf dem College begegnet sind. Zum Beispiel interessiert er sich kein bisschen für Pokern und Sport. Nur für Medizin, das ist seine Leidenschaft. Und, nun ja, für mich.

Dagegen habe ich nichts einzuwenden.

Verständlicherweise fange ich sofort an, meine Hochzeit zu planen. Nicht, dass Luke mir einen Heiratsantrag gemacht hätte. Bis jetzt noch nicht.

Trotzdem kann ich Pläne schmieden, weil ich weiß, dass wir EINES TAGES heiraten werden. Ich meine, ein Junge schlägt einem Mädchen, das er nicht heiraten will, doch nicht vor, bei ihm zu wohnen, oder?

Und WENN wir heiraten, dann natürlich im Château Mirac, auf der großen, grasbewachsenen Terrasse. Von dort überblickt man das ganze Tal, das früher unter der Feudalherrschaft der de Villiers gestanden hat. Am besten heiraten wir im Sommer, vorzugsweise, nachdem ich meine Boutique für Vintage-Brautmoden – Lizzie Nichols Designs – verkauft habe (auch das ist noch nicht passiert, aber dazu wird's kommen, nicht wahr?). Shari soll meine erste Brautjungfer sein, meine Schwestern werden als die anderen fungieren.

Und im Gegensatz zu der Katastrophe, die sie *ihren* Brautjungfern angetan haben (besonders *mir*), werde ich geschmackvolle Kleider für die beiden aussuchen. Niemals werde ich sie in mintgrünen Taft mit einem Reifrock zwängen, so wie sie's mit mir gemacht haben. Weil ich, im Gegensatz zu ihnen, nett und rücksichtsvoll bin.

Vermutlich werden alle meine Verwandten darauf bestehen, zur Hochzeit nach Frankreich zu fliegen, obwohl noch keiner von ihnen jemals in Europa war. Ich fürchte, meine Familie könnte für die kosmopolitischen de Villiers nicht kultiviert genug sein.

Aber letzten Endes werden sie großartig miteinander auskommen. Mein Vater wird sich um den Grill kümmern, ein Barbecue im Midwestern-Stil, und meine Mom wird Lukes Mutter erklären, wie man die vergilbte Bettwäsche aus dem neunzehnten Jahrhundert wieder weiß kriegt. Vielleicht wird Gran ein bisschen Ärger machen, weil »Dr. Quinn – Ärztin aus Leidenschaft« in Frankreich nicht gesendet wird. Okay, mit ein oder zwei Kir Royals müsste sie sich beruhigen lassen. Davon bin ich fest überzeugt.

Ganz sicher wird mein Hochzeitstag der schönste Tag meines Lebens. Ich stelle mir vor, wie wir im Halbschatten auf der grasbewachsenen Terrasse stehen, ich in einem langen weißen Etuikleid und Luke, so attraktiv und lässig-elegant in einem weißen Hemd mit offenem Kragen und einer schwarzen Smokinghose. Wie der Prinz, der er ist, wird er aussehen, wirklich …

Nun, erst mal muss ich den unmittelbar bevorstehenden Abschnitt meines Lebens meistern.

Shari blättert in der *Village Voice*, die sie soeben gekauft hat, bis sie die Kleinanzeigen findet, und studiert sie. »Alles, was eine Besichtigung lohnen würde, hat sich schon ein Makler gekrallt. Sonst gibt's nichts.«

Jetzt ist eine gewisse Finesse erforderlich, um nicht zu sagen – Subtilität.

»Also müssen wir in den sauren Apfel beißen und die Provision berappen. Aber ich glaube, auf lange Sicht wird sich's auszahlen.«

Natürlich kann ich nicht einfach damit rausplatzen. Ich muss langsam und behutsam vorgehen.

»Klar, du bist knapp bei Kasse«, sagt sie. »Chaz will uns das Geld leihen, das wir für den Makler brauchen. Das sollen wir ihm zurückzahlen, wenn wir auf die Beine gekommen sind. Genauer ausgedrückt, wenn *du* auf die Beine gekommen bist.« Weil Shari schon einen Job hat, bei einer kleinen gemeinnützigen Organisation. Diese Stellung hat sie bei einem Bewerbungsgespräch im letzten Sommer gekriegt, vor der Reise nach Frankreich. Morgen fängt sie an. »Ich meine, falls Luke nicht bereit ist, dir was zu leihen. Würde er das tun? Gewiss, es ist dir unangenehm, ihn drum zu bitten. Aber der Junge schwimmt doch im Geld.«

Ich darf sie nicht damit überfallen.

»Hörst du mir zu, Lizzie?«

»Luke hat mich gefragt, ob ich bei ihm wohnen möchte«, platze ich heraus, bevor ich's verhindern kann.

Mit schmalen Augen starrt sie mich über der klebrigen Tischplatte in der Kneipennische an. »Und wann genau wolltest du mir das erzählen?«

Fabelhaft. Nun habe ich's rettungslos vermasselt. Sie ist sauer. Wusste ich's doch. Warum schaffe ich's einfach niemals, meine große Klappe zu halten? *Warum nicht?*

»Shari, er hat mich erst heute Morgen gefragt. Kurz bevor ich weggegangen bin, um mich mit dir zu treffen. Und ich hab noch nicht zugestimmt und gesagt, darüber müsste ich erst mit dir reden.«

Sie blinzelt. »Was bedeutet, du willst sein Angebot annehmen.« Ihre Stimme klingt wie ein Messer. »Sonst hättest du's sofort erzählt.«

»Bitte, Shari – nein! Nun – ja ... Überleg doch – du wirst ohnehin dauernd bei Chaz sein ...«

»Wenn ich bei ihm übernachte«, fauchte sie, »heißt das noch lange nicht, dass ich bei ihm *wohne.*«

»Aber er liebt dich. Denk doch mal nach, Shari. Wenn ich mich bei Luke einquartiere und du mit Chaz zusammenlebst, müssen wir kein Apartment mehr suchen – oder Geld an einen Makler verschwenden. Da ersparen wir uns eine ganze Menge.«

»Tu's nicht!«, fauchte sie.

Ich blinzle verwirrt. »Was?«

»Versuch nicht, mir einzureden, es würde am Geld liegen. Darum geht's nicht. Wenn du Geld brauchst, kriegst du's. Deine Eltern würden dir was schicken.«

Sosehr ich meine Freundin auch liebe – jetzt ärgere ich

mich über sie. Meine Eltern haben drei Kinder, die ihnen ständig Geld abknöpfen. Als Leiter der Computerabteilung am College verdient mein Dad ganz gut. Aber nicht genug, um seine erwachsenen Kinder bis in alle Ewigkeit zu unterstützen.

Hingegen ist Shari das einzige Kind eines prominenten Chirurgen in Ann Arbor. Wenn sie Geld braucht, muss sie ihre Eltern nur drum bitten. Dann schicken sie ihr, so viel sie will, und stellen keine Fragen. *Ich* bin's, die als Verkäuferin gejobbt hat – und davor, in meiner Teenagerzeit, jeden Freitag- und Samstagabend als Babysitter. In den letzten sieben Jahren habe ich mir alles verkniffen, was gesellschaftliche Kontakte ausmacht, und die teureren Freuden des Lebens (Kino, Essen in Restaurants, ein edles Shampoo, ein Auto etc.) Stattdessen habe ich möglichst viel von meinem mickrigen Gehalt gespart, um eines Tages nach New York zu flüchten und meinen Traum zu verwirklichen.

Deshalb beklage ich mich nicht. Ich weiß, meine Eltern haben ihr Bestes für mich getan. Und nun bin ich ziemlich wütend, weil Shari einfach ignoriert, dass nicht *alle* Eltern ihre Kinder mit Geld überschütten. Obwohl ich ihr das oft genug erklärt habe.

»Lassen wir uns nicht von New York versklaven!«, fährt sie fort. »So wichtige Entscheidungen – zum Beispiel, ob wir bei einem Freund wohnen – dürfen nicht von den Mietkosten abhängen. Wenn wir darauf Rücksicht nehmen, sind wir verloren.«

Ich schaue sie schweigend an. Im Ernst, ich habe keine Ahnung, wo sie solche Weisheiten aufgeschnappt hat.

»Wenn's am Geld liegt und du deine Eltern nicht darum bitten willst, wird Chaz dir was leihen. Das weißt du, Lizzie.«

Chaz entstammt einer Familie, in der erfolgreiche Anwälte seit Generationen Geld scheffeln. Natürlich kennt er keine finanziellen Sorgen. Nicht nur, weil seine Verwandten in schöner Regelmäßigkeit sterben und ihm ihr Vermögen hinterlassen. Außerdem hat er auch noch ihre Sparsamkeit geerbt, investiert seine Dollars konservativ und führt ein bescheidenes Leben – zumindest im Vergleich zu seinem Reichtum, der Lukes Kapitalbesitz angeblich übertrifft. Nicht, dass Chaz ein Château in Frankreich vorzuweisen hätte …

»Hör mal, Shari«, entgegne ich, »Chaz ist *dein* Freund. Von *deinem* Freund nehme ich kein Geld. Warum wäre das besser als mein Entschluss, bei Luke zu wohnen?«

»Weil du keinen Sex mit Chaz hast«, betont sie in ihrer üblichen schroffen Art. »Es wäre ein rein geschäftliches, unpersönliches Abkommen.«

Aus irgendeinem Grund missfällt mir der Gedanke, Chaz um eine Leihgabe zu ersuchen – obwohl er das sicher nicht seltsam finden und sofort Ja sagen würde.

Aber das Geld spielt gar keine Rolle.

»Weißt du, Share …«, beginne ich zögernd, »ums Geld geht's mir gar nicht.«

Stöhnend schlägt sie die Hände vors Gesicht. »O Gott«, sagt sie zu ihren Knien, »das habe ich befürchtet.«

»Was?« Warum regt sie sich so auf? Das verstehe ich nicht. Klar, Chaz ist kein Prinz – mit seinen umgedrehten Baseballkappen und den unvermeidlichen Bartstoppeln, aber amüsant und richtig nett. Solange er nicht über Kierkegaard oder Alterssicherungssysteme philosophiert. »Tut mir leid. Können wir das nicht irgendwie hinkriegen? Ich meine – wo liegt das Problem? Was stört dich? Die Messerstecherei? Die miese Gegend? Willst du deshalb nicht bei Chaz wohnen? Die Polizisten haben's doch gesagt – nur ein Familienstreit. Also wird's nicht mehr vorkommen – solange sie Julios Dad nicht aus dem Knast entlassen...«

»Damit hat das nichts zu tun«, zischt Shari und nimmt die Hände vom Gesicht. Im Widerschein der Pabst Blue Ribbon-Neonreklame an der Wand neben unserer Nische leuchtet ihr wild gelocktes schwarzes Haar silbrig blau. »Lizzie, du kennst Luke erst seit einem Monat. Trotzdem willst du *zu ihm ziehen?*«

»Seit *zwei* Monaten«, verbessere ich sie gekränkt. »Und er ist Chaz' bester Freund. Wir kennen Chaz seit *Jahren*, nicht wahr? Jahrelang haben wir mit ihm *gelebt* – das heißt im Studentenwohnheim. Also ist Luke kein völlig Fremder, so wie Andrew...«

»Genau«, fällt sie mir ins Wort. »Was war denn mit Andrew? Du hast gerade erst eine Beziehung hinter dich gebracht, Lizzie. Eine total verpfuschte Beziehung. Aber irgendwann war's wohl mal eine. Und schau dir Luke an. Vor zwei Monaten hat er mit einer anderen zusammengelebt! Und nach so kurzer Zeit schlägt er *dir* vor, bei ihm einzuziehen? Meinst du nicht, ihr solltet es etwas langsamer angehen?«

»Wir wollen nicht *heiraten*, Shari«, wende ich ein. »Nur ein Apartment teilen!«

»Auf Luke trifft das vielleicht zu. Aber ich kenne dich, Lizzie. Ich habe das Gefühl, du malst dir insgeheim schon aus, wie du Luke heiratest. Das kannst du nicht abstreiten.«

»Nein, das stelle ich mir nicht vor!«, protestiere ich. Wie hat sie das erraten? Okay, sie kennt mich mein Leben lang.

Trotzdem ist's irgendwie unheimlich.

Ihre Augen verengen sich. »Lizzie!«, sagt sie in warnendem Ton.

»Also gut.« Resignierend sinke ich in die blutrote Vinylpolsterung zurück. Wir sitzen im Honey's, einer schäbigen Midtown-Karaoke-Bar, auf halbem Weg zwischen Chaz' Apartment, wo Shari an der East Thirteenth zwischen der First und der Second Avenue wohnt, und Lukes Domizil an der Ecke East Eighty-first und der Fifth Avenue. Also haben wir's beide nicht allzu weit.

Mag das Honey's auch ein mieser Schuppen sein, so ist es doch meistens angenehm leer – zumindest vor neun Uhr abends. Dann tauchen die ernsthaften Karaoke-Fans auf. Bis dahin können wir in Ruhe miteinander reden, und die Diät-Cola kostet nur einen Dollar. Außerdem scheint es die Barkeeperin – eine koreanisch- amerikanische Punkerin – nicht zu interessieren, ob wir was bestellen oder nicht. Die wird von ihrem Freund abgelenkt, mit dem sie am Handy streitet.

»Okay, ich will ihn heiraten«, gebe ich deprimiert zu, während die Barkeeperin in ihr rosa Razor-Handy schreit: *Weißt du was? Weißt du was? Du nervst!* »Ich liebe ihn.«

»Dass du ihn liebst, ist ganz natürlich, Liz«, sagt Shari. »Aber ich glaube immer noch, du solltest nicht zu ihm ziehen.« Großartig, jetzt kaut sie auch noch an ihrer Unterlippe. »Ich finde ...«

»Was?«, frage ich und schaue von meiner Diät-Cola auf.

Naschkatze

»Schau mal, Lizzie…« In der schwachen Beleuchtung der Bar wirken ihre Augen unergründlich. Obwohl draußen die Mittagssonne scheint. »Luke ist fabelhaft, wirklich. Und wenn ich bedenke, dass du seine Eltern wieder zusammengebracht und ihm klargemacht hast, dass er seinen Traum verwirklichen muss und Medizin studieren… Das war echt cool von dir. Aber ihr beide… Auf Dauer…«

»Was meinst du?« Verständnislos runzle ich die Stirn.

»Das sehe ich einfach nicht.«

Hat sie das tatsächlich gesagt? Meine *angeblich* beste Freundin?

»Warum nicht?!« Jetzt spüre ich, wie mir brennende Tränen in die Augen steigen. »Weil er ein Prinz ist? Und weil ich nur ein Mädchen aus Michigan bin, das zu viel redet?«

»Nun ja, mehr oder weniger. Lizzie – du liegst gern im Bett und siehst ›The Real World Marathons‹, mit einem Riegel Schokolade in der einen Hand und der neuesten Ausgabe von *Sewing Today* in der anderen. Und es macht dir Spaß, Arrowsmith in voller Lautstärke zu hören, während du auf deiner Singer-Nähmaschine 5050 Cocktailkleider aus den fünfziger Jahren säumst. Kannst du dir vorstellen, so was in Lukes Gegenwart zu tun? Benimmst du dich bei ihm so, wie du bist? Oder wie das Mädchen, das ihm nach deiner Meinung gefallen würde?«

»Unglaublich, dass du mich das fragst!« Beinahe fange ich zu weinen an. Aber ich reiße mich zusammen. »*Natürlich* spiele ich ihm nichts vor.«

Aber wie ich mir eingestehen muss, trage ich seit meiner Ankunft in New York ständig ein Miederhöschen. Deshalb kriege ich hässliche rote Striemen in der Taille und muss warten, bis sie verschwinden, bevor ich Luke meinen nackten Körper zeige. Nur weil ich in Frankreich so viel Brot gegessen und zugenommen habe. Ungefähr fünfzehn Pfund.

O Gott, Shari hat recht!

»Hör mal…« Offenbar bemerkt sie mein unglückliches Gesicht. »Glaub mir, ich will dich gar nicht davon abbringen, bei ihm zu wohnen. Ich finde nur, du solltest deine Heiratspläne erst mal auf Eis legen.«

Automatisch wische ich die Tränen aus meinen Augen. »Erklär mir jetzt bloß nicht, er wird die Kuh nicht kaufen, wenn er die Milch umsonst kriegt. Sonst muss ich mich übergeben.«

»So was würde ich niemals sagen. Ich bitte dich nur, nichts zu überstürzen. Und sei du selber, wenn du mit ihm zusammen bist. Wenn er die *echte* Lizzie nicht liebt, ist er gar kein Prince Charming.«

Atemlos starre ich sie an. Kann sie Gedanken lesen? »Warum bist du so klug?«, schluchze ich.

»Weil Psychologie mein Hauptfach war. Erinnerst du dich?«

Ich nicke. Bei ihrem Job wird sie Frauen in einer gemeinnützigen Organisation beraten, die den Opfern häuslicher Gewalt neue Unterkünfte und Zuschüsse von der Sozialfürsorge verschafft. Allzu viel verdient sie nicht damit. Aufs Geld kommt's ihr aber auch gar nicht an. Es ist ihr viel wichtiger, Leben zu retten und Menschen, besonders Frauen zu helfen, ihren Kindern und sich selbst ein besseres Leben zu ermöglichen.

Wenn man's genau nimmt, tun wir in der Modebranche so was Ähnliches. Klar, wir retten niemandem das Leben. Aber in gewisser Weise verhelfen wir den Frauen zu einem angenehmeren Leben. In schicken Kleidern fühlt man sich einfach wohler.

Es ist unser Job, neue Kleider für sie zu entwerfen (oder alte zu verschönern), damit's ihnen ein bisschen besser geht.

»Ehrlich gesagt«, seufzt Shari. »Ich weiß nicht recht… Irgendwie bin ich ein bisschen sauer. Ich hab mich wirklich drauf gefreut, mit dir ein Apartment zu teilen. Und ich dachte sogar, wie viel Spaß es uns machen würde, alte Möbel aufzuspüren und instand zu setzen. Oder ein Auto zu mieten und zum Ikea in New Jersey zu fahren und hübsche Sachen für unsere Wohnung zu kaufen. Jetzt muss ich bei Chaz bleiben und mich mit dem alten Zeug aus der Anwaltskanzlei seiner Familie begnügen.«

Damit bringt sie mich zum Lachen. Ich habe die Sofas mit den Goldborten in Chaz' Wohnzimmer gesehen. Da neigt sich der Holzboden ein bisschen nach Süden. Durch eines der Fenster mit den kleinen Läden, die sie gegen eine Feuerleiter abschirmen, hat Shari die Messerstecherei beobachtet – Julios Dad in voller Aktion.

»Okay, ich komme zu euch und will mal sehen, was man mit den Sofas machen kann«, schlage ich vor. »Beim Ausverkauf von So-Fro Fabrics habe ich mir eine ganze Menge Material besorgt. Wenn mir meine Mom die Umzugskartons schickt, nähe ich neue Bezüge. Und Vorhänge«, füge ich hinzu. »Dann musst du nicht mehr mit ansehen, wie schwangere Frauen niedergestochen werden.«

»Ja, das wäre nett.« Shari seufzt wieder. »Da…« Sie schiebt die *Village Voice* über den Tisch zu mir herüber. »Das wirst du brauchen.«

»Warum?« Verständnislos starre ich die Zeitung an. »Luke und ich haben schon eine Wohnung.«

»Um einen *Job* zu finden, du Schwachkopf. Würde Luke deinen Müßiggang ebenso finanzieren wie deine Unterkunft?«

»Oh…« Ich lache leicht gequält. »Danke.«

Während ich die Inserate überfliege, öffnet sich die Tür des Honey's, und ein Zwerg kommt herein, der ein langes Gewand im Gandalf-Stil trägt. Langsam schlendert er zu unserem Tisch, schaut uns an, dann wendet er sich ab und geht wieder hinaus, ohne ein einziges Wort zu sagen.

Shari und ich sehen zur Barkeeperin hinüber. Anscheinend hat sie den Zwerg nicht bemerkt. Shari und ich starren uns an.

»Was für eine unheimliche Stadt«, murmle ich.

»Wem sagst du das?«

Lizzie Nichols' Ratgeber für Brautkleider

Nun befassen wir uns mit der Ärmellänge Ihres Brautkleids.

Trägerlos – natürlich überhaupt keine Ärmel!

Spaghettiträger – sehr dünne Träger

Ärmellos – breitere Träger

Angeschnitten – sehr kurze Ärmel, die für gewöhnlich nur knapp über die Schulter reichen. Unvorteilhaft für Bräute jenseits der vierzig, es sei denn, sie trainieren mit Hanteln.

Kurz – diese Ärmel reichen bis zur Mitte des Oberarms. Im Allgemeinen findet man diese Länge zu leger für formelle Hochzeiten.

Oberhalb des Ellbogens – diese Länge ist für Bräute geeignet, die sich wegen der Gänsehaut an den Innenseiten ihrer Arme sorgen.

Drei Viertel – diese Ärmel reichen bis zur Mitte zwischen dem Ellbogen und dem Handgelenk und stehen fast jeder Frau.

Sieben Achtel – diese Länge endet etwa fünf Zentimeter oberhalb des Handgelenks, für Brautkleider ungünstig.

Bis zum Handgelenk – hübsch für konservative Bräute oder Frauen, die hässliche Ekzeme an ihren Armen verstecken wollen.

Lange Ärmel – sie reichen über das Handgelenk hinab, etwa zweieinhalb Zentimeter. Diese Länge bevorzugen Bräute, die ihrem Kleid ein mittelalterliches Flair oder eine Renaissance-Aura verleihen wollen.

Lizzie Nichols Designs

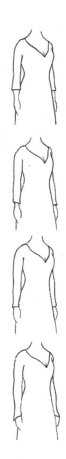

4

Klatschgeschichten gehören zum Handwerkszeug des Schriftstellers wie zur Fachsimpelei des Wissenschaftlers und trösten die Hausfrau – witzig, machtvoll und intellektuell. Sie beginnen im Kinderzimmer und enden erst, wenn die Sprache aufhört zu sein.

Phyllis McGinley (1905–1978),
amerikanische Dichterin und Schriftstellerin

Vielleicht hat Shari recht, und ich muss es mit Luke etwas langsamer angehen. Es gibt ja auch wirklich keinen Grund, schon jetzt die Hochzeit zu planen – nachdem ich eben erst mein Studium beendet habe … Nein, nicht einmal das – ich habe nur die Diplomarbeit eingereicht. Und mein Studienberater meint, es würde bis Januar dauern, bis alles abgeschlossen ist. Nicht, dass ich das Datum in meinem Lebenslauf ändern werde – ich meine, wer achtet schon darauf?

Nur Mom und Dad würden DURCHDREHEN, wenn sie rausfänden, dass ich nach Europa gedüst bin (und die Leselampe, das Geschenk fürs Diplom, angenommen habe), ohne mein Studium tatsächlich zu beenden.

Genauso würden sie DURCHDREHEN, wenn sie wüssten, dass ich bei einem jungen Mann eingezogen bin, den ich dort kennengelernt habe. In Europa, meine ich. Also verschweige ich, wo ich wohne. Vielleicht erzähle ich ihnen einfach, Shari und ich würden uns ein Apartment teilen … Aber wenn sie mit ihrem Vater reden, mit Dr. Dennis? Verdammt …

Okay, darum sorge ich mich später.

Offensichtlich muss ich diese Zeit nutzen, um mich auf meine Karriere zu konzentrieren. Ich meine – wie kann ich einen Termin für ein Bewerbungsgespräch bei der *Vogue* arrangieren, wenn ich noch überhaupt nichts gemacht habe, was ein Bewerbungsgespräch rechtfertigt?

Andererseits, Shari würde richtig süß in einem Brautjungfernkleid aus Dupioni-Seide aussehen, in einem Bustier mit angeschnittenen Ärmeln, mit einem wadenlangen Rock – in Altrosa, so wie der Rock an dieser Schaufensterpuppe in der Auslage.

Okay, hör auf damit. Hör einfach auf. Daran darf ich jetzt nicht denken. Ich werde noch genug Zeit finden, um ein Brautjungfernkleid zu entwerfen, das an Shari zauberhaft und an Rose und Sarah grauenhaft wirken wird. Jetzt konzentriere ich mich auf die Arbeitssuche. Weil das im Augenblick am wichtigsten ist. Was soll ich mit meinem Leben anfangen? Ich will nicht nur Ehefrau sein. Das kann jedes Mädchen.

Und – klar, in der *Vogue*-Redaktion würde man allein schon deshalb mit mir reden, weil ich die Gemahlin eines Prinzen bin – nun ja, eines Pseudo-Prinzen. Dauernd interviewen sie Gemahlinnen von Pseudo-Prinzen und nennen sie »Gastgeberinnen«.

Aber ich möchte keine Gastgeberin sein. Ich mag nicht einmal Partys.

Nein, ich muss eine Möglichkeit finden, dieser Welt meinen Stempel aufzudrücken, etwas zu tun, das nur *ich* kann. Zum Beispiel Vintage-Brautkleider stylen.

Man sollte meinen, darauf wären die Leute ganz versessen. Verwahrt denn nicht jede Frau ein altes Brautkleid auf ihrem Dachboden, das sie aufpeppen lassen will? Da gibt's nur ein Problem – wie komme ich an all die Frauen ran, die meine Dienste brauchen, während ich gleichzeitig für meinen Lebensunterhalt sorge? Natürlich, das Internet, aber ...

Ooooh, das süßeste Jonathan Logan-Kleid aus roter spanischer Spitze ... Welch ein Jammer, dieser Riss im zarten Stoff ... Nun, das lässt sich leicht reparieren. Wie viel? Oh, mein Gott, vierhundertfünfzig Dollar? Sind die wahnsinnig? Gerade haben wir so ein Kleid bei Vintage to Vavoom in Ann Arbor für nur fünfzig verkauft. Und das da, diese winzige Größe ... Wem passt denn so was?

»Kann ich Ihnen helfen?«

Ups. Klar, ich bin nicht hier, um was zu kaufen.

»Hi«, sage ich und schicke ein hoffentlich umwerfendes Lächeln in die Richtung der Verkäuferin, die eine karierte Hose trägt (ist das ironisch gemeint?) und ihr Gesicht mit mehreren Piercings verziert hat. »Ist die Geschäftsführerin da?«

»Warum wollen Sie die Geschäftsführerin sprechen?«

Hmmm. Wie ich sehe, ist das Piercing-Gesicht ziemlich arrogant. Aber da der Laden an einer belebten Straße im Village liegt, sieht die Verkäuferin sicher alle möglichen schrägen Typen. Wahrscheinlich muss sie misstrauisch sein. Wer weiß schon, was für ausgeflippte Gestalten hier reinkommen? Vorhin ist mir dieser Kerl an der Straßenecke aufgefallen, der in einer Mülltonne gewühlt hat, die Hose bis zu den Fußknöcheln runtergelassen. Deshalb verstehe ich, warum die Frau fremden Leuten eher reserviert begegnet.

»Nun«, antworte ich in fröhlichem Ton, »ich habe mir

überlegt, ob ich hier vielleicht einen Job kriegen könnte. Seit Jahren befasse ich mich mit Vintage-Mode. Außerdem...«

»Hinterlegen Sie Ihren Lebenslauf an der Kasse«, unterbricht mich das Piercing-Gesicht. »Wenn die Geschäftsführerin interessiert ist, wird sie sich telefonisch bei Ihnen melden.«

Irgendwas sagt mir, dass die Geschäftsführerin mich niemals anrufen wird. Genauso wenig, wie die Personalchefin in der Kostümabteilung des Metropolitan Museum of Art angerufen hat. Genauso wenig wie der Leiter des Museum of the City New York's Costume and Textile Collection. Genauso wenig wie Vera Wang. So wie sich keiner der zahllosen Läden, wo ich meine Lebensläufe deponiert habe, jemals gemeldet hat.

In diesem Fall weiß ich wenigstens, warum die Geschäftsführerin nicht anrufen wird. Wenn sie meinen Lebenslauf liest, wird sie glauben, ich wäre nicht qualifiziert für den Job. Oder sie vergisst mich, weil im Moment kein Job frei ist oder weil ich keine New Yorker Referenzen habe. So war's in all den anderen Läden. Oder sie ruft nicht an, weil sie meinen Lebenslauf gar nicht lesen wird. Weil die Piercing-Frau bereits entschieden hat, dass sie mich nicht mag, und meinen Lebenslauf in den Papierkorb werfen wird, sobald ich das Geschäft verlassen habe.

»Was die Arbeitszeit angeht, wäre ich flexibel«, versuche ich's ein letztes Mal. »Und ich kann sehr gut nähen. Ich bin eine ausgezeichnete Änderungsschneiderin...«

»Hier machen wir keine Änderungen«, verkündet sie und grinst höhnisch. »Wenn die Leute was ändern lassen wollen, bringen sie's in die Reinigung.«

»Okay.« Ich schlucke. »Nun, ich habe das beschädigte Jonathan Logan-Kleid gesehen. Das könnte ich mühelos ausbessern ...«

»Die Kundinnen, die unsere Kleider kaufen, möchten sie selber reparieren«, erwidert sie. »Hinterlegen Sie Ihren Lebenslauf an der Kasse, wir rufen Sie an ...«

Ihr Blick schweift von meinem Oberkopf (mein Haar wird von einem breiten Schal im Jackie O-Stil aus der Stirn gehalten) zu meinem Kleid (einem sehr seltenen blauweiß gepunkteten Gigi Young-Kleid aus den Fünfzigerjahren mit Plisseerock) und zu meinen Schuhen (flache weiße Ballerinas, weil man nicht in High Heels durch Manhattan laufen kann). Wie mir ihre Miene verrät, missfällt ihr, was sie sieht.

»... oder auch nicht«, schleudert sie mir ihre Streitaxt entgegen. Dann hebt sie eine Hand, um mich zu verscheuchen. Und da sehe ich's. Was ich für einen festlich verzierten, farbenfrohen Ärmel gehalten habe, ist ein tätowierter nackter Arm. »Bye.«

»Eh ...« Ich kann gar nicht aufhören, die Tattoos anzustarren. »Bye.«

Okay, vielleicht ist der Arbeitsmarkt in New York ein bisschen anders als in Ann Arbor.

Oder vielleicht bin ich einfach nur am falschen Tag in den falschen Laden geraten.

Ja, das muss es sein. So kann's nicht in allen Geschäften zugehen. Möglicherweise war es ein Fehler, im Village anzufangen.

Oder sollte ich mich auf Brautmoden konzentrieren? Natürlich kommt Vera Wang nicht in Frage. Da bin ich bereits gescheitert. Als ich anrief, um zu fragen, ob mein Lebenslauf angekommen sei, meldete sich eine Frau und erklärte, man würde sich bei mir melden. (In zehn Jahren, wenn sie durch all die anderen Lebensläufe aufstrebender Brautmoden-Designerinnen gewatet sind.) Wenn ich's in den einschlägigen Läden versuche – wäre es eine gute Idee, meiner Bewerbung Fotos von den alten Kleidern beizufügen, die ich gestylt habe?

O Gott, was soll ich Luke sagen? Shari hat recht, es ist sehr problematisch, wenn man bei jemandem einzieht. Das sollte man nicht nur tun, weil's billiger ist als eine Maklergebühr.

Aber deshalb habe ich mich nicht dazu entschlossen. Ich liebe Luke. Und ich glaube, es wird ganz wundervoll sein, mit ihm zusammenzuleben.

Solange ich Sharis Rat beherzige und alle Heiratsgedanken vorerst vergesse. Eins nach dem anderen. Weil wir uns beide in einem Durchgangsstadium unseres Lebens befinden, Luke an der Universität, und ich... Nun, was immer es ist, was ich gerade mache. Also können wir nicht ans Heiraten denken, das muss noch ein paar Jahre warten.

Hoffentlich dauert's nicht zu viele Jahre. An meinem Hochzeitstag will ich ein ärmelloses Kleid tragen. Und nur Gott weiß, wann meine Arme wabblig werden. Das sieht grässlich aus bei einer Braut. Bei jeder Frau.

Okay, so funktioniert das nicht. Es ist völlig sinnlos herumzulaufen und in allen Vintage-Modeläden meine Lebensläufe zu hinterlegen. Deshalb muss ich mir was anderes ausdenken. Ich werde im Telefonbuch und online nachschauen und mich nur noch auf Geschäfte konzentrieren, die zu meinem Stil passen. Und ich muss...

Ooooh, schau dir diese Steaks an. Vielleicht ist es das,

was ich tun muss – irgendwas fürs Dinner kaufen. Nach dem langen Tag an der Uni hat Luke sicher keine Lust, essen zu gehen.

Klar, ich bin nicht gerade die weltbeste Köchin. Aber jeder kann ein Steak grillen. Nun ja – da wir keinen Grill haben, werde ich's braten.

Ja, genau das werde ich tun. Ich kaufe Steaks und eine Flasche Wein und bereite das Abendessen zu. Danach werden Luke und ich über unser Zusammenleben diskutieren und feststellen, was es bedeutet. Und wenn wir das geklärt haben, gehe ich morgen wieder auf Arbeitssuche.

Perfekt.

Aber vielleicht sollte ich nicht hier einkaufen, sondern in der Nähe von Lukes Apartment. Weil ich nicht das ganze Zeug in der U-Bahn nach Hause schleppen will. Wo ist eigentlich die U-Bahn?

»Eh – entschuldigen Sie, können Sie mir sagen, wie ich zur U-Bahn komme?«

Oh! Wie unhöflich! Und ich bin *kein* Arschloch. Wie kann jemand ein Arschloch sein, nur weil er nach dem Weg zur U-Bahn fragt? O Gott, stimmt es wirklich, was man über die New Yorker sagt? Sie kommen mir tatsächlich ein bisschen unhöflich vor. Ist Kathy Pennebaker deshalb nach Hause zurückgekehrt? Ich meine, abgesehen von ihrer Sucht, anderen Mädchen die Männer wegzuschnappen. Oder wurde sie von ihren unfreundlichen New Yorker Nachbarn dazu getrieben, immer mehr Jungs zu stehlen?

Okay, wo bin ich jetzt? Second Avenue und Ninth Street. East Ninth Street, weil die Ost- und Westseiten von der Fifth Avenue geteilt werden (wo das Apartment von Lukes Mutter liegt). Mit Blick auf den Central Park – und das Met). Luke hat mir erklärt, um die Fifth Avenue zu erreichen, muss man vom East River aus nach Westen gehen, die First, die Second und die Third Avenue überqueren, dann die Lexington, die Park und schließlich die Madison. (Luke hat gesagt, das kann ich mir merken, indem ich mir eine simple Wortfolge einpräge: »Luke, Prinz, Mirac, Frankreich« – Lexington, Park, Madison, Fifth.)

Die Streets – die East Fifthy-ninth Street, wo Bloomingdale's liegt, und die East Fiftieth Street, da ist Saks – verlaufen im rechten Winkel zu den Avenues. Also liegt Bloomingdale's an der Fifty-ninth und der Lexington Avenue, Sax an der Fiftieth und der Fifth Avenue. Das Apartment von Lukes Mutter an der Eigthy-first und Fifth – gleich um die Ecke von Betsey Johnson an der Madison zwischen der Eighty-first und Eighty-second.

Dann gibt's natürlich noch die West Side. Aber da muss ich mich später zurechtfinden. Jetzt fällt's mir schon schwer genug, festzustellen, wo ich wohne.

Okay, die U-Bahn fährt die East Side rauf und runter, parallel zur Lexington Avenue. Wenn man sich verirrt, hat Luke gesagt, muss man nur die Lexington finden. Dann kommt man auch zur U-Bahn.

Es sei denn, man treibt sich im Village rum, so wie ich, wo sich die Lexington plötzlich in irgendwas namens Fourth Avenue verwandelt, dann in die Lafayette und schließlich in die Centre Street.

Auch darum muss ich mich jetzt nicht sorgen. Ich gehe einfach von der Second Avenue aus nach Westen und hoffe, die Lexington in eine ihrer vielen verschiedenen Gestalten wiederzufinden. Und eine U-Bahn-Station, damit ich nach Hause fahren kann. Irgendwie hier in der Nähe ...

Nach Hause. Wow. Ich halte Lukes Apartment tatsächlich für mein *Zuhause*.

Ist es das nicht? Jede Wohnung, die man mit einem geliebten Menschen teilt, ist ein Zuhause, nicht wahr?

Vielleicht hat Kathy *deshalb* New York verlassen. Nicht wegen der unhöflichen Leute oder des unbegreiflichen Straßensystems oder des Männerdiebstahls, sondern ganz einfach, weil es niemanden gab, den sie liebte.

Und niemanden, der *sie* liebte.

Arme Kathy. Von dieser riesengroßen Stadt verschlungen und dann wieder ausgespuckt.

Nun, das wird *mir* nicht passieren. Ich werde nicht die nächste Kathy Pennebaker von Ann Arbor sein. Natürlich werde ich *nicht* mit eingezogenem Schwanz zurückkehren. Ich werde es schaffen, hier in New York City. Und wenn's mich umbringt. Denn wenn ich's nicht schaffe, kann ich nicht ...

Ooooh, ein Taxi! Und es ist leer!

Sicher, Taxis sind teuer. Aber vielleicht nur dieses eine Mal. Weil ich so müde bin und weil der Weg zur U-Bahn-Station zu weit ist. Und weil ich Zeit brauche, um das Abendessen für Luke vorzubereiten, und ...

»Zur Ecke Eigthy-first und Fifth, bitte.«

Oh, schau doch, da drüben ist das Schild von der Astor Place-U-Bahn. Wenn ich nur einen Häuserblock weitergegangen wäre, hätte ich fünfzehn Dollar gespart ...

Schon gut. Diese Woche kein Taxi mehr. Und es ist so angenehm, in diesem sauberen Auto mit der Klimaanlage zu sitzen, statt die Stufen zu einem stinkenden Bahnsteig hinabzusteigen und auf eine überfüllte Bahn zu warten, wo ich sicher keinen Sitzplatz kriege. Außerdem hängen in jedem Waggon diese Schnorrer herum und betteln einen um Geld an. Anscheinend kann ich nie Nein sagen. Ich will mich nicht zu einer dieser hartgesottenen, abgestumpften New Yorkerinnen entwickeln – wie das Piercing-Gesicht, das mein Gigi Young-Kleid so amüsant gefunden hat. Wenn einem Not leidende Menschen nicht mehr leidtun – oder wenn man nicht erkennt, wie schwierig es ist, ein Gigi Young-Kleid in tragbarem Zustand aufzutreiben – wozu lebt man dann noch?

Deshalb bin ich jedes Mal um fünf Dollar ärmer, wenn ich die U-Bahn benutze, das Fahrgeld nicht mitgerechnet. Irgendwie ist es billiger, ein Taxi zu nehmen.

O Gott, Shari hat recht, ich brauche einen Job. Und ein richtiges Leben.

Sobald wie möglich.

Lizzie Nichols' Ratgeber für Brautkleider

Wenn Sie zierlich gebaut sind, warum versuchen Sie's nicht mit der A-Linie? Bei einer kleinen Braut können weite Röcke den Eindruck erwecken, der Stoff würde sie verschlucken – es sei denn, sie entscheidet sich für ein Ballkleid oder eine Schleppe. Aber das steht nicht jeder zierlichen Braut, also sollte sie vorsichtig sein, wenn sie »Prinzessinnen«- oder »Seejungfrauen«-Kleider in Betracht zieht.

Ein schulterfreies Kleid und ein U-Ausschnitt sind für zierliche Bräute empfehlenswert, gerade geschnittene und enge Kleider nicht. Bedenken Sie bitte, Sie heiraten – Sie stehen nicht bei Ann Taylor Loft hinter dem Ladentisch!

Lizzie Nichols Designs

5

Zeigen Sie mir jemanden, der niemals Klatschgeschichten erzählt, und ich zeige Ihnen jemanden, der sich nicht für Menschen interessiert.

Barbara Walters (geb. 1929), amerikanische Fernsehjournalistin

Während ich die Steaks mariniere, läutet das Telefon. Nicht mein Handy, sondern das Telefon im Apartment – das Telefon von Lukes Mutter.

Ich gehe nicht dran, weil ich weiß, dass es ist nicht für mich ist. Außerdem bin ich beschäftigt. Es ist gar nicht so einfach, in einer New Yorker Kombüsenküche eine Mahlzeit vorzubereiten, die wenigstens annähernd einem Gourmet-Dinner gleicht. Dieser Raum ist etwa so groß wie das Taxi, in dem ich heute Nachmittag hierher gefahren bin. Klar, die Wohnung ist wirklich hübsch. So wie New Yorker Apartments mit einem Schlafzimmer nun mal sind. Und da gibt's immer noch den Stuck aus der Vorkriegszeit, vergoldete Badezimmerarmaturen und Parkettböden, das ganze Drum und Dran.

Aber die Küche eignet sich eher zum Auspacken von Fertiggerichten als fürs Kochen.

Nachdem es etwa fünf Mal geläutet hat, meldet sich Mrs. de Villiers Anrufbeantworter. Ich höre ihre Stimme – mit dramatisch gedehntem Südstaatenakzent. Damit will sie vermutlich Eindruck schinden. »Hallo, im Augenblick können Sie Bibi de Villiers nicht erreichen. Entweder spreche ich gerade auf dem anderen Anschluss, oder ich halte ein Schläfchen. Bitte, hinterlassen Sie eine Nachricht, ich rufe so schnell wie möglich zurück.«

Ich kichere. Ein Schläfchen. Also wirklich, die *Vogue* müsste eine Reportage über Bibi bringen. Insbesondere, wo sie doch mit einem Prinzen verheiratet ist. Nun ja, mit einem Pseudo-Prinzen. Und was ihre Garderobe angeht, hat sie einen fantastischen, allerdings etwas konservativen Geschmack. Noch nie habe ich sie in etwas Einfacherem als Ralph Lauren oder Chanel gesehen.

»Bibi …« Eine Männerstimme füllt das Apartment – das außerdem vom Aroma des Knoblauchs erfüllt wird. Damit ist die Marinade gewürzt, zusammen mit Sojasauce, Honig und Olivenöl. Das alles habe ich bei Eli's an der Third Avenue gekauft. »Ich habe schon lange nichts mehr von dir gehört. Wo warst du denn?«

Offenbar weiß Bibis Freund nicht, dass sie sich mit ihrem Mann versöhnt hat, bei der Hochzeit ihrer Nichte in Südfrankreich. Und dass die beiden – Lukes Eltern – immer noch in der Dordogne das Tanzbein schwingen. Oder auch nicht.

»Dieses Wochenende erwarte ich dich am üblichen Ort«, fährt der Mann fort, »ich hoffe, nicht vergeblich.«

Moment mal. Am üblichen Ort? Und er wartet auf Lukes Mom? Wer zum Teufel ist dieser Kerl? Und wenn er so intim mir ihr ist – warum weiß er nicht einmal, in welchem Land sie sich aufhält?

»Bye, *chérie*, bis dann«, sagt er und legt auf.

Chérie? Was ist denn das für ein Typ? Wer hinterlässt denn Nachrichten auf den Anrufbeantwortern anderer Leute und nennt sie *chérie?* Nur ein Gigolo.

O Gott, bezahlt Lukes Mutter einen Gigolo?

Nein, natürlich nicht. So was hätte sie nicht nötig. Sie ist eine schöne, vitale Frau – und offensichtlich schwerreich. Das merkt man, sobald man die Kunstwerke an den Wänden ihres Manhattan-Apartments sieht. Natürlich ist der Renoir das Kronjuwel ihrer Sammlung. Aber es herrscht auch kein Mangel an Mirós und Chagalls. Im Bad hängt sogar eine winzige Picasso-Skizze.

Ganz zu schweigen von der Sammlung exquisiter Schuhe, die das ganze obere Fach des Schlafzimmerschranks okkupiert. Zahllose Schachteln, beschriftet mit »Jimmy Choo«, »Christian Louboutin« und »Manolo Blahnik«.

Wozu braucht eine solche Frau einen Gigolo?

Es sei denn – es sei denn, er ist kein Gigolo, sondern ein Liebhaber. Dass sie sich einen Liebhaber zugelegt hat, würde einen Sinn ergeben. Immerhin wollte sie sich von Lukes Vater scheiden lassen – bis zu meiner Ankunft in Südfrankreich. Warum sollte eine elegante, weltgewandte Frau wie Bibi de Villiers keinen Freund haben – den sie vergessen hat, weil sie wieder mit Lukes Dad zusammen ist?

Zumindest vermute ich, dass sie ihn vergessen hat. Ja, ganz offensichtlich – wenn er nicht einmal weiß, wo sie ist.

O Gott, das ist ja so unangenehm. Warum muss er ausgerechnet heute Abend anrufen, wo Luke und ich über unser Zusammenleben reden müssen? Ich kann doch unmöglich zu ihm sagen: »Hey, da hat ein Kerl eine Nachricht für deine Mom hinterlassen und sie *chérie* genannt … Und jetzt besprechen wir, wie ich bei dir wohnen kann, ohne meine individuelle Eigenständigkeit zu verlieren.«

Wenn ich die Anrufer-ID checke, finde ich vielleicht raus, von wo der Mann angerufen hat. Das wäre ein Anhaltspunkt...

Oh, großartig, jetzt habe ich die Nachricht gelöscht – falls dieses blinkende Zeichen das bedeuten soll.

Okay, damit wäre das Problem gelöst.

Wahrscheinlich ist es sogar besser so. Der Name des Mannes ist wohl kaum im Telefon gespeichert. Und ich kann natürlich nicht sagen: »Eh – uh – Mrs. Villiers? Da hat jemand mit französischem Akzent angerufen, der nicht Ihr Ehemann ist, und gefragt, ob Sie ihn am üblichen Ort treffen würden. Dort wird er warten...« Nein, damit würde ich sie in Verlegenheit bringen.

Auf keinen Fall darf man seine zukünftige Schwiegermutter in Verlegenheit bringen.

Verdammt. Jetzt ist's mir schon wieder passiert, nicht wahr? Ich muss die Hochzeit endlich aus meinen Gedanken verbannen. Stattdessen werde ich den Esstisch decken. Mit dem schönen Tafelsilber, das eines Tages mir gehören wird...

Ups! Am besten schalte ich den Fernseher ein. Nun beginnt die Nachrichtensendung, die wird mich ablenken.

»Die Polizei hat eine grausige Entdeckung im Hinterhof eines Hauses gemacht, das die Medien bereits ›Harlem House of Horror‹ nennen. Dort wurden sechs vollständige menschliche Skelette gefunden, und man erwartet, noch weitere zu entdecken...«

Oh, mein Gott, was für eine Stadt ist das denn? Ein Hinterhof voller menschlicher Skelette. O nein... Hastig wechsle ich den Sender.

»...allein im letzten Monat der siebte Fall von Fahrerflucht

*an derselben Straßenecke. Diesmal wurde eine junge Mutter ge-
tötet, die ihre kleinen Kindern zur Schule bringen wollte...«*

Heiliger Himmel! Vielleicht sollte ich lieber die Stellen-
anzeigen lesen. Oooh, Seite sieben, die Klatschspalte. Die
werde ich ganz schnell überfliegen, bevor ich die Inserate
studiere.

*»...aufgeregt fiebert die New Yorker High Society der Hoch-
zeit von John MacDowell entgegen, dem Alleinerben des Mac-
Dowell-Immobilienvermögens. Jill Higgins, die Braut, arbeitet
beim Central Park Zoo. Die beiden lernten sich in der Notaufnahme des Roosevelt Hospital kennen. Dort wurde Miss Higgins wegen einer Rückenverletzung behandelt, nachdem sie eine
Robbe hochgehoben hatte, die aus ihrem Gehege entkommen war.
Und John MacDowell ließ seinen Knöchel bandagieren, den er
sich bei einem Polospiel verstaucht hatte...«*

Wie romantisch! Und was für ein amüsanter Job – mit
Robben zu arbeiten! Oh, ich wünschte, ich könnte...

Lukes Schlüssel knirscht im Schloss! Er kommt nach
Hause!

Zum Glück habe ich mein Miederhöschen schon vor
zwei Stunden ausgezogen. Inzwischen müssten die roten
Striemen verschwunden sein.

Von jetzt an werde ich's nicht mehr tragen. Luke muss
mich so lieben, wie ich bin. Oder es ist vorbei.

Aber... Wie traumhaft er aussieht in diesen fadenschei-
nigen Jeans und dem hübschen Hemd mit dem aufgeknöpften Kragen, das ich für ihn ausgesucht habe! Vielleicht sollte ich das Miederhöschen doch noch etwas länger tragen – bis ich die fünfzehn zusätzlichen Pfunde
losgeworden bin, die ich aus Frankreich mitgebracht habe.
Das werde ich bald schaffen, wo ich doch so viel in der

Stadt herumlaufen muss. Und bei Eli's habe ich immerhin schon mal die Baguettes ignoriert ...

»Hi«, grüßt er und grinst übers ganze Gesicht. »Wie läuft's?«

Hi, wie läuft's? Wie redet der denn mit seiner Freundin? Zehn Stunden, nachdem er sie gefragt hat, ob sie zu ihm ziehen will? Meine Antwort scheint ihn nicht besonders zu interessieren.

Oder doch, und er tut nur so cool.

Schnüffelnd schaut er sich um. »Was riecht denn da?«

»Knoblauch, ich habe zwei Steaks mariniert.«

»Ah, großartig«, meint er und legt seinen Schlüsselbund auf die kleine Marmorkonsole neben der Tür. »Ich bin halb verhungert. Und wie war dein Tag?«

Wow. *Und wie war dein Tag?* Ist das so, wenn man mit jemandem zusammenwohnt? Mit einem Kerl? Genauso gut könnte ich das Apartment mit einem Mädchen teilen.

Aber statt auf meine Antwort zu warten (wie Shari es getan hat, als sie meine Zimmergenossin im Studentenwohnheim war), kommt Luke zu mir, schlingt die Arme um meine Taille und küsst mich.

Okay. Also ist es doch nicht ganz so wie mit einem Mädchen.

»Nun?« Luke grinst mich an. »Wann wirst du die Neuigkeit deinen Eltern erzählen?«

Alles klar. Nun weiß ich, warum ihm meine Antwort kein Kopfzerbrechen bereitet hat. Weil er schon weiß, was ich sagen werde.

Verblüfft nehme ich die Arme von seinem Hals. »Wieso wusstest du's?«

»Machst du Witze?« Jetzt bricht er in Gelächter aus.

»Der Lizzie-Nachrichtensender ist den ganzen Tag auf Hochtouren gelaufen.«

»Unmöglich!«, protestiere ich und starre ihn entgeistert an. »Keiner einzigen Menschenseele habe ich's verraten! Niemandem außer …« Ich verstumme. Brennend steigt mir das Blut in die Wangen.

»Ja, genau.« Spielerisch tippt er mit einem langen Zeigefinger auf meine Nasenspitze. »Shari hat's Chaz erzählt. Und der hat mich angerufen, um sich nach meinen Absichten zu erkundigen.«

»Nach deinen …« Nein, ich werde nicht mehr rot – ich werde feuerrot. »Dazu hatte er kein Recht!«

Luke lacht immer noch. »Aber er bildet sich's ein. Oh, schau mich nicht so wütend an! Chaz hält dich für die kleine Schwester, die er niemals hatte. Das finde ich süß.«

O nein, ich nicht. Wenn ich Chaz das nächste Mal sehe, werde ich ihm ganz unschwesterlich die Meinung geigen.

»Und was hast du zu ihm gesagt?« Diese Frage kann ich mir nicht verkneifen, die Neugier verdrängt meinen Zorn.

»Worüber?« Luke findet die Weinflasche, die ich gekauft habe, entkorkt sie, um sie atmen zu lassen, und füllt zwei Gläser.

»Über deine – eh – Absichten.«

Das versuche ich ganz beiläufig zu sagen. Leichthin. Die Jungs mögen's nicht, wenn man's zu ernst nimmt. Das habe ich schon öfter festgestellt. Schon gar nicht, wenn man zu oft über die Zukunft redet. Da sind sie genauso wie die kleinen Tiere im Wald. Solange man einfach nur Nüsse verteilt, ist alles schön und gut.

Aber man sobald man ein Netz auswirft, um sie zu fangen (selbst wenn's zu ihrem eigenen Besten ist, wenn man ihnen zum Beispiel helfen will, dem brennenden Wald zu entkommen), ist der Teufel los. Auf keinen Fall darf ich von einer festen Bindung reden. Eine zwei Monate lange Beziehung mag genügen, um zusammenzuleben. Aber es ist viel zu früh, um gewisse Verpflichtungen einzufordern.

Trotz der Brautkleider, die man sich dauernd vorstellt.

»Nun, ich habe ihm gesagt, er soll sich keine Sorgen machen.« Luke gibt mir ein Weinglas. »Dass ich mein Bestes tun werde, um dich nicht zu entehren.« Lächelnd stößt er mit mir an. »Und dass er mir dankbar sein müsste«, fügt er augenzwinkernd hinzu.

»Dankbar?«, wiederhole ich. »Dir? Warum?«

»Weil Shari jetzt zu ihm ziehen kann. Darum hat er sie schon vorher gebeten. Aber sie hat erklärt, sie könnte dich nicht im Stich lassen.«

»Oh.« Ich blinzle ein paar Mal. Das habe ich nicht gewusst. Kein Wort hat Shari mir davon gesagt.

Wenn sie nur aus Mitleid mit mir zusammenziehen wollte – warum war sie dann so sauer, als ich ihr von Lukes Angebot erzählt habe?

»Jedenfalls dachte ich, wir sollten ausgehen, um zu feiern«, fährt er fort. »Zu viert. Natürlich nicht heute Abend, weil du Steaks gekauft hast. Aber vielleicht morgen. Da gibt's ein fantastisches Thai-Lokal im Zentrum, das würde dir sicher gefallen.«

»Wir müssen reden«, höre ich mich sagen. O Gott, wie komme ich bloß darauf?

Erstaunt schaut er mich an. Aber er scheint sich nicht zu ärgern. Er sinkt auf die weiße Couch seiner Mutter (auf der ich niemals mit einem Drink in der Hand oder was Essbarem sitzen würde) und mustert mich grinsend.

»Ja, klar. Natürlich. Ich meine, da gibt's eine Menge zu besprechen. Zum Beispiel, wie willst du alle deine Kleider verstauen?« Er grinst noch breiter. »Wie Chaz mir erzählt hat, besitzt du eine eindrucksvolle Vintage-Garderobe.«

Aber es sind nicht meine Kleider, um die ich mich sorge. Nur um mein Herz.

»Wenn ich bei dir wohne…« Ich setze mich auf die Armstütze der Couch. Da ist die Gefahr einer Katastrophe, falls ich den Wein verschütte, nicht ganz so groß. Außerdem bin ich weit genug von Luke entfernt, als dass er mich nicht mit seiner männlichen Ausstrahlung aus dem Konzept bringen könnte. »Wir müssen uns die Kosten teilen – Strom und Telefon, Lebensmittel und so weiter. Alles klar? Das wäre nur fair. Für uns beide.«

Jetzt grinst er nicht mehr. Er nippt an seinem Glas und zuckt die Achseln. »Ganz wie du willst.«

»Und ich werde dir eine Miete zahlen.«

In seine Augen tritt ein seltsamer Ausdruck. »Nicht nötig, Lizzie. Dieses Apartment gehört meiner Mutter.«

»Das weiß ich. Dann helfe ich ihr eben, die Hypothek abzuzahlen.«

Er grinst wieder. »Da gibt's keine Hypothek, Lizzie. Diese Wohnung hat sie bar bezahlt.«

Wow. Das ist viel schwieriger, als ich dachte.

»Nun, irgendwas *muss* ich zahlen. Natürlich kann ich nicht umsonst hier wohnen, das wäre unfair. Und wenn ich was dafür zahle, kann ich genauso wie du bestimmen, was hier geschieht, nicht wahr?«

Nun zieht er eine seiner dunklen Brauen hoch. »Ja, ich verstehe, was du meinst. Also willst du das Apartment neu einrichten?«

O Gott, das läuft wirklich nicht so, wie ich's gehofft habe. Warum musste Chaz ihn auch anrufen? Ständig wirft man mir vor, ich hätte eine zu große Klappe. Aber wenn Sie mich fragen, die Jungs schwatzen noch viel mehr als die Mädchen.

»Keineswegs«, erwidere ich. »Ich finde es großartig, wie deine Mutter das alles dekoriert hat. Aber ein bisschen was muss ich verändern, damit ich Platz habe.« Ich räuspere mich. »Für meine Nähmaschine. Und ein paar andere Sachen.«

Luke zieht *beide* Brauen hoch. »Deine *Nähmaschine*?«

»Ja«, bestätige ich. Oh, das klingt ein bisschen zu defensiv. »Wenn ich mein eigenes Unternehmen gründe, brauche ich einen Platz für meine Arbeit. Das ist nur fair – zahlt deine Mutter jeden Monat Instandhaltungskosten?«

»Klar, dreitausendfünfhundert Dollar.«

Prompt verschlucke ich mich. Nur gut, dass ich auf der Armstütze des Sofas sitze. Sonst hätte ich den Rotwein auf die weiße Polsterung gespuckt – nicht auf den Parkettboden.

»*Dreitausendfünfhundert Dollar?*«, schreie ich, springe auf und laufe in die Küche, um ein Geschirrtuch zu holen. »Pro *Monat*? Nur für die *Instandhaltung*? Das kann ich mir nicht leisten.«

Luke lacht wieder. »Wie wär's mit einem Anteil?«, schlägt er vor und beobachtet, wie ich die Bescherung wegwische. »Tausend im Monat?«

»Abgemacht«, stimme ich erleichtert zu. Nur teilweise erleichtert, weil ich mich frage, woher ich jeden Monat tausend Dollar nehmen soll.

»Gut. Nachdem das geregelt ist ...«

»Wir haben noch nicht alles geregelt.«

»Noch nicht?« Aber er sieht nicht erschrocken aus. Eher amüsiert. »Die Lebensmittel, Strom und Telefon und so weiter, deinen Platz für die Nähmaschine, deinen Beitrag zu den Instandhaltungskosten. Was gibt's sonst noch?«

»Nun ja – uns.«

»Uns.« Er läuft nicht davon wie ein verschrecktes kleines Waldtier. Vorerst. Seine Miene bekundet einfach nur milde Neugier. »Was ist mit uns?«

»Wenn ich hier einziehe ...« Ich nehme meinen ganzen Mut zusammen. »Dann nur probeweise. Um zu sehen, wie's funktioniert. Weil wir uns erst seit zwei Monaten kennen. Und ich weiß nicht, wie's klappen wird. Zum Beispiel, wenn ich im Winter Depressionen kriege ...«

Schon wieder zieht er beide Brauen hoch. »Wäre das möglich?«

»Keine Ahnung. Wahrscheinlich nicht. Aber da war dieses Mädchen auf unserem Flur im Studentenwohnheim – Brianna. Sobald der Winter begonnen hat, ist sie ausgerastet. Eine richtige Psychopatin. Nicht, dass sie im Sommer besonders stabil gewesen wäre ... Deshalb sollten wir vereinbaren, dass jeder von uns das Recht hat, die Wohngemeinschaft zu beenden, wenn's nicht hinhaut. Und da dieses Apartment deiner Mutter gehört, werde *ich* ausziehen. Aber du musst mir dreißig Tage Zeit geben, damit ich mir in Ruhe eine neue Unterkunft suchen kann, bevor du das Schloss auswechselst. Das wäre nur fair.«

Luke grinst wieder. Diesmal wirkt sein Grinsen ziemlich ironisch. »Offenbar legst du großen Wert auf Fairness.«

»Kann sein«, murmle ich, ein bisschen verunsichert, weil das seine einzige Reaktion auf meine Tirade ist. »Auf dieser Welt gibt's so wenig Gerechtigkeit. Junge Mütter werden von miesen Typen getötet, die Fahrerflucht begehen, in Hinterhöfen tauchen menschliche Skelette auf …«

Jetzt runzelt er die Stirn und greift nach mir. »Keine Ahnung, wovon du redest«, sagt er und zieht mich auf seinen Schoß. Glücklicherweise habe ich mein Weinglas zur Seite gestellt. »Aber ich bin wirklich froh, dass wir über das alles diskutiert haben. Sind wir jetzt fertig?«

Hastig zähle ich zusammen, was ich alles mit ihm besprechen wollte. Meine Miete in der Form geteilter Lebenshaltungskosten und meines Beitrags zur Instandhaltung des Apartments, ein Platz für meine Nähmaschine, die Möglichkeit, die Wohngemeinschaft zu beenden, falls das einer von uns für nötig hält (eher er, weil ich nicht vorhabe auszuziehen). Ja, das war's.

Und so nickte ich. »Okay, wir sind fertig.«

»Sehr gut.« Luke legt mich auf die Couch zurück. »Und jetzt erklär mir, wie man dieses Ding öffnet, das du anhast.«

Lizzie Nichols' Ratgeber für Brautkleider

Verzweifelt nicht, ihr birnenförmig gebauten Mädchen! Gewiss, laut der Band Queen inspirieren Mädchen mit dickem Hintern die Rockerszene. Aber leider finden wir nur selten was zum Anziehen!

Aber wenn's um Brautkleider geht, können die birnenförmig gebauten Mädchen von Glück reden. Der A-Linienschnitt schmeichelt ihnen, indem er den Blick von der unteren Körperhälfte auf das Oberteil und zum Busen lenkt.

Mit schulterfreiem Dekolleté oder einem tiefen V-Ausschnitt kann das Oberteil noch stärker betont werden. Aber hüten Sie sich vor rückenfreien Neckholder-Kleidern und weiten oder plissierten Röcken, die den Umfang der Hüften noch unterstreichen würden. Auch diagonal und schräg geschnittene Röcke sind tödlich für eine Braut mit birnenförmigem Körperbau. Denn sie schmiegen sich genau an die Stellen, von denen Sie den Blick ablenken wollen!

Lizzie Nichols Designs

6

Vielleicht können drei Personen ein Geheimnis hüten, wenn zwei davon tot sind.

Benjamin Franklin (1706–1790),
amerikanischer Staatsmann, Schriftsteller und Erfinder

*W*edding Gown Restoration Specialists.«
Das steht auf dem Schild an der Tür.

Nun, genau das bin ich. Ich meine, das *tue* ich. Natürlich peppe ich nicht nur Brautkleider auf, ich kann praktisch jedes Kleid reparieren, ändern oder verschönern. Aber nur Brautkleider sind eine echte Herausforderung. Und sie bringen Geld ein.

Okay, ich versuche nicht zu sehr ans Geld zu denken – obwohl mir das schwerfällt in dieser Stadt, wo man so dringend Geld braucht, um einfach nur zu existieren. Inzwischen habe ich gemerkt, was die anderen Bewohnerinnen dieses Apartmentgebäudes tragen, wenn sie im Lift nach unten fahren. Noch nie im Leben habe ich so viel Gucci und Louis Vuitton gesehen.

Nicht, dass man Gucci und Vuitton brauchen würde, um zu existieren. Aber man braucht Geld – eine ganze Menge –, um in Manhattan ein halbwegs normales Leben zu führen. Wenn man unter »normal« keine Taxifahrten, Kinobesuche oder Latte Macchiatos versteht und das Frühstück, den Lunch und das Dinner selber macht.

Andererseits stört's mich gewaltig, dass ich mir nicht

einmal einen Happen in der nächstbesten Falafel-Bude gönnen kann. Klar, wegen meines riesigen Hinterns esse ich keine Kohlehydrate, und in der Nähe des Met gibt's auch keine Falafel-Bude. Die Residenzen an der Fifth Avenue sind buchstäblich MEILENWEIT von allen bezahlbaren Restaurants und/oder Lebensmittelläden entfernt. Genau genommen ist die Fifth Avenue Ödland. Nur Millionen-Dollar-Apartments, Museen und der Park.

Wirklich, ich beneide Shari um Chaz' Wohnung. Sicher, da hängen keine Renoirs an den Wänden, der Boden ist schief, die mobile Dusche zum Aufstellen leckt, und die emaillierte Badewanne mit den Klauenfüßen ist so fleckig, dass man glauben könnte, jemand wäre darin ermordet worden.

Aber auf der anderen Straßenseite gibt's ein spottbilliges Sushi-Lokal! Und nur ein paar Schritte von Chaz' Haustür entfernt eine Bar, wo das Budweiser Light zur Happy Hour nur einen Dollar kostet! Und einen halben Block weiter einen Lebensmittelladen, der die Einkäufe FREI HAUS liefert!

Ja, ich weiß, ich darf mich nicht beklagen. Ich meine, Luke und ich haben einen Pförtner UND einen Typen, der den Aufzug wartet, und den grandiosen Ausblick auf das Metropolitan Museum of Art. Und doppelt verglaste Fenster, so dass wir die Hupen und Sirenen auf der Fifth Avenue nicht hören.

Dafür bezahle ich tausend Dollar pro Monat. Plus die Kosten für Wasser- und Energieversorgung.

Trotzdem – auf das alles würde ich sofort verzichten, könnte ich wenigstens ab und zu einen verdammten *caffè misto* ohne Schuldgefühle genießen.

Naschkatze 75

Und diese Überlegung führt mich zu Monsieur Henri's, nur vier Häuserblöcke von Mrs. de Villiers' Domizil entfernt. Das ist eine der besten Änderungsschneidereien für Brautkleider in Manhattan. Jede Braut, die auf sich hält, bringt ihr altes Kleid zu Monsieur Henri, zumindest laut Mrs. Erickson aus dem Apartment 5B, die ich gestern Abend im Waschsalon getroffen habe. (In Mrs. de Villiers' Gebäude ist das Installationssystem zu alt, um in jeder Wohnung eine Waschmaschine mit Trockner zuzulassen, und eine Renovierung würde die enormen Instandhaltungskosten noch erhöhen.) Jedenfalls erklärte sie mir, mit einem Becher Essig in den Spülgang würde man das Geld für den Weichspüler sparen. Und sie muss es wissen, denn sie trägt einen Ring mit einem Diamanten, so groß wie ein Golfball. Um ihre Wäsche kümmert sie sich nur deshalb selber, weil sie ihr Dienstmädchen wegen Trunkenheit feuern musste und der Service des Apartmenthauses noch kein neues finden konnte. Als ich an Monsieur Henris Tür klingle, erwarte ich ausnahmsweise, meine Zeit nicht restlos zu verschwenden. Mrs. Erickson hat den Eindruck erweckt, sie würde was von restaurierten Brautkleidern verstehen. Auf diese Branche konzentriere ich mich jetzt, nachdem mein Versuch, in der Vintage-Modeszene zu arbeiten oder Kostüme auszubessern, erfolglos verlaufen ist. Während der letzten zwei Wochen habe ich alle Vintage-Läden in den fünf Bezirken abgeklappert. Nirgendwo war eine Stelle frei.

Zumindest haben die Geschäftsführer das behauptet. Ein paar sahen den College-Abschluss in meinem Lebenslauf und meinten, ich sei überqualifiziert. Nur einer wollte die Fotos von meinen neu gestylten Vintage-Kleidern sehen. Danach sagte er: »Vielleicht imponiert das den Leuten in Minnesota. Unsere Kundinnen stellen höhere Ansprüche. Hier würden wir mit Suzy Perette keinen Blumentopf gewinnen.«

»Michigan«, verbesserte ich ihn. »Ich komme aus Michigan.«

»Woher auch immer«, seufzte er und verdrehte die Augen.

Im Ernst? Dass die Leute so gemein sein können, wusste ich gar nicht. Besonders in der Vintage-Modeszene. Daheim sind die Betreiber der Secondhandläden so hilfsbereit und sorgen sich um ihre Mitmenschen. Da geht's um Qualität und Originalität, nicht um Labels. Und in New York – um mit einem der Manager zu sprechen, die mir begegnet sind: »Wenn's nicht Chanel ist, interessiert's niemanden.«

Falsch! So falsch!

Und in Mrs. Ericksons Worten: »Warum wollen Sie eigentlich in einem dieser miesen Läden arbeiten? Glauben Sie mir, ich weiß Bescheid. Meine Freundin Esther hat in einem Secondhandgeschäft von Sloan-Kettering volontiert und mir erzählt, dieses stutenbissige Gerangel um einen simplen Pucci-Schal sei unfassbar. Gehen Sie zu Monsieur Henri, da sind Sie an der richtigen Stelle.«

Luke findet es unvernünftig, berufliche Ratschläge von einer Frau anzunehmen, die ich in einem Waschsalon kennengelernt habe.

Gewiss, er ahnt nicht, wie prekär die Lage geworden ist. Weil ich's ihm verheimlicht habe. In seiner Gegenwart gebe ich mich kultiviert und lässig. Um die Wahrheit zu gestehen, er ist ziemlich schockiert gewesen, als die Umzugskartons aus Ann Arbor eingetroffen sind. Dafür haben wir keinen Platz. Glücklicherweise gehört zu Mrs. Villiers' Apartment ein Abstellraum im Keller.

Aber meine Kleider hängen an einem tragbaren Ständer, den ich bei Bed Bath & Beyond gekauft und ins Schlafzimmer gestellt habe, unter der missbilligenden Miene des Renoir-Mädchens. Bei diesem Anblick zuckte Luke zusammen. »Ich hatte keine Ahnung, dass jemand noch mehr Kleider besitzen kann als meine Mutter.« Doch er erholte sich sehr schnell von seinem Schrecken und bat mich sogar, einige verführerische Ensembles vorzuführen. Aus irgendwelchen Gründen fand er mein Heidi-Outfit besonders scharf.

Was er nicht weiß – wenn ich in absehbarer Zeit keinen Job kriege, wird dieses Outfit ebenso wie die anderen bei Ebay landen. Weil meine Barschaft inzwischen bis auf die letzten paar Hundert Dollars geschrumpft ist.

Obwohl es mir das Herz bricht, all die Kleider zu verkaufen, die ich in so vielen Jahren gesammelt habe – es wäre noch schrecklicher, wenn ich Luke gestehen müsste, dass ich im nächsten Monat die Miete nicht bezahlen kann.

Darüber würde er nur lachen und sagen, das sei schon okay. Aber *ich* würde mir Sorgen machen. Auf keinen Fall möchte ich die Frau sein, die er aushält. So was ist keine erstrebenswerte Karriere, was wir dank Evita Perón nur zu gut wissen. Außerdem will ich *einkaufen* gehen! Ein paar neue Sachen für meine Sammlung!

Und das kann ich nicht, weil ich pleite bin.

Also ist Monsieur Henri meine einzige Hoffnung. Wenn das nicht funktioniert, muss ich die Suzy Perettes verkaufen. Vielleicht sogar die Gigi Youngs.

Oder ich jobbe für eine Zeitarbeitsagentur. Okay, dann werde ich eben für den Rest meines Lebens faxen und Akten ablegen, bis mich endlich jemand engagiert!

Schätzungsweise bleibt mir sowieso nichts anderes übrig. Das merke ich, sobald Monsieur Henri mich in den Laden führt (oder der ältere Mann mit Schnurrbart, der mich hereinlässt, nachdem ich an der Tür geklingelt habe). Er lächelt mich überaus höflich an, bis ich ihm erkläre, ich würde nicht heiraten (noch nicht) und sei an einem Job in seinem Etablissement interessiert.

Sofort entgleisen seine Züge. »Wer hat Sie geschickt?«, fragt er mit starkem französischem Akzent und starrt mich misstrauisch an. »War es Maurice?«

Verwirrt runzle ich die Stirn. »Ich habe keine Ahnung, wer Maurice ist.«

Aus dem Hintergrund des Ladens trippelt eine zierliche, vogelartige Französin heran, ein breites Lächeln aufs Gesicht geklebt, bis ich den Namen »Maurice« ausspreche.

»Glaubst du, sie ist eine Spionin von Maurice?«, fragt sie den Mann in rasantem Französisch, das ich jetzt – einigermaßen – verstehe, nachdem ich einen Sommer in diesem Land verbracht und die Sprache davor ein Semester lang studiert habe.

»Das muss sie sein«, antwortet er in ebenso schnellem Französisch. »Was sollte sie sonst hier machen?«

»Nein, ehrlich!«, rufe ich. Das alles habe ich verstanden. Dafür reichen meine Französischkenntnisse. Aber ich kann mich nicht so gut ausdrücken. »Ich kenne niemanden, der Maurice heißt. Und ich bin hier, weil ich gehört habe, dass Sie in dieser Stadt die besten Spezialisten für alte Brautkleider sind. Diesen Beruf möchte ich gern ergreifen. Das heißt – ich habe schon gewisse Erfahrungen. Hier, schauen Sie sich meine Mappe an …«

»Wovon redet sie?«, fragt Madame Henri (das muss sie doch sein, nicht wahr?) ihren Mann.

»Keine Ahnung.« Aber er nimmt meine Mappe und beginnt darin zu blättern.

»Da sehen Sie ein Hubert de Givenchi-Kleid, das ich auf einem Dachboden gefunden habe«, erkläre ich, als sie Bibi de Villiers' Brautkleid inspizieren. »Ein rostiges Jagdgewehr war darin eingewickelt. Um die Flecken rauszukriegen, habe ich das Kleid eine Nacht lang in Sauce tartare eingeweicht. Dann habe ich die Risse an den Trägern und am Saum mit der Hand geflickt …«

»Warum zeigen Sie uns das?«, unterbricht mich Monsieur Henri und will mir die Mappe zurückgeben. Aber ich nehme sie nicht. An der Wand hinter seinem Kopf hängen zahlreiche gerahmte Fotos von Brautkleidern vor und nach den Reparaturen. Wirklich eindrucksvoll. Ein paar müssen so vergilbt gewesen sein, dass man sie kaum berühren konnte. Sonst wären sie auseinandergefallen.

Aber Monsieur Henri hat sie in ihren ursprünglichen schneeweißen Zustand zurückversetzt. Entweder besitzt er ein spezielles Händchen für empfindliche Stoffe – oder magische Chemikalien in einem Hinterzimmer.

»Weil ich eben erst aus Michigan nach New York übersiedelt bin …«, entgegne ich langsam. »Und weil ich einen Job brauche …«

»Also hat Maurice Sie nicht zu uns geschickt?« Monsieur Henris Augen sind immer noch argwöhnisch zusammengekniffen.

»Nein.« Was geht hier eigentlich vor? »Ich weiß nicht einmal, von wem Sie reden.«

Madame Henri – die neben ihrem viel größeren Ehemann gestanden und an seinem Arm vorbei auf meine Mappe gespäht hat – mustert mich von oben bis unten. Von meinem koketten Pferdeschwanz (Mrs. Erickson hat mir geraten, die Haare aus dem Gesicht zu streichen) bis zum Joseph Ribkoff-Etuikleid, das ich unter einem mit Perlen bestickten Vintage-Cardigan trage (seit meiner Ankunft in New York ist es kühler geworden. Noch ist der Sommer nicht ganz vorbei. Aber der Herbst liegt in der Luft).

»Jean, ich glaube ihr«, sagt sie auf Französisch zu ihrem Mann. »Schau sie dir an! Wenn Maurice uns hereinlegen will, würde er keine so dumme Person hierherschicken.«

»Hey!«, will ich empört schreien und wütend aus dem Laden marschieren, denn ich habe diese Worte ganz genau verstanden.

Andererseits beobachte ich, wie Monsieur Henri wieder in meiner Mappe blättert und die Davor-und-Nach-Fotos von dem hässlichen Brautkleid betrachtet, das Lukes Kusine Vicky selbst entworfen hat. Letzten Endes konnte ich's in was halbwegs Passables verwandeln (obwohl sie sich dann doch für mein Givenchy-Kleid entschieden hat). Offensichtlich ist er interessiert.

Also sage ich, statt hinauszustürmen: »Das alles musste ich mit der Hand machen. Damit meine ich Vickys Kleid. Weil ich damals auf Reisen war und meine Singer nicht dabeihatte.«

»Reine Handarbeit?« Mit schmalen Augen fixiert er das Foto. Dann zieht er eine Gleitsichtbrillle aus seiner Hemdtasche.

»Ja«, bestätige ich und versuche seine Frau zu ignorieren. Dumm! Was weiß die denn schon? Offensichtlich kann
sie nicht lesen. Sonst hätte sie meinem Lebenslauf den Stu-
dienabschluss an der University of Michigan entnommen.
Den ich im Januar kriegen werde. Und die University of
Michigan nimmt keine dummen Studenten. Nicht einmal,
wenn ihre Väter die Computer-Abteilung an einem College leiten.

»Diese Rostflecken haben Sie ohne Chemikalien entfernt?«, erkundigt sich Monsieur Henri.

»Nur mit Sauce tartare. Darin habe ich das Kleid über
Nacht eingeweicht.«

»Hier benutzen wir auch keine Chemikalien«, betont
Monsieur Henri voller Stolz. »Deshalb wurden wir von
der Association of Bridal Consultants belobigt und zu Certified Wedding-Gown Specialists ernannt.«

Was soll ich darauf antworten? Keine Ahnung. Ich
wusste nicht einmal, dass es Certified Wedding-Gown
Specialists gibt. Also sage ich nur: »Fantastisch.«

Madame stößt ihn mit ihrem Ellbogen an.

»Erzähl ihr auch das andere«, verlangt sie auf Französisch.

Monsieur Henri fixiert mich durch seine Brillengläser.
»Nun, wir werden auch vom National Bridal Service empfohlen.«

»Und das ist mehr, als dieses *cochon* Maurice jemals erreicht hat!«, kreischt Madame Henri.

Ich finde es etwas übertrieben, den armen Maurice –
wer immer er sein mag – ein Schwein zu nennen.

Insbesondere, weil ich auch vom National Bridal Service noch nie gehört habe.

Trotzdem beherrsche ich mich und halte ausnahmsweise den Mund. In der Auslage des kleinen Ladens stehen zwei Schaufensterpuppen in Brautkleidern. Wie ein Plakat verrät, wurden sie von Alt auf Neu getrimmt – und sie sehen exquisit aus. Eines der Kleider ist mit zahllosen winzigen Perlen übersät, die wie Regentropfen daran hängen und im Sonnenlicht funkeln. Und das andere besteht hauptsächlich aus Spitzenrüschen. Es juckt mich in den Fingern, danach zu greifen und herauszufinden, wie sie verarbeitet wurden.

O ja, Mrs. Erickson hat recht – Monsieur Henri versteht was von seinem Handwerk. Von diesem Mann könnte ich sehr viel lernen – nicht nur die höhere Meisterschaft der Nähkunst, sondern auch, wie man ein erfolgreiches Geschäft betreibt. Zu schade, dass Madame Henri so eine …

»Das ist ein sehr anstrengender Job«, gibt Monsieur Henri zu bedenken. »Für unsere Kundinnen geht es um den wichtigsten Tag ihres Lebens. Also muss ihr Brautkleid perfekt sein – und rechtzeitig geliefert werden.«

»Nun, ich bin eine absolute Perfektionistin«, versichere ich. »Oft genug bin ich ganze Nächte wach geblieben, um Kleider zu vollenden – selbst wenn es gar nicht nötig gewesen wäre.«

Anscheinend hört er gar nicht zu. »Und unsere Kundinnen sind sehr anspruchsvoll. Erst wollen sie das und am nächsten Tag schon wieder was anderes …«

»Oh, ich bin sehr flexibel. Und ich kann gut mit Menschen umgehen. Man könnte sogar sagen, ich bin eine hervorragende Menschenkennerin …« Oh, habe ich das wirklich gesagt? »Aber ich würde einer Kundin niemals erlauben, etwas auszusuchen, das ihr nicht steht.«

Naschkatze

»Das ist ein Familienbetrieb«, verkündet Monsieur Henri abrupt. Wie schrecklich, wie endgültig das klingt. Mit lautem Knall klappt er meine Mappe zu. »Deshalb engagieren wir keine Fremden.«

»Hören Sie...« Nein, er *darf* mich nicht abweisen. Ich *muss* wissen, wie er diese Rüschen hingekriegt hat. »Natürlich gehöre ich nicht zu Ihrer Familie, das weiß ich. Aber ich bin tüchtig. Und was ich *nicht* kann – ich bin eine gelehrige Schülerin.«

»*Non*«, erwidert Monsieur Henri, »es hat keinen Zweck. Dieses Geschäft habe ich für meine Söhne aufgebaut, und ...«

»Die nichts damit zu tun haben wollen«, ergänzt seine Frau in bitterem Französisch. »Das weißt du, Jean. Die faulen Schweine interessieren sich nur für ihre Diskotheken.«

Hmmm ... Also sind auch die Söhne Schweine?

»... und ich erledige meine Arbeit selber«, fügt Monsieur Henri in arrogantem Ton hinzu.

»Ja, das stimmt«, schnauft Madame Henri. »Deshalb hast du keine Zeit mehr für mich. Oder für deine Söhne. Nur weil du ständig hier im Laden herumhängst, lassen sie ständig die Sau raus. Und dein Herz? Der Doktor hat gesagt, du müsstest dich endlich schonen. Sonst wird dich der Schlag treffen. Dauernd sagst du, in Zukunft würdest du weniger arbeiten und den Laden zeitweise jemand anderem überlassen, damit wir ein paar Wochen in der Provence verbringen können. Aber *tust* du's auch? Natürlich nicht!«

»Ich wohne gleich um die Ecke«, erkläre ich und versuche die beiden nicht merken zu lassen, dass ich jedes

Wort verstanden habe. »Ich könnte herkommen, wann immer Sie mich brauchen. Das heißt – wenn Sie sich um Ihre Familie kümmern möchten.«

Prüfend schaut Madame Henri in meine Augen. »Vielleicht«, murmelt sie in ihrer Muttersprache, »ist sie gar nicht so dumm, wie sie aussieht.«

»Bitte!« Mühsam bekämpfe ich den Impuls, die Frau anzuschreien: *Wenn ich so dumm wäre, würde ich dann an der Fifth Avenue wohnen?* So etwas darf ich nicht sagen, denn die Leute, die einen nach der Straße beurteilen, in der man wohnt, sind wirklich *dumm.* »Monsieur Henri, Ihre Kleider sind so wunderschön. Eines Tages möchte ich meinen eigenen Laden eröffnen. Deshalb will ich bei einem Meister seines Fachs in die Lehre gehen. Und ich besitze Referenzen. Rufen Sie doch den Manager des letzten Geschäfts an, in dem ich gearbeitet habe ...«

»*Non*«, fällt Monsieur Henri mir ins Wort. »*Non,* ich bin nicht interessiert.«

Und dann drückt er mir meine Mappe in die Hand.

»Wer ist denn jetzt dumm?«, faucht seine Ehefrau.

Plötzlich nimmt Monsieur Henris Gesicht mildere Züge an. Vielleicht, weil er die Tränen sieht, die in meinen Augen glänzen... Verrückt! Ich heule! Bei einem Bewerbungsgespräch!

»Mademoiselle ...«, beginnt er und legt eine Hand auf meine Schulter. »Nicht, dass ich glauben würde, Sie hätten kein Talent. Aber das hier ist ein sehr kleiner Laden. Und meine Söhne gehen aufs College. Das ist teuer. Ich kann es mir nicht leisten, eine Angestellte zu bezahlen.«

Und dann höre ich drei Worte über meine Lippen kommen. Wie der Speichel im Schlaf. Niemals in tausend Jahren hätte ich gedacht, ich würde so etwas aussprechen. Und sofort, nachdem ich's gesagt habe, will ich mich erschießen. Aber es ist zu spät, es lässt sich nicht zurücknehmen.

»Ich arbeite umsonst.«

O Gott! Nein! Was rede ich denn da?

Aber es wirkt. Ganz offensichtlich. Monsieur Henri starrt mich fasziniert an. Und seine Frau lächelt strahlend, als hätte sie soeben in der Lotterie gewonnen.

»Also meinen Sie – ein Praktikum?« Monsieur Henri schiebt seine Brille auf die Nasenspitze hinab, um mich noch genauer zu mustern.

»Oh, ich – ich…« Heiliger Himmel. Wie soll ich mich da herauslavieren? Noch dazu, wo ich nicht einmal sicher bin, ob ich's will? »Nun – ja. Wenn Sie sehen, wie hart ich arbeite – vielleicht würden Sie mir dann ein Gehalt zahlen.«

Okay, das klingt schon besser. Genau das werde ich tun – ich werde für ihn schuften und mich unentbehrlich machen. Und wenn er nicht mehr ohne mich auskommt, drohe ich ihm damit, dass ich verschwinde, wenn er mich nicht bezahlt.

Keine besonders effektive Strategie, um einen Job zu kriegen. Aber die einzige, die mir im Moment einfällt.

»Abgemacht«, sagt Monsieur Henri, nimmt seine Brille ab und reicht mir die Hand. »Willkommen.«

»Eh…« Ich schiebe meine Hand in seine und spüre die Schwielen an seinen Fingern. »Danke.«

Was Madame Henri veranlasst, in selbstgefälligem Französisch zu bemerken: »Ha! Sie ist doch dumm!«

Lizzie Nichols' Ratgeber für Brautkleider

Wie lang soll die Schleppe Ihres Brautkleids sein?

Da gibt es drei grundlegende Möglichkeiten:

Die dezente Länge
Die Schleppe berührt knapp den Boden

Die Kirchenlänge
Etwa ein Meter der Schleppe bedeckt den Boden

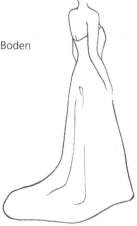

Die Kathedralenlänge
Etwa zwei Meter der Schleppe bedecken den Boden (oder sie ist noch länger – aber nur, wenn Sie eine Königliche Hoheit sind).

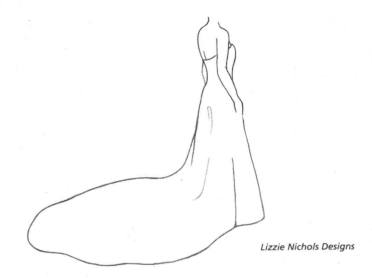

Lizzie Nichols Designs

7

Die beste Möglichkeit, sein Wort zu halten, besteht darin, es gar nicht erst zu geben.

Napoleon I (1769–1821), französischer Kaiser

Während ich Maß nehme, weine ich.

Dagegen kann ich nichts machen. Ich bin so verdammt sauer.

Zum Glück ist niemand daheim. Zumindest glaube ich das.

Und so quietsche ich auf, falle erschrocken nach hinten, und das Maßband fliegt davon, als Chaz mit schläfriger Miene aus seinem Zimmer kommt, ein zerfleddertes Taschenbuch in der Hand, und fragt: »Was treibst du denn da?« Er greift nach meinem Arm. Aber es ist zu spät. Ich liege flach auf dem Rücken am Boden seines Wohnzimmers. »Bist du okay, Lizzie?«

Ich gebe dem schiefen Parkettboden die Schuld an meiner peinlichen Lage. Ganz im Ernst. »Nein, ich bin nicht okay«, schluchze ich.

»Was stimmt denn nicht?« Chaz lacht nicht *direkt*. Aber seine Mundwinkel zucken unübersehbar.

»Das ist nicht komisch.« Inzwischen hat mir das Leben in Manhattan meinen Humor geraubt. Oh, sicher, alles ist schön und gut, wenn ich mit Luke im Bett liege oder wenn wir uns auf der Couch seiner Mom aneinanderkuscheln und uns die »Zuschauer-Stripshow« auf ihrem Plasmabildschirm ansehen (stillvoll hinter einem echten Gobelin aus dem sechzehnten Jahrhundert verborgen, wenn er nicht benutzt wird, einem fabelhaften Kunstwerk, das eine idyllische ländliche Szene zeigt).

Aber sobald er zur Tür hinaus und zur Universität geht und mich jeden Wochentag von neun Uhr morgens bis fünf Uhr nachmittags allein lässt, fühle ich mich total verunsichert. Dann wird mir bewusst, was mir droht – ich werde in Manhattan genauso scheitern wie Kathy Pennebaker. Zwischen uns besteht nur ein einziger Unterschied – ich leide nicht an einer Persönlichkeitsstörung.

Jedenfalls wurde keine klinisch diagnostiziert.

»Sorry.« Chaz schaut auf mich herab und versucht, nicht zu grinsen. »Würdest du mir verraten, warum du mitten am Nachmittag in meine Wohnung schleichst? Weil Luke dich im Apartment seiner Mom nicht weinen lässt?«

»Nein«, sage ich und bleibe am Boden liegen. Es tut so gut, ein bisschen zu weinen. Außerdem halten Shari und Chaz ihre Bude makellos sauber. Also muss ich nicht befürchten, mein Kleid schmutzig zu machen. »Shari hat mir deinen Ersatzschlüssel gegeben, damit ich Maß nehmen kann – für den Sofabezug und die Vorhänge, die ich nähen will.«

»Also nähst du einen Sofabezug und die Vorhänge für uns.« Darüber scheint er sich zu freuen. »Cool.« Während ich weiter weine, hört er auf, sich zu freuen. »Oder vielleicht doch nicht so cool, wenn du deshalb heulst.«

»Nicht deshalb.« Ich wische mit den Handrücken über meine Augen. »Sondern weil ich ein Loser bin.«

»Okay, jetzt brauche ich einen Drink«, seufzt Chaz. »Willst du auch einen?«

»Mit Alkohol lässt sich das Problem nicht lösen«, jammere ich.

»Nein«, stimmt er zu. »Aber ich habe den ganzen Nachmittag Wittgenstein gelesen. Wenn ich was trinke, werde ich nicht mehr das Gefühl haben, dass ich mich eigentlich umbringen müsste. Also, willst du auch was oder nicht? Ich denke an Gin Tonics.«

»Ja...« Nun kriege ich einen Schluckauf. Vermutlich wird mich ein bisschen Gin aufbauen. Bei Grandma funktioniert das fast immer.

Und deshalb sitze ich ein bisschen später neben Chaz auf der Couch mit den Goldborten. (Auch die Kissen sind alt. Wenn ich nicht wüsste, dass sie aus einer Anwaltskanzlei stammen, würde ich schwören, sie hätten früher ein chinesisches Restaurant geschmückt. Ein sehr vornehmes. Trotzdem...) Rückhaltlos gestehe ich ihm die Wahrheit über meine beklagenswerte finanzielle Situation.

»Und jetzt«, fahre ich fort, ein hohes, eisgekühltes, fast leeres Glas in der Hand, »habe ich einen Job. Ich will nicht behaupten, dass es mein Traumjob ist. Klar, da kann ich einiges lernen – aber ich bekomme keinen Lohn, und ich habe keine Ahnung, woher ich im nächsten Monat das Geld für die Miete nehmen soll. Nicht einmal mit Teilzeitjobs kann ich was verdienen. Dafür habe ich keine Zeit, weil ich für Monsieur Henri arbeite. Und du weißt ja, wie miserabel Kellnerinnen und Barkeeperinnen bezahlt werden. Wenn ich meine Vintage-Kleider nicht verkaufe, werde ich's nicht schaffen. Ich habe nicht mal genug Geld für die U-Bahn-Fahrt von deiner Wohnung zu Lukes Apartment. Und ich kann ihm das *unmöglich* sagen, das bringe ich nicht fertig. Natürlich wird er mich ebenso wie Madame Henri für strohdumm halten. Meine Eltern will ich nicht um Geld bitten, die haben ohnehin keins. Außerdem bin ich erwachsen, ich muss für mich selber sorgen. Also werde ich Monsieur Henri sagen, es tut mir leid, ich habe einen Fehler gemacht. Dann gehe ich zur nächstbesten Zeitarbeitsagentur und frage, ob sie einen Job für mich haben – irgendeinen.« Zitternd ringe ich nach Luft. »Oder ich ziehe nach Ann Arbor zurück und hoffe, mein alter Job bei Vintage to Vavoom ist noch frei. Aber wenn ich das mache, werden die Leute sagen, Lizzie Nichols hat's in New York versucht und Mist gebaut, genauso wie Kathy Pennebaker.«

»Meinst du die Kathy, die ständig allen Mädchen die Kerle ausgespannt hat?«, fragt Chaz.

»Ja«, bestätige ich. Wie nett es doch ist, dass Sharis Freund die wichtigen Personen und Ereignisse in unserem Leben schon kennt. Deshalb muss ich ihm nichts erklären, so wie meinem Freund Luke.

»Mit der wird man dich nicht vergleichen. Du hast keine Persönlichkeitsstörung.«

»Stimmt, sie hatte viel stichhaltigere Gründe als ich, um aus New York zu verschwinden.«

Darüber denkt er eine Weile nach. »Und sie ist eine Hure. Jetzt zitiere ich Shari.«

Ich glaube, ich kriege Kopfschmerzen. »Können wir Kathy Pennebaker mal aus dem Spiel lassen?«

»Dieses Thema hast *du* angeschnitten.«

Was mache ich eigentlich hier? Warum sitze ich mit dem Freund meiner besten Freundin auf seiner Couch und erzähle ihm von meinen Problemen? Schlimmer noch – er ist der beste Freund meines Freundes. »Wenn du Luke verrätst, was ich dir gesagt habe, bringe ich dich um«, fauche ich. »Das meine ich ernst – ich ermorde dich.«

»Das glaube ich dir«, beteuert Chaz, ohne zu grinsen.

»Gut.« Mit wackligen Knien stehe ich auf. Erst jetzt merke ich, dass Chaz nicht am Gin gespart hat. »Ich muss gehen. Bald kommt Luke nach Hause.«

»Warte, Kumpel.« Chaz zieht mich an meinem perlenbesetzten Cardigan auf die Couch zurück.

»He«, beschwere ich mich, »das ist Kaschmir.«

»Reg dich ab. Ich will dir einen Gefallen tun.«

Abwehrend hebe ich beide Hände. »O nein. Ausgeschlossen. Ich will dich nicht anpumpen, Chaz. Entweder schaffe ich's aus eigener Kraft oder gar nicht. Niemals würde ich dein Geld anrühren.«

»Gut zu wissen«, erwidert er trocken, »weil ich nämlich gar nicht vorhatte, dir was zu leihen. Aber ich überlege mir – kannst du nicht bei diesem Monsieur auch stundenweise arbeiten, zum Beispiel nur am Nachmittag?«

»Ich werde nicht *bezahlt*«, betone ich und lasse meine Hände sinken. »Also darf ich mir die Arbeitszeit einteilen.«

»Dann hättest du vormittags frei?«

»Ja, leider – ein fester Job mit Gehalt wäre mir lieber.«

»Zufällig haben Pendergast, Loughlin and Flynn gerade die Vormittagsempfangsdame an eine Theatertruppe verloren, die mit dem Musical ›Tarzan‹ auf Tournee geht.«

Ich blinzle ihn an. »Meinst du die Anwaltskanzlei deines Dads?«

»Genau. Offenbar ist die Stellung seiner Empfangsdame so anstrengend, dass sie nur in zwei Schichten bewältigt werden kann. Die eine dauert von acht Uhr morgens bis zwei Uhr nachmittags, die andere von zwei bis acht Uhr abends. Zurzeit übernimmt eine junge Frau mit Model-Ambitionen die Nachmittagsschicht. Die braucht ihre freien Vormittage, um Agenturen abzuklappern. Oder um ihren Kater nach durchfeierten Nächten zu kurieren – je nachdem. Jetzt wird noch jemand für die Vormittagsschicht gesucht. Falls du ernsthaft einen Job suchst, wäre das gar nicht so übel. Nachmittags hättest du Zeit für Monsieur Sowieso, und du müsstest nicht deine ganze Barbiepuppenkleidersammlung verkaufen, oder was immer das ist. Viel würdest du nicht verdienen, nur zwanzig Dollar pro Stunde, aber es gibt einige Vergünstigungen, zum Beispiel die Krankenversicherung und bezahlten Ur...«

Aber er muss nicht weiterreden, denn sobald ich die Info »zwanzig Dollar pro Stunde« gehört habe, werfe ich mich auf ihn. »O Chaz, meinst du das ernst?«, kreische ich und kralle meine Finger in sein T-Shirt. »Würdest du wirklich ein gutes Wort für mich einlegen?«

»Autsch, du zerrst an meinen Brusthaaren.«

Zerknirscht lasse ich ihn los. »O Gott, Chaz! Wenn ich vormittags arbeiten und nachmittags zu Monsieur Henri gehen könnte... Ja, dann würde ich's hinkriegen, ich würde es in New York City schaffen. Und ich müsste meine Sammlung nicht verkaufen! Ich müsste nicht nach Hause flüchten!« Noch wichtiger – ich müsste Luke nicht gestehen, was für eine erbärmliche Versagerin ich bin.

»Okay, ich rufe Roberta von der Personalabteilung an und mache einen Termin für dich aus. Aber ich warne dich, Lizzy, das ist kein leichter Job. Klar, du hast nicht viel mehr zu tun, als Telefongespräche weiterzuleiten. Doch da gibt's einen Haken. Die Kanzlei meines Dads ist auf Scheidungen und Eheverträge spezialisiert, die Klienten sind sehr anspruchsvoll, die Anwälte furchtbar nervös. Meistens geht's da ziemlich stressig zu. Das weiß ich, weil ich im Sommer nach dem High School-Abschluss in der Poststelle gejobbt habe, und das war der reinste Horror.«

Das alles höre ich nur mit halbem Ohr. »Gibt's eine Kleiderordnung? Muss ich Strumpfhosen tragen? Die hasse ich.«

Chaz seufzt. »Das wird Roberta dir sicher erklären. Sag mal – mach jetzt bloß kein großes Aufhebens drum, aber weißt du, was mit Shari los ist?«

Sofort bin ich ganz Ohr. »Mit Shari? Nein. Warum? Wovon redest du?«

»Ich begreif's nicht …« Plötzlich sieht er jünger aus als seine sechsundzwanzig Jahre. Er ist nur um drei Jahre älter als Shari und ich, aber in manchen Dingen um Lichtjahre. Wahrscheinlich passiert so was, wenn man ein Kind in der wichtigen Zeit zwischen dem achten und dem sechzehnten Lebensjahr in ein Internat steckt. Nun, vielleicht bilde ich mir das auch nur ein. Jedenfalls würde ich mein Kind nicht wegschicken, so wie Chaz' Eltern das gemacht haben, nur wegen seines Aufmerksamkeitsdefizitsyndroms. »Anscheinend kann sie gar nicht aufhören, von ihrer neuen Chefin zu reden.«

»Von Pat?« Diese Pat-Storys habe ich auch schon bis zum Überdruss gehört. Jedes Mal, wenn ich mit Shari telefoniere, schwärmt sie von den Heldentaten ihrer fabelhaften Chefin.

Natürlich ist es kein Wunder, dass ihr diese Lady imponiert. Immerhin hat Pat viele Hundert, womöglich sogar

Tausend Frauen vor häuslicher Gewalt gerettet und ihnen neue Unterkünfte beschafft.

»Das weiß ich«, sagt Chaz, als ich ihn darauf hinweise. »Und es freut mich, dass Shari so begeistert von ihrem Job ist. Aber ich sehe sie kaum noch. Sie arbeitet nur noch. Nicht nur von neun bis fünf, auch abends und an manchen Wochenenden.«

»Hm…« Bedauerlicherweise werde ich langsam nüchtern. »Ich glaube, sie will einfach nur am Ball bleiben. Nach allem, was sie mir erzählt, muss ihre Vorgängerin ein Chaos hinterlassen haben. Shari meint, sie würde Monate brauchen, um alles in Ordnung zu bringen.«

»Ja, das hat sie erwähnt.«

»Du solltest stolz auf Shari sein. Bedenk doch, deine Freundin hilft mit, die Welt ein bisschen zu verbessern.« Im Gegensatz zu mir. *Und zu dir,* müsste ich hinzufügen, denn Chaz arbeitet nur auf seinen Dr. phil. hin. Allerdings will er mal Lehrer werden. Das ist bewundernswert, ich meine, den Geist junger Menschen zu formen und so. Zweifellos bedeutsamer als alles, was ich jemals tun werde…

But young Girls, they get weary… Okay, ich muss aufhören, ständig an diesen Song zu denken.

»Klar, ich bin ja auch stolz auf sie«, versichert Chaz. »Ich wünschte nur, sie würde ein bisschen weniger arbeiten.«

»Wow!« Ich lächle ihn an. »Wie süß! Offensichtlich liebst du deine Freundin.«

Er wirft mir einen sarkastischen Blick zu. »Nun, vielleicht leide *ich* ja an einer Persönlichkeitsstörung.«

Lachend versuche ich seine Schulter zu boxen. Aber er duckt sich.

»Und wie läuft's mit dir und Luke?«, will er wissen.

»Abgesehen von dem schandbaren Geheimnis, das du ihm verschweigst, nämlich deine klägliche Armut? Wie kommt ihr miteinander aus?«

»Großartig.« Soll ich ihn fragen, was ich mit Lukes Mom machen soll? Der Kerl mit dem französischen Akzent hat inzwischen eine weitere Nachricht auf dem Anrufbeantworter hinterlassen – zutiefst gekränkt, weil Bibi nicht am »üblichen Ort« erschienen ist. Seinen Namen hat er wieder nicht genannt, aber angekündigt, er würde erneut auf sie warten.

Bevor Luke von der Universität nach Hause gekommen ist, habe ich die Nachricht gelöscht. So was will ein Junge nicht hören, wenn's um seine Mutter geht.

Dass ich nicht damit herausgeplatzt bin, sobald Luke zur Tür hereingekommen ist, betrachte ich als Zeichen meiner neuen Reife. Und meiner erstaunlichen Fähigkeit, den Mund zu halten.

Und Chaz erzähle ich's auch nicht – ein zusätzlicher Beweis für die unglaubliche Selbstbeherrschung, die ich mir in New York City angeeignet habe.

Stattdessen teile ich Chaz mit: »Ich wende immer noch die Methode ›Kleines Waldtier‹ an – das scheint zu funktionieren.«

Chaz blinzelt. »Die – was?«

Wie ich zu spät erkenne, hat mich seine umgängliche Art eingelullt und in gefährliches Wohlbehagen versetzt. Beinahe hätte ich was ausgeplaudert, was ich normalerweise für Sharis Ohren reserviere. Wie *kann* ich meine Waldtier-Theorie mit einem anderen KERL erörtern? Schlimmer noch – mit dem besten Freund meines Freundes? »Ach, nichts«, sage ich rasch. »Mit Luke ist alles okay.«

»Was ist jetzt mit diesem kleinen Waldtier?«, beharrt er.

»Nichts«, wiederhole ich. »Einfach – nichts. Das geht nur Mädchen was an. Nicht wichtig.«

Aber Chaz lässt nicht locker. »Geht's um Sex?«

»Oh, mein Gott!«, rufe ich schockiert. »Nein! Mit Sex hat das nichts zu tun! Um Himmels willen!«

»Was ist es dann? Komm schon, mir kannst du's sagen. Luke wird nichts von mir erfahren.«

»Ach ja!« Ich lache vielsagend. »Das habe ich schon mal gehört.«

»Was?«, fragt er beleidigt. »Habe ich dich jemals bei deinen Freunden verpetzt?«

Mit schmalen Augen starre ich ihn an. »Früher hatte ich keine Freunde. Zumindest keine, die nicht schwul oder hinter meinem Geld her waren. Ich meine, als ich noch Geld hatte.«

»Komm schon, sag's mir! Was bedeutet das kleine Waldtier? Das werde ich niemandem verraten, ich schwöre es.«

»Nun ja …« Offenbar habe ich keine Wahl. Er wird keine Ruhe geben, bis er's weiß. Und weil ich nun mal ein Pechvogel bin, wird er's Luke brühwarm erzählen. »Also, es ist nur eine Theorie. Jungs sind wie kleine Waldtiere. Um sie anzulocken, muss man jede abrupte Bewegung vermeiden. Man sollte ganz subtil vorgehen. Und möglichst cool.«

»Und warum willst du sie anlocken?« Das scheint er wirklich nicht zu wissen. »Du bist doch sowieso schon mit Luke zusammen. Immerhin wohnst du bei ihm. Obwohl ich nicht verstehe, dass du's deinen Eltern verheimlichst. Irgendwann werden sie herausfinden, dass du dein Apartment nicht mit Shari teilst. Meinst du nicht, deine Adresse an der Fifth Avenue wird sie ein bisschen misstrauisch machen?«

»Chaz!« Stöhnend verdrehe ich die Augen. »Meine Eltern haben keine Ahnung von der Fifth Avenue, die waren noch nie in New York. Du weißt sehr gut, wovon ich rede.«

»Nein, ehrlich nicht. Erklärst du's mir?«

»Okay.« Er wird mich nicht in Ruhe lassen. Also resigniere ich. »Mit dieser Methode – arbeite ich auf eine feste Bindung hin.«

»Was?« Wie seine Miene bekundet, hat er's endlich begriffen. In seinen Augen lese ich unverhohlenes Entsetzen. »Willst du Luke *heiraten*?«

Da bleibt mir nichts anderes übrig, als eines der goldenen Kissen zu packen und erbost auf Chaz zu schleudern. »Warum findest du das so schrecklich?«, kreische ich. »Ich liebe ihn!«

Diesmal ist er zu verblüfft, um sich zu ducken. Das Kissen prallt von ihm ab und wirft beinahe das leere Gin Tonic-Glas auf dem schiefen Boden um.

»Aber du kennst ihn erst seit drei Monaten!«, schreit er mich an. »Und da denkst du schon an eine *Ehe*?«

»Na und?« Unfassbar. Schon wieder ist mir das passiert. Warum kann ich denn *niemals* meine große Klappe halten? »Gibt's einen bestimmten Zeitraum, in dem man solche Dinge entscheiden soll? Manchmal *weiß* man's einfach, Chaz.«

»Ja, aber – *Luke*?« Ungläubig schüttelt er den Kopf. Kein gutes Zeichen. Wenn man bedenkt, dass Luke sein bester Freund ist. Vermutlich verfügt er über Insiderinformationen.

»Was ist mit Luke?«, frage ich. Ja, ich geb's zu. Obwohl meine Stimme ganz cool klingt – zumindest in meinen eigenen Ohren – beginnt mein Herz wie rasend zu pochen. Wovon redet er? Und was bedeutet sein Gesichtsausdruck? Als hätte er irgendwas Übles gerochen.

»Versteh mich nicht falsch«, ermahnt er mich. »Ich finde, Luke ist ein großartiger Typ, mit dem man herumhängt und so. Aber *heiraten* würde ich ihn niemals.«

»Das verlangt auch niemand von dir«, betone ich. »Außerdem wäre es in den meisten Staaten illegal.«

»Ha, ha.« Seine Lippen verkneifen sich. »Schon gut. Vergiss, was ich gesagt habe. Du wendest die Kleine-Waldtier-Methode an, oder was auch immer. Viel Spaß.«

»Was heißt das?« Mein Herz rast nicht nur, es droht zu explodieren. »Warum würdest du Luke nicht heiraten? Abgesehen von der Tatsache, dass du nicht schwul bist.« *Und dass Luke dich nicht gefragt hat.* Mich, meine ich.

»Ach, ich weiß nicht ...« Unbehaglich runzelt Chaz die Stirn. »Eine Heirat ist so – endgültig. Den ganzen Rest des Lebens muss man mit ein und derselben Person verbringen.«

»Nicht unbedingt. Das gilt nicht für *alle* Ehen. Darauf hat dein Vater eine lukrative Karriere aufgebaut.«

»Genau das meine ich. Wenn du dich für den falschen Partner entscheidest, kann dich das ein paar Hunderttausend Dollar kosten. Das heißt – falls du von der Kanzlei meines Dads vertreten wirst.«

»Aber Luke ist nicht der falsche Partner«, erkläre ich ihm geduldig. »Nicht für mich. Und ich sage ja auch gar nicht, dass ich ihn schon morgen heiraten will. So dumm bin ich nicht. Bevor ich anfange, Kinder zu kriegen – mit dem ganzen Drum und Dran, will ich Karriere machen. Und ich habe Luke gesagt, erst mal würden wir nur auf Probe zusammenleben. Wenn's mit uns klappt – und wenn ich dreißig oder so bin, würde ich ihn sehr gern heiraten.«

»Gut und schön. Aber in den sechs Jahren, bis du dreißig wirst, kann sehr viel geschehen.«

»Sieben«, verbessere ich ihn.

»Und wenn ihr Pferde wärt und ich wetten würde – auf das Pferd namens Luke würde ich ganz sicher nicht setzen.«

Ich schüttle den Kopf. Allmählich verlangsamen sich meine Herzschläge. Offensichtlich hat Chaz nicht die leiseste Ahnung, wovon er redet. Er will nicht auf Luke setzen? Was heißt das? Luke ist der wunderbarste Mensch, den ich jemals kennengelernt habe. Oder kennt Chaz jemand anderen, der jeden Song vom »Stinky Fingers«-Album der Rolling Stones auswendig gelernt hat – und dauernd unter der Dusche singt? Und zwar die *richtigen* Melodien? Und wer würde auf das lukrative Salär eines Investmentbankers verzichten, um Medizin zu studieren und *kranken Kindern zu helfen*? »So über einen Freund zu reden – das ist gar nicht nett«, werfe ich Chaz vor.

»Ich behaupte ja gar nicht, dass er ein schlechter Kerl ist«, verteidigt er sich. »Aber ich kenne ihn länger als du, Lizzie. Und er hatte schon immer ein Problem mit … Sagen wir einfach – wenn's ernst wird, macht er Schluss.«

Empört runzle ich die Stirn. »Worauf spielst du an? Dass er sein Medizinstudium aufgegeben hat, um Investmentbanker zu werden? Dass ihm dann klar geworden ist, was für ein schwerer Fehler das war? So was passiert nun mal, Chaz. Alle Menschen machen Fehler.«

»Nein, nicht alle. Du nicht. Gewiss, auch du machst Fehler. Aber nicht solche. Seit ich dich kenne, weißt du, was du willst. Von Anfang an war dir klar, wie schwierig das sein würde, welch große Opfer du bringen müsstest, dass du in der ersten Zeit nicht viel damit verdienen würdest. Aber trotz aller Probleme hast du deinen Traum niemals aufgeben.«

Mein Atem stockt. »Hast du mir nicht zugehört, Chaz? Eben hab ich's doch gesagt – ich bin drauf und dran, meinen Traum sausen zu lassen.«

»O nein, du hast nur erwähnt, du würdest nach Hause zurückkehren und eine andere Möglichkeit finden, um dein Ziel zu erreichen. Außerhalb von New York City. Das ist was anderes. Hör zu, Liz, versteh mich nicht falsch. Ich sage wirklich nicht, Luke wäre ein mieser Kerl. Aber ich würde niemals ...«

»Auf ihn setzen, wenn er ein Pferd wäre«, unterbreche ich ihn ungeduldig. »Ja, ich weiß, ich habe dich schon beim ersten Mal verstanden. Aber du redest über den *alten* Luke. Nicht über den Luke, zu dem er sich entwickelt hat – jetzt, wo ich ihn unterstütze. Manchmal ändern sich die Menschen, Chaz.«

»Nicht so sehr.«

»Doch«, widerspreche ich, »so sehr.«

»Kannst du empirische Fakten nennen, um diese Behauptung zu untermauern?«

»Nein.« Jetzt verliere ich endgültig die Geduld. Keine Ahnung, wie Shari diesen Mann erträgt. Klar, auf seine verschrobene Art ist er süß. Und er betet sie wirklich an. Angeblich ist er fantastisch im Bett (manchmal finde ich, Shari erzählt mir ein bisschen zu viel). Aber diese umge-

Naschkatze 103

drehten Baseballkappen... Und Fragen wie: *Kannst du empirische Fakten nennen, um diese Behauptung zu untermauern?*

»Dann ist dieses Argument vordergründig und ...«, beginnt er.

Was hat Shakespeare gesagt? »Das Erste, was wir tun müssen, ist, alle Rechtsgelehrten umbringen.« Eigentlich müsste es heißen: »Das Erste, was wir tun müssen, ist, alle Philosophiestudenten umbringen.«

»Chaz«, unterbreche ich ihn, »würdest du mir helfen, deine Fenster abzumessen, damit ich nach Hause gehen und die Vorhänge nähen kann?«

Er mustert die Fenster mit den hässlichen Metallläden. Offenbar sollen die alle Irren fernhalten, die aus unerfindlichen Gründen in dieser Gegend leben.

Und sie sind wirklich grauenhaft. Sogar ein Junge müsste das merken.

»Also gut«, stimmt er resignierend zu. »Das macht bestimmt viel mehr Spaß, als mit dir zu streiten.«

»*Mir* macht das *überhaupt* keinen Spaß«, informiere ich ihn.

»Okay.« Er grinst. »Kümmern wir uns um die Vorhänge. Und – Lizzie ...«

Ich hebe das Maßband vom Boden auf und schlüpfe aus den Schuhen, damit ich auf den Heizkörper steigen kann. »Ja?«

»Wegen dieses Jobs – im Büro meines Dads. Da wäre noch was.«

»Was?«

»Du musst den Mund halten – ich meine, was du da siehst und hörst ... Darüber darfst du nicht reden. Das ist eine Anwaltskanzlei. Den Klienten wird absolute Diskretion zugesichert...«

»Großer Gott, Chaz!« Jetzt ärgert er mich schon wieder. »Ich kann meinen Mund sehr gut halten.«

Wortlos schaut er mich an.

»Wenn's *wichtig* ist«, betone ich. »Zum Beispiel, wenn mein Gehaltsscheck davon abhängt.«

»Hm, vielleicht«, sagt er, mehr zu sich selbst, »ist es doch keine so gute Idee, wenn ich dich für diesen Job empfehle.«

Erbost werfe ich das Maßband an seinen Kopf.

Lizzie Nichols' Ratgeber für Brautkleider

Ja, ich weiß. Jeder tut's. Aber wenn jemand von der Brooklyn Bridge springt, würden Sie's deshalb auch tun?

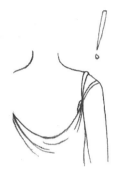

Also hören Sie auf, Ihre BH-Träger zu zeigen!

Es ist mir egal, wie viel Sie für Ihre Busenstütze bezahlt haben. Jedenfalls ist es unhöflich, uns diesen Anblick zuzumuten (insbesondere, wenn die Träger vergilbt oder ausgefranst sind – und GANZ BESONDERS an Ihrem Hochzeitstag)!

Behalten Sie die beiden dort, wo sie hingehören, und veranlassen Sie die Schneiderin Ihres Brautkleids, an den Ärmeln oder Trägern Saumbänder mit Druckknöpfen anzubringen, die Ihre BH-Träger festhalten.

Dann wird das Auge des Betrachters nicht beleidigt – und Sie auch nicht!

Lizzie Nichols Designs

8

Wäre ein Amerikaner dazu verdammt, seine Aktivitäten auf seine eigenen Angelegenheiten zu beschränken, wäre er der Hälfte seiner Existenz beraubt.

Alexis de Tocqueville (1805–1859),
französischer Politiker und Historiker

*N*ew York ist eine merkwürdige Stadt. Hier verändern sich Dinge im Handumdrehen. Wahrscheinlich meint man das, wenn man sagt, New York sei eine Minutenstadt, denn alles passiert viel schneller als anderswo.

Zum Beispiel geht man eine schöne, von Bäumen gesäumte Straße entlang, und einen Häuserblock weiter gerät man plötzlich in eine miese Gegend voller Müll und Graffiti, die wie ein Tatort in einer »Law and Order«-Folge aussieht.

Wenn ich das alles bedenke, dürfte ich nicht so verblüfft sein, weil ich innerhalb von achtundvierzig Stunden nicht nur *einen* Job in New York City bekommen habe, sondern voller Stolz auf *zwei* verweisen kann.

Mein Vorstellungsgespräch in der Personalabteilung in der Anwaltskanzlei von Chaz' Dad verläuft gut, *wirklich* gut. Eigentlich ist es ein Witz. Fast eine halbe Stunde habe ich in der eleganten Halle gewartet (inzwischen sind sie von Sofas mit Goldborten zu braunen Ledercouchen übergegangen, die großartig zur dunklen Holztäfelung und dem flauschigen grünen Teppichboden passen), bevor ich ins Büro einer sichtlich gestressten Frau geführt werde. Sie stellt mir ein paar nette, persönliche Fragen. Woher ich Chaz kenne. »Aus dem Studentenwohnheim«, antworte ich, ohne zu erwähnen, dass Shari und ich ihn bei einem Open-Air-Kinoabend getroffen haben, der vom McCracken-Heim gesponsert worden ist. Chaz reichte einen Joint herum. Deshalb nannten wir ihn danach noch tagelang den »Joint-Man«. Bis Shari ihn eines Morgens beim Frühstück im Speisesaal entdeckte, sich neben ihn setzte und nach seinem Namen fragte. Am selben Abend hat sie mit ihm in seinem Einzelzimmer in den McCracken Tower Suites geschlafen. Drei Mal.

»Wunderbar«, meint Roberta, meine Gesprächspartnerin. Offenbar merkt sie nicht, dass ich ihr eine unvollkommene Beziehungsstory auftische. »Wir alle lieben Charles. Als er damals im Sommer in unserer Poststelle gejobbt hat, hatten wir die ganze Zeit Seitenstechen vor Lachen. Er ist ja so amüsant.«

Sicher, Chaz ist wahnsinnig komisch.

»Ein Jammer, dass er sich nicht für Jura entschieden hat!«, fügt sie wehmütig hinzu. »Immerhin hat er den gleichen brillanten akademischen Verstand wie sein Dad. Wenn die beiden über einen bestimmten Punkt streiten, läuft man am besten davon.«

Klar, Chaz streitet für sein Leben gern.

»Also, Lizzie – wann können Sie bei uns anfangen?«, fragt Roberta freundlich.

Ich starre sie an. »Heißt das – ich kriege den Job?«

»Natürlich.« Sie mustert mich erstaunt, als wäre jede andere Entwicklung der Ereignisse unvorstellbar. »Können Sie schon morgen anfangen?«

Kann ich schon morgen anfangen? Habe ich dreihunderteinundzwanzig Dollar auf meinem Konto? Sind meine Kreditkarten überstrapaziert? Stehe ich bei MasterCard mit eintausendfünfhundert Dollar in der Kreide?

»Selbstverständlich kann ich morgen anfangen.«

O Chaz, ich nehme alles zurück. Ich liebe dich. Und du darfst über Luke sagen, was immer du willst, und nach Herzenslust deine pessimistischen Ansichten über meinen Heiratswunsch äußern. Für diesen Job werde ich dir ewig dankbar sein.

»Ich liebe deinen Freund.« Als ich den Wolkenkratzer an der Madison Avenue verlassen habe, in dem die Kanzlei Pendergast, Loughlin and Flynn die gesamte sechsunddreißigste Etage einnimmt, rufe ich Shari auf meinem Handy an.

»Tatsächlich?« Ihre Stimme klingt ein bisschen hektisch, wie so oft, wenn ich sie im Büro anrufe. »Dann kannst du ihn haben.«

»Abgemacht.« Ich folge der Fifty-seventh Street zwischen Madison und Fifth. Was für ein schöner Herbsttag – warm genug, so dass man keinen Mantel braucht, und gerade so kühl, dass man nicht schwitzt … Deshalb werde ich zu Fuß zu Monsieur Henri gehen, dreißig Blöcke weiter nördlich, statt die U-Bahn zu benutzen. Das erspart mir die enorme Summe von zwei Dollar. He, Kleinvieh macht auch Mist. »Chaz hat mir einen Job in der Kanzlei seines Dads verschafft.«

»Einen Job?« Aus dem Handy dringt das klappernde Geräusch von Computertasten. Also tippt Shari E-Mails, während sie telefoniert. Aber das finde ich okay. Weil sie in letzter Zeit so schwer zu erreichen ist, gebe ich mich auch zufrieden, wenn sie mir nur mit halbem Ohr zuhört. »Ich dachte, du hättest schon einen Job. In diesem Laden für Brautkleider.«

»Ja…« Was meinen Deal mit Monsieur Henri angeht, bin ich nicht ganz ehrlich zu ihr gewesen. »Genau genommen ist das ein Praktikum. Ohne Bezahlung.«

»WAS?« Wie ich dem Klang ihrer Stimme und den verstummten Computertasten entnehme, schenkt sie mir endlich ihre ungeteilte Aufmerksamkeit. »Du arbeitest da *umsonst?*«

»Nun ja…« Es ist ziemlich schwierig, einen belebten Gehsteig entlangzugehen und gleichzeitig mit einem Handy zu telefonieren. So viele Geschäftsleute eilen zu ihren Büros zurück, Straßenhändler bieten Prada-Imitationen an, Touristen bleiben stehen und begaffen die hohen Gebäude, Obdachlose betteln die Passanten um ein paar Münzen an. Deshalb ist's mühsam, sich da hindurchzulavieren – etwa so wie auf dem Indy 500 Speedway während eines Rennens. »Hier findet man nicht so leicht einen guten Job in der Modebranche, als Anfängerin schon gar nicht.«

»Das glaube ich nicht!«, stöhnt Shari. »Und das ›Project Runway‹?«

»Nein, ich gehe nicht zu einer ›Reality-Show‹.«

»Aber die sagen, es sei ein Kinderspiel…«

»Für mich nicht. Übrigens, ich würde gern feiern – wir beide, Chaz und Luke. Was machst du heute Abend?«

»Oh.« Jetzt höre ich die Tasten wieder klappern, und das ist gar nicht so einfach in diesem Lärm ringsum – hupende Autos, lautes Stimmengewirr. Trotzdem merke ich, dass meine beste Freundin mich wieder mal links liegen lässt.

»Unmöglich. Nicht heute Abend. Wir haben alle Hände voll zu tun.«

»Schon gut.« Im Augenblick ist ihr dieser Job das Allerwichtigste auf der Welt. Das verstehe ich. So soll es ja auch sein. Immerhin rettet sie vielen Frauen das Leben. »Wie wär's morgen Abend?«

»In dieser Woche geht's wirklich nicht, Lizzie. Ich mache jeden Abend Überstunden.«

»Und am Samstagabend?«, frage ich ungeduldig. »Schuftest du da auch?«

Eine Pause. Einige Sekunden lang. Ich erwarte, Shari würde mir erklären, sie müsste die ganze Samstagnacht arbeiten.

Aber dann sagt sie: »Nein, natürlich nicht. Am Samstag könnte's klappen.«

»Großartig. Am besten amüsieren wir uns in Chinatown. Danach gehen wir ins Honey's, da treffen wir am Samstag die seriösen Karaoke-Künstler. Und – Shari…«

»Was denn noch, Lizzie? Ich muss Schluss machen, Pat wartet.«

»Ich weiß.« Heutzutage wartet immer irgendjemand auf Shari. »Ich wollte nur wissen – ist alles in Ordnung mit dir und Chaz? Weil er mich nach dir gefragt hat…«

Jetzt genieße ich erneut ihre ungeteilte Aufmerksamkeit. »*Was* genau hat er gefragt?«, erkundigt sie sich in scharfem Ton.

»Ob ich glaube, dass du okay bist. Ja, hab ich gesagt. Ich nehme an, er vermisst dich ebenso wie ich.« Darüber denke ich nach, als ich an einer Kreuzung warte, bis die Ampel auf Grün umspringt. »Wahrscheinlich noch mehr.«

»Dagegen kann ich nichts machen«, faucht sie. »Soll ich

mich etwa um meinen Freund sorgen, während ich jeden Tag, von morgens bis abends, den Opfern häuslicher Gewalt helfe und sichere Quartiere für sie suche? Das gehört zu meinem Problem – jeder Mann bildet sich ein, die ganze Welt würde sich nur um ihn drehen. Und wenn seine Freundin einen Job gefunden hat, der sie ausfüllt – in dem sie sogar brilliert –, fühlt er sich natürlich bedroht. Also wird er sie bald verlassen, wegen einer anderen, die mehr Zeit für ihn hat.«

Damit verblüfft sie mich so sehr, dass ich abrupt stehen bleibe und ein irritierter Typ mich von hinten anrempelt. »Entschuldigung«, murmelt er und eilt weiter.

»Moment mal, Shari«, sage ich ins Handy, »Chaz fühlt sich nicht bedroht. Ganz im Gegenteil, er freut sich, weil dir dein neuer Job so gut gefällt. Er möchte nur wissen, wann er dich mal wieder sehen kann. Und er wird dich sicher nicht verlassen.«

»Klar, das weiß ich ...«, erwidert sie zögernd. »Tut mir leid, ich wollte dich nicht damit nerven. Heute bin ich ein bisschen durcheinander. Vergiss, was ich gesagt habe.«

Seufzend schüttle ich den Kopf. »Shari, das klingt nicht so, als wärst du nur *ein bisschen durcheinander*. Seid ihr zwei, du und Chaz ...?«

»Jetzt muss ich aber wirklich Schluss machen, Lizzie«, unterbricht sie mich. »Wir sehen uns Samstag.«

Und dann legt sie auf.

Wow. Was war denn das? Gewiss, Shari und Chaz hatten schon immer eine stürmische Beziehung mit ständigem Gezänk und sogar ernsthaften Streitigkeiten. (Am schlimmsten war der Krach, den Shari mit ihrem Entschluss heraufbeschwor, ihre Laborratte Mr. Jingles zu töten und zu sezieren, obwohl Chaz ihr einen identischen Ersatz von PetSmart besorgt hatte. Für dieses fremde Tier hatten wir alle keine Gefühle entwickelt, so wie für Mr. Jingles.)

Aber sie versöhnten sich jedes Mal sehr schnell (abgesehen von den zwei Wochen nach Mr. Jingles' Tod, wo Chaz kein einziges Wort mit seiner Freundin sprach). Meistens war es der fantastische Versöhnungssex, der Shari bewog, wieder Streit zu suchen.

Und was geht jetzt vor? Wendet sie einen ihrer raffinierten Tricks an, um die Beziehung zu beleben?

Denn wie ich gerade selber herausfinde, ist es gar nicht so einfach, die Glut immer wieder anzufachen, wenn man zusammenlebt. Banale alltägliche Dinge dämpfen die Leidenschaft. Zum Beispiel die Fragen: Wer spült das Geschirr? Wer bekommt die TV-Fernbedienung? Wer hat das Ladegerät vom Handy weggenommen, den Föhn damit angeschlossen und dann vergessen, das Handy wieder zu laden?

So etwas ruiniert die Romantik.

Natürlich genieße ich jede einzelne Minute mit Luke. Von dem Augenblick an, wo ich aufwache und das lächelnde Gesicht des Renoir-Mädchens über mir sehe und meinen Liebsten neben mir tief und gleichmäßig atmen höre. (Er schläft immer vor mir ein. Wie er das macht, weiß ich nicht. Sobald sein Kopf das Kissen berührt, versinkt er in Morpheus' Armen. Vielleicht hängt das mit der langweiligen Lektüre für seine Kurse »Prinzipien der Biologie« und »Allgemeine Chemie« zusammen. Das erledigt er immer, bevor er ins Bett geht, weil er mit seinen Hausaufgaben nicht in Rückstand geraten will.) Jeden Tag danke ich meinem guten Stern für meinen Entschluss, England zu verlassen und nach Frankreich zu fahren. Sonst hätte ich ihn niemals kennengelernt und wäre jetzt nicht so glücklich (von meinen finanziellen Sorgen mal abgesehen).

Trotzdem verstehe ich, dass Shari ihren Freund ein bisschen herausfordert, um die Beziehung aufzufrischen. Denn ich habe oft genug mit Chaz ferngesehen. Deshalb weiß ich, wie gern er durch die Kanäle zappt, statt bei einem halbwegs interessanten Programm zu bleiben, und dann den Teletext einschaltet, weil er sehen will, was es sonst noch gibt. Das ist genauso ärgerlich wie Lukes Faible für Dokumentarfilme über den Zweiten Weltkrieg. Inzwischen hat sich herausgestellt, dass er das für ein geeignetes TV-Amüsement am Freitagabend hält.

Aber ich habe keine Zeit, um mir über Shari und Chaz Sorgen zu machen – oder über Lukes Abneigung gegen romantische Comedys. Denn als ich an Monsieurs Tür läute und eingelassen werde (er hat mir keinen Schlüssel gegeben, und ich fürchte, er wird's auch nicht tun, bevor ich beweise, dass ich nicht nur Kreuzstiche beherrsche), erwartet mich eine tumultartige Szene.

Da regt sich eine ältere Frau mit aufgebauschtem Haar auf, in jener grellbunten Kleidung, die sie als »Brücke-und-Tunnel-Typ« abstempelt (wie ich mittlerweile gelernt habe, ist das jemand, der außerhalb von Manhattan wohnt und eine Brücke oder einen Tunnel benutzen muss, um hierher zu gelangen). Sichtlich erbost, hält sie einen riesigen weißen Karton hoch und schreit: »Schauen Sie sich das an! Schauen Sie sich das an!« In ihrer Nähe entdecke ich eine junge Dame, die ihre Tochter sein muss. Allerdings ist sie etwas schicker gekleidet, in Schwarz, und überaus zierlich gebaut. Missgelaunt und rebellisch starrt sie vor sich hin.

Naschkatze

»Ja, Madame, ich weiß«, sagt Monsieur Henri. »Das ist nicht zum ersten Mal passiert. So etwas sehe ich sehr oft.«

Ich versuche niemandem ins Gehege zu kommen und schleiche an der Wand entlang zu Madame Henri, die in der Tür zur Werkstatt steht, teilweise von einem Vorgang verborgen, und das Drama beobachtet.

»Was ist los?«, frage ich.

Verächtlich schüttelt sie den Kopf. »Die beiden waren bei Maurice«, lautet die knappe Antwort, die mir natürlich nichts verrät.

Wer Maurice ist, weiß ich noch immer nicht.

Nun greift Monsieur Henri in den Karton. Vorsichtig zieht er ein langärmeliges, jungfräuliches weißes Kleid aus hauchdünnem Stoff heraus.

Zumindest ist es einmal weiß gewesen. Jetzt hat die Spitze eine kränkliche gelbe Schattierung angenommen.

»Und er hat doch versprochen, das Kleid würde in der Konservierungsbox nicht vergilben!«, jammert die ältere Frau.

»Selbstverständlich hat er das versprochen«, bestätigt Monsieur Henri trocken. »Und als Sie ihm das Kleid zurückgebracht haben, hat er behauptet, es sei nur verfärbt, weil Sie das Konservierungssiegel aufgebrochen hätten.«

»Ja!« Vor lauter Entrüstung zittert ihr Kinn. »Genau das hat er gesagt! Er hat mir vorgeworfen, es wäre meine Schuld, denn ich hätte keine Luft in die Box lassen dürfen.«

Unwillkürlich stoße ich einen Protestlaut hervor. Damit lenke ich Monsieur Henris Aufmerksamkeit auf mich. Sofort erröte ich, trete hastig einen Schritt zurück und hoffe, dass er sich abwendet. Aber seine blauen Augen fixieren mich. »Mademoiselle? Wünschen Sie etwas zu sagen?«

»Nein«, erwidere ich rasch und spüre Madame Henris Stechblick. »Nicht direkt.«

»Also doch.« Monsieur Henris Augen leuchten glasklar. In der Nähe sieht er ohne seine Brille nichts. Aber seine Weitsicht ist geradezu unheimlich. »Was wollten Sie uns mitteilen?«

»Nun ...«, beginne ich widerstrebend und fürchte, etwas zu sagen, das ihm missfallen wird. »Wenn man Textilien in einem versiegelten Container verwahrt, könnte man ihnen schaden – besonders, wenn Feuchtigkeit hineindringt. Dann beginnt das Material manchmal zu schimmeln.«

Wie ich sehe, lächelt er zufrieden. Das ermutigt mich, weiterzusprechen.

»Im Metropolitan Museum of Art wird kein einziges der historischen Kostüme in einem luftdichten Raum gelagert. Und alle sind wunderbar erhalten. Nur eins ist wichtig – man muss alte Stoffe vor dem Sonnenlicht schützen. Aber dieses Kleid ist sicher nicht vergilbt, weil das Siegel an der Konservierungsbox aufgebrochen wurde, sondern weil es vor der Lagerung nicht fachgerecht gereinigt wurde. Wahrscheinlich wurde es überhaupt nicht gesäubert, und die Flecken von Champagner oder Schweiß wurden nicht behandelt.«

Monsieur Henri belohnt mich mit einem strahlenden Blick, der seiner Gemahlin den Atem raubt. Überrascht schaut sie mich an. Offenbar findet sie mich nicht mehr ganz so dumm wie neulich.

»Wie kann das sein?«, fragt die Kundin und runzelt die Stirn. »Wenn dieses Brautkleid vor der Lagerung gereinigt wurde ...«

»Großer Gott, Mom!«, fällt ihr das Mädchen ärgerlich ins Wort. »Begreifst du's denn nicht? Dieser Maurice hat es nicht gereinigt, einfach in die Box geworfen, den Deckel geschlossen und behauptet, er *hätte* es gereinigt.«

»Und er hat Ihnen eingeschärft, die Box auf keinen Fall zu öffnen«, ergänzt Monsieur Henri. »Sonst würde das Material vergilben, und die Garantie wäre hinfällig. Also bekommen Sie Ihr Geld nicht zurück.« *Ts, ts,* schnalzt er mit der Zunge und mustert das Kleid in seiner Hand. Übrigens nicht das hübscheste Brautkleid, das ich jemals gesehen habe. Aber halbwegs okay.

Aber wenn die Kundin das Siegel an der Box aufgebrochen hat, weil ihre Tochter das Kleid bei ihrer Hochzeit tragen soll, wird sie eine Überraschung erleben. Denn ich kann mir das zierliche kleine Mädchen nun wirklich nicht in diesem hochgeschlossenen viktorianischen Kleid vorstellen.

»So etwas habe ich schon tausend Mal gesehen«, erklärt Monsieur traurig. »Was für eine Schande!«

»Ist das Kleid hoffnungslos ruiniert?«, fragt die ältere Frau erschrocken. »Lässt es sich noch retten?«

Skeptisch zuckt er die Achseln. »Das weiß ich nicht.« Vermutlich will er die beiden manipulieren. Das Kleid müsste nur eine Weile in Weißweinessig eingeweicht werden. Und dann vielleicht eine Spülung mit kaltem Wasser und ein bisschen OxiClean …

»Was für ein Pech!«, meint das Mädchen, bevor er weitersprechen kann. »Nun brauchen wir ein neues Kleid.«

»Nein, Jennifer, du bekommst *kein* neues Kleid«, zischt die Mutter. »Dieses hier war gut genug für mich und gut genug für deine Schwestern. Also ist es auch gut genug für dich!«

Rebellierend verzieht Jennifer das Gesicht. Um das zu bemerken, braucht Monsieur Henri keine Brille. Er zögert. Anscheinend weiß er nicht, wie er sich jetzt verhalten soll. Madame Henri räuspert sich.

Bevor sie den Mund aufmachen kann, mische ich mich ein. »Diese Flecken lassen sich entfernen. Aber das ist nicht das eigentliche Problem, nicht wahr?«

Jennifer mustert mich misstrauisch. So wie alle anderen Anwesenden.

»Elizabeth ...« Zum ersten Mal in unserer Bekanntschaft spricht Monsieur Henri mich mit meinem Vornamen an. Mit zuckersüßer Stimme, so dass ich die Heuchelei sofort erkenne. Zweifellos will er mich ermorden. »Da gibt es kein Problem.«

»Doch«, flöte ich und imitiere sein falsches Lächeln. »Schauen Sie sich dieses Kleid an. Dann schauen Sie Jennifer an.« Alle inspizieren erst das Kleid, dann Jennifer, die sich verlegen windet. »Sehen Sie das Problem?«

»Nein«, entgegnet ihre Mutter kategorisch.

»Wahrscheinlich stand Ihnen das Kleid sehr gut, Mrs. ...« Ich unterbreche mich. Fragend schaue ich Jennifers Mom an, die sich vorstellt. »Harris.«

»Also, Mrs. Harris«, fahre ich fort, »weil Sie eine stattliche, haltungsbewusste Frau sind, war dieses Kleid genau richtig für Sie. Aber Jennifer ist zierlich gebaut. In dieser Fülle von Stoff würde sie ertrinken.«

Jennifers Augen verengen sich. »Siehst du?«, zischt sie und wirft einen messerscharfen Blick in die Richtung ihrer Mutter. »Das habe ich doch gesagt.«

»Eh – oh ...«, stottert Monsieur Henri unbehaglich und erweckt immer noch den Eindruck, er würde mich am liebs-

Naschkatze 119

ten umbringen. »Genau genommen ist Mademoiselle Elizabeth keine – eh – Angestellte …«

»Aber dieses Kleid könnte leicht geändert werden, um einer jungen Dame mit Jennifers Proportionen zu schmeicheln«, unterbreche ich ihn und zeige auf den hochgeschlossenen Kragen. »Das würde man mit einem Dekolleté erreichen. Und vielleicht sollte man die Ärmel weglassen …«

»Auf keinen Fall!«, widerspricht Mrs. Harris. »Das würde sich bei einer katholischen Zeremonie nicht schicken.«

»Dann müsste man die Ärmel enger machen«, füge ich aalglatt hinzu, »damit sie nicht mehr so auftragen. Jennifer hat eine wundervolle Figur. Die darf sie nicht verstecken. Schon gar nicht an einem Tag, an dem sie so gut wie möglich aussehen möchte.«

Aufmerksam hört Jennifer zu. Das merke ich, weil sie aufgehört hat, an ihrem Haar zu zupfen. »Ja«, bestätigt sie eifrig. »Siehst du's, Mom? Genau das habe ich dir immer gesagt.«

»Also, ich weiß nicht recht …« Mrs. Harris kaut an ihrer Unterlippe. »Wenn ich an deine Schwestern denke …«

»Sind Sie die Jüngste?«, frage ich Jennifer, und sie nickt. »Das dachte ich mir. Auch ich bin die jüngste von drei Schwestern. Da hat man's nicht leicht. Dauernd muss man die abgelegten Kleider der älteren auftragen. Schließlich ist man so frustriert, dass man *sterben* würde, nur um endlich mal was Neues zu bekommen.«

»*Genau!*«, ruft Jennifer enthusiastisch.

»Dieser Wunsch lässt sich mit dem Brautkleid Ihrer Mutter erfüllen. Trotzdem bleibt die Tradition gewahrt. Nur ein paar Änderungen – und Sie bekommen praktisch ein neues Kleid. Das können wir hier machen …«

»Ja, das will ich!« Jennifer wendet sich zu ihrer Mutter. »Hörst du, was sie sagt? Das *will* ich.«

Mrs. Harris' Blick schweift zwischen dem Brautkleid und ihrer Tochter hin und her. Dann lacht sie leise. »Also gut, ich bin einverstanden. Wenn's billiger ist als ein neues Kleid...«

»Oh, natürlich.« Madame Henri tritt beflissen vor. »Wenn mich die junge Dame in die Werkstatt begleitet, nehmen wir sofort Maß...«

Ohne ein weiteres Wort folgt Jennifer ihr in den hinteren Raum.

»Oh...« Mrs. Harris schaut auf ihre Uhr. »Jetzt muss ich noch ein paar Münzen in die Parkuhr werfen. Entschuldigen Sie mich...«

Sobald die Ladentür hinter ihr ins Schloss gefallen ist, wendet Monsieur Henri sich zu mir und zeigt auf das vergilbte Kleid, das er immer noch in der Hand hält. Zögernd gib er zu: »Sie können – eh – sehr gut mit der Kundschaft umgehen.«

»In diesem Fall war es ganz einfach«, sage ich bescheiden. »Weil ich sofort wusste, wie dem Mädchen zumute war. Auch ich habe zwei ältere Schwestern.«

»Ah, ich verstehe.« Prüfend starrte er mich an. »Nun bin ich gespannt, ob Sie mit Nadel und Faden auch so gut umgehen können wie mit Ihrem Mundwerk.«

»Warten Sie's ab.« Lächelnd nehme ich ihm das Kleid aus der Hand. »Das werden Sie schon noch sehen, Monsieur Henri.«

Lizzie Nichols' Ratgeber für Brautkleider

Sind Sie vollbusig, oder haben Sie eine Stundenglasfigur? Dann kenne ich genau das richtige Wort für Sie – trägerlos!

Was Sie jetzt denken, weiß ich. Trägerlos? Bei einer Hochzeit? Aber in den meisten Kirchen hält man diesen Stil nicht mehr für ungehörig.

Mit der richtigen Unterstützung durch die Korsage kann dieser Look bei einer vollbusigen Braut sehr schmeichelhaft wirken – insbesondere, wenn er mit einem A-Linienrock kombiniert wird. Auch ein V- oder ein U-Ausschnitt steht vollbusigen Frauen gut, ebenso ein schulterfreies Kleid.

Bedenken Sie – je kleiner der Ausschnitt, desto größer sieht der Busen aus!

Lizzie Nichols Designs

9

Nichts bewegt sich schneller als das Licht, außer möglicherweise
schlechte Nachrichten, die ihren eigenen Gesetzen folgen.

Douglas Adams (1952–2001),
britischer Autor und Drehbuchautor.

*E*ine Empfangsdame?«

Das sagt Luke, als ich ihm die Neuigkeit erzähle. Ausnahmsweise ist er vor mir nach Hause gekommen und bereitet das Abendessen vor – *coq au vin*. Das gehört zu den zahlreichen Vorteilen eines Freundes, der ein halber Franzose ist – sein kulinarisches Repertoire geht über McDonald's und Käse hinaus.

»Moment mal …« Luke füllt zwei Gläser mit einem Cabernet Sauvignon und stellt sie auf die Granittheke unter der Durchreiche zwischen der Küche und dem Wohnzimmer. »Bist du nicht … Also, ich weiß nicht recht … Bist du nicht ein bisschen überqualifiziert für eine Empfangsdame?«

»Doch«, gebe ich zu. »Aber wenn ich das mache, kann ich die Rechnungen bezahlen und außerdem noch tun, was mir gefällt – zumindest halbtags. Leider habe ich bisher keinen bezahlten Job in der Modebranche gefunden.«

»Du bist erst seit einem Monat hier«, wendet er ein. »Vielleicht müsstest du dir etwas mehr Zeit für deine Arbeitssuche nehmen.«

»Hm ...« Wie soll ich's ihm erklären, ohne zu verraten, dass ich pleite bin? »Nun – wenn sich was Besseres anbietet, kann ich ja kündigen.«

Das möchte ich gar nicht. Ich meine, ich will mein Praktikum bei Monsieur Henri nicht aufgeben. Weil's mir dort gefällt. Besonders jetzt, seitdem ich weiß, dass Maurice ein Konkurrent ist, ein »zertifizierter Spezialist für Brautkleider«, der in New York City nicht nur einen, sondern vier Läden betreibt. Mit der Behauptung, seine neue Chemikalie würde alle Torten- und Weinflecken aus alten Brautkleidern entfernen (eine solche Behandlung gibt's nicht), hat er Monsieur Henri die Kundschaft gestohlen. Außerdem verlangt er enorme Preise für geringfügige Änderungen, und seine Verkäuferinnen und Schneiderinnen sind eindeutig unterbezahlt (allerdings verstehe ich nicht, wie er ihnen noch weniger bezahlen kann als Monsieur Henri *mir*).

Schlimmer noch – Maurice hat Monsieur Henri verunglimpft und jeder Braut in dieser Stadt eingeredet, Jean Henri würde sich in die Provence zurückziehen. Jederzeit könnte er abreisen, weil sein Geschäft so schlecht geht. Und das scheint zu stimmen, was ich den privaten Gesprächen der Henris entnehme. Die beiden wissen nicht, dass ich jedes Wort verstehe, das sie sagen. Na ja, fast jedes.

Als wäre das noch nicht schlimm genug, ist den Henris auch noch das Gerücht zu Ohren gekommen, Maurice würde die Eröffnung eines weiteren Ladens planen. IN DERSELBEN STRASSE, IN DER IHR EIGENES GESCHÄFT LIEGT! Wegen der protzigen roten Markise und des passenden Teppichs mit seinem Logo vor der Tür (ja, das ist wahr!) wären die Henris chancenlos – mit ihrem

Naschkatze

subtilen, geschmackvollen Schaufenster und der dezenten Sandsteinfassade.

Nein, selbst wenn morgen das Costume Institute anrufen würde – ich bleibe Monsieur Henri treu. Mittlerweile stecke ich viel zu tief drin, um noch auszusteigen.

»Na ja, wenn's dich glücklich macht…«, seufzt Luke skeptisch.

»Ja, ich *bin* glücklich«, betone ich. Dann räuspere ich mich. »Weißt du, Luke, nicht jeder ist für Neun-bis-Fünf-Jobs geschaffen. Und es ist sicher nicht verwerflich, wenn man eine Stelle annimmt, für die man vielleicht überqualifiziert ist, um seine Rechnungen zu bezahlen und in der Freizeit das zu machen, was einem gefällt. Solange man tut, was man wirklich wichtig findet, und die Freizeit nicht vor dem Fernseher verschwendet.«

»Gutes Argument«, meint er. »Probier das mal und sag mir, wie's schmeckt.«

»Köstlich!« Vor lauter Freude springt mir beinahe das Herz aus der Brust. Ich habe einen Freund, der mich liebt und außerdem großartig kocht, ich habe einen wundervollen Job. Und ich kann das Apartment bezahlen, in dem ich wohne.

New York ist eigentlich gar nicht so übel. Vielleicht werde ich doch nicht die nächste Kathy Pennebaker von Ann Arbor.

»He, am Samstagabend gehen wir mit Shari und Chaz aus«, verkünde ich. »Um meinen neuen Job zu feiern. Und weil wir sie schon ewig lange nicht mehr gesehen haben. Ist das okay?«

»Klingt gut«, sagt Luke und rührt in seinem Topf.

»Und weißt du was?« Ich stütze mich immer noch

auf die Theke unterhalb der Durchreiche. »Am Samstagabend sollten wir uns richtig amüsieren. Ich glaube nämlich, Chaz und Shari machen gerade eine schwierige Phase durch.«

»Hast du auch dieses Gefühl?« Luke schüttelt den Kopf. »In letzter Zeit scheint's Chaz ziemlich mies zu gehen.«

»Tatsächlich?« Ich hebe die Brauen. Als ich ihn zuletzt gesehen habe, ist es mir nicht so vorgekommen. Aber möglicherweise habe ich's nicht gemerkt, weil ich zu sehr damit beschäftigt war, mir die Augen auszuweinen. »Wow. Das ist bestimmt nur ein vorübergehendes Stimmungstief. Sobald Shari an ihren neuen Job gewöhnt ist, werden sich die beiden wieder zusammenraufen.«

»Vielleicht.«

»Wie meinst du das? Vielleicht? Was weißt du, was ich *nicht* weiß?«

»Nichts«, sagt Luke unschuldig. Zu unschuldig. Er lächelt. Also kann's nicht allzu schlimm sein.

»Was ist es?« Jetzt muss ich lachen. »Sag's mir.«

»Das darf ich nicht. Ich musste Chaz versprechen, niemandem was zu erzählen. Dir schon gar nicht.«

»Wie unfair!«, klage ich und ziehe einen Schmollmund. »Ich werde es nicht weitererzählen. Das schwöre ich.«

»Ja, Chaz hat mir schon prophezeit, dass du das sagen würdest.« Luke grinst. Damit bestätigt er meine Vermutung, dass er mir nichts Schlimmes verschweigt.

»Sag's mir!«, jammere ich. Und dann weiß ich's plötzlich. Oder ich glaube es zu wissen. »O Gott!«, kreische ich. »Will er Shari einen Heiratsantrag machen?«

Luke starrt mich über sein blubberndes Huhn hinweg an. »Was?«

»Klar, das ist es, nicht wahr? Chaz wird Shari fragen, ob sie ihn heiratet. Oh, mein Gott, einfach himmlisch!«

Unfassbar, dass ich nicht sofort darauf gekommen bin! Ja, natürlich, das muss es sein. Deshalb hat Chaz mir all diese Fragen über Shari gestellt, als ich neulich in seinem Apartment gewesen bin. Er wollte herausfinden, ob sie irgendwas über das Zusammenleben mit ihm gesagt hat.

Weil er sich eine dauerhafte Beziehung wünscht!

»O Luke!« Ich muss mich an der Theke festhalten. Sonst wäre ich von meinem Barhocker gefallen. Vor lauter Aufregung ist mir ganz schwindlig. »Fantastisch! Und ich habe schon eine grandiose Idee für Sharis Brautkleid – eine Art Bustier, weißt du, mit angeschnittenen Ärmeln, die ihre Schultern frei lassen, aus Dupioni-Seide, mit winzigen Perlmuttknöpfen am Rücken, total auf Taille geschnitten, und ein Glockenrock… Bloß kein Reifrock, den würde sie hassen. Oh, vielleicht will sie auch keinen Glockenrock. Dann müsste ich… Warte, ich zeige dir, wie ich's meine.«

Ich greife nach dem Notizblock, den seine Mutter liegen lassen hat (auf jedem Blatt steht »Bibi de Villiers« in Kursivschrift). Dann zeichne ich das Design mit dem Kugelschreiber von der Bank, den wir beide benutzen.

»Ungefähr so, siehst du?« Ich halte den Notizblock hoch und merke, dass Luke mich halb erschrocken, halb amüsiert mustert. »Gefällt's dir nicht?«, frage ich bestürzt.

»Also, ich finde es süß. In Elfenbeinweiß. Mit einer abnehmbaren Schleppe.«

»Hör mal, Chaz wird Shari nicht bitten, ihn zu heiraten.« Einerseits runzelt er die Stirn, andererseits grinst er. Offenbar weiß er nicht, wofür er sich entscheiden soll, und so tut er beides.

»Nein?« Ich lasse den Notizblock sinken und starre meine Skizze an. »Bist du sicher?«

»Völlig sicher.« Jetzt grinst er noch mehr. »Und ich verstehe gar nicht, wie du darauf gekommen bist.«

»Na ja ...«, murmele ich – unfähig, meine Enttäuschung zu verbergen. »Warum denn nicht? So lange, wie sie schon zusammen sind.«

»Stimmt. Aber er ist erst sechsundzwanzig. Und er geht noch zur Schule.«

»Er *studiert*«, verbessere ich ihn. »Und die beiden *leben* zusammen.«

»So wie wir.« Luke lacht. »Trotzdem heiraten wir noch lange nicht.«

Ich zwinge mich, mit ihm zu lachen, obwohl ich die Situation – offen gestanden – gar nicht komisch finde. »Nein, wir heiraten noch lange nicht. Trotzdem wär's möglich, dass es irgendwann passiert, oder?«

Oder etwa nicht?

Diese Frage spreche ich natürlich nicht aus. Weil ich ihn immer noch wie ein kleines Waldtier behandle.

Und so sage ich nur: »Klar, wir sind ja erst drei Monate zusammen. Shari und Chaz kennen sich viel länger. Also wär's gar nicht so abwegig, wenn sie sich verloben würden.«

»Vielleicht nicht«, gibt Luke zu – nur widerstrebend. »Trotzdem finde ich, sie sind nicht die Typen, die heiraten würden.«

»Und wie ist der Typ, der heiratet?« Sobald ich das ausgesprochen habe, würde ich mir am liebsten die Zunge abbeißen. Weil dieses Gespräch eindeutig beweist, dass Luke gar keinen Gedanken an eine Ehe verschwendet.

Und dass *ich* dran denke, ist lächerlich. Ich habe genug andere Sorgen. Vor allem will ich mir einen Namen in der Modeszene machen. Oder zumindest *einen bezahlten Job* in dieser Branche finden.

Außerdem sollte ich's langsam angehen. Wir leben nur auf Probe zusammen. Und wie Shari betont hat – Luke und ich kennen uns noch nicht allzu lange.

Aber ich kann nicht anders. Vielleicht hängt's mit dem Beruf zusammen, den ich mir ausgesucht habe – perfekte Kleider für die glücklichen Frauen zu entwerfen, die vor den Traualtar treten werden.

Und ich vermute, ich könnte mich viel besser auf meine Karriere konzentrieren, wenn ich mein Liebesleben auf die Reihe kriege.

Ja, das ist der einzige Grund, warum ich heiraten – oder mich wenigstens verloben will. Damit ich in meinem Job Erfolg habe. Und – ein weiteres stichhaltiges Argument – Luke de Villiers ist der schärfste und coolste Junge, den ich jemals gekannt habe. Und er hat sich für MICH entschieden.

»Was ich damit meine …«, sagt er. »Die Leute, die heiraten, wissen nicht, was sie sonst machen sollen. Also heiraten sie, weil ihnen nichts Besseres einfällt.«

Ich blinzle ihn an. »Solche Leute kenne ich nicht. Nein, ich kenne wirklich niemanden, der geheiratet hat, weil ihm nichts Besseres eingefallen ist.«

»Ach ja?« Luke verdreht die Augen. »Und deine Schwestern? Nichts für ungut, meine Kusine Vicky ist genauso. Aber nach allem, was du erzählt hast …«

»Oh …« Rose und Sarah habe ich ganz vergessen. Sie haben nur geheiratet, weil sie schwanger geworden sind.

In meiner Familie hat noch niemand was über Verhütung gehört. Mich ausgenommen. »Nun ja ...«

»Ich kenne viele solche Ehepaare«, versichert Luke. »Schon in der Schule ist mir das aufgefallen – bei den Eltern so vieler Klassenkameraden. Da gibt's Leute, die kein eigenes Leben haben. Deshalb klammern sie sich an jemand anderen. Nur des Geldes wegen oder weil sie eine gewisse Sicherheit brauchen. Oder einfach, weil sie meinen, sie müssten das tun, sobald sie ihren College-Abschluss in der Tasche haben. Und glaub mir – das sind unerträgliche Typen.«

»Ja, zweifellos. Aber es muss doch auch Menschen geben, die aus Liebe heiraten.«

»Wahrscheinlich bilden sie sich's ein. Aber wenn man noch sehr jung ist – wie kann man da denn wissen, was Liebe ist?«

»Hm – so wie ich weiß, dass ich *dich* liebe?«

»Ah ...« Luke streichelt meine Wange und lächelt mich zärtlich an. »Wie süß! Aber über uns rede ich nicht. He, das hätte ich fast vergessen!« Er hebt sein Weinglas. »Auf den neuen Job.«

»Danke«, sage ich verwundert. Mein Job ist das Letzte, woran ich jetzt denke. Verwirrt stoße ich mit ihm an.

Über uns rede ich nicht, hat er gesagt. Immerhin etwas, nicht wahr? Offenbar glaubt er, wir wären anders. Weil wir anders *sind.*

»Deckst du den Tisch?«, bittet Luke und sieht nach dem *coq au vin,* der das Apartment mit einem köstlichen Aroma erfüllt. Wahrscheinlich wird Mrs. Erickson aus 5B bald an die Tür klopfen und fragen, ob sie einen Happen kriegt. »In ein oder zwei Minuten ist das Dinner fertig.«

»Klar.« Betont lässig hüpfe ich vom Barhocker und schlendere zu der Kassette auf dem Sideboard, in der Mrs. de Villiers ihr Silber verwahrt. Nicht ihr *Besteck*. Sondern ihr Silber. Das muss nach jedem Gebrauch mit der Hand gespült und in die Spezialkassette zurückgelegt werden. Natürlich ist sie mit einem Stoff ausgekleidet, der verhindert, dass sich dieses edle Silber dunkel verfärbt. »Und wenn Chaz nicht heiraten will – was ist es dann?«

»Was ist was?«

»Was du mir nicht erzählen darfst.«

»Oh.« Luke lacht wieder. »Versprichst du mir, Shari nichts zu verraten?«

Ich nicke.

»Also, er möchte sie mit einer Katze überraschen. Aus dem Tierheim. Weil Shari Tiere so liebt.«

Schon wieder muss ich blinzeln. Denn Shari liebt Tiere nämlich gar nicht. Chaz schon. Bestimmt will er die Katze für sich selber haben. Kein Wunder. Wo er doch dauernd allein ist, seit Shari so viel arbeitet. Deshalb braucht er Gesellschaft. Dieses Gefühl kenne ich, weil Luke jeden Tag in der Universität verbringt, von morgens bis abends. Aber ich spreche meine Gedanken nicht aus. Stattdessen lächle ich. »Oh, wie nett!«

»Vergiss es nicht. Kein Wort zu Shari!«, mahnt Luke. »Sonst verdirbst du die Überraschung.«

»Keine Bange, ich werde ihr nichts erzählen«, lüge ich.

Natürlich *muss* man seiner besten Freundin erzählen, wenn ihr Freund sie mit einem Haustier überraschen möchte. Jede andere Möglichkeit wäre undenkbar.

Großer Gott, wie seltsam Jungs manchmal sind …

Lizzie Nichols' Ratgeber für Brautkleider

Jetzt geht es um den Ausschnitt Ihres Brautkleids.

Neckholder-Oberteil – dieser Stil steht Frauen mit hübschen Schultern besonders gut. Aber wegen des zumeist tiefen Rückendekolletés ist es schwierig, einen passenden BH zu finden.

U-förmiger oder runder Ausschnitt – meistens sind solche Kleider vorn und hinten gleich tief dekolletiert. Dieser Look schmeichelt fast allen Frauen.

Herzförmiger Ausschnitt – vorn tief dekolletiert, hinten hochgeschlossen.

Queen Anne-Ausschnitt – eine etwas stärker akzentuierte Version des herzförmigen Ausschnitts.

Schulterfreier Ausschnitt – zu diesem Stil gehören kurze Ärmel oder Träger unterhalb der Schultern. Die Schlüsselbeine bleiben frei. Nicht ideal für Bräute mit breiten Schultern, aber hübsch für Frauen mit großem oder mittelgroßem Busen.

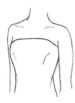

Trägerlos – dieses figurbetonte Oberteil hat weder Ärmel noch Träger. In solchen Kleidern sehen vollbusige oder breitschultrige Bräute oft am besten aus.

V-Ausschnitt – genauso, wie es klingt! Dieser Ausschnitt bildet ein V an der Vorderseite, das einen großen Busen kaschiert.

Viereckiger Ausschnitt – ebenfalls so, wie es klingt. Das Dekolleté bildet ein Viereck. Ein Stil, der fast allen Frauen steht.

Bateau – dieser Ausschnitt folgt den Schlüsselbeinen bis zum Rand der Schultern.

Juwel – rund und hochgeschlossen, günstig für Bräute mit kleinem Busen oder Frauen, in deren Kirchengemeinde man schockiert die Stirn runzelt, wenn sie ihre Schlüsselbeine und und den Busenansatz zeigen.

Asymmetrisch – wenn sich die eine Seite von der anderen unterscheidet, ist es manchmal problematisch, den richtigen BH zu finden. Entweder baut die Schneiderin eine Busenstütze ein, oder man zieht einen trägerlosen BH bzw. gar keinen an. Wollen Sie das Ihren künftigen Schwiegereltern zumuten?

Lizzie Nichols Designs

10

Schweigen, Gleichgültigkeit und Untätigkeit waren Hitlers wichtigste Verbündete.

Immanuel, Baron Jakobovits (1921–1999), Rabbi

Offiziell öffnet das Büro von Pendergast, Loughlin and Flynn nicht vor neun Uhr morgens.

Inoffiziell beginnen die Telefone um Punkt acht Uhr zu klingeln. Und deshalb muss die Telefonistin schon so früh da sein, um die Anrufe weiterzuleiten.

Also sitze ich in einem schicken schwarzen Lederdrehsessel (mit Rollen) und versuche zu begreifen, was Tiffany, die Nachmittagstelefonistin, erklärt. (Nein, wirklich. So heißt sie. Zuerst habe ich gedacht, sie hätte das erfunden. Aber als sie nach hinten in die Hightech-Küche gegangen war, um Kaffee für uns zu holen, spähte ich in die Schubladen an beiden Seiten des Schreibtischs. Und da sah ich außer Nagellacken in zwanzig verschiedenen Farben und etwa dreißig verschiedenen Lippenstiften ein paar Abrisse von Gehaltsschecks. Darauf stand tatsächlich, in Schwarz auf Rosa, der Name »Tiffany Dawn Sawyer«.

»Okay«, sagt Tiffany. Wenn sie nicht am Empfang von Pendergast, Loughlin and Flynn sitzt, arbeitet sie angeblich als Model.

Das glaube ich, denn ihr Teint ist so klar und glatt wie Porzellan, ihr Haar ein glänzender schulterlanger Vorhang in Goldbraun. Außerdem ist sie etwa eins achtzig groß und sieht aus, als würde sie nur hundertzwanzig Pfund wiegen, insbesondere nach dem üppigen Frühstück, das sie gerade auf Kosten von Pendergast, Loughlin and Flynn genießt – schwarzen Kaffee und eine Packung Fruchtgummibonbons mit Kirschgeschmack.

»Also …«, beginnt sie, die sorgsam geschminkten Augen unter schweren Lidern (wegen der »zu vielen Mojitos« gestern Abend, wie sie mir bereits gestanden hat, und weil sie immer noch »total fertig« ist). »Wenn Sie einen Anruf kriegen, fragen Sie, wer am Apparat ist, und bitten ihn zu warten. Dann drücken Sie auf die Weiterleitungstaste und wählen die Nummer des gewünschten Gesprächspartners. Wenn der sagt, er will mit dem Anrufer reden, drücken Sie auf die Verbindungstaste. Falls er's nicht will oder sich nicht meldet, wählen Sie die Leitung des Anrufers und fragen, ob Sie eine Nachricht entgegennehmen sollen.«

Tiffany holt tief Luft.

»Ja, ich weiß, das klingt ziemlich kompliziert. Deshalb haben sie mich gebeten, heute Morgen herzukommen, bei Ihnen zu sitzen und dafür zu sorgen, dass Sie's kapieren. Nur keine Panik.«

Ich studiere die zweiseitige getippte Liste der Nebenanschlüsse, die Roberta von der Personalabteilung hilfreicherweise auf Buchseitengröße verkleinert und in eine Klarsichthülle gesteckt hat, damit ich sie nicht beschmutzen oder zerreißen kann. Darauf stehen über hundert Namen. »Weiterleitungstaste, Nebenanschluss, sagen, wer anruft, verbinden oder Nachricht entgegennehmen.«

Erstaunt reißt Tiffany die meerblauen Augen auf. »Sehr gut, Sie haben's gecheckt! O Gott, ich hab eine Woche dafür gebraucht.«

»Nun, es ist wirklich schwierig«, sage ich, weil ich ihre Gefühle nicht verletzen will. Sie hat mir bereits ihre Lebensgeschichte erzählt. Gleich nach der Highschool, vor vier Jahren, ist sie von ihrer Heimatstadt in North Dakota hierhergezogen, um zu modeln. Seither hat sie für diverse Druck-Erzeugnisse gearbeitet, zum Beispiel für den Herbstkatalog von Nordstrom. Nun lebt sie mit einem Fotografen zusammen, den sie in einer Bar kennengelernt und der ihr tolle Aufträge versprochen hat. »Der ist verheiratet, mit einem grässlichen Biest. Leider kann er sich nicht scheiden lassen, weil ihm die Einwanderungsbehörde im Nacken sitzt. Er stammt aus Argentinien, und er muss noch eine Weile so tun, als wäre seine Ehe mit der Amerikanerin okay. Solange er die Miete für ihr Apartment in Chelsea bezahlt, behauptet sie, er würde bei ihr wohnen. In Wirklichkeit lebt sie mit ihrem Personal Trainer zusammen. Wenn mein Freund seine Greencard bekommt, ist's damit vorbei. Dann heiratet er mich.« Natürlich will ich nicht, dass sie sich mies fühlt, weil sie nur ein Highschool-Diplom hat und ich einen College-Abschluss habe (nun ja, so gut wie) und etwas schneller von Begriff bin. »Sehr schwierig«, bekräftige ich.

»Ooooh, ein Anruf!«, verkündet sie, als das Telefon leise zirpt. Dieses Klingeln wird in den Büros von Pendergast, Loughlin and Flynn extrem leise geschaltet, damit sich die Partner nicht ärgern, die laut Tiffany wahnsinnig nervös sind (wegen ihrer langen Arbeitszeiten und anstrengenden Jobs), oder die Klienten, die genauso nervös sind (wegen der enormen Honorare, die sie für den juristischen Beistand von Pendergast, Loughlin and Flynn zahlen). »Legen Sie los, so wie ich's Ihnen erklärt habe.«

Zuversichtlich nehme ich den Hörer ab. »Pendergast, Loughlin and Flynn. Was kann ich für Sie tun?«

»Wer ist denn da dran, zum Teufel?«, bellt der Mann am anderen Ende der Leitung.

»Lizzie«, stelle ich mich so freundlich wie möglich vor, trotz seines rüden Tons.

»Sind Sie von der Zeitarbeitsvermittlung?«

»Nein, Sir, ich bin die neue Vormittagstelefonistin. Mit wem soll ich Sie verbinden?«

»Geben Sie mir Jack«, lautet die schroffe Antwort.

»Sofort …« Hektisch überfliege ich die kleine Liste. Jack? Wer ist Jack? »Wen darf ich melden?«, frage ich, um Zeit zu gewinnen, während ich den Namen Jack suche.

»Mein Gott noch mal!«, schreit der Mann. »Hier ist Peter Loughlin, verdammt noch mal!«

»Bitte, einen Augenblick, Sir …« Mit einem bebenden Finger drücke ich auf die Wartetaste und wende mich zu Tiffany, die in ihrem Sessel döst, die hohen Wangenknochen von langen, perfekt geschwungenen Wimpern überschattet. »Da ist Peter Loughlin am Apparat!«, zische ich und wecke sie. »Er will mit einem gewissen Jack reden. Dauernd flucht er, und er ist stinksauer …«

So blitzschnell wie ein Student, der über eine Pizza herfällt, entreißt sie mir den Hörer und murmelt: »Scheiße, Scheiße, Scheiße, Scheiße.« Dann beugt sie sich über mich hinweg, drückt auf die Wartetaste und gurrt. »Hi, Mr. Loughlin, hier ist Tiffany … Ja, ich weiß. Nun, sie ist neu … Ja, natürlich, ich verbinde Sie.«

Ihre langen, manikürten Finger fliegen über die Tasten, und wir sind »Peter Loughlin, verdammt noch mal« losgeworden.

Naschkatze

»Tut mir leid«, entschuldige ich mich mit zitternder Stimme. »Auf dieser Liste konnte ich keinen Jack finden.«

»Dumme Gans«, schimpft Tiffany, ergreift einen Kugelschreiber und kritzelt etwas auf die Liste, die ich von Roberta bekommen habe, gibt sie mir zurück und lacht über meine entsetzte Miene. »Nicht Sie – ich meine Roberta, diese Nutte. Die bildet sich weiß Gott was ein, weil sie auf einem Elite-College war. Und wenn schon! Damit hat sie nur einen Job gekriegt, bei dem sie die Urlaubstage anderer Leute einteilt. Das kann jeder Affe. Diese blöde, aufgeblasene Kuh!«

Ich schaue mir die Änderung an, die sie auf meiner Liste vorgenommen hat. Der Vorname »John« vor dem Nachnamen »Flynn« wurde durchgestrichen und mit »Jack« ersetzt. Weil sie das mit dem Kugelschreiber auf die Klarsichthülle geschrieben hat, ist es kaum leserlich.

»Also heißt John Flynn in Wirklichkeit Jack?«, frage ich.

»Nein. John. Aber er nennt sich Jack. Und so nennen ihn auch alle anderen. Keine Ahnung, warum Roberta seinen richtigen Vornamen getippt hat. Vielleicht wollte sie Ihnen eins auswischen. Sie ist nämlich furchtbar eifersüchtig auf alle Mädchen, die hübscher sind als sie. Weil sie wie ein Troll mit Pferdegesicht aussieht…«

»Ah, da sind Sie ja, Lizzie!«, ruft Roberta und stößt die Glastür auf, die von der Eingangshalle zum Empfang führt. Sie trägt einen Trenchcoat – Burberry, wie ich dem Futter entnehme – und hält einen Aktenkoffer in der Hand. Für jemanden, der nur »die Urlaubstage anderer Leute einteilt«, erscheint sie mir extrem karrieristisch. »Alles in Ordnung? Hat Tiffany Sie in Ihren neuen Job eingewiesen?«

»Ja«, antworte ich und werfe Tiffany einen angstvollen Blick zu. Hat Roberta gehört, dass sie als Troll mit Pferdegesicht bezeichnet worden ist?

Aber Tiffany schaut nicht im Mindesten besorgt drein. Sie nimmt eine Nagelfeile aus einem der vielen Schubfächer, die sie mit ihren persönlichen Sachen vollgestopft hat, und beginnt einen lackierten Fingernagel zu bearbeiten. »Wie geht's Ihnen heute Morgen, Roberta?«, fragt sie honigsüß.

»Großartig, Tiffany.« Jetzt, wo ich Roberta etwas gründlicher mustere, ähnelt sie tatsächlich einem Pferd. Sie hat ein langes Gesicht und vorstehende Zähne. Und um die Wahrheit zu sagen – weil sie so klein ist und einen Buckel macht, sieht sie tatsächlich ein bisschen wie ein Troll aus. »Vielen Dank, dass Sie heute zu dieser Doppelschicht bereit waren, um Lizzie in ihre neue Arbeit einzuführen. Das wissen wir sehr zu schätzen.«

»Um zwei kriege ich anderthalb Schichten bezahlt, okay?«, will Tiffany wissen.

»Natürlich.« Roberta lächelt verkniffen. »So wie wir's besprochen haben.«

Tiffany zuckt die Achseln. »Dann ist's ja gut«, flötet sie, und Robertas Lächeln wird noch etwas verkrampfter.

»Wunderbar. Lizzie, wenn Sie ...«

Das Telefon zirpt, und ich stürze mich darauf. »Pendergast, Loughlin and Flynn. Was kann ich für Sie tun?«

»Hier ist Marjorie Pears«, schnurrt eine Frauenstimme. »Ich würde gern Leon Finkle sprechen.«

»Einen Augenblick, bitte.« Ich drücke auf die Weiterleitungstaste. Während Roberta mich aufmerksam beobachtet, finde ich Marjorie Pears' Gesprächspartner auf meiner Liste, wähle die Nummer, und als sich jemand meldet, sage ich: »Marjorie Pears möchte Sie sprechen, Mr. Finkle.«

»Okay, ich nehme den Anruf entgegen«, antwortet die Stimme. Ich drücke auf die Verbindungstaste und sehe das kleine rote Licht neben der Weiterleitungstaste verschwinden. Geschafft, ich lege auf.

»Sehr gut«, lobt Roberta mich beeindruckt. »Um das zu lernen, hat Tiffany eine ganze Woche gebraucht.«

Der Blick, den Tiffany ihr zuwirft, würde einen glühend heißen Espresso gefrieren lassen. »Leider hatte ich keine so gute Lehrerin wie Lizzie«, bemerkt sie kühl.

Nach einem weiteren verkrampften Lächeln nickt Roberta mir zu. »Nun, machen Sie weiter so, Lizzie. Bevor Sie gehen, kommen Sie bitte in mein Büro. Sie müssen diese Formulare für die Versicherung ausfüllen.«

»Ja, gewiss.« Das Telefon zirpt erneut, und ich nehme den Hörer ab. »Pendergast, Loughlin and Flynn.«

»Jack Flynn, bitte«, sagt eine Stimme am anderen Ende der Leitung. »Hier ist Terry O'Malley.«

»Einen Augenblick, bitte«, antworte ich und drücke auf die Weiterleitungstaste.

»Zur Hölle mit Roberta, diesem verdammten blöden Biest«, murmelt Tiffany vor sich hin und kaut auf einem Fruchtgummibonbon herum.

»Terry O'Malley möchte Mr. Flynn sprechen«, erkläre ich, als sich eine Frau in Mr. Flynns Büro meldet.

»Ihre Vagina ist voller Spinnweben, weil sie so selten benutzt wird«, spottet Tiffany.

»Stellen Sie den Anruf bitte durch«, sagt die Frau, und ich drücke auf die Verbindungstaste.

»Die hatte doch tatsächlich den Nerv, mir zu sagen, ich soll an der Rezeption nicht meine Nägel lackieren.« Erbost starrt Tiffany in die Richtung, in der Roberta soeben verschwunden ist. »Sie meint, das wäre nicht *professionell*.«

Vorsichtshalber verkneife ich mir die Bemerkung, dass ich es auch nicht besonders professionell fände, sich während der Arbeitszeit in einer Anwaltskanzlei die Nägel zu lackieren.

Das Telefon säuselt wieder, und ich nehme den Hörer ab. »Pendergast, Loughlin and Flynn. Wie kann ich Ihnen helfen?«

»Gar nicht«, sagt Luke, »ich wollte dir viel Glück an deinem ersten Arbeitstag wünschen.«

»Oh ...« Meine Knie schmelzen, so wie immer, wenn ich seine Stimme höre. »Hi.«

Inzwischen bin ich drüber weggekommen, was er gestern Abend gesagt hat. Dass Leute in unserem Alter zu jung sind, um zu wissen, was wirklich Liebe ist. Weil er später zugegeben hat, er hätte es nicht so gemeint. Offenbar meinte er es nur allgemein. Die meisten jungen Leute in unserem Alter wissen nicht, was Liebe ist. Wahrscheinlich hat Tiffany keine Ahnung davon.

Außerdem hat er mir nach dem Abendessen bewiesen, dass er weiß, was Liebe ist. Klar, zumindest weiß er, wie man Liebe macht. »Wie läuft's?«, fragt er.

»Fabelhaft, einfach fabelhaft.«

»Du kannst nicht reden, weil jemand neben dir sitzt, nicht wahr?« Auch das gehört zu den Gründen, warum ich ihn so sehr liebe. Weil er so scharfsinnig ist. Zumindest, was gewisse Dinge angeht.

»Genau.«

»Schon gut, das ist okay. In ein paar Minuten fängt sowieso meine Vorlesung an. Und ich wollte nur wissen, wie's dir geht.«

Während er spricht, öffnet sich die Glastür, und eine junge, etwas stämmige Blondine kommt herein. Sie trägt Jeans, einen weißen Rollkragenpullover, der ihr kein bisschen schmeichelt, und Timberland-Stiefel. Solche Stiefel erwartet man nicht in den Büros von Pendergast, Loughlin and Flynn zu sehen. Irgendwie kenne ich die Frau. Aber ich weiß nicht, wo ich sie schon einmal gesehen habe. Dann merke ich, wie Tiffany von ihrem Fingernagel aufblickt, an dem sie immer noch feilt, und ihre Kinnlade fallen lässt.

»Eh – ich muss Schluss machen«, sage ich zu Luke. »Bye.«

Hastig lege ich auf. Die junge Frau nähert sich dem Empfangstisch. Da sehe ich, dass sie hübsch ist – auf diese gesunde All-American-Girl-Art, obwohl sie kaum Makeup trägt. Und es scheint sie auch nicht zu stören, dass über dem Hosenbund ihrer zu tief sitzenden Jeans ein Fettwulst hervorquillt. Sicher würden ihr Jeans, die bis zur Taille reichen und den Bauch verhüllen, etwas besser stehen.

»Hi«, begrüßt sie mich, »ich bin Jill Higgins. Ich habe einen Termin mit Mr. Pendergast, um neun.«

»Natürlich.« Ich suche auf meiner Liste nach der Telefonnummer von Chaz' Dad. »Nehmen Sie bitte Platz, ich gebe ihm Bescheid.«

»Danke.« Lächelnd entblößt die junge Dame kerngesunde, schneeweiße Zähne. Während sie auf eine der Ledercouchs sinkt, wähle ich Mr. Pendergasts Anschluss.

»Da ist Jill Higgins, für ihren 9-Uhr-Termin bei Mr. Pendergast«, informiere ich Esther, Mr. Pendergasts attraktive, etwa vierzigjährige Assistentin, die vor einer Weile hier gewesen ist, um Bekanntschaft mit mir zu schließen.

»Scheiße«, stöhnt Esther, »er ist noch nicht da. Ich komme sofort.«

Als ich auflege, stößt Tiffany meine Schulter an. »Wissen Sie, wer das ist?«, wispert sie und deutet mit dem Kinn auf die junge Frau.

»Ja«, flüstere ich zurück, »sie hat ihren Namen genannt – Jill Higgins.«

»Ja, aber wissen Sie, wer Jill Higgins ist?«

Ich zucke die Achseln. Klar, das Gesicht der jungen Frau kommt mir bekannt vor. Aber sie kann kein Film- oder Fernsehstar sein, dafür ist sie zu dick.

»Nein«, hauche ich.

»Jill Higgins wird den reichsten Junggesellen New Yorks heiraten«, zischt Tiffany, »nämlich John MacDowell. Seine Familie besitzt mehr Manhattan-Immobilien als die katholische Kirche. Und der hat früher fast alles gehört ...«

Interessiert spähe ich zu Jill Higgins hinüber. »Das Mädchen, das im Zoo arbeitet?«, flüstere ich und erinnere mich an den Artikel in der Klatschspalte. »Die Frau, die eine gestrandete Robbe hochgehoben und sich dabei den Rücken verletzt hat?«

»Genau«, bestätigt Tiffany. »Die MacDowell-Familie will sie zwingen, einen Ehevertrag zu unterschreiben, damit sie bei einer Scheidung keinen Cent kriegt, es sei denn, sie produziert einen Erben. Aber der Bräutigam möchte ihre Rechte schützen. Deshalb hat er Pendergast, Loughlin and Flynn engagiert.«

»Oh! Das finde ich schrecklich traurig. Jill Higgins sieht
so nett und normal aus! Wie kann man bloß glauben, sie
hätte es nur auf das Geld ihres Verlobten abgesehen? Ist
das nicht süß von ihm? Ich meine, dass John MacDowell
Anwälte für seine Braut anheuert.«

»O ja«, grunzt Tiffany. »Wahrscheinlich macht er's nur,
damit sie später, wenn alles schiefgeht, nicht behauptet,
sie wäre reingelegt worden.«

Nach meiner Ansicht klingt das furchtbar zynisch. Aber
was weiß ich denn schon? Das ist mein erster Tag in dieser Kanzlei, und Tiffany arbeitet schon seit zwei Jahren
hier. So lange hat's angeblich noch keine Telefonistin bei
Pendergast, Loughlin and Flynn ausgehalten.

»Haben Sie gehört, wie sie genannt wird?«, flötet
Tiffany.

»Von wem?«

»Von der Presse. Wie sie Jill nennt?«

Verständnislos starre ich sie an. »Nicht einfach nur
Jill?«

»Nein – ›Robbenspeck‹. Weil sie mit Seehunden arbeitet
und diesen Bauch hat.«

»Wie gemein!« Entrüstet runzle ich die Stirn.

»Außerdem nennt man sie Heulsuse.« Tiffany scheint
sich köstlich zu amüsieren. »Weil sie in Tränen ausgebro-
chen ist, als ein Reporter sie gefragt hat, ob sie sich nicht
unsicher fühlt, wo doch so viele Frauen, die besser aussehen als sie, ganz scharf auf ihren Verlobten sind.«

»Wie grauenhaft!« Ich schaue wieder zu Jill hinüber. Für
jemanden, der das alles durchmachen muss, wirkt sie be-
merkenswert gelassen. Nur der Himmel weiß, wie ich in
einer solchen Situation reagieren würde. Vermutlich würde

die Presse mich »Niagara« nennen. Weil ich gar nicht mehr aufhören würde zu heulen.

»Oh, Miss Higgins!« Esther erscheint in der Halle, todschick in einem Kostüm mit Hahnentrittmuster. »Wie geht es Ihnen? Begleiten Sie mich? Mr. Pendergast hat sich ein bisschen verspätet. Aber ich habe Kaffee für Sie bestellt. Mit Sahne und Zucker, nicht wahr?«

Lächelnd steht Jill Higgins auf. »Ja, danke«, antwortet sie und folgt Esther in den Flur, der zu den Büros führt. »Wie nett von Ihnen, dass Sie sich daran erinnern!«

Sobald die beiden außer Hörweite sind, schnauft Tiffany und beginnt ihre Fingernägel zu lackieren. »So reich dieser MacDowell auch sein mag... Und – ja, okay, sie kann ihren Job im Zoo aufgeben und muss diesen grässlichen Robben keine Fische mehr zuwerfen. Aber in diese Familie würde ich nur für zwanzig Millionen einheiraten. Und sie kann von Glück reden, wenn sie ein paar Hunderttausend sieht.«

»Oh...« Eigentlich müsste Tiffany Schauspielerin werden, mit diesem Flair für Dramatik. »So schlimm können die MacDowells doch gar nicht sein.«

»Machen Sie Witze?« Höhnisch verdreht Tiffany die Augen. »John MacDowells Mom ist eine richtige Schreckschraube. Wenn's um die Hochzeitsvorbereitungen geht, hat das arme Mädchen überhaupt nichts zu sagen. Natürlich ergibt das einen gewissen Sinn, weil Jill aus Iowa stammt und ihr Dad wahrscheinlich ein Postbote oder so was ist. Trotzdem – nicht mal ihr Brautkleid darf die Heulsuse selber aussuchen. Stattdessen muss sie einen alten Fetzen anziehen, der seit tausend Jahren im Herrschaftshaus vor sich hinschimmelt. Das gehört zur Familientradition, und alle MacDowell-Bräute müssen das Kleid tragen. Aber wenn Sie mich fragen – MacDowells Mutter will nur, dass Jill so schlecht wie nur möglich aussieht. Damit er ihr den Laufpass gibt und irgendein Society-Biest heiratet, das seine Mom für ihn ausgesucht hat.«

Sofort spitze ich die Ohren. Nicht wegen des Society-Mädchens, das John MacDowell auf Wunsch seiner Mutter heiraten soll. »Wirklich? Wissen Sie, welchen zertifizierten Spezialisten für Brautkleider sie engagiert hat?«

Tiffany blinzelt mich an. »Was?«

»Einen zertifizierten Spezialisten für Brautkleider. Also, ich meine, sie muss doch jemanden beauftragt haben, nicht wahr?«

»Keine Ahnung, wovon Sie reden. Was ist denn ein zertifizierter Spezialist für Brautkleider?«

In diesem Moment schwingt die Glastür wieder auf, und ein Mann kommt herein, in dem ich Chaz' Vater erkenne – eine ältere, grauhaarige Version von Chaz, aber ohne umgedrehte Baseballkappe. Bei meinem Anblick bleibt er stehen. »Lizzie?«

»Hi, Mr. Pendergast«, grüße ich und strahle über das ganze Gesicht. »Wie geht es Ihnen?«

»Ganz ausgezeichnet – jetzt, wo ich Sie sehe.« Freundlich erwidert er mein Lächeln. »Freut mich, dass Sie für uns arbeiten. Neulich habe ich mit Chaz gesprochen, und er konnte gar nicht aufhören, von Ihren Vorzügen zu schwärmen.«

Also, das ist wirklich ein hohes Lob, wenn man bedenkt, wie ungern Chaz mit seinen Eltern redet. Wann immer es möglich ist, weicht er solchen Diskussionen aus. Dass er seinen Vater meinetwegen angerufen hat, treibt mir beinahe Tränen in die Augen. Wirklich, er ist der großartigste Junge der Welt. Natürlich abgesehen von Luke ...

»Vielen Dank, Mr. Pendergast, ich bin so glücklich über diesen Job. Es ist wahnsinnig nett von Ihnen ...«

In diesem Moment zirpt das Telefon.

»Hach, die Pflicht ruft.« Grinsend zwinkert er mir zu. »Bis später.«

»Klar. Und – Miss Higgins ist schon hier ...«

»Wunderbar!«, ruft Mr. Pendergast und eilt nach hinten zu seinem Büro.

Ich nehme den Hörer ab. »Pendergast, Loughlin and Flynn. Was kann ich für Sie tun?«

Nachdem ich den Anrufer erfolgreich mit dem gewünschten Gesprächspartner verbunden habe, lege ich auf und schaue Tiffany an.

»Ich bin halb verhungert«, stöhnt sie. »Wollen wir was im Burger Heaven unten an der Straße bestellen?«

»Es ist noch nicht mal zehn«, wende ich ein.

»Und wenn schon? Ich bin so verkatert. Am liebsten würde ich sterben. Jetzt brauche ich ein bisschen Fett im Magen. Sonst kippe ich um.«

»Wissen Sie was? Ich glaube, ich habe jetzt endgültig begriffen, worum's bei diesem Job geht. Wenn Sie wollen, können Sie gehen.«

Aber Tiffany versteht den Wink mit dem Zaunpfahl nicht. »Soll ich etwa auf die bezahlte Vormittagsschicht verzichten? Nein, danke. Ich bestelle einen doppelten Cheeseburger. Wollen Sie auch einen?«

Seufzend gebe ich nach. Ich habe noch einen langen Tag vor mir. Und ehrlich gesagt, ich werde das Protein brauchen.

Lizzie Nichols' Ratgeber für Brautkleider

Okay, ihr rundlichen Mädchen, glaubt bloß nicht, ich hätte euch vergessen, wie so viele andere Designer! Die meisten ignorieren euch und schrecken davor zurück, Brautkleider für Größen zu entwerfen, die über M hinausgehen.

Aber diese Angst ist unbegründet. Eine üppig gebaute Frau kann in einem Brautkleid fabelhaft aussehen – wenn sie sich für den richtigen Stil entscheidet, nämlich für ein enges Oberteil und einen A-Linienrock.

Weite Röcke kommen für eine Braut, die L oder XL trägt, nicht in Frage, weil sie umfangreiche Hüften noch breiter machen würden, ebenso wie gerade geschnittene oder enge Röcke. Aber ein A-Linienrock zeichnet die Konturen ganz sanft nach und schmeichelt rundlichen Frauen.

Normalerweise werden trägerlose Kleider für solche Bräute nicht empfohlen, weil sie ein sehr enges Oberteil erfordern, das den Bauch betonen würde. Doch das hängt von der jeweiligen Figur ab.

Stärker gebaute Frauen profitieren ganz besonders von der Fachkenntnis eines Spezialisten für Brautkleider. Mit unserer Hilfe finden sie genau das richtige, schmeichelhafte Kleid für ihren großen Tag.

Lizzie Nichols Designs

11

Wenn man die Fehler einer jungen Frau herausfinden will, muss man sie vor ihren Freundinnen loben.

Benjamin Franklin (1706–1790),
amerikanischer Staatsmann, Schriftsteller und Erfinder

Der Zwerg singt: »Don't Cry Out Loud.«

»Was die anderen denken, weiß ich nicht«, sagt Chaz. »Aber ich finde diese Darbietung besonders rührend. Ich gebe ihm acht Punkte.«

»Sieben«, erwidert Luke. »Dass er *wirklich* weint, irritiert mich ein bisschen.«

»Von mir bekommt er zehn Punkte«, verkünde ich und muss selber mit den Tränen kämpfen. Vielleicht, weil mich alle Melissa Manchester-Songs nostalgisch stimmen oder weil dieser so ausdrucksvoll von einem Zwerg interpretiert wird, der wie Frodo aus »Herr der Ringe« gekleidet ist und einen Gandalf-Stab trägt. Oder es liegt möglicherweise an meinen drei Tsigtaos beim Dinner und an den beiden Amarettos, die ich nachher hier in der Nische getrunken habe. Jedenfalls bin ich völlig hingerissen.

Was man von meiner besten Freundin Shari nicht behaupten kann. Ständig zupft sie am Etikett ihres Budweiser Light und schaut geistesabwesend drein. Schon den ganzen Abend.

»Hey!«, mahne ich und stoße sie mit dem Ellbogen an. »Wie beurteilst du diesen Vortrag?«

»Eh …« Shari streicht ein paar dunkle Locken aus ihren Augen und mustert den Mann auf der kleinen Bühne im Hintergrund der Bar. »Keine Ahnung. Sechs Punkte.«

»Wie grausam!« Chaz schüttelt den Kopf. »Schau ihn dir nur an, er singt sich doch die Seele aus dem Leib.«

»Genau das ist es«, betont Shari. »Er nimmt's zu ernst. Wo's doch nur ein Karaoke-Wettbewerb ist …«

»Das Karaoke ist in *vielen* Kulturen eine Kunstform«, doziert Chaz. »Deshalb sollte man's ernst nehmen.«

»Nicht in einer Spelunke namens Honey's in Midtown«, protestiert Shari. Der Klang ihrer Stimme hat sich verändert. Obwohl Chaz lächelt, scheint sie sich zu ärgern.

So geht das schon, seit sie mit ihm in dem Thai-Lokal angekommen ist, wo wir uns zum Dinner getroffen haben. Ganz egal, was er sagt – entweder ignoriert sie ihn, oder sie widerspricht ihm. Sie hat ihm sogar vorgeworfen, er würde zu viel bestellen. Als ob das so wichtig gewesen wäre!

»Wahrscheinlich ist sie nur gestresst«, habe ich zu Luke gesagt, während wir hinter den beiden zur Canal Street gingen und den Fischabfällen auswichen, die chinesische Markthändler zu beiden Seiten der Straße weggeworfen hatten. »In letzter Zeit hat sie hart gearbeitet.«

»Du arbeitest auch hart«, entgegnete Luke. »Trotzdem benimmst du dich nicht wie ein Riesena …«

»Moment mal!«, unterbrach ich ihn. »Sharis Job ist ein bisschen stressiger als meiner. Immerhin hat sie mit Frauen zu tun, die in Lebensgefahr schweben. Und ich muss mich nur um Frauen kümmern, die Angst haben, ihr Hintern könnte an ihrem Hochzeitstag zu groß aussehen.«

»Das kann genauso stressig sein«, beharrte er in rührender Loyalität. »Sei nicht so bescheiden!«

Um die Wahrheit zu gestehen – ich glaube gar nicht, dass es die Arbeit ist, die meiner Freundin zu schaffen macht. Wäre es nur das, würden sie die köstlichen Thai-Speisen aufmuntern, die wir soeben gegessen haben. Ganz zu schweigen von all dem Bier. Aber sie ist nach der Mahlzeit genauso schlecht gelaunt wie vorher. Und sie wollte nicht einmal ins Honey's mitkommen, sondern sofort nach Hause fahren und ins Bett gehen. Chaz musste sie praktisch in unser Taxi schieben. Viel lieber hätte sie ein anderes genommen, um sich daheim zu verkriechen.

»Ich versteh's einfach nicht«, hat Chaz uns gestanden, als Shari zwischen zwei Gängen des traumhaften Menüs zur Toilette gegangen ist. »Irgendwas bedrückt sie, das weiß ich. Aber wenn ich sie frage, was los ist, sagt sie, alles wäre okay und ich soll sie in Ruhe lassen.«

»Genau das sagt sie mir auch«, seufzte ich.

»Vielleicht hängt's mit irgendwelchen Hormonen zusammen«, meinte Luke – eine naheliegende Schlussfolgerung, weil er sich gerade so intensiv mit Biologie befasst.

»Sechs Wochen lang?«, wandte Chaz ein. »So lange dauert's nämlich schon. Seit sie mit diesem Job angefangen hat – und bei mir eingezogen ist.«

Krampfhaft habe ich geschluckt. Also bin *ich* dran schuld. Das wusste ich ja. Würde ich mit Shari eine Wohnung teilen, so wie ich's versprochen hatte, und hätte ich sie nicht gezwungen, bei Chaz zu wohnen, wäre das alles nicht passiert …

»Wenn du glaubst, du kannst es besser«, sagt er jetzt und schiebt das Gesangbuch über den Tisch zu Shari hinüber, »warum versuchst du's nicht mal?«

Angewidert starrt sie den schwarzen Einband an. »Weil ich kein Karaoke mache«, erklärt sie frostig.

»Hm – wenn ich mich recht entsinne, war das früher anders.« Lukes dunkle Augenbrauen wackeln. »Zumindest auf einer gewissen Hochzeit...«

»Das war ein besonderer Anlass«, erwidert sie mürrisch. »Damals wollte ich dieser Plaudertasche neben mir einen Gefallen tun.«

Plaudertasche?

Ich blinzle.

Klar, es stimmt. Aber so langsam bessere ich mich. Wirklich. Keiner Menschenseele habe ich von meiner Begegnung mit Jill Higgins erzählt. Und ich verheimliche Luke, dass der Liebhaber seiner Mutter (falls er das ist, was ich allmählich vermute) *schon wieder* in ihrem Apartment angerufen hat. Wenn's um sensationelle Informationen geht, schweige ich wie ein Grab.

Trotzdem beschließe ich, meiner Freundin zu verzeihen. Immerhin habe ich sie im Stich gelassen. »Komm schon, Shari.« Ich greife nach dem Gesangbuch. »Jetzt suche ich was Lustiges aus, das wir singen können. Einverstanden?«

»Ohne mich. Ich bin ich zu müde.«

»Für Karaoke ist man nie zu müde«, meint Chaz. »Du musst nur da oben stehen und den Text vom Teleprompter ablesen.«

»Ich bin zu müde«, wiederholt Shari halsstarrig.

»Hör mal, irgendjemand muss jetzt da raufgehen und

singen«, sagt Luke. »Sonst wird Frodo eine weitere Ballade vortragen. Und dann schneide ich mir die Pulsadern auf.«

Mittlerweile habe ich angefangen, im Gesangbuch zu blättern. »Okay, ich mach's. Um meinen Freund vor dem Selbstmord zu bewahren.«

»Danke, Schätzchen.« Luke zwinkert mir zu. »Verdammt nett von dir.«

Ich habe einen geeigneten Song gefunden und schreibe den Titel auf den Zettel, den man der Kellnerin geben muss, wenn man singen will. »Aber ihr beide tretet auch auf, Luke und Chaz.«

Ernsthaft schaut Chaz in Lukes Augen. » ›Wanted Dead or Alive‹?«

Luke schüttelt energisch den Kopf. »Ausgeschlossen.«

»Doch!«, bedränge ich ihn. »Wenn ich mich opfere, müsst ihr Jungs auch …«

»Nein«, fällt er mir ins Wort und beginnt zu lachen. »Ich mache kein Karaoke.«

»Davor darfst du dich nicht drücken, sonst müssen wir noch mehr davon ertragen.« Stöhnend zeige ich auf ein paar kichernde, etwa zwanzigjährige Mädchen. Mit glitzernden Penis-Halsketten und entgleisten, vom Alkohol geröteten Gesichtszügen bekunden sie, dass sie eine Junggesellinnenparty feiern. Als wäre es nicht schon genug, dass sie »Summer Lovin« aus »Grease« ins Mikrofon kreischen.

»Klar, die machen Karaoke zum Gespött«, bekräftigt Chaz und spricht »Karaoke« mit der korrekten japanischen Betonung aus.

»Noch eine Runde?«, fragt die Kellnerin, die ein zauberhaftes Mandarinkleid aus roter Seide und einen nicht ganz so zauberhaften Metallstift in der Unterlippe trägt.

»Vier Bier«, antworte ich und halte ihr zwei Zettel hin. »Und zwei Songs, bitte.«

»Für mich nicht.« Shari hält ihre fast volle Bierflasche hoch. »Mir reicht's.«

Die Kellnerin nickt und nimmt die beiden Zettel. »Also, nur drei Bier«, murmelt sie und geht davon.

»Wieso zwei Songs, Lizzie?«, fragt Luke argwöhnisch. »Hast du etwa …?«

»Ich will dich singen hören, dass du ein Cowboy bist …« Unschuldig reiße ich die Augen auf. »… und auf einem stählernen Pferd reitest …«

»Ach, du …« Seine Mundwinkel zucken, als er seinen Lachreiz bekämpft. Dann greift er nach mir.

Aber ich drücke mich an Shari, die mich erbost abschüttelt. »Hört auf!«

»Rette mich!«, flehe ich.

»Im Ernst. Hört auf.«

»Komm schon, Share!« Ich lache sie an. Was stimmt denn nicht mit ihr? Früher hat's ihr Spaß gemacht, in Kneipen herumzualbern. »Sing mit mir.«

»Du nervst.«

»Sing mit mir«, bitte ich. »Um der alten Zeiten willen.«

»Steh auf.« Shari schiebt mich zum Ende der Bank, auf der wir sitzen. »Ich muss mal.«

»Nein, ich stehe nur auf, wenn du mit mir singst.«

Da gießt sie mir ihr Bier über den Kopf.

Später, auf der Toilette, entschuldigt sie sich bei mir. Total zerknirscht. »Es tut mir so leid«, schnieft sie und beob-

achtet, wie ich meinen Kopf unter den Haartrockner halte.
»Ich weiß nicht, was in mich gefahren ist.«

»Schon gut.« Über dem rauschenden Lärm des Föhns
höre ich ihre Stimme kaum. »Wirklich, es ist okay.«

»Ist es nicht! Ich bin einfach schrecklich!«

»Unsinn, das bist du nicht. *Ich* habe mich blöd benommen.«

»Nun ja ...« Shari lehnt sich an die Heizung. Im Honey's
ist das Dekor der Damentoilette nicht besonders elegant.
Da gibt es nur ein einziges WC und ein Waschbecken, und
der beigefarbene Anstrich der Wände (in der Farbe von
Erbrochenem) kann die zahlreichen Graffiti-Schichten darunter kaum übertünchen. »Klar, du warst ziemlich blöd.
Aber nicht schlimmer als sonst auch. *Ich* habe mich zu
einem ganz miesen Biest entwickelt. Keine Ahnung, was
mit mir los ist.«

»Hängt's mit deinem Job zusammen?« Der Föhn löst das
Problem meiner nassen Haare. Leider schafft er's nicht, den
Biergestank aus meinem Vicky Vaughn Junior-Minikleid
zu verscheuchen. Daheim muss ich meine Febreze-Flasche
hervorholen.

»Mit meinem Job hat das nichts zu tun«, jammert Shari,
»ich *liebe* ihn.«

»Tatsächlich?«, frage ich – unfähig, meine Verblüffung
zu verhehlen. Wo sie sich doch unentwegt wegen der anstrengenden Arbeit und der Überstunden beklagt.

»O ja. Genau das ist mein Problem. Dort bin ich viel lieber als zu Hause.«

Ich öffne meine Meyers-Handtasche aus den Siebzigerjahren (mit zwei Fächern, in erstaunlichem Lindgrün; dafür habe ich im Vintage to Vavoom dank des Angestelltenrabatts nur fünfunddreißig Dollar bezahlt) und suche nach irgendwas, mit dem ich mich besprühen könnte, um den Biergeruch zu mildern. »Weil du den Job so sehr liebst? Oder liebst du Chaz nicht mehr?«

Plötzlich verzerren sich ihre Lippen, und sie schlägt die Hände vors Gesicht, um ihre Tränen zu verbergen.

»O Share!« Mein Herz krampft sich zusammen, und ich trete vom Haartrockner weg und nehme sie in die Arme. Durch die Tür dringt das Bumm-Bumm-Bumm der Bassrhythmen in die Toilette, während die Junggesellinnen »New York, New York« kreischen.

»Ich weiß nicht, was passiert ist«, schluchzt Shari. »Wenn ich mit ihm zusammen bin, habe ich dauernd das Gefühl, ich ersticke. Selbst wenn ich nicht bei ihm bin – irgendwie erdrückt er mich.«

Natürlich versuche ich das zu verstehen. Dazu ist eine beste Freundin verpflichtet. Aber ich kenne Chaz schon so lange. Noch nie ist er ein Typ gewesen, der andere Leute erstickt oder erdrückt. Ganz im Gegenteil, es wäre schwierig, einen netteren, umgänglicheren Jungen zu finden. Wenn er nicht gerade über Kierkegaard quasselt. »Was meinst du? Auf welche Weise erstickt er dich?«

»Nun ja – er ruft mich ständig im Büro an.« Wütend wischt sie ihre Tränen weg. Sie hasst es, wenn sie weint. Deshalb tut sie's nur ganz selten. »Manchmal sogar zweimal am Tag!«

Verwundert starre ich sie an. »Nur zweimal? Das ist wirklich nicht schlimm – ich meine, ich rufe dich viel öfter an.« Die E-Mails, die ich ihr schicke, erwähne ich nicht. Seit ich jeden Vormittag so viele Stunden an einem Arbeitsplatz mit einem richtigen Computer verbringe, auf dem ich Notizen und Nachrichten für die Anwälte speichern soll, nutze ich das aus.

»Das ist was anderes«, erwidert Shari. »Außerdem liegt's nicht nur daran. Diese Sache mit der Katze...« Nachdem ich ihr verraten habe, dass Chaz gern einen vierbeinigen Freund im gemeinsamen Domizil aufnehmen würde, leidet sie an einer prompt »diagnostizierten« und zuvor nicht bekannten Allergie. Also kann sie die Wohnung keinesfalls mit irgendwas Pelzigem teilen. »Und wenn ich von der Arbeit nach Hause komme, will er immer sofort wissen, wie mein Tag war. Nachdem wir schon am Telefon darüber geredet haben.«

»Hör mal, Shari.« Ich lasse meine Arme von ihren Schultern sinken. »Über so was reden Luke und ich tausendmal am Abend.« Das ist leicht übertrieben. Aber was soll's? »Und wenn wir nach Hause kommen, fragen wir einander *immer*, was wir erlebt haben.«

»Okay. Aber ich wette, Luke liegt nicht den ganzen Tag im Apartment herum und liest Wittgenstein, geht dann einkaufen, macht sauber und backt Hafermehlkekse.«

Meine Kinnlade klappt nach unten. »Was? Chaz geht einkaufen, macht die Wohnung sauber und backt Hafermehlkekse, während du arbeitest?«

»Ja. Und er kümmert sich um die Wäsche. Kannst du das glauben? Während ich arbeite, erledigt er die Wäsche! Und dann faltet er alles zu diesen akkuraten Quadraten zusammen! Sogar meine Unterwäsche!«

Misstrauisch schaue ich Shari an. Da läuft irgendwas falsch. Total falsch. »Hast du mal darüber nachgedacht? Du bist sauer auf deinen Freund, weil er dich regelmäßig anruft, deine Wohnung sauber macht, einkaufen geht,

Kekse für dich backt und deine Wäsche erledigt? Ist dir klar, dass du soeben den perfektesten Mann der Welt beschrieben hast?«

Shari runzelt die Stirn. »Für manche Leute mag das ein perfekter Mann sein – für mich nicht. Weißt du, welchen Mann *ich* perfekt finde? Einen, der nicht dauernd *da* ist. Oh, und noch was – er will Sex. *Jeden Tag.* In Frankreich war das okay. Da hatten wir *Urlaub.* Aber jetzt tragen wir eine gewisse Verantwortung – nun ja, einige von uns. Wer hat denn Zeit für *täglichen Sex?* Manchmal will er sogar zweimal am Tag, morgens und abends. Das verkraft ich nicht, Lizzie. Es ist – einfach zu viel. Oh, mein Gott, ist das zu fassen, was ich gerade gesagt habe?«

Über diese Frage bin ich froh, denn die Antwort lautet – nein. Ich fasse es nicht. Schon immer war Shari sexuell viel aggressiver – und abenteuerlustiger als ich. Ist es jetzt genau umgekehrt? Beinahe wäre ich mit der Wahrheit herausgeplatzt – dass Luke und ich sehr oft zweimal am Tag Sex haben. Und dass es mir Spaß macht. »Aber früher – habt ihr's doch – eh – dauernd getrieben. Ich meine, am Anfang. Du warst ganz verrückt danach. Was hat sich denn geändert?«

»Das ist es ja.« Unglücklich zuckt sie die Achseln. »Ich weiß es nicht. O Gott, wie soll ich all die Leute beraten, die in Schwierigkeiten stecken, wenn ich nicht einmal mit mir selber klarkomme? Wie kann ich ihnen helfen?«

»Manchmal ist es leichter, anderen Menschen zu helfen, als die eigenen Probleme zu lösen«, erkläre ich und hoffe, meine Stimme klingt beruhigend. »Hast du mit Chaz darüber gesprochen? Vielleicht – wenn du ihm sagst, was dich stört …«

»Ja natürlich!«, unterbricht sie mich sarkastisch. »Soll ich meinem Freund tatsächlich vorwerfen, dass er zu vollkommen ist?«

»So musst du's ja nicht ausdrücken. Aber – wenn du...«

»Lizzie, ich weiß – was ich sage, hört sich verrückt an. Irgendwas stimmt nicht mit mir.«

»Unsinn, Shari, es ist nur – sehr schwierig für dich. Daran bin ich schuld. Wahrscheinlich wart ihr noch nicht bereit, zusammenzuleben – du und Chaz. Ich hätte dich nicht im Stich lassen und zu Luke ziehen dürfen. Deshalb habe ich das Bier verdient, das du mir über den Kopf geschüttet hast. Und ich würde noch was Schlimmeres verdienen...«

»O Lizzie!« Die dunklen Augen voller Tränen schaut sie mich an. »Mit dir hat das nichts zu tun. Verstehst du das nicht? Nur mit *mir*. Mit *mir* stimmt was nicht. Oder mit meiner Beziehung zu Chaz. Ehrlich gesagt – oh, ich weiß es nicht.«

»Was?«

»Wenn ich dich und Luke beobachte – wie gut ihr zueinander passt...«

»So großartig ist das nun auch wieder nicht«, falle ich ihr rasch ins Wort. An meine Methode »Kleines Waldtier« will ich sie nicht erinnern. Und ich möchte ihr auch nicht anvertrauen, dass Lukes Mom eine Affäre hat, die ich ihm verschweige. »Im Ernst, Shari, wir...«

»Ihr beide seht so glücklich aus. So wie Chaz und ich früher. Aber jetzt ist das vorbei, aus irgendwelchen Gründen.«

»O Shari...« Verzweifelt kaue ich an meiner Unterlippe

und suche nach den richtigen Worten. »Wenn ihr zu einem Therapeuten für Paarberatung geht ...«

»Ach, ich weiß nicht.« Wie hoffnungslos ihre Stimme klingt! »Das würde sich wohl kaum lohnen.«

»Shari!«, rufe ich ungläubig. Wie kann sie das sagen, wenn's um *Chaz* geht?

»Lizzie?« Jemand hämmert gegen die Toilettentür, eine Frau wiederholt meinen Namen. »Sind Sie da drin?«

Offenbar die Kellnerin.

Jetzt muss ich auf die Bühne gehen und mein Lied singen.

»Shari, ich weiß nicht, was ich sagen soll. Ich glaube, ihr beide macht einfach nur eine schwierige Phase durch. Chaz ist ein großartiger Junge. Und er liebt dich, das weiß ich. Sicher wird sich das bald einrenken.«

»Nein. Aber ich fühle mich ein bisschen besser, nachdem ich mir alles von der Seele geredet habe. Tut mir schrecklich leid – das mit dem Bier ...«

»Das ist schon okay. In gewisser Weise war's sogar erfrischend. Da draußen ist es ziemlich stickig und heiß.«

»Kommen Sie?«, fragt die Kellnerin. »Oder nicht?«

»Gleich!«, rufe ich. Dann bitte ich Shari: »Singst du mit mir?«

»Keine Chance«, entgegnet sie lächelnd.

Und so stehe ich wenig später allein auf der Bühne des Honey's.

Lauthals versichere ich den Junggesellinnen, die mich total alkoholisiert beschimpfen, dem Zwerg, der mich erbost anstarrt, weil ich ihm den Platz im Rampenlicht streitig mache, und Chaz und Shari und Luke, die jungen Mädchen hätten's satt, immer dasselbe schäbige alte

Naschkatze

Zeug zu tragen. Und weil sie's satthaben, wäre es nett, wenn man zärtlich zu ihnen ist. Anscheinend hat Chaz diesen Rat schon befolgt – leider mit mäßigem Erfolg.

Lizzie Nichols' Ratgeber für Brautkleider

Anproben

Zu den zahlreichen Pflichten Ihres Spezialisten für Brautkleider gehört es auch, dafür zu sorgen, dass Ihr Kleid gut sitzt. Dabei können Sie ihm helfen, indem Sie zu den Anproben die Schuhe, die Kopfbedeckung und die Unterwäsche mitbringen, die Sie an Ihrem großen Tag tragen wollen. Es kam schon vor, dass eine Braut ihr Kleid nicht zusammen mit den Schuhen und dem BH anprobiert hat. Wie sie dann feststellen musste, zeigten sich die BH-Träger, und der Rock war zu kurz oder zu lang.

Es ist sehr wichtig, dass Sie schon bei der ersten Anprobe so viel wiegen, wie Sie es für den Hochzeitstag planen. Natürlich kann man Kleider enger machen. Aber je weniger Ihre Schneiderin zu tun hat, desto besser. Und denken Sie nicht einmal daran, ein Kleid weiter machen zu lassen! Das ist eine ganz andere Geschichte, damit wollen Sie nichts zu tun haben.

Im Allgemeinen sind nur zwei Anproben erforderlich. Aber wenn es nötig ist, kann man natürlich mehrere anberaumen – solange Sie sich nicht zu viel Zeit lassen. Nicht einmal der brillanteste Spezialist kann über Nacht Wunder vollbringen. Drei Wochen vor der Hochzeit muss die letzte Anprobe stattfinden. Und essen Sie danach keine Schokolade mehr!

Lizzie Nichols Designs

12

Ein Gerücht ohne Standbein wird in die falsche Richtung kippen.
John Tudor (geb. 1954),
amerikanischer Baseballspieler in der Major League

*W*as machst du an Thanksgiving?«, will Tiffany wissen.

Obwohl ihre Schicht erst um zwei Uhr beginnt, taucht sie jeden Tag schon um zwölf auf und hängt bei mir herum, bis ich nach Hause gehe. Manchmal bringt sie einen Lunch für uns beide mit, den wir heimlich unter der Tischplatte verschlingen, weil es verboten ist, im Empfangsbereich zu essen. (»Sehr unprofessionell«, hat Roberta das genannt. Eines Tages hat sie mich dabei erwischt, wie ich ganz unschuldig eine Tüte Mikrowellenpopcorn knabberte, das ich aus der Büroküche entwendet hatte.)

Anfangs dachte ich, das wäre nur eine Marotte von Tiffany, jeden Tag zwei Stunden zu früh aufzukreuzen. Bis Daryl (dafür verantwortlich, dass alle Fax- und Kopiergeräte in der Kanzlei funktionieren, mit genug Papier bestückt sind und dass die Faxe sofort zum richtigen Adressaten gelangen) mir erklärte, ihre neue verbesserte Arbeitsmoral sei mir zu verdanken. »Weil sie so gern mit Ihnen zusammen ist. Tiffany findet Sie lustig. Und sie hat keine Freunde außer diesem blöden Arsch, mit dem sie zusammenlebt.«

Als ich das hörte, war ich gerührt und überrascht. Genau genommen haben Tiffany und ich nur wenig gemeinsam, natürlich abgesehen von dem Schreibtischsessel, in dem wir abwechselnd sitzen. Ihr freches Mundwerk schockiert mich immer wieder. Außerhalb der Kanzlei habe ich sie noch nie gesehen – kein Wunder bei unseren unterschiedlichen Arbeitszeiten. Und ich halte sie wirklich nicht für eine besonders enge Freundin.

Andererseits werden wir beide regelmäßig von »Peter Loughlin, verdammt noch mal!« angebrüllt. Das hinterlässt seelische Narben, die uns zusammenschweißen und eine gewisse freundschaftliche Verbundenheit erzeugen.

Trotzdem jagt mir die Frage nach dem Erntedankfest Angst ein. Ich fürchte mich nämlich vor einer Einladung bei Tiffany und dem »blöden Arsch«. So nennt Daryl ihren Freund, und zwar – und das steht einwandfrei fest – nur weil der Typ einem Date mit ihr im Weg steht.

Vielleicht würde ein festliches Dinner mit den beiden sogar Spaß machen. Aber ich glaube, Luke ist nicht bereit dafür, meine Kollegen kennenzulernen. Bisher habe ich ihn auch sicherheitshalber von Monsieur und Madame Henri und den Leuten von Pendergast, Loughlin and Flynn ferngehalten.

Genauso halte ich ihn von meiner Familie fern, der ich noch immer nicht gestanden habe, dass ich mit ihm zusammenlebe.

»Lukes Eltern kommen nach New York«, antworte ich wahrheitsgemäß.

»Wirklich?« Tiffany blickt von dem Fingernagel auf, den sie gerade feilt. »Aus Frankreich? Diese weite Reise muten sie sich zu?«

»Eh – nein, aus Houston«, sage ich nach einer kurzen

Naschkatze

Pause, in der ich einen Anruf für Jack Flynn entgegengenommen und weitergeleitet habe. »Sie verbringen nur einen Teil des Jahres in Frankreich – und die restliche Zeit in Houston, Lukes Heimatstadt. Zu Thanksgiving fliegen sie hierher, weil seine Mom shoppen und sein Dad eine Broadway-Show sehen möchte.«

»Und sie führen euch zum Thanksgiving-Dinner aus?« Beeindruckt hebt Tiffany die Brauen. »Wie süß!«

»Uh – nicht direkt. Ich koche das Dinner. Das heißt, Luke und ich. Für seine Eltern. Und für Shari und Chaz.«

Tiffany starrt mich an. »Hast du schon mal einen Truthahn gebraten?«

»Nein. Aber allzu schwierig kann's nicht sein. Luke ist ein sehr guter Koch. Und ich habe mehrere Rezepte aus der Food Network's Website ausgedruckt.«

»So?« Ihre Stimme trieft vor Sarkasmus. »Dann kann ja nichts mehr schiefgehen.«

Aber ich lasse mich nicht von ihrem Pessimismus irritieren. Unser Thanksgiving wird mit Sicherheit ein voller Erfolg. Nicht nur Lukes Eltern werden sich wohlfühlen (natürlich stellen wir ihnen unser Bett zur Verfügung, weil's ja auch seiner Mom gehört). Auch Shari und Chaz müssten ihren Spaß haben. Wenn alles planmäßig läuft, werden sie sehen, wie glücklich Luke und ich miteinander sind (und seine Eltern) und sich wieder vertragen.

Da bin ich mir völlig sicher.

»Deine eigene Familie wird dich vermissen«, meint Tiffany beiläufig. »Sind sie nicht sauer, weil du zum Erntedankfest nicht nach Hause kommst?«

»Nein.« Ich schaue auf die Uhr. Noch vier Minuten, bis ich verschwinden kann – und Tiffany für einen weiteren

Tag loswerde. Nicht, dass mich ihre Gesellschaft übermä-
ßig stört – sie ermüdet mich einfach nur. »Zu Weihnachten
bin ich daheim.«

»Oh? Wird Luke dich begleiten?«

»Nein.« Jetzt muss ich meinen Ärger verbergen. Lukes
Eltern werden Weihnachten und Neujahr in ihrem Châ-
teau in Frankreich verbringen. Und sie haben um seinen
Besuch gebeten.

Klar, deshalb bin ich enttäuscht. Gewiss, er hat mich
eingeladen, aber vorher gesagt: »Ich nehme an, du willst
die Feiertage bei deiner Familie verbringen.«

Da täuscht er sich.

Allerdings nicht ganz. Ich *wollte* zu Weihnachten mit
meiner Familie zusammen sein. *Und* mit Luke. Er sollte
mit mir nach Ann Arbor kommen und meine Eltern kennenlernen. Und ich hab's gar nicht so unvernünftig gefunden, das zu erwarten. Immerhin kenne ich seine Familie
schon, und wenn er an einer dauerhaften Beziehung interessiert ist, müsste er eigentlich den Wunsch verspüren,
auch mal *meine* Angehörigen zu treffen.

Aber als ich ihm vorgeschlagen habe, mit mir nach Hause zu fliegen, ist er zusammengezuckt. »Hey, ich liebe dich.
Aber ich habe schon das Ticket nach Frankreich. Ein Son-
derangebot. Deshalb kann ich's nicht umtauschen oder
zurückgeben. Wenn du mitkommen willst, könnte ich mal
sehen, ob ich noch ein Ticket kriege ...«

Unglücklicherweise gönnen mir Pendergast, Loughlin
and Flynn nur drei freie Tage (Monsieur und Madame
Henri machen ihren Laden von Weihnachten bis Neujahr
dicht), und so würde die Zeit für den Flug nach Frankreich und zurück nicht reichen. Nur für die Feiertage in

Ann Arbor. Wenn ich wieder in New York bin, muss ich arbeiten – und allein bleiben, bis Luke nach Neujahr zurückkommt.

So ist das nun mal. *Nach* dem 1. Januar. Den Jahreswechsel werde ich solo in Manhattan erleben, während er sich in Südfrankreich amüsiert. Prosit Neujahr!

Nicht, dass ich Tiffany darüber informieren würde. Das geht sie nichts an. Außerdem weiß ich, was sie sagen würde. *Ihr* Freund ist schon im ersten Jahr der Beziehung mit ihr nach North Dakota geflogen, um ihre Eltern kennenzulernen.

»Nun ja«, seufzt sie, »wahrscheinlich werden Raoul und ich daheim herumhängen und irgendwas in einem Restaurant bestellen. Weil wir beide nicht kochen können.«

Nein, ich werde Tiffany und ihren Freund *nicht* zu unserem Thanksgiving-Dinner einladen. Nur Luke und ich, seine Eltern, Shari und Chaz. Eine nette, kultivierte Mahlzeit. So wie während des letzten Sommers im Château Mirac.

Eine Minute vor zwei. Gleich kann ich gehen.

»Zum Erntedankfest serviert das chinesische Lokal in unserer Nähe Truthahnbraten mit Klößen«, fügt Tiffany hinzu. »Die kochen sehr gut. Natürlich werde ich die Süßkartoffeln vermissen. Und den Pekannusskuchen.«

»In meiner Nähe gibt's einige Restaurants, die sogar viergängige Thanksgiving-Menüs anbieten«, verkünde ich fröhlich. »Vielleicht solltet ihr da einen Tisch reservieren, du und dein Freund.«

»Nein, das ist nicht dasselbe wie ein Dinner bei jemandem *zu Hause.* Restaurants sind so ungemütlich. Zu Thanksgiving will man's doch kuschelig haben.«

»Nun ja – zwei Uhr, Schichtwechsel.« Ich stehe auf. »Sicher findet ihr ein Lokal, das ein gutes Essen nach Hause liefert.«

»Vielleicht …« Tiffany seufzt wieder, steht ebenfalls auf und sinkt in den Drehsessel. »Aber es ist nicht dasselbe wie Hausmannskost.«

»Das stimmt.« *Tu's nicht, Lizzie*, ermahne ich mich. *Fall nicht drauf rein. Keine Einladung aus Mitleid.* »Ich muss jetzt los.«

»Okay«, murmelt sie, ohne mich anzuschauen. »Viel Spaß in deinem Brautkleiderladen.«

Zur Hälfte bin ich schon zur Tür hinaus, den Mantel über dem Arm. Und dann fühle ich mich zurückgezerrt, wie von einem unsichtbaren Strick. »Tiffany«, höre ich meinen Mund sagen, obwohl mein Gehirn *Neiiiin!* schreit.

»Ja?« Sie sieht vom Bildschirm des Computers auf. Sie schaut da jeden Tag ihr Horoskop nach.

»Möchtest du mit Raoul zu uns kommen? Zum Thanksgiving-Dinner?« *Neiiiin!*

Wie gekonnt sie mäßiges Interesse mimt! Sie wäre wirklich eine erstklassige Schauspielerin.

»Ach, ich weiß nicht recht …« Sie zuckt die Achseln. »Das muss ich erst mal mit Raoul besprechen. Aber – vielleicht.«

»Okay, gib mir Bescheid. Bye.«

Auf der ganzen Liftfahrt nach unten verfluche ich mich. Was ist eigentlich los mit mir? Warum habe ich sie eingeladen? Sie kann nicht kochen. Also wird sie auch nichts mitbringen. Und sie wird ganz sicher nichts Nennenswertes zum Tischgespräch beitragen. Was weiß Tiffany Sawyer denn schon? Bestenfalls, wie die neuesten Pumps von Prada aussehen und welcher Hollywood-Star gerade mit welchem Produzentensohn schläft.

Und diesen Raoul, ihren verheirateten – *verheirateten!* – Liebhaber, habe ich noch gar nicht kennengelernt. Nur der Himmel mag wissen, was das für ein Typ ist. Nichts Besonderes, nach allem, was Daryl behauptet.

O Gott, wieso bringt mich meine große Klappe immer wieder in solche Situationen?

Dann versuche ich mich mit der Hoffnung aufzuheitern, dass Raoul sich bestimmt weigern würde, Thanksgiving bei wildfremden Leuten zu verbringen.

Das erscheint mir allerdings unwahrscheinlich, denn diese wildfremden Leute bewohnen ein Apartment an der Fifth Avenue. Was ich inzwischen herausgefunden habe – eine Adresse an der Fifth Avenue macht genauso viel her wie ein Domizil in Beverly Hills oder so was Ähnliches. Die New Yorker, sogar die immigrierten, sind ganz verrückt nach schicken Immobilien. Vielleicht, weil's so wenig davon gibt und weil das, was zur Verfügung steht, unverschämt teuer ist.

Jedes Mal, wenn ich irgendwelchen Leuten erzähle, wo ich wohne, quellen ihre Augen ein bisschen hervor. Obwohl ich den Renoir gar nicht erwähne.

Okay, ich vollbringe eine gute Tat. Sonst hat Tiffany ja niemanden. Ihren ultrakonservativen Eltern, die ihre Beziehung zu Raoul missbilligen, steht sie nicht besonders nahe. Und Roberta wird sie wohl kaum in absehbarer Zeit zum Dinner einladen. Wenn ich's tue, sammle ich sicher ein paar Karma-Bonuspunkte, die ich dringend brauche – wegen des Ärgers, den ich mir mit meinem unkontrollierbaren Mundwerk immer wieder einhandle …

…eine Tatsache, die mir deutlich bewusst wird, als ich in der Eingangshalle aus dem Lift steige und ein vertrautes Gesicht beim Tresen des Sicherheitsdiensts entdecke. Jill Higgins, auf dem Weg zu einem weiteren Termin bei Chaz' Dad. Auch an diesem Tag trägt sie ihr übliches Ensemble – Jeans, Pullover, Timberlands. Und das, obwohl die *Post* am Wochenende eine Doppelseite mit Änderungsvorschlägen für das Image des Mädchens veröffentlicht hat – eine Ausschneidepuppe mit Jills Gesicht und verschiedenen Outfits, die man ihr anziehen kann, inklusive einer Zoo-Uniform und eines geschmacklosen Brautkleids.

Ich zögere. In letzter Zeit habe ich oft über Jill nachgedacht, praktisch jeden Tag. Nun, es ist ja auch schwierig, *nicht* an sie zu denken, wenn ständig irgendwelche Storys über »Robbenspeck« in den lokalen Boulevardblättern erscheinen. Offenbar glauben die New Yorker nicht, dass ein steinreicher Mann wie John MacDowell sich in eine Frau verlieben kann, die keine stereotype Schönheit ist – wie zum Beispiel Tiffany.

Und weil Jill arbeitet, noch dazu mit Robben, dient sie der scharfzüngigen New Yorker Gesellschaft erst recht als Zielscheibe spöttischer Giftpfeile. Anscheinend wird sie die erste MacDowell-Gattin, die einen Job hat (abgesehen von unbezahlten wohltätigen Aktivitäten).

Und da sie erklärt hat, sie würde sich auch nach der Hochzeit um die Robben kümmern, zittern die Matronen in der Fifth Avenue (ja, ich weiß, *meine* Adresse) vor Entrüstung.

Das alles bereitet mir ernsthafte Sorgen. Okay, nicht so sehr wie Sharis und Chaz' Beziehung (verständlicherweise). Trotzdem. Dauernd erinnere ich mich, was Tiffany an meinem ersten Arbeitstag in der Kanzlei gesagt hat – John MacDowells Mom würde das arme Mädchen zwingen, ein altes Brautkleid zu tragen, das sich seit tausend Jahren im Familienbesitz befindet.

Ich wette, dieses Kleid ist viel zu klein für die rundliche Jill.

Wie soll sie da bloß reinpassen? Und sie *muss* es anziehen. Eine bösartige Herausforderung von der Mutter ihres Verlobten. Vermutlich betont sie: »Wenn du's nicht tust, wirst du niemals zu uns passen. *Buchstäblich.*«

Also muss Jill der Herausforderung begegnen, oder ihre Schwiegereltern werden sie nie in Ruhe lassen. Und die Presse wird niemals aufhören, die bedauernswerte Braut »Robbenspeck« zu nennen.

Ja, vielleicht bilde ich mir das ein. Aber nach allem, was ich bei Pendergast, Loughlin and Flynn gehört habe, liegen solche Vermutungen nahe.

Was wird Jill tun? Sie muss dieses Kleid zu irgendwem bringen und ändern lassen. Zu wem? Wird sie's jemandem anvertrauen, der die schwierige Situation versteht? Der ihr die Wahrheit sagt? Dass sie's niemals schaffen wird, ihre mollige Figur ohne hässliche Einsatzstücke in dieses alte Brautkleid zu zwängen.

O Gott, allein schon der Gedanke an Einsatzstücke jagt mir einen Schauer über den Rücken.

Und während ich dastehe und beobachte, wie Jill dem Sicherheitsbeamten ihren Führerschein zeigt, erkenne ich, was ich mir wünsche. Sie soll zu mir kommen. Klar, das klingt verrückt. Aber ich will nicht, dass jemand anderes ihr Brautkleid ändert. Nicht, weil ich Angst habe, sie könnte einem Halsabschneider wie Maurice in die Hände fallen – obwohl auch diese Gefahr eine Rolle spielt. Etwas anderes ist mir viel wichtiger. An ihrem Hochzeitstag soll sie hübsch aussehen – so traumhaft, dass Johns Verwandte nach Luft schnappen, wenn sie zum Altar schreitet. Und der Anblick des Brautkleids soll ihre Schwiegermutter wie ein Schlag ins Gesicht treffen. Dann wird die New Yorker Presse die junge Frau nicht mehr »Robbenspeck«, sondern »bezaubernde Schönheit« nennen.

Dazu kann ich ihr verhelfen. Das *weiß* ich. Beobachtet Jennifer Harris nicht mit wachsendem Enthusiasmus, was ich – unter Monsieur Henris wachsamen Auge – aus dem alten Brautkleid ihrer Mutter mache? Sogar Mrs. Harris hat bei der letzten Anprobe widerstrebend zugegeben, an Jennifer würde das Kleid »besser« aussehen als an den anderen Mädchen.

Und dafür gibt's nur einen einzigen Grund – meine professionelle Arbeit.

Genau das will ich auch für Jill tun. Dieses Mädchen hat eine *Robbe* hochgehoben und sich dabei den Rücken verletzt. Also verdient sie es, von einer ausgezeichneten zertifizierten Spezialistin für Brautkleider betreut zu werden.

Okay, ich bin noch nicht zertifiziert. Doch das ist nur eine Frage der Zeit...

Und wie soll ich Jill mitteilen, dass ich ihr helfen würde, wenn sie mich braucht? Natürlich kann ich ihr nicht meine Visitenkarte zustecken (o ja, ich habe Visitenkarten drucken lassen, mit Monsieur Henris Adresse und meiner Handynummer), ohne die »Diskretion und Professionalität« zu gefährden, die Pendergast, Loughlin and Flynn von allen Angestellten erwarten. Das hat Roberta mir ausdrücklich eingeschärft. Wenn ich gegen dieses Gesetz verstoße, werde ich meinen Job verlieren. Und den brauche ich vorläufig noch.

Aber *so* dringend nun auch wieder nicht. Das wird mir klar, als Jill die Sicherheitskontrolle passiert. Da entdecke ich die schlimmste aller Modesünden. Unterhalb ihrer Taille zeigt sich der weiße Hosenbund ihres Slips. O Gott, jemand *muss* sie retten!

Und dieser jemand werde *ich* sein. Was ist wichtiger? Meine Miete – oder dieser armen jungen Frau zu helfen, an ihrem Hochzeitstag so schön wie nur möglich auszusehen? Für mich wäre das ein Kinderspiel. Am besten gehe ich sofort zu ihr und biete ihr meine Dienste an. Jetzt sind wir nicht im Büro, meine Freizeit hat begonnen. Und vielleicht wird Jill sich gar nicht erinnern, wo sie mich schon einmal gesehen hat. Niemand erinnert sich an Empfangsdamen …

»Verzeihen Sie …« Oh! Zu spät! Bevor ich sie erreiche, steigt sie in die Liftkabine, und die Türen schließen sich.

Schon gut. Dann werde ich eben nächstes Mal mit ihr reden. Wenn's ein nächstes Mal gibt.

Es *muss* ein nächstes Mal geben.

»Hallo …« Ein Typ im grauen Kordanzug, der beim Zeitungskiosk in der Halle herumgehangen hat, schlendert zu mir.

Großartig. Das hat mir gerade noch gefehlt. Von einem Kerl angequatscht zu werden, der mich wegen meiner Kleidung für ein Landei aus dem Mittelwesten hält. Vermutlich glaubt er, ich würde darauf hereinfallen, wenn er mir erzählt, er sei Fotograf bei einer Modelagentur und würde mich gern in seinem Studio knipsen. Dann könnte er einen Star aus mir machen. *Gähn …*

»Sorry«, sage ich, wende mich ab und steuere den Ausgang an. »Kein Interesse.«

Das ist der Grund, warum man die New Yorker für unhöflich hält. Aber daran sind nicht *wir* schuld, sondern solche Typen wie dieser hier, die uns New Yorker einfach anquatschen und natürlich misstrauisch gegen fremde Leute machen!

»Warten Sie!« Der graue Kordanzug folgt mir. O nein! »War das Jill Higgins, der Sie gerade gewinkt haben?«

Automatisch bleibe ich stehen. Ich kann nicht anders, weil der Name »Jill Higgins« eine magische Wirkung auf mich ausübt. Und das beweist doch, wie inbrünstig ich mir wünsche, ihr Brautkleid zwischen die Finger zu kriegen.

»Ja«, bestätige ich. Wer ist dieser Mann? Wie ein Perversling sieht er nicht aus ... Andererseits – weiß ich denn, wie ein Perversling aussieht?

»Sind Sie ihre Freundin?«

»Nein.« Und plötzlich – einfach so – weiß ich, wer er ist. Erstaunlich, wie scharfsinnig man nach ein paar Monaten in Manhattan wird. »Für welche Zeitung arbeiten Sie?«

»Für das *New York Journal*«, antwortet er in lässigem Ton und zieht einen Ausweis aus seiner Tasche. »Wissen Sie, was sie hier macht? Jill, meine ich. In diesem Gebäude gibt's mehrere Anwaltskanzleien. Geht sie zu einer? Haben Sie zufällig eine Ahnung, zu welcher? Und warum?«

Brennend steigt mir das Blut ins Gesicht. Nicht vor Verlegenheit, weil ich was Indiskretes gesagt habe. Sondern weil's mir ausnahmsweise *nicht* passiert ist. Ich werde einfach nur rot, weil ich so verdammt wütend bin.

»Oh, ihr solltet euch schämen!« Am liebsten hätte ich

ihn geohrfeigt. »Dieses arme Mädchen zu verfolgen und ›Robbenspeck‹ zu nennen – wer gibt euch das Recht dazu, Miss Higgins zu beurteilen? Bildet ihr euch ein, ihr wärt was Besseres als Jill?«

»Regen Sie sich ab.« Gelangweilt hebt der graue Kordanzug die Schultern. »Warum tut sie Ihnen denn so wahnsinnig leid? In zwei Monaten wird sie reicher sein als Trump …«

»Verschwinden Sie!«, schreie ich. »Verlassen Sie dieses Haus, oder ich rufe die Sicherheitsbeamten!«

»Okay, okay.« Der graue Kordanzug weicht zurück und murmelt das unanständige Wort für das weibliche Geschlechtsorgan, an das ich ihn anscheinend erinnere.

Aber das ist mir egal.

Um zu verhindern, dass er Jill auflauert, wenn sie herauskommt, gehe ich zur Sicherheitskontrolle, zeige auf den grauen Kordanzug und erzähle Mike und Raphael, der miese Kerl hätte sich soeben vor mir entblößt. Und dann beobachte ich, wie er von zwei Männern mit erhobenen Knüppeln aus der Halle gescheucht wird.

Manchmal ist es sogar ganz nützlich, wenn man eine große Klappe und keine Hemmungen hat, absurde Lügengeschichten zu erzählen.

Lizzie Nichols' Ratgeber für Brautkleider

Also, das ist wirklich das Allerletzte, was sich eine Braut an ihrem Hochzeitstag wünscht – zur Prime Time im TV zu erscheinen. Sie wissen schon, man sieht, wie sie stolpert und einen Dominoeffekt auslöst, so dass alle Leute hinfallen, bis die letzte Person mit dem Gesicht im Hochzeitskuchen landet. So was würde sich für »Amerikas lustigstes Privatvideo« eignen (obwohl ein ruinierter Hochzeitskuchen nicht besonders lustig ist).

Deshalb sollten Sie sich vor dem großen Tag an die Brautschuhe gewöhnen – nicht nur, um Blasen an den Füßen zu vermeiden, sondern auch, um nicht zu stolpern. Viele Frauenschuhe haben verteufelt glatte Sohlen. Am besten verhindern Sie ein Straucheln im unpassenden Augenblick, indem Sie rutschfeste Folie an die Sohlen kleben (außen, Sie Dummerchen, nicht innen).

Haben Sie vergessen, so eine Folie zu kaufen? Macht nichts. Ritzen Sie mit einem Messer – ganz vorsichtig, damit Sie sich nicht schneiden – ein paar gekreuzte Linien in die Schuhsohlen. Dann werden Sie nirgendwo ausrutschen (höchstens auf Eis, aber wenn Sie auf einer Eisfläche heiraten, haben Sie ganz andere Probleme).

Lizzie Nichols Designs

13

Allmählich sterben die Klatschgeschichten aus, weil immer weniger Leute über etwas anderes als sich selber reden wollen.
Mason Cooley (1927–2002), amerikanischer Aphoristiker

Als ich am Nachmittag zu Monsieur Henri gehe, rege ich mich nicht mehr auf, weil ich Tiffany und ihren Freund zum Dinner eingeladen habe. Das war genau richtig. Zum Erntedankfest sollte die ganze Familie zusammenkommen. Und irgendwie gehört Tiffany auch zu meiner Familie.

Nun ja, zu meiner *beruflichen* Familie. Klar, sie kann total nerven. Bisher hat sie erst eine einzige Schreibtischschublade für mich leer geräumt. Und sie lässt überall ihre klebrigen, halb gekauten Fruchtgummis liegen. Außerdem löscht sie dauernd meine Lesezeichen für Brautkleider-Websites in dem Computer, den wir gemeinsam benutzen.

Aber sie ist wirklich nett zu mir. Sie überlässt mir alle ihre Modezeitschriften (weil ich's mir nicht leisten kann, selber welche zu kaufen). Und sie gibt mir wertvolle Schönheitstipps – zum Beispiel, dass Vaseline bei trockener Haut genauso gut wirkt wie ein teurer Moisturizer. Oder dass ein Deodorant auf der Bikini-Zone nach der Rasur eingewachsene Haare verhindert.

Von Madame Henri kann ich das nicht behaupten. Das gilt nicht fürs Deodorant (natürlich gehe ich nie in ihre

Nähe, um an ihr zu schnüffeln). Aber dass sie nett zu mir wäre … Klar, sie toleriert mich.

Aber nur weil ich ihrem Mann eine Menge Arbeit abnehme, weshalb er jetzt viel mehr Zeit daheim verbringen kann. Ob er darüber glücklich ist, weiß ich nicht.

Als ich an diesem Nachmittag den Laden betrete, streiten die Henris gerade. Ziemlich heftig. Selbstverständlich auf Französisch, damit Jennifer Harris und ihre Mutter, die zur letzten Anprobe erschienen sind, nichts verstehen.

»Das müssen wir tun«, zischt Madame Henri erbost. »Keine Ahnung, wie wir sonst zurechtkommen sollen! Mit dieser Zeitungsannonce schnappt Maurice uns die letzte Kundschaft weg. Und wenn er sein neues Geschäft weiter unten an der Straße eröffnet … Nun, ich muss dir wohl kaum erklären, dass er uns damit restlos ruinieren wird!«

»Warten wir doch erst einmal ab«, schlägt ihr Ehemann vor. »Vielleicht wendet sich noch alles zum Guten.« Dann entdeckt er mich und ruft: »Ah, Mademoiselle Elizabeth! Nun, was meinen Sie?«

Als müsste er fragen! Ich starre Jennifer Harris an, die soeben aus der Werkstatt gekommen ist. In ihrem Brautkleid. Und sie sieht aus …

Wie ein Engel.

»Oh, ich bin ganz begeistert«, haucht sie.

Warum, ist unübersehbar. Das Kleid – inzwischen mit einem Queen Anne-Ausschnitt und engen Spitzenärmeln, die bis zu den Handgelenken reichen (um die Mittelfinger schlingen sich kleine Schlaufen, die dafür sorgen, dass der zarte Spitzenstoff nicht verrutscht) – sieht einfach fabelhaft aus.

Aber am allerschönsten ist Jennifer selber. Sie strahlt übers ganze Gesicht.

Natürlich strahlt sie, weil ich das alte Kleid in einen überirdischen Traum verwandelt habe.

Aber das nur am Rande.

»Haben Sie die Schuhe angezogen, die Sie bei der Zeremonie tragen werden?«, frage ich. Mittlerweile habe ich Monsieur und Madame Henris neuesten Streit vergessen. Ich eile zu Jennifer und zupfe an ihrem Rock herum. Für die Taille habe ich eine Spitzenschärpe genäht, passend zu den Ärmeln, um den Renaissancestil zu betonen. Diese Wirkung wird durch den langen Hals des Mädchens und das glatte Haar noch unterstrichen.

»O ja«, antwortet Jennifer. »Das haben Sie mir doch noch extra gesagt. Erinnern Sie sich?«

Der Saum berührt den Boden, genau die richtige Länge. Wie eine Prinzessin sieht sie aus. Nein, wie eine Märchenprinzessin.

»Bei diesem Anblick werden ihre Schwestern mich umbringen«, prophezeit Mrs. Harris – aber nicht unfreundlich. »Weil sie viel schöner ist, als sie's jemals geschafft haben.«

»O nein, Mom!« Jennifer weiß, wie fantastisch sie aussieht. Also kann sie sich diesen großzügigen Protest leisten. »Ganz bestimmt nicht.«

Aber sie weiß, dass es stimmt. Das merke ich, weil sie ihren Blick nicht vom Spiegel losreißen kann.

Erfreut vom Resultat meiner Arbeit (und der Hilfe Monsieur Henris, der immerhin die passende Spitze für die Schärpe besorgt hat) helfe ich Jennifer aus dem Kleid und packe es ein. Inzwischen bezahlt ihre Mutter die nicht unbeträchtliche Rechnung. Aber für ein neues Kleid hätte sie viel mehr ausgeben müssen, sogar wenn sie – bei diesem Gedanken erschauere ich – zu Kleinfeld's gegangen wäre.

Ich gebe Jennifer die Tragetasche mit dem Kleid und erkläre ihr, wie sie Knitterfalten entfernen kann – indem sie es ins Badezimmer hängt und die heiße Dusche laufen lässt. Was immer passiert, schärfe ich ihr ein, sie darf es nicht bügeln. Wie im Trance sagt sie einfach nur »okay« – überglücklich, weil sie in ihrem Brautkleid so wundervoll aussieht. Ohne ein weiteres Wort läuft sie hinaus zu der Parklücke, wo das Auto steht. Ihre Mutter ist etwas höflicher. Nachdem sie Monsieur das Geld gegeben hat, kommt sie zu mir, drückt meine Hand und schaut mir in die Augen. »Vielen Dank, Lizzie.«

»Oh, keine Ursache, Mrs. Harris.« Ich bin ein bisschen verlegen. Irgendwie ist es seltsam, wenn einem für etwas gedankt wird, das man gern gemacht und so oder so getan hätte. Ganz egal, ob man Geld dafür kriegt oder nicht (in diesem Fall *nicht*).

Aber als Mrs. Harris meine Hand loslässt, erkenne ich meinen Irrtum. Denn sie hat mir heimlich einen Geldschein zugesteckt.

Da erinnere ich mich sofort an Grandma und ihren Notgroschen – die zehn Dollar, die immer noch in meiner Börse stecken. Erstaunt schaue ich hinab und sehe zwei Nullen auf dem Schein von Mrs. Harris. »Oh, das kann ich nicht annehmen ...«, beginne ich.

Aber Mrs. Harris ist bereits zur Tür hinausgerauscht, nachdem sie versprochen hat, alle ihre Freundinnen mit heiratsfähigen Töchtern zu Monsieur Henri zu schicken. »Und ich werde dafür sorgen, dass sie sich von diesem

schrecklichen Maurice fernhalten!«, lautet ihr Abschieds-
gruß.

Sobald sie verschwunden ist, fällt Madame Henri wieder über ihren Mann her. »Und als wäre das alles noch
nicht schlimm genug – letzte Nacht sind deine Jungs wieder im Apartment geblieben!«

»Das sind auch deine Söhne«, betont Monsieur Henri.

»Nein«, verbessert sie ihn. »Jetzt nicht mehr. Wenn sie
nur in die Stadt kommen, um sich in Nachtclubs herum-
zutreiben und mein blitzsauberes Apartment schmutzig
zu machen – und sie wissen genau, dass sie's nicht benutzen dürfen –, dann sind es *deine* Söhne. Kannst du ihnen
nicht ein bisschen Disziplin beibringen?«

»Was soll ich denn machen? Sollen sie doch die Vorteile
genießen, auf die ich in meiner Jugend verzichten musste!«

»Welche Vorteile haben sie denn?«, kreischt Madame
Henri. »Höchste Zeit, dass sie für sich selber sorgen! Allmählich müssten sie rausfinden, wie's im *wirklichen* Leben
zugeht, und sich selber ernähren!«

»So einfach ist das nicht.«

Damit hat er recht. Ich starre immer noch den Hundert-
Dollar-Schein in meiner Hand an – das erste Geld, das mir
in dieser Stadt sozusagen »zugeflogen« ist. Hier ist alles
so teuer! Sobald ich meinen Gehaltsscheck kriege, ist der
ganze Zaster schon wieder weg. Erst die Miete, dann der
Strom et cetera, das Essen, das Kabelfernsehen (weil ich
ohne den Style Channel nicht leben kann), und was dann
noch übrig ist, geht fürs Handy drauf.

»Nun«, schnauft Madame Henri, »ich lasse die Schlös-
ser am Apartment ändern. Und den Schlüssel verwahre
ich hier im Laden. In einem sicheren Versteck.«

Dazu kommen noch die Abgaben für die Sozialleistungen und die Krankenkasse. Zum Schluss bleibt so gut wie nichts übrig.

»Und wie viel wird mich das kosten?«, will Monsieur Henri wissen.

»Ganz egal, wie viel – das ist es wert«, behauptet Madame Henri. »Dann bin ich diese Schweine endlich los. Du solltest mal sehen, was ich im Schlafzimmer im Papierkorb gefunden habe. Ein Kondom! Benutzt!«

Bei diesen Worten kann ich unmöglich so tun, als würde ich kein Französisch verstehen. Gegen meinen Willen schneide ich eine Grimasse. Kein Wunder, denn Madame Henri schwenkt einen Plastikbeutel durch die Luft, der offensichtlich den Beweis für ihre Behauptung enthält.

»Igitt!«, stöhne ich.

Beide Henris schauen mich neugierig an.

Hastig rümpfe ich die Nase und beschwere mich: »Dieser Müll stinkt.« Das stimmt sogar. »Soll ich ihn hinausbringen?«

»Eh – ja – danke«, stimmt Madame Henri zu. »Der Abfall aus unserer Wohnung im oberen Stockwerk.«

Mit spitzen Fingern ergreife ich den Beutel. »Gehört das Apartment da oben Ihnen?« Dass sie das ganze Sandsteinhaus besitzen, in dem der Laden liegt, wusste ich gar nicht. Ich dachte, sie würden in New Jersey wohnen, weil sie ständig über die schlechte Pendelverbindung jammern.

»Ja«, bestätigt Monsieur Henri. »Den ersten Stock benutzen wir als Lagerraum, und darüber befindet sich eine kleine Wohnung. Dort schlafe ich manchmal, wenn ich bis spät in die Nacht an einem Brautkleid arbeite ...« Soviel ich weiß, ist das schon lange nicht mehr passiert. Für nächtliche Arbeitsstunden geht das Geschäft nicht gut genug. »Ansonsten steht das Apartment leer. Nur unsere Söhne übernachten manchmal darin …«

»Ohne Erlaubnis!«, verkündet Madame Henri auf Englisch. »Viel lieber würde ich das Apartment vermieten. Das Geld könnten wir gut gebrauchen. Und meine Söhne, diese Schweine, könnten nicht mehr hier schlafen, wenn sie nach ihren hemmungslosen Ausschweifungen den Zug nach Hause verpassen. Aber dieser Trottel hier hält das für eine schlechte Idee!«

»Also, ich weiß nicht recht …« Monsieur Henri erweckt nicht den Eindruck, die hemmungslosen Ausschweifungen seiner Söhne würden ihn schockieren. »Die Verantwortung eines Vermieters zu übernehmen – das wäre mir sehr unangenehm. Wenn verrückte Mieter hier hausen würden … Neulich haben wir was in der Zeitung gelesen – über diese Leute mit der Katze, die sich weigern, auszuziehen. So etwas will ich nicht.«

Statt zu antworten, schüttelt Madame Henri ihre Faust vor seiner Nase. Grinsend laufe ich hinaus, um den Beutel in die Mülltonne an der Hintertür zu werfen. So viele verzweifelte New Yorker suchen bessere Wohnungen. Und hier steht eine leer – wenn sie nicht von sittenlosen Playboys als Absteige missbraucht wird.

»Kennen Sie jemanden, der vielleicht ein kleines Apartment mieten würde, Mademoiselle Elizabeth?«, fragt Madame Henri, als ich in den Laden zurückkehre.

»Nein. Aber wenn ich was höre, gebe ich Ihnen Bescheid.«

»Bloß nicht *irgendjemand*«!, betont Monsieur Henri. »Nur eine Person mit Referenzen …«

»Und der Mieter müsste zweitausend Dollar pro Monat zahlen«, fügt Madame Henri hinzu.

»Zweitausend?«, schreit Monsieur Henri auf Französisch. »Reine Halsabschneiderei! Bist du verrückt?«

»Zweitausend Dollar im Monat für ein schönes Ein-Zimmer-Apartment – das erscheint mir durchaus angemessen!«, faucht sie ihn an, ebenfalls auf Französisch. »Weißt du, wie viel für diese Atelier-Apartments verlangt wird? Doppelt so viel!«

»In Gebäuden mit Swimmingpools auf dem Dach!«, wendet er ein. »So was haben wir nicht!«

Und dann streiten sie noch endlos weiter. Aber das macht mir keine Sorgen. Jetzt bin ich schon lange genug mit ihnen zusammen, um zu wissen, wie sie's meinen. Jeden Tag streiten sie stundenlang…

… doch ich habe gesehen, wie liebevoll Madame Henri über das Haar ihres Ehemanns streicht, während sie ihn gleichzeitig beschuldigt, er würde nur deshalb so ungesund essen, um vor ihr zu sterben und sie loszuwerden.

Und Monsieur Henri wirft dauernd lüsterne Blicke auf ihre Beine und stöhnt, ihre Nörgelei würde ihn noch zum Wahnsinn treiben.

Manchmal ertappe ich sie, wie sie sich hinten in der Werkstatt küssen.

Auf ihre Art sind sie süß – allerdings ein bisschen durchgeknallt.

Hoffentlich werden Luke und ich genauso sein, wenn wir einmal so alt sind wie Monsieur und Madame Henri.

Natürlich ohne die miserablen Geschäfte und die degenerierten Söhne.

Lizzie Nichols' Ratgeber für Brautkleider

Was gehört in die Tasche?

Haben Sie schon einmal überlegt, was eine Braut an ihrem Hochzeitstag bei sich tragen sollte? Dieses Geheimnis werde ich enthüllen.

Lippenstift, Compactpuder (um ein glänzendes Gesicht zu vermeiden) und Concealer (um eventuelle Rötungen abzudecken)

Selbst wenn Sie von einem Profi geschminkt wurden – nehmen Sie diese Sachen in einem kleinen Beutel oder einer Unterarmtasche mit. Die werden Sie brauchen, besonders zwischen den Trinksprüchen beim Hochzeitsempfang (bitte keine Make-up-Korrekturen am Tisch; entschuldigen Sie sich, wenn etwas mehr als ein rascher Blick in den Spiegel Ihrer Puderdose erforderlich ist).

Pfefferminzbonbons für frischen Atem

Glauben Sie mir, auch die werden Sie brauchen.

Medikamente

Wenn Sie zur Migräne neigen, rechnen Sie damit – an Ihrem Hochzeitstag werden Sie eine Tablette benötigen. Kopfschmerzen werden sehr oft vom Stress verursacht. Und was ist stressiger, als Ihrem Liebsten vor zahlreichen Verwandten und Freunden ewige Treue zu geloben? Sorgen Sie dafür, dass Sie an diesem besonderen Tag Ihre Kopfschmerztabletten zur Verfügung haben, auch andere Medikamente, die Ihnen helfen werden, die aufregenden Stunden zu überstehen, inklusive Aspirin, ein Muskelentspannungsmittel (gehen Sie damit sparsam um), Betablocker und homöopathische Mittel oder aromatherapeutische Öle.

Deodorant
Wenn Sie überdurchschnittlich stark schwitzen – insbesondere in Stress-
situationen oder überheizten Räumen, stecken Sie eine Reisepackung
Ihres Deodorants in die Tasche. Sie werden es nicht bereuen.

Hygieneprodukte für Frauen
So etwas kann passieren. Manche Bräute bekommen ausgerechnet am
Hochzeitstag ihre Menstruation. Falls Ihnen dieses Schicksal droht, tragen Sie vorsichtshalber einen Tampon oder eine Damenbinde und stecken sie zur Sicherheit einen Vorrat ein.

Und natürlich

Papiertaschentücher
Zweifellos werden Sie weinen – oder jemand, der Ihnen nahesteht. Also
seien Sie vorbereitet.

Lizzie Nichols Designs

14

Eine meiner Glücksquellen besteht darin, niemals den Wunsch
zu verspüren, die Angelegenheiten anderer Menschen zu erfor-
schen.

Dolley Madison (1768–1849), amerikanische First Lady

Jetzt bereue ich bitter, dass ich mich bereit erklärt habe,
Lukes Eltern zum Erntedankfest einzuladen.

Okay, das Apartment gehört seiner Mom. Und ich weiß,
es ist supernett von ihr, dass sie uns erlaubt, mietfrei darin zu wohnen (nun ja, das gilt zwar nicht für mich, aber
für Luke).

Und ich erinnere mich auch, wie großartig wir uns alle
während des Sommers im Château Mirac verstanden haben, auf dem Ahnensitz der de Villiers.

Aber ein riesiges Château mit den Eltern des Freundes
zu teilen …

… das ist etwas ganz anderes, als die beiden in einem
Apartment mit nur einem Schlafzimmer aufzunehmen.
Und ich habe ihnen auch noch ein traditionelles Thanksgiving-Dinner versprochen. Obwohl ich – um die Wahrheit zu gestehen – noch nie eins gekocht habe.

Diese bedrohliche Situation wird mir erst so richtig bewusst, als Carlos, der Pförtner, mich über die Sprechanlage anruft und sagt, Lukes Eltern seien eingetroffen. Eine
Stunde, bevor ich sie erwartet habe. Während ich mitten
drin bin, diverse Fresien- und Irisbündel zu sortieren,

die ich mir und Mrs. Erickson aus 5B gegönnt habe (aus der Blumenabteilung von Eli's, mit einem Teil der hundert Dollar von Mrs. Harris bezahlt). Wenn man Besuch bekommt, wirkt nichts so einladend wie eine Vase voller frisch geschnittener Blumen. Und es gibt kein schöneres Geschenk für eine hilfsbereite Person – wie Mrs. Erickson, die mir Monsieur Henris Laden empfohlen hat.

Aber wenn die Blumen in einzelnen Bündeln gekauft worden sind, chaotisch auf dem Herd liegen und arrangiert werden müssen, wenn man erst mal eine Vase sucht, ist es schwierig, diesen einladenden Effekt zu erkennen. Schon gar nicht, wenn man nach anstrengenden Einkäufen schwitzt (die Tüten stehen unausgepackt auf dem Küchenboden) und der Freund noch nicht aus der Universität gekommen ist und der Pförtner verkündet, die Gäste seien schon da ...

»Schicken Sie die beiden herauf«, bitte ich Carlos über die Sprechanlage. Was soll ich denn sonst sagen?

Dann laufe ich hektisch herum und versuche aufzuräumen. *Allzu* schlimm sieht das Apartment nicht aus, weil ich eine Ordnungsfanatikerin bin. Aber ich muss auf die netten Vorbereitungen verzichten, die ich mir ausgedacht habe, um Lukes Eltern zu beeindrucken – zum Beispiel auf ein Tablett mit frisch gemixten Cocktails (Kir Royales, ihr Lieblingsgetränk), kleine Schüsseln voller Knabbernüsse und eine Käseplatte. Und so stopfe ich einfach nur die Schmutzwäsche in einen Korb, fahre mit einer Bürste durch mein Haar, klatsche ein bisschen Lipgloss auf meinen Mund und öffne die Tür.

»Halloooo!«, rufe ich und konstatiere, dass Mr. und Mrs. de Villiers – nun ja, etwas *älter* aussehen als bei unserer letzten Begegnung. Aber wer sieht nach einem Flug nicht mitgenommen aus? »Sie sind ja früh dran.«

»Vom Flughafen in die City war fast kein Verkehr«, erklärt Mrs. de Villiers mit ihrem gedehnten Texas-Akzent und küsst mich, wie gewohnt, auf beide Wangen. »Umso schlimmer war's in der entgegengesetzten Richtung.« Ihr Blick schweift durch das Apartment und registriert die Einkaufstüten, die fehlenden Cocktails, die Schweißperlen auf meiner Stirn. »Tut mir leid, dass wir zu früh kommen.«

»Kein Problem«, beteuere ich munter. »Nur – Luke ist noch nicht da …«

»Dann fangen wir eben ohne ihn zu feiern an«, entscheidet Monsieur de Villiers und bringt eine Champagnerflasche zum Vorschein, die er irgendwo auf dem Weg vom Flughafen in die City gekauft haben muss.

»Feiern?« Ich blinzle verwirrt. »Was feiern wir denn?«

»Es gibt immer was zu feiern«, meint Monsieur de Villiers. »In diesem Fall die ersehnte Abfüllung des Beaujolais nouveau.«

Seine Frau rollt einen Armani-Koffer auf Rädern herein. »Wo kann ich das parken?«

»Oh, natürlich in Ihrem Zimmer.« Hastig nehme ich Champagnerkelche aus dem Küchenschrank. »Luke und ich schlafen auf der Couch.«

Als der Korken aus der Flasche knallt, zuckt Monsieur de Villiers zusammen. »Das habe ich dir doch gesagt!«, ruft er seiner Frau zu. »Wären wir bloß in einem Hotel abgestiegen! Nun werden sich die armen Kinder schlimme Rückenschmerzen einhandeln, weil sie auf einer Ausziehcouch schlafen müssen.«

»O nein«, protestiere ich, »die Couch ist prima! Luke und ich sind Ihnen ja so dankbar, dass …«

»Gewiss, das ist eine fabelhafte Ausziehcouch«, behauptet Mrs. de Villiers auf dem Weg zum Schlafzimmer. »Nicht besonders komfortabel, wie ich zugeben muss. Aber Lukes und Lizzies Wirbelsäulen werden keinen Schaden nehmen.«

Ich versuche mir vorzustellen, wie diese Konversation verlaufen würde, wenn meine Eltern zu Besuch gekommen wären, und das misslingt mir. Dass Luke und ich zusammenleben, wissen sie noch immer nicht, und dabei soll es auch bleiben – zumindest, bis wir unsere Verlobung bekannt geben werden. Falls wir uns jemals verloben.

Natürlich finden meine Eltern junge Leute, die vor der Hochzeit zusammenwohnen, nicht unmoralisch. Aber in meinem Fall wären sie dagegen, weil ich Luke erst seit ein paar Monaten kenne.

Was ein bezeichnendes Licht auf ihre Einschätzung meiner Menschenkenntnis wirft.

Allerdings – wenn ich an meine Exfreunde denke, muss ich Mom und Dad vielleicht recht geben.

»Wirklich, das ist okay«, versichere ich Monsieur de Villiers.

»Nun …« Mrs. de Villiers hat ihr Gepäck ins Schlafzimmer gebracht und ist zu uns zurückgekehrt. »Freut mich, dass Sie sich häuslich eingerichtet haben.«

Offenbar meint sie das Gestell von Bed Bath & Beyond – und meine Vintage-Kleidersammlung.

Die scheint sie zu überraschen.

Nicht auf angenehme Art.

»Oh …«, sage ich. »Ja. Tut mir leid. Ich weiß, meine

Kleider nehmen viel Platz weg. Hoffentlich stört Sie das nicht.«

»Selbstverständlich nicht«, antwortet sie – ein bisschen zu liebenswürdig. »Ich finde es ganz wundervoll, wie Sie den Platz nutzen. Ist das eine *Nähmaschine*, die ich auf meinem Toilettentisch gesehen habe?«

Oh, mein Gott …

»Eh – nun ja – verstehen Sie … Ich brauche einen Tisch, auf den ich sie stellen kann. Und der Toilettentisch hat genau die richtige Höhe …« Sie hasst mich. Das spüre ich. Sie hasst mich abgrundtief. »Wenn Sie wollen, bringe ich die Nähmaschine woandershin. Kein Problem …«

»Nicht nötig«, unterbricht sie mich mit einem spröden Lächeln. »Guillaume, jetzt möchte ich ein bisschen Champagner trinken. Nein, sogar ziemlich viel.«

»Natürlich bringe ich sie weg«, sage ich. »Die Nähmaschine. Tut mir ehrlich leid. Daran hätte ich früher denken sollen. Natürlich brauchen Sie Platz für Ihre Kosmetika und …«

»Seien Sie nicht albern«, fällt Mrs. de Villiers mir erneut ins Wort. »Das können Sie später machen. Setzen Sie sich, trinken Sie Champagner mit uns. Guillaume und ich möchten alles über Ihren neuen Job wissen. Wie Jean-Luc uns erzählt hat, arbeiten Sie in einer Anwaltskanzlei. Wie aufregend muss das sein! Dass Sie sich für Jura interessieren, wusste ich gar nicht.«

»Eh …« Unsicher nehme ich das Glas entgegen, das Monsieur de Villiers mir anbietet. »So sehr interessiere ich mich gar nicht dafür …« Verdammt, warum habe ich die Nähmaschine nicht gestern Abend weggebracht? Als mir klar wurde, dass Mrs. de Villiers dieses Ding mitten auf ihrem Toilettentisch nicht schätzen würde? Oh, warum nicht?

»Sind Sie Anwaltsassistentin?«, will Mrs. de Villiers wissen.

»Eh – nein ...« Und meine Sachen im Badezimmer? Da stehen haufenweise Tiegel und Fläschchen herum. Das alles wollte ich in meinem kleinen Plastikkasten aus dem Studentenheim unterbringen. Aber seit ich mit einem Model zusammenarbeite, besitze ich immer mehr Kosmetika. Dauernd schenkt Tiffany mir irgendwelche Proben. Und manche sind ganz fantastisch. So wie die Produkte von Kiehl's. Bevor ich nach New York gezogen bin, habe ich diesen Namen noch nie gehört. Aber jetzt bin ich süchtig nach dem Lippen-Balm.

Und wo soll ich das verstauen, wenn nicht im Bad? Hier gibt's nur ein einziges Badezimmer. Und da steht auch mein kleiner Plastikkasten ...

»Also sind Sie in der Verwaltung tätig?«, fragt Mrs. de Villiers.

»Nein, ich bin die Empfangsdame. Soll ich meine Toilettenartikel aus dem Badezimmer entfernen? Das kann ich tun. Tut mir leid, wenn der Eindruck entsteht, mein Zeug würde überall herumstehen. Ja, ich weiß, es ist eine ganze Menge. Aber ich kann's woandershin ...«

»Machen Sie sich deshalb keine Sorgen«, fällt sie mir ins Wort. Inzwischen hat sie ihren ersten Champagner getrunken und hält ihrem Mann das leere Glas hin, um es noch einmal füllen zu lassen. »Wann kommt Jean-Luc nach Hause?«

O Gott, es ist so grauenhaft. Nicht nur sie fragt sich, wann Luke hier auftauchen wird. Das will ich auch wissen.

Irgendjemand muss uns vor diesem peinlichen Schweigen retten … Moment mal, Monsieur de Villiers schaltet den Fernseher ein. Dem Himmel sei Dank, wir können die Nachrichtensendung sehen oder sonst was …

»O Guillaume, schalt das aus!«, befiehlt seine Frau. »Wir wollen doch die Kinder besuchen – und nicht CNN sehen.«

»Aber ich muss wissen, wie das Wetter wird«, beharrt er.

»Das siehst du, wenn du aus dem Fenster schaust«, meint seine Frau verächtlich. »Es ist kalt, wir haben November. Was erwartest du?«

Nein, ich ertrage es nicht. Ich werde sterben. Das weiß ich. Als ich erklärt habe, ich sei eine Empfangsdame, sah Mrs. de Villiers sichtlich enttäuscht aus. Weil sie sich nicht vorstellen kann, dass ihr Sohn mit einer Empfangsdame zusammenlebt? Sicher, seine letzte Freundin war eine Investmentbankerin. Aber älter als ich! Nun ja, um zwei Jahre. Aber sie hat ihr Studium abgeschlossen – Betriebswirtschaft. Ich habe Kunst studiert. Ist das so schlimm?

Um Himmels willen – dieses drückende Schweigen. Neiiin … Okay, lass dir einfallen, was du sagen kannst. Irgendwas. Das sind ganz tolle, intellektuelle Leute. Über irgendwas muss ich doch mit ihnen reden können … Ah, jetzt weiß ich's. »Mrs. de Villiers, ich liebe Ihren Renoir. Der über dem Bett hängt.«

»Oh …« Endlich scheint Lukes Mutter etwas aufzutauen. »Dieses kleine Bild? Danke. Ist es nicht zauberhaft?«

»Zweifellos, ich liebe es«, antworte ich wahrheitsgemäß. »Wo haben Sie das denn her?«

Träumerisch schaut sie aus dem Fenster, das zur Fifth

Avenue hinausgeht. »Das hat mir jemand geschenkt. Vor sehr langer Zeit.«

Um zu wissen, dass der »Jemand« ein Liebhaber gewesen ist, muss ich nicht Gedanken lesen. Eine andere Möglichkeit gibt es gar nicht. Wie sollte ich mir die Sehnsucht in ihren Augen denn sonst erklären?

Könnte es derselbe Mann sein, der ständig im Apartment anruft und nach ihr fragt?

»Eh…«, murmle ich, weil ich sonst nichts zu sagen weiß. Lukes Vater scheint nichts zu merken und wechselt vom Kanal New York 1 zu CNN. »Hübsches Geschenk.«

Das Teuerste, was ich jemals bekommen habe, war ein iPod. Von meinen Eltern.

»Ja.« Mrs. de Villiers lächelt katzengleich und nippt an ihrem Champagner. »Nicht wahr?«

»Schau doch!« Monsieur de Villiers zeigt auf den Fernseher. »Siehst du? Morgen wird's schneien.«

»Machen wir uns deshalb keine Sorgen«, erwidert seine Frau. »Wir müssen nirgendwo hingehen. Hier haben wir's warm und gemütlich.«

O Gott. Ist es wirklich wahr? Wir werden den ganzen Tag hier drin herumhängen, während ich koche (hoffentlich mit Lukes Hilfe). Und seine Eltern… Um Himmels willen, was werden sie denn tun? Fernsehen? Werden sie sich die Macy's-Thanksgivings-Parade anschauen? Die Football-Spiele? Irgendwie habe ich das Gefühl, sie interessieren sich weder für die Parade noch für Football.

Das bedeutet, dass sie einfach nur herumsitzen werden. Den ganzen Tag. Und allmählich werden sie mir die Seele aussaugen mit ihren wohlmeinenden, aber letztlich bissigen Kommentaren… *Wirklich, Lizzie, Sie sollten Anwalts-*

gehilfin werden. Da würden Sie viel mehr verdienen als jetzt, wo Sie nur eine Empfangsdame sind. Was? Eine zertifizierte Spezialistin für Brautkleider? Ist das ein Beruf? Davon habe ich ja noch nie gehört. Nun ja, es stimmt, bei meinem Kleid, das ich bei Vickys Hochzeit getragen habe, haben Sie wahre Wunder vollbracht. Aber das ist wohl kaum eine Karriere für eine Frau, die studiert hat. Ich meine – sind Sie etwa eine akademische Näherin? Wollen Sie das ganze Geld vergeuden, das Ihre Eltern für Ihre Ausbildung bezahlt haben? Macht Ihnen das denn gar nichts aus?

Nein! Weil meine Ausbildung umsonst war! Da Dad an dem College arbeitet, das ich besucht habe, gehört es zu den Vergünstigungen dieses Jobs, dass seine Kinder kostenlos studieren dürfen!

Heiliger Himmel! Warum sind wir in Frankreich so gut miteinander ausgekommen? Und wieso haben wir uns jetzt nichts mehr zu sagen?

Warum das so ist, weiß ich sehr gut. Weil sie dachten, ich wäre nur Lukes Sommerflirt. Jetzt merken sie, dass ich viel mehr bin. Und darüber sind sie gar nicht glücklich. Das *weiß* ich ganz einfach.

»Nach dem langen Flug sind Sie sicher halb verhungert.« Fest entschlossen, *nicht* in tiefe Verzweiflung zu versinken, springe ich auf. »Ich mache Ihnen was zu essen.«

»Nein, nein«, protestiert Monsieur de Villiers, »heute Abend wollen wir Sie und Jean-Luc ausführen. Wir haben schon einen Tisch reservieren lassen. Nicht wahr, Bibi?«

»O ja«, bestätigt Mrs. de Villiers. »Im Nobu. Sie wissen ja, wie gern Jean-Luc Sushi isst. Deshalb dachten wir, dieses Lokal wäre genau das Richtige für ihn. Wenn man bedenkt, wie hart er an der Universität arbeitet …«

»Allerdings«, stimme ich unglücklich zu. Wenn ich bloß nicht im selben Zimmer mit diesen Leuten wäre ... »Eh – vorhin habe ich Käse gekauft. Ich würde gern einen Snack zurechtmachen. Den können Sie essen, während wir auf Luke warten – bevor wir ins Restaurant gehen ...«

»Bemühen Sie sich nicht«, fällt mir Monsieur de Villiers ins Wort und winkt lässig ab. »Wir sorgen selber für unsere Snacks.«

Also darf ich nicht einmal ihre Gastgeberin sein. Verständlich – das ja auch nicht mein Apartment.

Trotzdem sollten sie mir's nicht so grausam unter die Nase reiben.

Das Telefon läutet und reißt mich aus meinen trüben Gedanken. Nicht mein Handy – das Telefon im Apartment, unter Bibi de Villiers Namen registriert. Mit der nur eine einzige Person sprechen will, seit ich hier eingezogen bin.

Der tief enttäuschte Mann, der dauernd Nachrichten für Bibi hinterlässt! Diese Nachrichten, die ich Luke verschwiegen habe.

Und seiner Mutter.

»Eh – wahrscheinlich ist das für Sie, Mrs. de Villiers«, sage ich. »Luke und ich benutzen diesen Anschluss nicht, wir haben unsere Handys.«

Mrs. de Villiers hebt leicht verwirrt, aber sichtlich erfreut die Brauen. »Wer mag das sein?«, fragt sie, steht auf und geht zum Apparat. »Ich habe niemandem erzählt, dass ich nach New York City fliegen würde. Weil ich ungestört einkaufen möchte. Ach, Sie wissen ja, wie das ist ...«

Das weiß ich sogar sehr gut. Nichts ist ärgerlicher als Freunde, die einen zum Lunch treffen wollen, wenn man sich ein ganzes Wochenende fürs Shopping freigehalten hat.

»Hallo?«, meldet sie sich, nachdem sie den Hörer abgenommen und einen Clip von ihrem Ohrläppchen entfernt hat.

Und ich dachte immer, meine Mom wäre die einzige Frau, die mit ungepiercten Ohren herumläuft.

Ich merke sofort, dass es der Typ ist, der die ganze Zeit angerufen hat. Das sehe ich Mrs. de Villiers an – wie erstaunt und glücklich ihr schönes Gesicht aussieht ... Außerdem registriere ich den raschen, unsicheren Blick, den sie ihrem Mann zuwirft. »O Darling«, flüstert sie, »wie süß von dir, mich anzurufen. Was hast du ... O nein, ich war nicht hier ... In Frankreich. Und dann wieder in Houston. Ja, *natürlich* mit Guillaume, du Dummerchen.«

Hmmm. Also weiß der Typ, dass sie verheiratet ist. Was habe ich denn angenommen? *Natürlich* weiß er's. Deshalb ruft er nur ihren privaten Anschluss an.

Wow. Unfassbar – Lukes Mom betrügt seinen Dad. Oder sie hat ihn betrogen. Andererseits muss es kein Betrug gewesen sein, denn die beiden wollten sich scheiden lassen. Seit ein paar Monaten sind sie wieder zusammen. Seit dem Sommer. Das verdanken sie *mir*.

Jetzt, wo der Sommer vorbei und das Leben wieder normal ist – sobald man ein Leben an drei Wohnsitzen (einem Château in Frankreich, einer Villa in Houston und einem Apartment an der Fifth Avenue in Manhattan normal nennen kann) – lautet die große Frage: Wird die erneuerte Liebe überleben?

»Am Freitag? O Darling, das würde ich liebend gern tun. Aber ich will einkaufen gehen. Ja, den ganzen Tag.

Nun – vielleicht wäre es möglich … Oh, du bist so hartnäckig! Nein, nein, das bewundere ich an einem Mann. Also schön. Am Freitag. Bye.«

Oder vielleicht auch nicht.

Mrs. de Villiers legt auf und steckt ihren Clip wieder ans Ohrläppchen. Zufrieden lächelt sie vor sich hin.

»Wer war das, *chérie*?«, fragt Lukes Vater.

»Ach, niemand«, antwortet sie beiläufig. *Zu* beiläufig.

In diesem Moment knirscht Lukes Schlüssel im Schloss. Beinahe breche ich vor Erleichterung zusammen.

»Da seid ihr ja schon!«, ruft er, als er hereinkommt und seine Eltern sieht. »Ihr seid früh dran.«

»Oh, da ist er ja!« Monsieur de Villiers lächelt erfreut.

»Jean-Luc!« Mrs. de Villiers breitet die Arme aus. »Komm her, gib deiner Mutter einen Kuss!«

Gehorsam durchquert er das Wohnzimmer, umarmt und küsst seine Mutter, dann gibt er auch seinem Dad einen Kuss auf beide Wangen. Schließlich kommt er zu mir, um mich ebenfalls zu küssen (auf die Lippen, nicht auf die Wangen). »Tut mir leid, dass ich so spät komme«, flüstert er. »Die U-Bahn ist stecken geblieben. Was habe ich verpasst? Ist irgendwas geschehen, das ich wissen muss?«

»Nicht direkt«, murmele ich.

Was soll ich denn sonst sagen? *Deine Eltern wollen nicht, dass ich einen Snack für sie mache, sie glauben, ich wäre nicht gut genug für dich, sicher wird das Dinner morgen eine Katastrophe, und – übrigens, ich glaube, deine Mom hat eine Affäre …*

Wenn ich auch eine große Klappe habe – allmählich lerne ich, wie ich mich benehmen muss.

Lizzie Nichols' Ratgeber für Brautkleider

Und wie wollen Sie sich krönen?

Was den Kopfputz betrifft, haben Bräute viele verschiedene Möglichkeiten. Einige tragen keine Kopfbedeckung, andere einen Schleier, einen Blumenkranz oder eine Tiara – und manchmal das alles auf einmal!

Da gibt es so viele Varianten wie Bräute.
Zu meinen Favoriten gehören die folgenden:

Der Blumenkranz. Nichts passt so gut zu einer Braut wie Blumen – und ein Kranz aus frischen weißen Rosenblüten und Schleierkraut wird niemals aus der Mode kommen.

Die Tiara. Nicht mehr für königliche Hoheiten reserviert! Viele Bräute schmücken ihren Schleier mit einem Glanzstück aus Diamanten (oder Strasssteinen).

Der Reif. Bei diesem Stil ist alles möglich, von einem schlichten Stirnband bis zu einem breiten, reich verzierten Band, um das Haar und den Schleier festzuhalten.

Das Band. Um den Haarknoten wird ein Band geschlungen, von dem der Schleier herabfällt.

Die Krone. Warum so bescheiden? Wenn eine Tiara okay ist – warum nichts Größeres, Imposanteres?

Das Haarnetz. Ihre Großmutter hat's gern benutzt. Dekorativ fasst es das Haar am Hinterkopf zusammen.

Die Julia-Kappe. In Shakespeares berühmtem Drama trägt Julia eine enge, runde Kappe am Oberkopf. Für gewöhnlich wird sie mit winzigen Perlen bestickt.

Und natürlich gibt es noch den stets beliebten

Cowgirl-Hut. Lieber würden Western-Bräute sterben, als ohne ihn vor den Traualtar zu treten.

Welche Kopfbedeckung würde Ihnen am besten stehen? Alles auszuprobieren und das herauszufinden, wird Ihnen Spaß machen!

Lizzie Nichols Designs

15

Nach der puritanischen Vorstellung ist die Hölle ein Ort, wo sich jeder um seine eigenen Angelegenheiten kümmern muss.
Wendell Phillips (1811–1884),
amerikanischer Verfechter der Sklavenbefreiung

In einer Stunde wird der Truthahnbraten fertig sein, und ich glaube, ich habe alles unter Kontrolle.

Ja, wirklich.

Nicht zuletzt, weil Mrs. Erickson mich in ein kleines New Yorker Geheimnis eingeweiht hat – man geht auf den Markt und bestellt einen halb garen Truthahn. Dann schiebt man ihn einfach in den Backofen, begießt ihn ab und zu mit Bratensaft, und schließlich sieht er so aus (und riecht auch so), als hätte man sich den ganzen Tag abgerackert.

Und es ist ein Kinderspiel gewesen, den de Villiers – sogar Luke – weiszumachen, genau das hätte ich getan. Dabei musste ich nur vor den anderen aufstehen – kein Problem, weil sie alle wie die Toten schliefen –, zu Mrs. Ericksons Apartment hinunterschleichen und den Truthahn holen. Den hatte ich nämlich an ihre Adresse liefern lassen, und sie war so freundlich, ihn für mich in ihren Kühlschrank zu legen.

Sobald ich ihn in Mrs. de Villiers Wohnung geschmuggelt hatte (zusammen mit einem kleinen Beutel voller Innereien für die Sauce), brauchte ich nur mehr die verräterische Verpackung wegzuwerfen. Perfekt.

Luke stand ein bisschen später auf und bereitete seinen Beitrag zum Festmahl vor – geröstete Zwiebeln mit Knoblauch und Rosenkohl.

Außerdem bestand Mrs. de Villiers auf Süßkartoffeln (glücklicherweise ohne Marshmallows; die liebe ich zwar, aber Chaz und Shari würden drei verschiedene Desserts mitbringen, weil ich Kürbis mag, und Chaz mag Rhabarber und Erdbeeren, und Shari mag Pekannüsse, deshalb gibt's mehr als genug Süßigkeiten).

Monsieur de Villiers leistete seinen Beitrag zu der Organisation, indem er herumrumorte und die verschiedenen Weine in der Reihenfolge bereitstellte, in der wir sie konsumieren sollten.

Und so läuft alles planmäßig, ohne Probleme. Nun treffen die ersten Gäste ein. Tiffany sieht umwerfend in ihrem hautengen Overall aus Wildleder aus. Wegen dieses Outfits hat Roberta sie einmal nach Hause geschickt, weil sie's nicht im Büro tragen darf. Und Raoul entpuppt sich als erstaunlich sympathischer Typ, um die dreißig, mit guten Manieren. Er bringt sogar eine Flasche von dem jungen Beaujolais mit, den Monsieur de Villiers so grandios findet. Offenbar ist Tiffanys Freund ebenfalls ein Connaisseur, allerdings von der argentinischen Spezies.

Während die beiden sofort anfangen, über Traubensorten und Terrains zu reden, deckt Mrs. de Villiers den Tisch. Sorgsam faltet sie ihre Stoffservietten zu Fächern, die aufrecht stehen bleiben, und legt alle drei Gabelarten ihres Tafelsilbers exakt nebeneinander. Vielleicht glaubt sie wegen der Bloody Marys, wir würden so viele Gabeln brauchen. Luke besteht darauf, seinen Eltern immer wieder diese Cocktails zu servieren, seit sie aufgestanden sind. (»Wie sollen wir's sonst den ganzen Tag aushalten?«, hat er mir zugeflüstert. »Alle zusammen auf so engem Raum?«)

Nicht, dass die beengte Atmosphäre seine Eltern zu stören scheint. Seit ich die Nähmaschine entfernt habe, lächelt seine Mutter ununterbrochen. Aber vielleicht liegt das an Lukes Bestreben, mich nicht mehr mit ihr allein zu lassen.

Das finde ich okay. Morgen muss ich arbeiten. (Die Partner einer viel beschäftigten Anwaltskanzlei nehmen sich den Freitag nach Thanksgiving frei, die Empfangsdamen und Telefonistinnen natürlich nicht). Also muss Luke sich um seine Eltern kümmern. Seine Mutter hat schon ihre Pläne gemacht – über die sie verständlicherweise niemanden informiert. Und Monsieur de Villiers will mit seinem Sohn in diverse Museen gehen.

Am Samstag sind wir wieder alle zusammen. Abends werde ich meine erste Broadway-Show sehen. Mrs. de Villiers hat vier Karten für »Spamalot« besorgt. Glücklicherweise werden unsere Gäste am Sonntag abreisen. Dann wird meine Toleranzgrenze endgültig erreicht sein, was das Zusammenleben mit den Eltern meines Freundes in diesem kleinen Apartment betrifft.

Aber Tiffany ist hellauf begeistert von den de Villiers – geradezu fasziniert. Immer wieder tänzelt sie zu mir in die Küche, wo ich vorgebe, über dem Truthahn zu schwitzen, und wispert: »Dieser alte Knacker – ist das wirklich ein Prinz?«

Wie ich es bereue, dass ich ihr von Lukes aristokratischer Abstammung erzählt habe! Was ist bloß in mich gefahren? Wenn man Tiffany was anvertraut, könnte man's genauso gut einem Papagei verraten. Nur ein Narr würde von ihr erwarten, so was nie mehr zu erwähnen.

»Eh – ja«, murmle ich und begieße den Truthahn mit Bratensaft. »Aber vergiss nicht, in Frankreich werden ehemalige Monarchen – oder was auch immer – nicht mehr anerkannt. Außerdem gibt's da ein paar Dutzend Prinzen. Oder Grafen. Das sind sie in Wirklichkeit, nehme ich an.«

Wie üblich ignoriert sie meine Erklärung. »Dann ist Luke auch ein Prinz.« Sie geht zur Durchreiche und beobachtet, wie er die Vorspeisenplatte – ein Krabbencocktail und Rohkost – auf den Couchtisch stellt, an dem sein Vater und Raoul lebhaft über ihre Lieblingsweine diskutieren. »O Mann, hast du ein Schwein mit deinem Freund!«

Jetzt ärgere ich mich. Nicht nur, weil es schon fast fünf Uhr ist. Ich habe Chaz und Shari gebeten, um vier Uhr hier zu sein. Und sie lassen sich noch immer nicht blicken. Was nicht ungewöhnlich ist, denn es schneit, und der geringste Schneefall scheint New York City zu lähmen. Nicht zuletzt, weil viele Leute übers verlängerte Wochenende weggefahren sind. Trotzdem – es sieht Shari nicht ähnlich, sich dermaßen zu verspäten, ohne anzurufen. Oder mich meinen (hoffentlich) künftigen Schwiegereltern auszuliefern, ohne mich mit amüsanten Sprüchen zu ermuntern, wie's die Pflicht einer besten Freundin wäre.

Immerhin bemüht sich Tiffany darum. Allerdings ohne amüsante Sprüche.

»Deshalb liebe ich ihn nicht, Tiffany«, wispere ich. »Das müsstest du wissen.«

»Schon gut«, seufzt sie müde. »Ich weiß, ich weiß, du liebst ihn, weil er mal ein Doktor wird und das Leben kleiner Kinder retten will. Bla, bla, bla.«

»Nun ja, das ist nicht der einzige Grund. Ja – es gehört auch dazu. Was ich am allerwichtigsten finde – er ist der beste Freund, den man jemals kriegen kann.«

»Okay.« Tiffany nimmt sich ein Käsestäbchen aus dem Korb, den ich auf die Küchentheke gestellt habe. Der soll serviert werden, sobald Chaz und Shari ankommen. Wann immer das sein wird. »Aber heutzutage verdienen diese Docs nicht mehr viel. Wegen dieser Krankenversicherung mit begrenzter Ärzteauswahl. Es sei denn, sie werden Schönheitschirurgen.«

»Mag sein«, sage ich irritiert. »Aber Luke hat sich diesen Beruf nicht ausgesucht, um Geld zu scheffeln. Früher war er Investmentbanker. Das interessiert ihn nicht mehr, weil er eingesehen hat, dass es im Leben was Wichtigeres gibt als Geld.«

Geräuschvoll kaut Tiffany an ihrem Käsestäbchen. »Je nachdem, um welches Leben es geht. Bei manchen Leuten ist es mehr wert als bei anderen.«

Was soll ich darauf antworten? »Ob er Geld scheffelt oder nicht, spielt ohnehin keine Rolle. Weil ich genug für uns beide verdienen werde.«

»Tatsächlich?« Das scheint Tiffany zu interessieren. »Womit denn?«

»Mit den Brautkleidern, die ich entwerfen werde. Das weißt du doch.« Manchmal wär's wirklich hilfreich, wenn sie mir zuhören würde. »Oder mit alten Brautkleidern, die ich herrichte.«

Die Augen weit aufgerissen, starrt sie mich an. »Meinst du – wie Vera Wang?«

»So ähnlich.« Sicher lohnt es sich nicht, das näher zu erläutern.

»Dass du auf einer Modeschule warst, wusste ich gar nicht.«

»Da war ich auch nicht. Aber an der University of Michigan war die Geschichte der Mode mein Hauptfach.«

»Ach ja«, schnauft sie, »das erklärt alles.«

Mit schmalen Augen erwidere ich ihren Blick. Ich habe sie nur eingeladen, weil ich nett sein wollte. In meinem eigenen Heim muss ich mich nicht beleidigen lassen. Oder im Heim, das der Mutter meines Freundes gehört.

Bevor ich irgendwas sagen kann, werden wir unterbrochen – leider nicht von Chaz und Shari.

Die Flasche Rotwein in der Hand, die Raoul mitgebracht hat, erscheint Monsieur de Villiers in der Durchreiche und verkündet: »Jetzt gehen wir von Bloody Marys zum ersten Beaujolais der Saison über. Den müssen Sie auch versuchen, Lizzie. Tut mir leid, dass Ihre Freunde noch nicht hier sind. Aber das ist eine Ausnahmesituation. Das wird jeder Weinkenner verstehen. Diesen fantastischen Beaujolais *muss* jeder kosten.«

»Oh, das klingt großartig, Monsieur de Villiers.« Lächelnd nehme ich das Glas entgegen, das er für mich gefüllt hat. »Danke.«

Auch Tiffany ergreift ein Glas. »Ist er nicht süß?«, fragt sie, nachdem Lukes Vater gegangen ist.

»Ja, nicht wahr?« Voller Wehmut schaue ich ihm nach. In seinem dunkelblauen Sportjackett und der gepunkteten Ascot-Krawatte sieht er wundervoll aus. Wie kann Bibi de Villiers ihn bloß betrügen! Das finde ich einfach – eiskalt.

Und es passt auch gar nicht zu ihr. Sie ist sehr stilbewusst, und ich glaube, es macht ihr Spaß, den Eindruck zu

Naschkatze 215

erwecken, sie würde sich nur für die neueste Fendi-Tasche und Marc Jacobs-Couture interessieren.

Aber als ich den Renoir erwähnt habe, ist sie aufgetaut. Dieses Gemälde liebt sie – nicht nur die Person, die es ihr geschenkt hat, sondern das Bild an sich. Und wenn man ein Kunstwerk liebt, kann man nicht so oberflächlich sein. Zumindest meiner Ansicht nach.

Und warum will eine solche Frau ihren Liebhaber treffen (falls das der Typ am Telefon ist), hinter dem Rücken ihres Mannes, mit dem sie sich eben erst versöhnt hat?

Nicht, dass ich irgendwas drüber sagen werde. Als Luke am ersten Abend nach Hause gekommen ist, hat seine Mutter ihn geküsst und dann gefragt: »Darling, hat jemand auf dem Anrufbeantworter Nachrichten hinterlassen? Ein Freund sagte, er hätte ein paar Mal versucht, mich zu erreichen...«

Luke zuckte die Achseln. »Also, so eine Nachricht habe ich nicht bekommen. Du etwa, Lizzie? Hast du einen Anruf für meine Mom abgehört?«

Vor lauter Verlegenheit hätte ich beinahe meine Zunge verschluckt. »Irgendwelche Nachrichten? Auf dem Anrufbeantworter?« Mit dieser Frage versuchte ich Zeit zu gewinnen – und benahm mich noch idiotischer, als ich es in Mrs. de Villiers' Augen ohnehin schon war.

»Darauf pflegt man Nachrichten zu hinterlassen«, antwortete sie, nicht unfreundlich.

Oh, großartig. Jetzt zweifelte sie ernsthaft an meinem Verstand. »Eh...«, begann ich, immer noch bestrebt, Zeit zu schinden. »Uh...« Fabelhaft. Wenn man stottert macht man immer den besten Eindsruck.

Und dann rettete mich – wie üblich – meine Neigung,

einfach drauflos zu plappern. Ausnahmsweise zu meinem Vorteil. »Also, wissen Sie – ein paar Mal bin ich nach Hause gekommen, und da blinkte das rote Lämpchen. Aber als ich auf die Abspieltaste drückte, war nichts auf dem Band. Vielleicht ist das Gerät kaputt oder so was.«

Zu maßlosen Erleichterung nickte Mrs. de Villiers. »Ja, natürlich, das wäre möglich. Es ist schon ziemlich alt. Wahrscheinlich muss ich meine Technophobie überwinden und mich auf eine Voicemail umstellen. Noch was, das ich auf meine Einkaufsliste setzen muss...«

Fantastisch. Jetzt geht Lukes Mom zu einer Voicemail über, weil ich ihr eingeredet habe, ihr funktionsfähiger Anrufbeantworter sei nicht mehr zu gebrauchen.

Aber was hätte ich denn sagen sollen? *O ja, Mrs. de Villiers, dieser Mann mit dem ausländischen sexy Akzent hat mehrere Nachrichten hinterlassen. Aber die habe ich alle gelöscht, weil ich annehme, er ist Ihr Liebhaber. Und ich will, dass Sie bei Ihrem Mann bleiben.*

Genau. Das hätte ich mich bei Lukes Eltern noch viel beliebter gemacht.

»Was haltet ihr von meinem Wein?«, fragt Raoul seine Freundin und mich und steckt den Kopf in die Durchreiche. Auf seine südländische Art sieht er ganz gut aus. Aber Shari würde ihn nicht als »süßen Jungen« bezeichnen. Immerhin hat er ein nettes Lächeln und massenhaft Haare auf der Brust, die aus seinem Hemdkragen sprießen.

»Wunderbar«, sage ich.

»Oh, ich liebe diesen Wein.« Tiffany kriecht auf die Küchentheke und beugt sich vor, um ihn zu küssen. Beinahe landet ihr Knie in meinem Cranberry-Relish. »Genauso, wie ich mein Raouli-Schatzi-Putzi liebe...«

Während die beiden in ihrer Babysprache quatschen und ich mich beinahe übergeben muss, surrt der Summer.

»Ah!«, höre ich Luke rufen. »Das müssen sie sein.« Und dann läuft er zur Sprechanlage und sagt Carlos, er soll Chaz und Shari heraufschicken.

Endlich. Wird auch höchste Zeit. Mein Truthahn droht zu vertrocknen. Wie lange kann man so ein Geflügel im Backofen warm halten? Noch dazu, wo's schon mal gekocht wurde – oder was immer mit einem halb garen Truthahn passiert …

Erleichtert inspiziere ich die goldbraune, knusprige Haut, als ich ihn aus dem Herd nehme. Gott sei Dank, er ist nicht verkohlt. So was habe ich nämlich befürchtet. Viel zu lange musste ich ihn »im eigenen Saft« ruhen lassen. Das soll man mit ihm machen. Es steht in der kleinen Broschüre, die ich in der Verpackung gefunden habe. Und Mrs. Erickson – mit ihren siebzig Jahren weiß sie, was ein guter Truthahn ist – hat mir auch dazu geraten.

Es läutet an der Tür, und Luke öffnet sie. »Hallo!«, höre ich ihn fröhlich rufen. »Warum habt ihr so lange … He, wo ist denn Shari?«

»Darüber will ich nicht reden.« Chaz versucht mit leiser Stimme zu sprechen. Trotzdem verstehe ich, was er sagt. »Ah, Mr. und Mrs. Villiers – großartig, dass wir uns wieder mal treffen! Wie gut Sie aussehen …«

Tiffany ist von der Küchentheke gehüpft und neigt ihren sehnigen Körper durch die Tür (sicher trägt sie unter all dem Wildleder einen Spanx-Body, der die Figur formt), um Chaz zu mustern. »Oh«, seufzt sie enttäuscht, »ich dachte, er bringt seine Freundin mit, von der du dauernd redest. Diese Shari. Wo ist sie denn?«

Nun spähe ich auch durch die Küchentür und beobachte Chaz, der Luke zwei Kuchenschachteln überreicht. Die Tür zum Hausflur ist geschlossen. Und Shari nirgendwo zu sehen.

»Hallo!« Lächelnd schlendere ich aus der Küche. »Wo ist denn ...?«

Frag nicht danach, formen Lukes Lippen. Dann geht er mit den beiden Schachteln zu mir. »Den ganzen Tag hat Chaz geschuftet, um nicht nur einen, sondern zwei Kuchen zu backen. Erdbeer-Rhabarber und dein Lieblingsdessert, Lizzie – Kürbis. Shari fühlt sich nicht gut. Deshalb konnte sie nicht kommen. Umso mehr bleibt für *uns* übrig, nicht wahr?«

Hat er den Verstand verloren? Er erzählt mir, meine beste Freundin kann nicht zu Thanksgiving kommen, weil sie sich nicht gut fühlt? Und da erwartet er, dass ich den Mund halte?

»Was fehlt ihr denn?«, will ich von Chaz wissen. Statt zu antworten, steuert er die »Bar« an, die Monsieur de Villiers auf dem antiken Servierwagen seiner Frau arrangiert hat, und gießt sich einen Whiskey ein. Hastig leert er das Glas, bevor er es noch einmal füllt. Aber ich lasse nicht locker. »Hat sie die Grippe gekriegt? Die grassiert gerade. Oder sind's Kopfschmerzen? Hat sie sich den Magen verdorben? Soll ich sie anrufen?«

»Wenn du sie anrufen willst ...« Seine Stimme klingt heiser. Vom Whiskey – oder vielleicht aus anderen Gründen. »Versuch sie auf dem Handy zu erreichen. Weil sie nicht daheim ist.«

»Nicht daheim? Trotz ihrer Krankheit? Oder ...« Mein Atem stockt. Dann beginne ich zu flüstern, damit die de

Villiers und Tiffany und Raoul nichts hören. »Großer Gott, ist sie etwa im Büro? Obwohl sie sich nicht gut fühlt? An einem Feiertag.

Ist sie total übergeschnappt?«

»Ja, das wäre möglich. Aber sie ist nicht im Büro.«

»Wo denn sonst? Das verstehe ich nicht ...«

»Ich auch nicht«, murmelt Chaz und schenkt sich den dritten Whiskey ein. »Glaub mir.«

»Charles!« Nun hat Monsieur de Villiers gemerkt, dass Chaz sich an der Bar bedient, aber nicht den Rotwein trinkt, den Raoul mitgebracht hat. »Diesen Wein, den wir dem jungen Mann verdanken, musst du unbedingt probieren. Der neue Beaujolais! Der wird dir noch besser schmecken als der Whiskey.«

»Das bezweifle ich.« Aber der Alkohol hat Chaz' Laune schon ein bisschen gebessert. »Wie geht's, Guillaume? Fabelhaft, diese Krawatte ... Oder sagt man einfach nur ›Ascot‹?«

»Keine Ahnung«, gesteht Monsieur de Villiers. »Aber das ist nicht so wichtig. Komm, trink ein Glas Wein ...«

Ehe ich weitere Fragen stellen kann, führt er Chaz davon.

»Also ist deine Freundin krank?« Tiffany drückt mir ihren konkaven Bauch in die Seite. »Wie schade! Ich habe mich so darauf gefreut, diese Shari kennenzulernen. He, und wo sind all die Gemälde? Sind die echt oder was?«

»Würdest du mich einen Augenblick entschuldigen?«, bitte ich Tiffany. »Ich muss – eh – nach dem Truthahn sehen.«

Seufzend zuckt sie die Achseln. »Was auch immer ...

He, Raoul, erzähl doch von dem Rennpferd, das dir früher mal gehört hat …«

Ich laufe in die Küche, wo Luke gerade einen Platz für die Kuchenschachteln sucht – keine leichte Aufgabe, weil die Granittheken unter den ganzen Zutaten und Beilagen fast zusammenbrechen.

»Was hat er zu dir gesagt?«, zische ich in sein Ohr, auf die Zehenspitzen gestellt. »Chaz, meine ich. Als er reingekommen ist.«

Luke schüttelt den Kopf. »Nur dass ich nichts fragen soll. Und das bedeutet einfach – wir sollen nichts fragen.«

»Aber ich muss wissen, was los ist. Er kann doch nicht hier auftauchen, ohne meine beste Freundin, und mir verschweigen, wo sie steckt. Natürlich werde ich ihn danach fragen. Was bildet er sich eigentlich ein?«

»Nun, du hast ihn gefragt. Was hat er gesagt?«

»Dass sie sich nicht gut fühlt. Und dass sie weder daheim noch im Büro ist. Das ergibt keinen Sinn. Wo kann sie denn sein? Ich rufe sie an.«

»Moment mal, Lizzie.« Hilflos starrt er das ganze Essen an, das teilweise immer noch auf dem Herd simmert. Dann wendet er sich wieder zu mir. Irgendwas in meiner Miene muss ihn von einem Protest abraten, denn er zuckt die Achseln. »Okay, inzwischen werde ich das alles auftragen.«

Hastig küsse ich ihn und renne zu meinem Handy, das gerade geladen wird. (Nach dem Thanksgiving-Telefonat mit meinen Eltern ist der Akku leer gewesen. Kein Wunder, weil sie verlangt haben, dass ich noch mit meinen beiden Schwestern und ihren diversen Kindern sprechen sollte, und auch mit Grandma, die das gar nicht wollte und sich lieber auf eine »Nip/Tuck«-Folge konzentriert hätte. »Oh, ich bin ganz begeistert von Dr. Troy!« Offenbar ist Dr. Quinn in Ungnade gefallen.)

»Eh – gleich bin ich wieder da!«, rufe ich meinen Gästen zu. »Ich muss nur rasch runter zum Laden laufen und noch ein bisschen – eh – Sahne holen.«

Außer Luke weiß nur Mrs. de Villiers, wie endlos weit ihr Apartment von einem Laden entfernt liegt, der an Thanksgiving geöffnet hat und Sahne verkauft. Entsetzt blinzelt sie mich an. »Können wir nicht darauf verzichten?«

»Uh – nein, wenn wir Schlagsahne zum Kürbiskuchen essen wollen!«, erwidere ich und schlüpfe zur Tür hinaus. Glücklicherweise scheint niemand zu merken, dass ich keinen Mantel angezogen – und keine Handtasche mitgenommen habe.

Sobald ich den Notausgang erreiche, beginne ich Sharis Nummer zu wählen. Im Treppenausgang ist es kalt – aber meine Privatsphäre unangetastet und der Empfang ausnahmsweise perfekt. Shari meldet sich schon nach dem zweiten Läuten.

»Darüber will ich jetzt nicht reden«, sagt sie, nachdem sie auf ihrem Handydisplay meinen Namen gelesen hat. »Viel Spaß bei eurem Dinner. Morgen unterhalten wir uns in aller Ruhe.«

»Eh – nein, jetzt. Wo bist du?«

»Bei Pat. Mir geht's gut.«

»Bei *Pat*, deiner Chefin? Was machst du dort? Du solltest hier sein. Hör mal, Shari, ich weiß, du hast mit Chaz gestritten. Aber du darfst mich nicht mit all den Leuten allein lassen. Tiffany trägt einen hautengen Overall aus

Wildleder. Mit einem Reißverschluss vom Hals bis zum Schritt. Das darfst du mir nicht antun.«

Shari lacht. »Tut mir leid, Lizzie. Aber damit musst du ohne mich fertig werden. Ich bleibe hier.«

»Nun komm schon!«, bettle ich. »Die ganze Zeit streitet ihr. Und jedes Mal versöhnt ihr euch.«

»Nein, es war kein Streit. Tut mir ehrlich leid, Lizzie, aber – wir essen gerade. Morgen rufe ich dich an und erkläre dir alles, okay?«

»Sag mir endlich, was los ist! Was hat er denn diesmal verbrochen? Er fühlt sich elend. Das weiß ich. Schon drei Whiskeys hat er getrunken. Obwohl er eben erst aufgekreuzt ist und …«

»Lizzie …« Ihre Stimme klingt anders. Nicht traurig. Nicht glücklich. Nur anders. »Gib's auf. Ich komme nicht zu euch. Das wollte ich dir noch nicht erzählen, weil ich nicht will, dass du ausflippst. Und du sollst doch den Feiertag genießen, aber – Chaz und ich haben nicht gestritten, sondern Schluss gemacht. Heute bin ich ausgezogen.«

Lizzie Nichols' Ratgeber für Brautkleider

Die perfekten Kleider für Ihre Brautjungfern...

Was Sie jetzt denken, weiß ich. Sicher erinnern Sie sich an all die grässlichen Kleider, die Ihnen von Ihren Schwestern und Freundinnen bei deren Hochzeiten aufgezwungen wurden. Nun wollen Sie sich rächen und die Mädchen in ähnliche furchtbare Outfits stecken.

Vergessen Sie das sofort.

Das ist Ihre Chance, Großzügigkeit zu beweisen – und außerdem ein gutes Braut-Karma zu erringen. (Und blicken wir den Tatsachen ins Auge, so etwas können wir doch alle brauchen.)

Gewiss, es ist unmöglich, ein Kleid zu finden, das sämtlichen Frauen steht. Es sei denn, ihre Brautjungfern sind Victoria's Secret-Models. (Sogar in diesem Fall würde es Differenzen wegen der Farbe geben. Nicht jedes Covergirl sieht in allen Farben gut aus.)

Aber Sie können die Sorgen Ihrer Brautjungfern mildern.

Überlegen Sie, welche der jungen Damen eine besonders problematische Figur hat, und wählen Sie ein Kleid, das ihr schmeichelt. Wenn es Ihrer rundlichen Nichte steht, wird es auch an Ihrer gertenschlanken College-Zimmerkameradin vorteilhaft wirken. Oder – ich weiß, ein radikaler Vorschlag – nennen Sie Ihren Brautjungfern eine Farbe, die zu allen passt (in Schwarz sehen die meisten Frauen großartig aus), und jede soll ihr Kleid selber aussuchen. Dann werden sie zwar nicht miteinander harmonieren, doch das gilt auch für ihre Persönlichkeiten. Und die lieben Sie an diesen Mädchen, nicht ihr Aussehen.

Wenn Sie es vorziehen, dass Ihre Brautjungfern die gleichen Kleider tragen, entscheiden Sie sich für eins, das sich alle leisten können. Oder übernehmen Sie die Kosten. Ja, ich weiß, bei den Hochzeiten der Mädchen mussten Sie Ihre Kleider selber kaufen. Warum sollen sie Ihnen jetzt auf der Tasche liegen. Aber wir stehen ÜBER solchen Gedanken, erinnern Sie sich? Wenn Sie von Verwandten und Freundinnen verlangen, dreihundert Dollar für ein Kleid auszugeben, das sie nie wieder anziehen werden (reden Sie sich nicht ein, das würden sie tun, verbannen Sie dieses irreale Wunschdenken), wäre das sehr unvernünftig. Also wählen Sie ein Kleid, das keine Ihrer Brautjungfern in finanzielle Schwierigkeiten bringt, oder bezahlen Sie's selber.

Änderungen, Änderungen, Änderungen. Eine tüchtige Schneiderin löst alle Probleme. Engagieren Sie eine und sorgen Sie dafür, dass Ihre Brautjungfern rechtzeitig zu ihr gehen, falls Änderungen nötig sind, damit die Kleider auch wirklich gut sitzen.

Ihre Hochzeit soll ein erfreuliches Ereignis werden. Einer der Gründe, warum manche Bräute das verhindern, hängt damit zusammen, dass sie nicht an die Gefühle anderer Leute denken, sondern nur an ihre eigenen. NEHMEN SIE SICH KEIN BEISPIEL AN SOLCHEN BRÄUTEN!

Ihre Brautjungfern werden Ihnen dafür danken.

Lizzie Nichols Designs

16

Was du nicht mit deinen Augen siehst, bezeuge nicht mit deinem Mund.

Jüdisches Sprichwort

*D*a gibt's keinen bestimmten Grund«, erklärt Shari bei einer Tasse Tee in einem Lokal namens Village Tea House, in der Nähe ihres Büros. Ich hätte sie lieber im Honey's getroffen. Doch sie hat gesagt, inzwischen würde sie solche miesen Kneipen verabscheuen. Was ich irgendwie verstehe.

Mir gefallen rote Vinyl-Nischen immer noch besser als Samtkissen am Boden. Und eine Cola Light schmeckt mir besser als Kräutertee mit Tapioka. Im Village Tea House wird keine Diätcola serviert. Danach habe ich gefragt. Hier gibt's nur Getränke aus »natürlichen« Komponenten.

Als ob Tapioka natürlich wäre.

»Wir haben uns einfach – auseinandergelebt«, fügt Shari hinzu und zuckt die Achseln.

Wie soll ich das bloß verkraften? Das fällt mir immer noch schwer. Ich meine, Shari und Chaz haben Schluss gemacht, sie wohnt nicht mehr bei ihm … Und sie hat meine Thanksgiving-Dinnerparty versäumt, die – obwohl ich nicht prahlen will – ein fantastischer Erfolg gewesen ist.

Abgesehen von Mrs. de Villiers' Wunsch, nach der Mahlzeit Scharaden zu spielen. Dabei hat ihr Team – Luke, Tiffany und sie selbst – meines übertrumpft – nämlich Chaz (zu betrunken, um sich zu bewegen), Monsieur de Villiers (völlig ahnungslos) und Raoul (ebenfalls). Nicht, dass ich wettbewerbsorientiert wäre. Aber ich hasse solche langweiligen Spiele.

Ach ja, und heute Morgen musste ich mich zu Pendergast, Loughlin and Flynn schleppen, wo praktisch niemand anrief und außer mir nur die Junior-Partner da waren. Und Tiffany (natürlich total verkatert). Nach dem Dinner bei Luke und mir sei sie noch mit Raoul ins Butter gegangen, um sich mit ein paar anderen Models »volllaufen zu lassen«, hat sie mir erzählt. (Warum diese Mädchen so viele kalorienreiche Cocktails wie Mojitos und Cosmos trinken können und trotzdem dünn bleiben, werde ich nie verstehen.)

»Aber wieso habt ihr euch denn auseinandergelebt, Shari?«, frage ich. »Obwohl ihr zusammen *gewohnt* habt… *So* groß ist Chaz' Apartment nun wirklich nicht.«

»Keine Ahnung.« Sie zuckt wieder die Achseln. »Wahrscheinlich habe ich mich einfach *ent*-liebt.«

»Wegen der Vorhänge, nicht wahr?« Diese deprimierende Frage kann ich mir nicht verkneifen.

»Was?« Shari starrt mich an. »Meinst du die Vorhänge, die du genäht hast?«

Ich nicke. »Hätte ich bloß nicht den Stoff genommen, den Chaz ausgesucht hat!«

Unglücklicherweise ist er in einen Secondhandladen in Chinatown gegangen. Dort fand er einen roten Satinballen und verlangte von mir, die Vorhänge für sein Wohnzimmer daraus zu nähen. Das hätte ich gern abgelehnt. Eigentlich dachte ich an graugrünes Leinen. Doch der Satin war mit goldenen chinesischen Figuren bestickt (der Verkäufer hatte behauptet, die würden »Glück bringen«) und sah so herrlich kitschig aus, dass ich Chaz' Meinung teilte. Wir glaubten beide, diese rote Pracht würde das Apartment aufpeppen und Shari hellauf begeistern.

Aber als die Vorhänge fertig waren, fragte sie pointiert, ob ich die Wohnung ins Lung Cheung verwandeln wollte. So heißt das chinesische Lokal in Ann Arbor, wo wir als Kinder oft gegessen haben.

Lachend schüttelt sie den Kopf. »Mit den Vorhängen hat's natürlich nichts zu tun. Obwohl das Wohnzimmer wie ein Bordell aussieht, auch wegen der goldenen Couch.«

»Und wir dachten, es würde dir gefallen«, stöhne ich.

»Hör mal, Lizzie, was du mit dem Apartment gemacht hast, spielt keine Rolle. Da wäre ich ohnehin nicht geblieben. Weil ich die Person nicht mochte, die ich in diesen vier Wänden war.«

»Dann war's vielleicht ganz gut…« Krampfhaft versuche ich, den Ereignissen etwas Positives abzugewinnen.

Chaz ist völlig verzweifelt, weil Shari ihn verlassen hat. Und ich will ihn wieder glücklich sehen – obwohl sie kein bisschen traurig wirkt. Sie kommt mir sogar viel hübscher vor als in der ganzen Zeit seit unserem Umzug nach New York. Zur Abwechslung benutzt sie sogar ein wenig Make-up.

»Vielleicht wird euch die Trennung helfen, herauszufinden, was schiefgelaufen ist, und ihr trefft euch wieder. Ja, das könnte der Grund sein, warum es nicht geklappt hat. Wegen der gemeinsamen Wohnung hattet ihr keine Dates mehr. In eurer Beziehung gab's keine Romantik.«

Wissen Sie, was noch die Romantik zerstört? Wenn man mit seinem Freund auf einer ausziehbaren Couch liegt, während seine Eltern im Nebenzimmer schlafen. Aber das erwähne ich nicht.

Stattdessen fahre ich fort: »Wenn ihr zusammen ausgeht, wird das Feuer der Liebe von Neuem auflodern, und ihr findet wieder zu einander.«

»Nein, Lizzie, ich werde nicht zu Chaz zurückkehren.« Seelenruhig zieht Shari den Teebeutel aus ihrer Tasse und legt ihn auf den Keramikteller, den die Kellnerin zu diesem Zweck bereitgestellt hat.

»Das kannst du nicht wissen. Wenn du ihn länger nicht siehst, wirst du ihn vielleicht vermissen.«

»Dann rufe ich ihn an. Natürlich wünsche ich mir, dass wir befreundet bleiben. Er ist so ein wunderbarer, amüsanter Junge. Aber seine *Freundin* will ich nicht mehr sein.«

»Wegen der Kekse? Weil er keinen Job hat und den ganzen Tag nichts tut, außer zu lesen, Hafermehlkekse zu backen, sauber zu machen – und so weiter?« Für mich klingt das wie eine traumhafte Existenz. Mit der ganzen Arbeit, die ich am Hals habe … Neuerdings zwingt mich Monsieur Henri auch noch zu üben, wie man Rüschen näht. Als hätte ich diese Kunst nicht schon im vierten Jahr meines Kunststudiums beherrscht. Damals habe ich herausgefunden, dass Rüschen einen nicht ganz flachen Bauch verstecken … Allmählich bin ich's leid, Monsieur Henris Sklavin zu spielen. Ich komme kaum noch dazu, Staub zu saugen, geschweige denn Kekse zu backen.

Andererseits lerne ich sehr viel. Hauptsächlich über die Methoden, Teenager-Jungs ins neue Jahrtausend zu geleiten. Aber ich kriege auch mit, wie man in Manhattan einen Laden für Brautkleider betreibt.

»Nein, natürlich nicht«, antwortet Shari. »Da wir gerade über Jobs reden – ich muss wieder ins Büro.«

»Nur noch fünf Minuten«, flehe ich. »Wirklich, ich mache mir solche Sorgen um dich. Ich weiß, du kannst auf dich selber aufpassen. Trotzdem werde ich das Gefühl nicht los, das alles ist meine Schuld. Wäre ich mit dir zusammengezogen und nicht mit Luke – so wie's geplant war ...«

»Oh, bitte!«, unterbricht sie mich und lacht wieder. »Glaub mir, Lizzie, meine Trennung von Chaz hat nichts mit dir zu tun.«

»Ich habe dich im Stich gelassen. Und das tut mir leid. Aber ich kann's wiedergutmachen.«

»Oh ...« Sharis Strohhalm stößt auf den Tapioka-Klumpen am Boden ihrer Teetasse. »Fabelhaft!« Damit meint sie mein Angebot. Nicht die Tapioka. Obwohl sie so ein Zeug schon immer geliebt hat.

»Im Ernst. Wusstest du, dass über Monsieur Henris Laden ein Apartment leer steht?«

Shari hört zu schlürfen auf. »Red weiter.«

»Dafür will Madame Henri zweitausend Dollar pro Monat verlangen. Aber ich arbeite so viel für die beiden, die sind total von mir abhängig. Wenn ich sie bitte, dich da für eine geringere Miete wohnen zu lassen – sagen wir, fünfzehnhundert, müssen sie Ja sagen. Das MÜSSEN sie ganz einfach.«

»Danke, Lizzie.« Seufzend schiebt sie die Tasse beiseite und greift nach ihrer Beuteltasche aus Raphiabast. »Es ist nur – ich habe schon ein Quartier.«

»Bei Pat? Was, du wohnst bei deiner *Chefin*?« Ich schüttle den Kopf. »Komm schon, Shari, dann nimmst du deine Arbeit praktisch mit nach Hause ...«

»Nein, es ist wirklich cool. Sie hat ein ebenerdiges Apartment in Park Slope, mit einem Garten an der Rückseite, für ihre Hunde…«

»Brooklyn!«, rufe ich erschrocken. »O Shari, das ist so weit weg!«

»Mit dem F-Bus kein Problem, der hält direkt vor meinem Büro.«

»Weit weg von *mir*«, meine ich. Beinahe fange ich zu schreien an. »Ich werde dich nie wiedersehen!«

»Jetzt siehst du mich ja.«

»Und abends? Soll ich nicht wenigstens mit den Henris reden und fragen, ob sie dir das Apartment vermieten würden? Das habe ich gesehen, es ist wirklich süß, Shari. Und ziemlich groß. Überleg doch mal – es liegt im obersten Stockwerk. Und die Etage darunter wird nur als Lager benutzt. Nach Ladenschluss hättest du das ganze Haus für dich allein. Und eine Wand besteht aus ungeputzten Ziegeln. Diesen Look liebst du doch so sehr, das weiß ich.«

»Mach dir keine Sorgen um mich, Lizzie. Mir geht's gut, wirklich. Klar, meine Trennung von Chaz bedeutet das Ende der Welt für dich. Nun, für mich nicht. Ich bin *glücklich*.«

Und da fällt es mir wie Schuppen von den Augen. Ja. Shari *ist* glücklich. Seit wir nach New York gezogen sind, habe ich sie nicht so glücklich gesehen. Glücklicher als in der ganzen Zeit seit dem College – seit den ersten Tagen im Studentenwohnheim McCracken Hall, wo sie angefangen hat, mit Chaz auszugehen (das heißt, mit ihm zu schlafen).

»Oh, mein Gott«, flüstere ich, nachdem ich die Wahrheit endlich erkannt habe. »Da gibt's jemand anderen!«

Shari schaut von ihrem Beutel auf, in dem sie gewühlt

hat, um ihre Brieftasche zu suchen. »Was?« Wie seltsam sie mich anschaut ...

»Da gibt's jemand anderen!«, jammere ich. »Deshalb willst du nie mehr zu Chaz zurückkehren! Weil du jemand anderen kennengelernt hast!«

Shari hört auf, ihre Brieftasche zu suchen, und starrt mich an. »O Lizzie, ich ...«

Sogar im schwachen Licht des Winternachmittags, das durch die nicht allzu sauberen Fensterscheiben des Village Tea House hereindringt, sehe ich die Röte, die langsam in Sharis Wangen kriecht.

»Oh, du liebst ihn!«, stöhne ich. »Ach, mein Gott, das glaube ich nicht! Schläfst du auch mit ihm? Unfassbar – du schläfst mit jemandem, den du noch gar nicht richtig kennst! Okay, wer ist es? Spuck's aus! Jetzt will ich alle Einzelheiten hören!«

»Nein, Lizzie ...« Unbehaglich rutscht sie auf ihrem Stuhl umher. »Ich muss wieder ins Büro.«

»Da hast du ihn kennengelernt, nicht wahr? Bei der Arbeit? Von einem Kollegen hast du nie erzählt. Ich dachte, da wären nur Frauen. Was ist er? Repariert er das Kopiergerät, oder was?«

»Lizzie ...« Jetzt sind ihre Wangen nicht mehr gerötet, sondern blass. »Dass es so läuft, wollte ich nicht.«

»Was denn?« Ich rühre in meiner Tasse und schiebe den Tapioka-Klumpen umher. Dieses Zeug werde ich auf keinen Fall essen. Leere Kohlehydrate ... Moment mal, hat Tapioka überhaupt Kohlehydrate? Was ist das eigentlich? Ein Getreide? Gelatine? Oder was? »Komm schon, du bist erst zehn Minuten zu spät dran. Wenn's fünf Minuten mehr werden, wird sich niemand aufregen.«

»Doch ...«

»Gib einfach nur zu, dass ich recht habe. Da gibt's jemand anderen. Sag's mir endlich! Solange du's nicht zugibst, muss ich glauben, du liebst Chaz immer noch.«

Ihre Lippen bilden einen schmalen Strich, der Strohhalm spießt den Tapioka auf. »Also gut.« Über der Panflötenmusik, die aus dem Lautsprecher in der Ecke der Teestube dringt, kann ich Sharis leise Stimme kaum hören. »Da gibt's jemanden.«

»Wie, bitte? Ich habe dich nicht verstanden. Würdest du das wiederholen? Etwas lauter?«

»Da gibt es jemanden.« Mit schmalen Augen schaut sie mich an. »Ich liebe jemand anderen. Bist du jetzt endlich zufrieden?«

»Wer ist es?«

»Darüber will ich nicht reden.« Sie holt ihre Brieftasche hervor und nimmt einen Zehn-Dollar-Schein heraus. »Nicht jetzt.«

»Was?« Während sie aufsteht und ihren Mantel anzieht, packe ich meinen. »Willst du deiner besten Freundin nicht von dem Kerl erzählen, für den du deinen langjährigen Freund aufgibst? Nicht jetzt? Welcher Zeitpunkt würde sich denn besser eignen?«

»Nicht jetzt«, wiederholt sie und bahnt sich einen Weg zwischen den Kissen, auf denen die anderen Teetrinker sitzen. »Nicht jetzt – weil ich wieder arbeiten muss.«

»Dann erzähl's mir unterwegs, ich begleite dich.«

Wir erreichen die Tür und treten in die kalte Winterluft hinaus. Auf der Bleecker Street poltert ein Sattelschlepper vorbei, gefolgt von mehreren Taxis. Der Gehsteig wimmelt von Leuten, die einkaufen gehen und die Freitagssonderangebote nutzen wollen. Irgendwo in dieser Stadt wird Luke von seinem Vater durch die Museen gezerrt, und Mrs. de Villiers genießt ein heimliches Rendezvous mit ihrem Liebhaber.

Und sie ist offenbar nicht die Einzige, die sich bei heimlichen Rendezvous amüsiert.

Auf dem Weg zum Büro ist Shari ungewöhnlich schweigsam. Den Kopf gesenkt, betrachtet sie ihre Füße. In New York muss man das sogar tun, weil die meisten Gehsteige voller Risse und Löcher sind.

Anscheinend regt sie sich auf. Und ich rege mich auf, weil sie sich aufregt.

»Hör mal, Share…«, beginne ich und trotte neben ihr her. Nun beschleunigt sie ihre Schritte. Mit tausend Meilen pro Stunde läuft sie weiter. »Tut mir leid. Ich wollte dich nicht ärgern. Ehrlich nicht. Ich freue mich für dich. Wenn du glücklich bist, bin ich's auch.«

Da bleibt sie so abrupt stehen, dass ich mit ihr zusammenstoße.

»Ja, ich bin glücklich«, bestätigt sie und schaut auf mich herab. Sie steht auf der Gehsteigkante, und ich bin im Rinnstein gelandet. »Noch nie war ich so glücklich. Zum ersten Mal glaube ich, dass mein Leben einen Sinn hat – dass es etwas bedeutet, was ich tue. Ich helfe Menschen, die mich brauchen. Und das ist ein wunderbares Gefühl.«

»Großartig. Lässt du mich wieder auf den Gehsteig? Sonst werde ich womöglich noch überfahren.«

Shari umfasst meinen Arm und zieht mich zu sich hinauf. »Und du hast recht. Ich *liebe* jemanden. Darüber will ich dir alles erzählen. Weil's damit zusammenhängt, warum ich jetzt so glücklich bin.«

»Cool. Spuck's aus.«

»Keine Ahnung, wo ich anfangen soll…« Sharis Augen glänzen. Und nicht nur, weil die Kälte ihr Tränen entlockt.

»Wie wär's mit einem Namen?«

»Pat«, sagt sie.

»Oh, der Junge, den du liebst, heißt Pat?« Darüber muss ich lachen. »Komisch! Das ist der Name von deiner Chefin!«

»Das Mädchen«, verbessert sie mich.

»Welches Mädchen?«

»Das *Mädchen*, das ich liebe, heißt Pat.«

Lizzie Nichols' Ratgeber für Brautkleider

Die Länge Ihres Brautschleiers!

Schulterlang – diese Länge berührt (was sonst?) Ihre Schultern. Bedenken Sie, je größer die Braut ist, desto länger sollte der Schleier sein.

Ellbogenlang – der Schleier reicht bis knapp über die Ellbogen. Je üppiger Ihr Kleid verziert ist, desto schlichter müsste der Schleier sein.

Fingerspitzenlang – das Ende dieses Schleiers erreicht die Mitte Ihrer Oberschenkel oder die Fingerspitzen. Je länger der Schleier, desto mehr wird die Aufmerksamkeit von der Taille der Braut abgelenkt. Deshalb wird diese Länge für rundliche Frauen empfohlen.

Ballett – die Ballettlänge reicht bis zu den Fußknöcheln. (Vielleicht hat dieser Schleier seinen Namen erhalten, weil er relativ lang ist, ohne dass die Braut befürchten muss, darüber zu stolpern.)

Kirchenlänge – der Schleier schleift über den Boden. Wenn Sie diese Länge wählen, üben Sie bitte vor der Trauung, damit zu gehen, um Katastrophen zu vermeiden.

Lizzie Nichols Designs

17

Schrecklich viele Lügen gehen um die Welt, und was am schlimmsten ist, die Hälfte davon ist wahr.

Winston Churchill (1874–1965),
britischer Staatsmann

Ich kann nicht schlafen.

Nicht nur wegen der Metallstange, die sich durch die furchtbar dünne Sofapolsterung in meinen Rücken bohrt.

Oder weil ich den Vater meines Freundes schnarchen höre, obwohl ihn mehrere Meter und eine Wand von mir trennen.

Ebenso wenig hat es mit den leisen Verkehrsgeräuschen zu tun, die von der Fifth Avenue durch die doppelt verglasten Fenster heraufdringen.

Es hängt auch nicht mit der unglaublich üppigen Mahlzeit zusammen, die ich vorhin im Jean Georges gegessen habe, einem der besten New Yorker Gourmet-Restaurants, wo das Menü doppelt so viel kostet wie zwanzig Meter Dupioni-Seide – *pro Person.*

Nicht einmal mit der Tatsache, dass die Mutter meines Freundes von ihrer Shoppingtour zurückgekehrt ist, die Arme voller Geschenke, und seltsam vital und glücklich ausgesehen hat… Insbesondere für eine Frau, die sich angeblich nur durch die vorweihnachtlichen Horden im Bergdorf Goldman gedrängt hat. Das bilde ich mir nicht ein. Ihr Mann hat sie dauernd angeschaut und gefragt:

»Was ist denn anders an dir! Irgendwas kommt mir verändert vor! Deine Frisur?«

Aber Bibi hat nur abgewinkt und ihn einen alten Ziegenbock genannt (auf Französisch).

Und es liegt auch gar nicht daran, dass mein Freund und ich unseren ersten Silvesterabend als Paar auf verschiedenen Kontinenten verbringen und den lebenswichtigen mitternächtlichen Kuss versäumen werden.

Nein. Nichts davon raubt mir den Schlaf. Sondern etwas ganz anderes.

Nämlich das Geständnis meiner besten Freundin. Heute hat sie mir erzählt (oder gestern, denn jetzt ist es schon nach Mitternacht), dass sie ihre Chefin liebt.

Eine Frau.

Und jetzt halten Sie sich fest – die Chefin erwidert ihre Gefühle und hat sie gebeten, bei ihr zu wohnen.

Das hat Shari nur zu gern getan.

Nicht, dass irgendwas falsch daran wäre. Natürlich bewundere ich Rosie O'Donnell, diese Talkmasterin. Ihr Dokumentarbericht über das Lesbenkreuzfahrtschiff hat mich zu Tränen gerührt. Und ich finde, Ellen DeGeneres, diese australische Schauspielerin, ist eine Göttin.

Aber meine beste Freundin, die übrigens immer Jungs gemocht hat ... Nicht nur GEMOCHT! Sie hat mit ihnen GESCHLAFEN! Mit viel mehr Jungs als ich, wie ich vielleicht hinzufügen sollte. Und seit ich sie kenne, hat sie niemals Interesse an Frauen gezeigt. Nun ja, abgesehen von dieser Brianna. Das war im Studentenwohnheim.

In jener Nacht war Shari sternhagelvoll. Und am nächsten Morgen hatte sie angeblich keine Ahnung, warum Brianna in ihrem Bett lag.

Moment mal. War das ein Anzeichen? Weil Brianna (oder eher ihr Freund) sich dauernd an mich ranmachen wollte. Aber ich sagte, ich sei nicht interessiert. Warum hat Shari das nicht auch gesagt?

Allerdings bin ich weiß Gott noch nie so betrunken gewesen (wegen dieser leeren Kalorien kann ich mir das gar nicht leisten).

Trotzdem.

Und dennoch … In Ann Arbor, im Michigan Theater, hat Shari immer so gern diese ausländischen Filme gesehen – Sie wissen schon, diese französischen, wo heranwachsende Mädchen ihre Sexualität entdecken, meistens miteinander. Das ältere Mädchen als treibende Kraft. Oder was auch immer.

Heiliger Himmel. Noch ein Anzeichen.

Und wenn ich jetzt dran denke … Einmal hat Kathy Pennebaker uns zu einer Übernachtungsparty eingeladen (komisch, immer wieder kommt Kathy Pennebaker ins Spiel). Und da wollte sie mit uns ein Gruppenschaumbad nehmen. »Eh – sind wir nicht ein bisschen zu alt für ein Gruppenschaumbad?«, meinte ich. »Mit *sechzehn*?«

Aber wenn ich mich recht entsinne, ist Shari ins Badezimmer von Kathys Eltern mitgegangen. Während ich unten im Wohnzimmer blieb, um meinen damaligen Schwarm Tim Daly in einem »Wings«-Marathon anzusehen.

O Gott, und ich habe nicht verstanden, was dieses ohrenbetäubende Geplätscher sollte. Ich habe sogar nach oben geschrien, sie sollten nicht so laut sein, weil ich nicht hören konnte, was Tim zu Crystal Bernard sagte. Wie peinlich …

Okay, es hätte mich nicht überraschen dürfen.

Schon gar nicht, weil Shari ständig von Pat geredet hat. Wie gern sie ihre Chefin mag, haben wir alle gewusst. Nur nicht, auf welche Art ...

Und was gibt's da auch *nicht* zu mögen? Dann ist nämlich noch was passiert. Nachdem Sharis kleine Bombe geplatzt war, stand ich völlig entgeistert auf dem Gehsteig und riss wie ein Idiot den Mund auf. Da nahm sie meine Hand und sagte: »Komm, du musst sie kennenlernen.«

Ich war zu benommen, um zu protestieren. Nicht, dass ich's wollte. Natürlich war ich neugierig auf die Person, deretwegen meine beste Freundin Chaz verlassen hatte, die einstige Liebe ihres Lebens.

Okay, Pat ist keine Portia de Rossi. Aber auch eine schlanke, lebhafte Frau Anfang dreißig mit rotgoldenen Locken, die auf ihren Rücken fallen, und milchweißer Haut, mit einem fröhlichen Lachen und funkelnden blauen Augen.

Sie hat mir die Hand geschüttelt. Und gesagt, sie habe schon viel von mir gehört. Sicher sei es ein Schock für mich gewesen, die Wahrheit zu erfahren. Doch sie würde Shari sehr lieben. Und – noch wichtiger – anscheinend würden ihre Hunde, Scooter und Jethro, sie ebenfalls lieben.

Was ich darauf antworten sollte, wusste ich nicht. Nur dass ich Scooter und Jethro eines Tages gern kennenlernen würde.

Und so luden Shari und ihre neue Freundin mich ein, am nächsten Wochenende das Jets-Spiel bei ihnen zu sehen.

Keine Ahnung, was mich mehr schockierte – die Liebe

meiner besten Freundin zu einer Frau oder ihre plötzliche Begeisterung für Profi-Football.

Jedenfalls nahm ich die Einladung an. Danach begleitete Shari mich zum Lift. »Bist du okay?«, fragte sie, während wir auf den wackeligen Zwei-Personen-Aufzug warteten. »Du siehst nämlich so aus – nun ja, wie an dem Tag, wo Andy bei der Hochzeit von Lukes Kusine aufgetaucht ist.«

»Tut mir leid, ich bin *nicht* okay. Klar, ich freue mich für dich. Es ist nur … Wie lange weißt du das schon?«

»Was?«

»Dass du Mädchen magst.«

»*Manche* Mädchen«, betonte sie lächelnd. »So wie ich manche Jungs mag.« Ihr Lächeln erlosch. Ernsthaft fügte sie hinzu: »Auf die Seele eines Menschen kommt's an, Lizzie, nicht auf die äußeren Körperteile.«

Ich nickte. Weil ich ihr recht geben musste. Zumindest sollte dem so ein.

»Und ich liebe Pat nicht, weil sie eine Frau ist«, fuhr Shari fort. »Genauso wenig, wie ich Chaz geliebt habe, weil er ein Mann ist. Beide mag ich wegen ihrer inneren Werte. Und schließlich habe ich erkannt, dass mein romantisches Interesse an Pat etwas größer ist. Möglicherweise, weil sie den Toilettendeckel nicht offen stehen lässt.« Ich starrte in ihr Gesicht, bis sie mich anstieß. »Schon gut, das war ein Witz. Wär prima, wenn du jetzt lachst.«

»Oh …« Ich lachte. Dann erstarb mein Gelächter, als mir etwas anderes einfiel. »Shari – deine Mom und dein Dad … Hast du's ihnen schon erzählt?«

»Nein. Dieses Gespräch hebe ich mir auf, bis wir uns wiedersehen. Zu Weihnachten.«

»Wirst du Pat mit nach Hause nehmen?«

»Das wünscht sie sich. Aber ich will's ihr ersparen. Vielleicht wär's besser, sie lernt meine Eltern erst kennen, wenn sie sich an den Gedanken gewöhnt haben.«

»Mit Sicherheit.« Ich habe versucht, meinen Neid zu verdrängen. Warum möchte Pat die Eltern ihrer Lebensgefährtin treffen, während mein Freund nicht das geringste Bedürfnis zeigt, meinen Eltern zu begegnen? In Sharis Fall gäbe es viel wichtigere Dinge zu bedenken. Zum Beispiel kann ich mir nicht vorstellen, wie Dr. und Mrs. Dennis reagieren werden, wenn sie erfahren, dass ihre Tochter mit einer Frau liiert ist. Vermutlich wird Dr. Dennis sofort zu seinem Barschrank laufen. Und Mrs. Dennis zum Telefon.

»O Gott«, stöhnte ich. »Weißt du, was passieren wird, Shari? Deine Mom wird meine Mom anrufen. Und dann findet meine Mom heraus, dass ich gar nicht mit dir zusammenwohne, sondern mit Luke.«

»Bestimmt wird sie froh sein, dass wir beide kein Paar sind.«

»O ja.« Erleichtert ließ ich die Schultern hängen. »Wahrscheinlich hast du recht. He …« Erschrocken starrte ich sie an. »Wir sind doch nicht …? Ich meine, du hast nie für mich empfunden, was du für Pat …?«

Bitte, sag nein, flehte ich stumm. *Bitte, sag nein, bitte, sag nein. Weil mir Sharis Freundschaft sehr wichtig ist. Und wenn sich herausstellt, dass sie mich liebt, könnten wir keine Freundinnen mehr sein. Man kann unmöglich mit jemandem befreundet sein, der einen liebt – wenn man diese Gefühle nicht auf die gleiche Weise erwidert …*

Sharis Blick nahm einen fast sarkastischen Ausdruck an. »Doch, Lizzie. Seit du mir in der ersten Schulklasse deine

Batgirl-Unterhose gezeigt hast, liebe ich dich. Und ich bin nur mit Pat zusammen, weil du dich so halsstarrig weigerst, mich zu lieben, und Luke vorziehst. Jetzt komm her und gib mir einen Kuss, du kleine Hexe.«

Als ich sie anblinzelte, lachte sie schallend.

»Nein, du Dummchen. Obwohl ich dich als Freundin innig liebe, hast du niemals romantische Gefühle in mir geweckt. Weil du einfach nicht mein Typ bist.«

Natürlich will ich's ihr nicht übel nehmen – aber das hat so geklungen, als könnte sie nicht verstehen, wie *irgendjemand* romantisches Interesse an mir zeigen könnte.

Ich habe es zwar nicht ausgesprochen, aber im Stillen habe ich mich gefragt, ob Pat schon gemerkt hat, dass Shari eine notorische Bettdeckendiebin ist (das ist mir unangenehm aufgefallen, als wir im Ferienlager gezwungen wurden, einen Schlafsack zu teilen. Weil die gemeinen Mädchen meinen in den See geworfen hatten). Und dass sie niemals ein geliehenes Buch zurückgibt. Keine Ahnung, wie Chaz – ein bibliophiler Freak – es so lange mit ihr ausgehalten hat. Niemals würde ich Shari eins meiner Outfits borgen, denn ich würde es nie wiedersehen.

Selbstverständlich hat sie mich nie gebeten, ihr irgendwas aus meiner Garderobe zu leihen. Mein Stil ist ihr vermutlich ein bisschen zu retro.

Nun – wie auch immer ...

»Gibt es denn einen bestimmten Typ, auf den du abfährst?«, habe ich gefragt, eine Augenbraue hochgezogen. »Anscheinend sind deine Interessen ziemlich breit gefächert.«

»Vor allem mag ich Leute, die zeitweise den Mund halten können«, unterbricht sie mich.

»Nun, dann ist es kein Wunder, dass du mit Chaz Schluss gemacht hast.« Endlich kommt der Lift, ächzend vor Anstrengung.

»Ha, ha.« Shari umarmt mich. »Pass gut auf ihn auf, mir zuliebe, ja? Lass ihn nicht in einem dieser Stimmungstiefs versinken, wo er den ganzen Tag daheimbleibt und Heidegger liest und nur rausgeht, um Fusel zu kaufen. Versprichst du mir das?«

»Als müsstest du darum bitten! Ich liebe Chaz wie den Bruder, den ich niemals hatte. Am besten bitte ich Tiffany, ihn mal einzuladen – er soll mit ihr und ihren Model-Freundinnen ausgehen, das dürfte ihn aufheitern.«

»Ganz sicher.«

Dann öffneten sich die Lifttüren, und Sekunden später verschwand Shari aus meinem Blickfeld.

Und das war's.

Abgesehen von meiner schlaflosen Nacht. Ich finde einfach keine Ruhe – weil mir das alles immer wieder und wieder durch den Kopf geht.

»He.« Neben mir erklingt eine Flüsterstimme, und ich zucke zusammen und drehe mich zur Seite. Luke ist wach und blinzelt mich schläfrig an.

»Tut mir leid«, wispere ich. »Habe ich dich geweckt?« Komisch, ich bin ganz still gewesen. Ist er von meinen intensiven Gedanken wachgerüttelt worden? Irgendwo habe ich gelesen, dass manche Paar so eng verbunden sind, dass der eine immer weiß, was der andere denkt. *Frag mich, ob ich dich heiraten will, Luke. Frag mich, ob ich dich heiraten will, Luke ...*

»Nein«, antwortet er, »aber diese verdammte Metallstange!«

»Ja, die bringt mich auch noch um.«

»Sorry«, seufzt er. »Wir müssen es nur mehr eine einzige Nacht ertragen. Dann reisen meine Eltern ab.«

»Schon gut.« Unglaublich, wie er sich um mich sorgt – wo er doch viel schlimmere Probleme hat, nämlich die heimliche Affäre seiner Mutter …

Moment mal, davon weiß er ja gar nichts. Weil ich ihm nichts erzählt habe. Wie könnte ich auch? Wo er doch so glücklich ist, weil die beiden wieder zusammen sind …

Und womöglich würde ihn so was für immer an einer Heirat hindern. Ich meine, wenn er aus dem Seitensprung seiner Mutter (ganz zu schweigen von Sharis Bruch mit Chaz und seiner eigenen Exfreundin, die ihn wegen seines *Vetters* verlassen hat) schließen würde, Frauen wären nicht in der Lage, einem Mann die Treue zu halten?

Es läuft doch so gut zwischen uns – Familienbesuche ausgenommen. Nicht einmal Tiffanys und Raouls Anwesenheit beim Thanksgiving-Dinner war katastrophal, wie ich befürchtet habe. Ganz im Gegenteil, die beiden haben Chaz von seinem Kummer abgelenkt. Anscheinend hat's ihm großen Spaß gemacht, Tiffany in ihren mörderischen High Heels und ihrem knallengen Overall herumtänzeln zu sehen. Und ich glaube sogar, Luke hat seine Ansicht revidiert, junge Leute wüssten nicht, was Liebe ist. Vielleicht bekomme ich ein ganz besonderes Weihnachtsgeschenk. In einem winzig kleinen Etui.

Nun, man weiß ja nie.

Plötzlich spüre ich seine Lippen in meinem Haar. »Was für ein guter Kumpel du bist … Wirklich, du hast dich selber übertroffen und viel mehr getan als nötig. He, habe ich schon erwähnt, wie fabelhaft dein Truthahn war?«

»Danke«, murmle ich bescheiden.

Na und? Er muss ja nicht wissen, dass ich einen halb garen Truthahn gekauft habe.

»Irgendwie habe ich das Gefühl, du bist eine Frau für alle Fälle, Lizzie Nichols.« Jetzt gleiten seine Lippen tiefer hinab, zu Körperteilen, die solche Küsse viel mehr zu würdigen wissen als meine Haare.

»Oh«, sage ich mit ganz anderer Stimme. »Danke!« Eine Frau für alle Fälle! Nun ja, das ist doch praktisch ein Heiratsantrag, nicht wahr? Wenn man seine Freundin *eine Frau für alle Fälle* nennt, will man sie sicher nicht in den Datingpool zurückwerfen, damit sie sich jemand anderer schnappt. Oder?

»Bist du sicher?«, fragt er da unten, »dass du niemals mit Shari ...«

Ich setze mich auf und starre ihn im dunklen Zimmer an. »Das habe ich dir doch gesagt, Luke! Niemals!«

»Schon gut«, flüstert er und lacht leise. »Ich will's ja nur wissen. Danach wird Chaz dich auch fragen.«

Also, das glaube ich einfach nicht. »Ich hab's dir doch gesagt. Davon darfst du Chaz nichts erzählen. Auf keinen Fall, bevor Shari mit ihm gesprochen hat. Nicht einmal dir hätte ich's verraten dürfen.«

Da lacht er wieder – nicht besonders freundlich, wie ich vielleicht hinzufügen sollte. »Was, *Shari* hat *dir* was erzählt und dich gebeten, es für dich zu behalten?«

»Oh, ich bin durchaus fähig, gewisse Informationen zu verschweigen«, erwidere ich ärgerlich. Im Ernst – wenn er wüsste, was ich alles für mich behalte, seit ich hier eingezogen bin ...

»Klar. Ich wollte dich nur ein bisschen hänseln. Keine

Bange, von mir wird er nichts erfahren. Aber du weißt, was er sagen wird.«

»Was denn?«, wispere ich in versöhnlichem Ton – nur weil er im Mondlicht, das durch die Fenster hereinströmt, so traumhaft aussieht.

»Natürlich wird er sich wundern, warum Shari erst jetzt beschlossen hat, lesbisch zu werden.«

Empört zerre ich die Decke über meine Körperteile, die er so interessant findet. »Nur zu deiner Information – Shari ist nicht lesbisch.«

»Bi oder lesbisch, wie auch immer. He, was soll das?« Luke zieht an der Decke.

»Warum denkst du in diesen Schubladen?« Wütend zupfe ich an der Decke. »Wieso müssen Menschen nach ihrer sexuellen Identität definiert werden? Kann Shari nicht einfach nur Shari sein?«

»Doch.« Luke reißt mir die Decke wieder weg. »Warum nimmst du das so wichtig?«

»Weil ich nicht will, dass Shari meine *lesbische Freundin* genannt wird. Das würde ihr wohl kaum gefallen. Klar – wahrscheinlich wär's ihr egal. Aber darauf kommt es nicht an. Sie ist einfach nur Shari. Habe ich Chaz jemals deinen *heterosexuellen Freund* genannt?«

»Okay. Sorry. Ich hab's noch nie erlebt, dass die Freundin meines besten Freundes ihn wegen eines anderen Mädchens abserviert hat. Deshalb bin ich etwas verwirrt.«

»Willkommen im Club.«

Luke dreht sich auf den Rücken und starrt die Zimmerdecke an. »Offenbar«, sagt er, nachdem er einige Sekunden lang geschwiegen hat, »gibt's da nur eins, was wir tun können.«

»Was?«, frage ich misstrauisch.

Das zeigt er mir.

Und wie ich zugeben muss – es ist eine sehr gute Idee.

Wirklich, das macht er großartig.

Lizzie Nichols' Ratgeber für Brautkleider

Möchten Sie Handschuhe tragen?

Einige Bräute bevorzugen an ihrem großen Tag einen etwas formelleren Look und tragen Handschuhe. Die gibt es in vielen Längen, und sie können ein perfektes Accessoire für die modebewusste oder die traditionelle Braut sein. Außerdem haben sie auch einen praktischen Nutzen – eine Braut, die Handschuhe trägt, muss sich nicht um ihre Maniküre kümmern und wird keine schmutzigen Finger an ihrem blütenweißen Kleid abwischen.

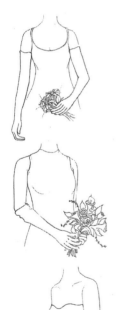

Hier sehen Sie die gebräuchlichsten Brauthandschuhe:

Opernlänge – diese langen weißen Handschuhe reichen von den Fingerspitzen bis zu den Oberarmen.

Ellbogenlänge – wie die Opernlänge, aber diese Handschuhe reichen nur bis knapp über die Ellbogen.

Gauntlet – diese finger- und handlosen Handschuhe bedecken nur die Unterarme.

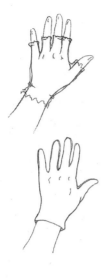

Fingerlos – wie die Spitzenhandschuhe, die Madonna zu tragen pflegte. Oder wie die Wollhandschuhe, mit denen die Charles Dickens-Figur Bob Cratchit (aus »Ein Weihnachtslied«) oft abgebildet wird.

Handgelenklänge – diese Handschuhe bedecken nur die Hände, wie Skihandschuhe.

Bevor die Eheringe an die Finger des Brautpaars gesteckt werden, sollte die Braut ihre Handschuhe ablegen (es gilt als unmanierlich, Ringe ÜBER behandschuhte Finger zu streifen. Wenn Sie lange Handschuhe tragen, schneiden Sie ein kleines Loch unter den Ringfinger, dann können Sie ihn mühelos herausziehen und sich den Ring anstecken lassen). Und natürlich auch vor der festlichen Mahlzeit.

Bräute, die sehr muskulöse Arme haben oder Kleider mit langen Ärmeln tragen, sollten auf Handschuhe verzichten.

Lizzie Nichols Designs

18

Niemand lästert über die versteckten Tugenden der anderen.
Bertrand Russell (1872–1970), britischer Philosoph

*A*m Montag nach Thanksgiving werden wir am Empfang von Pendergast, Loughlin and Flynn geradezu bombardiert. Ich weiß nicht, ob's da Statistiken gibt. Aber nach meiner Erfahrung wollen sich nach Feiertagen besonders viele Leute scheiden lassen.

Solche Absichten verstehe ich sehr gut, nachdem ich mein verlängertes Wochenende mit den de Villiers geteilt habe. Im Grunde sind sie sehr charmant, aber sie haben lästige Macken. Zum Beispiel Mrs. de Villiers' Neigung, dauernd über Dominique, Lukes Ex, zu reden und zu betonen, wie glücklich sie jetzt mit seinem Vetter Blaine ist. Offenbar beweist sie geniale Fähigkeiten, indem sie seine Finanzen regelt. Und das hat er dringend nötig, weil seine Band Satan's Shadow ein Megahit in der Indie-Metal-Szene ist.

Zu Mrs. de Villiers' Lieblingsgesprächsthemen gehört außerdem auch noch die Schwangerschaft von Blaines Schwester. Obwohl Vicky das Kind erst im Frühling zur Welt bringen wird und noch nicht einmal sein Geschlecht kennt, kauft Lukes Mutter schon jetzt winzige Strampelanzüge und Schühchen und gurrt unentwegt, sie könne es gar nicht erwarten, ihr eigenes Enkelchen im Arm zu halten. Damit stimmt sie ihren Sohn furchtbar unbehaglich und wirft mich mit meiner Strategie »Kleines Waldtier« um Wochen zurück, vielleicht sogar um Monate.

Und Monsieur de Villiers' Marotte hat mich genauso genervt. Weil er nie schaut, wohin er geht, ist er mehrmals auf meine Singer 5050 getreten. Die habe ich vom Toilettentisch entfernt und auf den Boden unter meinen Kleiderständer gestellt, in der Annahme, dort würde niemand darüber stolpern, weil eine Metallstange den Weg versperrt. Trotzdem hat's Lukes Vater geschafft und meine Nähmaschine ruiniert – oder zumindest die Spule.

Dafür entschuldigte er sich vielmals und bot mir an, eine neue Nähmaschine zu kaufen. Aber ich habe erwidert, das wäre nicht nötig, ich hätte ohnehin geplant, die alte Singer durch eine andere Maschine zu ersetzen.

Keine Ahnung, wieso mir so etwas über die Lippen kommt...

Jedenfalls sind die de Villiers abgereist. Am Sonntagnachmittag verließen sie uns nach zahllosen Küssen und endlosem Gerede über den Spaß, den sie zu Weihnachten und Neujahr im Château Mirac haben würden. Natürlich drängten sie mich, auch hinzukommen. Doch sie meinten es nicht ehrlich, das spürte ich. Nun ja, Luke schon. Und vielleicht sein Dad.

Aber seine Mom? Sicher nicht. »Bitte, besuchen Sie uns, Lizzie, es wäre so amüsant.« Doch während sie das sagte, schenkte sie mir ein Lächeln, das ihre Augen nicht erreichte. Um die haben sich keine Fältchen gebildet, und die sieht man nur, wenn sie *richtig* lächelt.

Nein. Ich weiß, wo ich unerwünscht bin. Nämlich bei der de Villiers-Familienfeier in Frankreich.

Und das ist okay. Wirklich. Total cool. Ich habe erklärt,

ich würde nur übers lange Wochenende freikriegen, nach Hause zu meinen Eltern fliegen und am Montag wieder arbeiten.

Wahrscheinlich habe ich mir Mrs. de Villiers' erleichtertes Aufatmen nicht eingebildet. Ich glaube, sie ist froh, weil sie ihren Sohn für sich allein haben wird.

Aber sie müsste merken, dass das die Produktion des ersehnten Enkels erschweren dürfte. Denkt sie an andere Kandidatinnen, die keine zwei Jobs haben, wovon einer nicht bezahlt wird und der andere sich nicht für Prahlereien vor ihren Freundinnen eignet? Eine Empfangsdame ist wohl kaum so glamourös wie eine Investmentbankerin oder eine Marktanalystin ...

Schon gar nicht am Montag nach Thanksgiving, wo alle Welt einen Scheidungsanwalt braucht. Tiffany sagt, nur in der Woche nach Neujahr geht's in der Kanzlei noch hektischer zu. Da wollen unzählige Leute heiraten und Eheverträge abschließen.

»Pendergast, Loughlin and Flynn, was kann ich für Sie tun?«, frage ich so oft, dass mein Hals schmerzt und meine Stimme immer heiserer klingt.

Glücklicherweise ist Tiffany frühzeitig erschienen (wie üblich) und bereit, mich für ein paar Minuten zu vertreten, während ich zur Toilette laufe, um Chloraseptic in meine Kehle zu sprühen.

»Übrigens, Raoul kann deine Freundin Shari zu seinem Internisten bringen«, verkündet Tiffany und sinkt in den Drehsessel. »Falls sie immer noch krank ist.«

»Nein, sie ist nicht krank«, sage ich, öffne meine Schublade und nehme meine Meyers-Handtasche heraus – die wegen der vielen *Vogue*-Ausgaben, die Tiffany unbedingt aufheben will, kaum hineinpasst. »Shari und Chaz haben Schluss gemacht.«

»Tatsächlich?« Tiffany reißt ihre blauen Augen auf. »Kurz vor deiner Party? Großer Gott, kein Wunder, dass er behauptet hat, sie sei krank. Wie furchtbar peinlich! Also zieht einer von beiden aus diesem Apartment aus? Wer denn? Oh, warum hast du mir das nicht erzählt?«

Weil ich mich bemüht habe, nichts davon zu erwähnen – schon gar nicht vor Leuten wie Tiffany, die womöglich irgendwas zu Chaz' Vater sagen würden. Nur Luke weiß Bescheid. In letzter Zeit versuche ich ernsthaft, mein Mundwerk in den Griff zu kriegen. Shari hat mich eigens gebeten, niemanden einzuweihen, bevor sie mit Chaz redet. Hoffentlich hat sie's inzwischen getan. Denn ich weiß nicht, wie lange ich noch schweigen kann, wenn er in der Kanzlei anruft. Manchmal tut er das, um mit seinem Vater zu reden, der einen Rückruf verlangt hat. Dieses heikle Problem und Mrs. de Villiers' Affäre – ich PLATZE vor Geheimnissen.

Und das treibt mich fast zum Wahnsinn.

»Keine Ahnung«, beantworte ich Tiffanys Frage. »Hör mal, lass mich nur rasch das Zeug in meinen Hals sprühen. Gleich bin ich wieder da ...«

Zum Glück hat Tiffany keine Chance, noch etwas zu sagen. In diesem Moment läutet das Telefon, und sie zwitschert: »Pendergast, Loughlin and Flynn. Wie kann ich Ihnen helfen?«

Die Damentoilette liegt draußen bei den Lifttüren. Um einzutreten, muss man einen Code eintippen. Dadurch wird verhindert, dass Touristen von der Straße reinkommen und die Toiletten der Kanzlei Pendergast, Loughlin

Naschkatze

and Flynn benutzen. Eigentlich ist das überflüssig, denn die Sicherheitsbeamten lassen ohnehin nur Leute herein, die einen Termin haben. Ich verstehe wirklich nicht, warum man nur mit einem Code die Damentoiletten aller Büros in diesem Gebäude besuchen kann (auch die Herrentoiletten, da ist das Management nicht sexistisch).

Wie auch immer, es gehört zu den Pflichten der Empfangsdamen von Pendergast, Loughlin and Flynn, den Klienten und Klientinnen diesen Code zu verraten, wenn sie darum gebeten werden. Er ist leicht zu merken: 1 – 2 – 3.

Trotzdem muss man's manchen Klienten und Klientinnen (und Anwälten) zwei oder sogar drei Mal sagen, bevor sie's begreifen. Für die Empfangsdamen ist das sehr ärgerlich, was wir natürlich nicht zeigen. Aber ich frage mich immer wieder, warum die Toiletten versperrt sein müssen. Seit ich für Pendergast, Loughlin and Flynn arbeite, ist mir noch keine einzige Frau in der Damentoilette begegnet. Bestimmt ist das hier das am seltensten benutzte WC von New York.

Als ich an diesem Tag hineingehe und das Spray in meinen Hals sprühe (und meine Lippen nachziehe und das Haar toupiere), erlebe ich keine Ausnahme. Wie gewohnt bin ich allein in der sehr sauberen, sehr beigefarbenen Toilette. Ich mustere mein Gesicht im riesigen Spiegel über den Waschbecken und bin froh, weil ich letzte Nacht endlich wieder in meinem eigenen (nun ja, in Mrs. de Villiers') Bett geschlafen habe statt auf der ausziehbaren Couch. Allmählich verblassen die Schatten unter meinen Augen, das Resultat der qualvollen Nächte, in denen ich mich ständig umhergewälzt habe. Wenn ich erst eine zertifizierte Spezialistin für Brautkleider bin, meinen eigenen Laden betreibe und endlich etwas Geld besitze, werde ich eines dieser komfortablen Pottery-Barn-Ausziehsofas kaufen, ohne Metallstange in der Mitte. Das schwöre ich mir.

Okay, zuerst werde ich mir ein Apartment kaufen, mit genug Platz für meine Sachen. Dann wird niemand drüber stolpern und alles demolieren.

Danach kaufe ich die Couch.

Und wahrscheinlich muss ich gar nicht darauf schlafen, denn wenn Lukes Eltern zu Besuch kommen, werden sie in dem Apartment übernachten, das seiner Mutter gehört, und nicht in meinem …

Während ich mich diesem erfreulichen Tagtraum hingebe, höre ich etwas. Erst glaube ich, mein Schuhabsatz würde über den Fliesenboden scharren. Aber dann merke ich, dass ich nicht allein in der Damentoilette von Pendergast, Loughlin and Flynn bin.

Die Tür zur letzten Kabine ist geschlossen. Ehe ich diskret davonschleichen kann, um der Person ihre Privatsphäre zu gönnen, höre ich's wieder. Ein Wimmern. Als würde ein Kätzchen jammern.

Oder jemand weinen.

Ich bücke mich, um festzustellen, ob ich die Schuhe unter dem Türspalt erkenne. Ganz eindeutig – da drin heult Jill Higgins, die derzeit berühmteste Braut von New York. Weil diese Füße in Timberlands stecken.

Und bei Pendergast, Loughlin and Flynn trägt niemand außer Jill solche Stiefel.

Anscheinend braucht sie eine Erholungspause in der Toilette und will ein paar Tränen vergießen, bevor sie mit Chaz' Dad redet.

Da ich eine Angestellte dieser Kanzlei bin, sollte ich

mich lautlos entfernen und so tun, als hätte ich nichts bemerkt.

Aber ich bin auch eine noch nicht zertifizierte Spezialistin für Brautkleider und – noch wichtiger – ein Mädchen, das ganz genau weiß, wie es ist, wenn man ständig gepiesackt wird (so wie ich von meinen Schwestern, in all den Jahren meiner Existenz). Deshalb darf ich mich nicht einfach umdrehen und weggehen. Vor allem, weil ich weiß, dass ich ihr helfen kann.

Und so klopfe ich leise an die Kabinentür – obwohl mein Herz wie rasend pocht, das gebe ich zu. Immerhin bin ich auf diesen Job angewiesen.

»Eh – Miss Higgins?«, rufe ich durch die Tür. »Ich bin's – Lizzie, die Empfangsdame.«

»Oh…«

Nie zuvor habe ich eine Silbe gehört, in der so viele Emotionen mitgeschwungen wären. Dieses »Oh« trieft geradezu vor Angst und Entsetzen. Vermutlich hat Jill Angst davor, was ich tun könnte, nachdem ich John MacDowells heulende Verlobte auf einem WC ertappt habe. Werde ich die Presse informieren? Oder eine Packung Kleenex unter der Tür hindurchschieben? Oder davonlaufen und Esther holen? Zudem verrät das »Oh« noch andere Gefühle – Selbsthass, Verlegenheit, sogar eine gesunde Portion Zerknirschung.

»Keine Bange, das ist schon okay«, versuche ich sie zu beruhigen. »Manchmal will ich mich auch da drin verkriechen und weinen. Eigentlich jeden Tag.«

Da lacht sie. Aber es klingt eher wie ein tränenfeuchtes Glucksen.

»Soll ich Ihnen was bringen?«, frage ich. »Papiertaschentücher? Oder eine Diätcola?« Keine Ahnung, warum ich glaube, sie würde Letzteres brauchen. Jedenfalls geht's mir immer besser, wenn ich eine prickelnde kalte Diätcola trinke. Aber die wird mir nur selten angeboten.

»Nei-i-in«, erwidert Jill mit zitternder Stimme. »Nicht nötig – es ist nur ...«

Und dann beginnt sie ernsthaft zu weinen. Ein lautes, kindliches Schluchzen dringt aus der Kabine.

»Wow«, murmele ich, weil ich aus eigener Erfahrung weiß, wie es ist, wenn man in so tiefer Verzweiflung versinkt. Und ich weiß auch, was mir in solchen Momenten hilft. »Warten Sie, gleich bin ich wieder da.«

Ich laufe aus der Toilette. Um Tiffany nicht zu begegnen (die sich sicher schon wundert, wo ich so lange bleibe, denn ihre Schicht beginnt erst in einer halben Stunde, und jetzt nimmt sie schon seit einer ganzen Weile die Anrufe entgegen, die ich weiterleiten müsste), tippe ich den Code für die Hintertür des Büros (1–2–3) und eile in die Küche von Pendergast, Loughlin and Flynn.

Dort belade ich meine Arme mit mehreren Sachen – unter dem wachsamen Blick einer Praktikantin, die gerade eine Kaffeepause einlegt –, dann kehre ich in die Damentoilette zurück, wo Jill immer noch herzhaft schluchzt.

»Moment mal ...« Ich deponiere meine Beute auf der Ablage neben den Waschbecken und checke das Sortiment. Um eine sorgfältige Auswahl zu treffen, habe ich zu wenig Zeit. Aber ich weiß, was in solchen Situationen dringend benötigt wird. Also knie ich nieder und schiebe die erstbeste, in Plastik gewickelte Süßigkeit unter der Kabinentür hindurch – Drake's Yodels, kleine Schokoladenkuchen, mit Creme gefüllt. »Da, lassen Sie sich's schmecken.«

Naschkatze

Erst mal Stille und offenbar Verwirrung. Habe ich mir einen Fauxpas erlaubt? Andererseits – wenn ich weine, gibt Shari mir immer Schokolade, und ich fühle mich *sofort* besser.

»D-d-danke«, flüstert Jill, und der Kuchensnack (obwohl, wenn Sie mich fragen, sind Yodels eher ein Dessert als ein Snack) verschwindet aus meiner Hand. Sekunden später höre ich Plastik knistern.

»Wollen Sie Milch dazu?«, schlage ich vor. »Ich habe zwei Kartons. Entrahmt. Da gab's auch Vollmilch, aber – nun, Sie wissen ja … Und Diätcola. Und richtige Cola, falls Sie ein bisschen Zucker brauchen.«

Noch ein Knistern. Dann eine tränenreiche Antwort. »Ja, richtige Cola wäre fantastisch.«

Ich öffne die Dose und stecke sie unter der Tür hindurch.

Eine Zeit lang erklingt nur leises Schlürfen. Dann fragt Jill: »Haben Sie noch mehr Yodels?«

»Klar«, versichere ich besänftigend. »Und Devil Dogs.« Das sind andere Kuchensnacks.

»Yodels, bitte.«

Ich schiebe eine weitere Packung in die Kabine. »Wissen Sie«, sage ich beiläufig. »Wenn Sie's irgendwie tröstet – ich weiß, was Sie durchmachen. Nun ja, nicht *genau*. Aber ich arbeite sehr oft für Bräute. Und die sind alle furchtbar nervös. Kein Wunder – so eine Hochzeit ist ja wirklich der reinste Stress.«

»Ach, tatsächlich?« Jill lacht bitter. »Hassen alle künftigen Schwiegermütter diese armen Bräute? So wie meine *mich* hasst?«

»Nicht alle.« Ich gönne mir einen Devil Dog. Nur die

cremige Füllung, die hat weniger Kohlehydrate als der Kuchenteil. Dann denke ich kurz nach. »Was ist denn los mit Ihrer Schwiegermutter in spe?«

»Oh, meinen Sie – abgesehen davon, dass sie behauptet, ich sei ein habgieriges Biest, das ihrem Sohn sein rechtmäßiges Erbe stehlen will?« Jetzt knistert noch mehr Plastik. »Wo soll ich anfangen?«

»Also – eh …« *Tu's nicht*, mahnt eine innere Stimme. *Tu's nicht, es lohnt sich nicht.*

Aber eine andere innere Stimme erklärt mir, es sei meine Pflicht, einer Geschlechtsgenossin zu helfen. Und ich dürfe eine bedauernswerte junge Frau, die so schrecklich leidet, nicht im Stich lassen. Vor allem, weil's mir ganz leichtfallen würde, eins ihrer Probleme zu lösen.

Entschlossen spreche ich weiter. »Als ich sagte, ich würde für Bräute arbeiten, meinte ich – nicht *hier*. Ich bin eine zertifizierte Spezialistin für Brautkleider. Nun ja, das heißt – noch nicht ganz. Vor allem bin ich darauf spezialisiert, alte Brautkleider zu restaurieren. Die richte ich für moderne Bräute her. Nur falls Ihnen diese Information hilft.«

Einige Sekunden lang dringt kein Geräusch aus der Kabine. Dann höre ich noch ein Knistern, die Toilettenspülung, und danach öffnet sich die Tür. Jill kommt heraus, die Augen und Wangen gerötet, das Haar zerzaust, Yodel-Krümel auf dem Pullover. Argwöhnisch starrt sie mich an. »Machen Sie sich lustig über mich?« Das hört sich nicht humorvoll an. Nicht einmal freundlich.

Ups.

»Tut mir leid.« Ich richte mich von der Khakiwand auf, an die ich mich gelehnt habe. »In dieser Stadt kursieren

Naschkatze 261

gewisse Gerüchte. Angeblich will Ihre künftige Schwiegermutter Sie zwingen, ein Kleid zu tragen, das in der Familie MacDowell von einer Generation an die nächste weitergegeben wird. Und ich wollte Ihnen nur sagen – da kann ich Ihnen helfen.«

Ausdruckslos erwidert sie meinen Blick. Sie benutzt kein Make-up. Aber sie gehört zu diesen gesunden Frischluftfanatikerinnen, die darauf verzichten können.

»Nicht nur ich«, füge ich hastig hinzu. »In New York gibt's viele Leute, die Ihnen helfen würden. Gehen Sie bloß nicht zu diesem Maurice! Der würde Ihnen ein Vermögen abknöpfen – und nichts dafür bieten. Am besten wenden Sie sich an Monsieur Henri – da arbeite ich. Da benutzen wir keine Chemikalien, wissen Sie, und wir bemühen uns wirklich. Weil's uns wichtig ist ...«

Jill blinzelt mich an. »Oh, es ist Ihnen wichtig?«, fragt sie ungläubig.

»Nun – ja.« Etwas verspätet merke ich, wie meine Tirade geklungen haben muss. Dauernd wird Jill von Leuten bestürmt, die irgendwas von ihr verlangen. Aufdringliche Reporter wollen sie interviewen und fotografieren und der Öffentlichkeit mitteilen, wie sich die Verlobte des reichsten New Yorker Junggesellen fühlt. Sogar ihre geliebten Robben, für die sie sich den Rücken verrenkt hat, sind ständig hinter ihr her und betteln sie um Fische an. Oder was immer die Robben im Central Park Zoo so fressen. »Wie schwierig das alles für Sie ist, weiß ich sehr gut, Miss Higgins. Jeder will was von Ihnen. Seien Sie versichert – das alles erzähle ich Ihnen nicht, um mir irgendwelche Vorteile zu verschaffen. Vintage-Mode – ist mein Leben. Schauen Sie, was ich anhabe.« Ich zeige auf mein Kleid. »Hier sehen Sie ein langärmeliges Kleid im Kimonostil aus den Sechzigerjahren, vom Designer Alfred Shaheen. Für seine authentischen Südsee-Designs ist er noch viel besser bekannt. Besonders für die Hawaiihemden. Aber er hat auch Stoffe mit der Hand bedruckt, in asiatischen Mustern. Dieses Kleid ist ein fantastisches Beispiel für seine Arbeit. Sehen Sie den breiten Gürtel im Obi-Look? Für mich ist dieser Stil genau richtig, wegen meiner birnenförmigen Figur. Weil ich meine Taille betonen will – und nicht die Hüften. Früher habe ich mal im Secondhandshop Vintage to Vavoom gearbeitet, in Ann Arbor. Da fand ich dieses Kleid in der Mülltonne, und es war in schrecklichem Zustand. Mit einem riesigen Obstfleck. Es war bodenlang – wahrscheinlich für eine Animierdame entworfen. Und um die Titten herum viel zu weit für mich. Ich warf es einfach in einen Topf mit kochendem Wasser, ließ es eine Zeit lang eingeweicht und dann trocknen, schnitt es in Kniehöhe ab und säumte es, flickte die Risse, und – Bingo!«

Anmutig drehe ich eine Pirouette, so wie Tiffany es mir beigebracht hat.

»Da sehen Sie, was daraus geworden ist.« Ich wende mich wieder zu Jill, die mich verblüfft anstarrt. »Was ich damit sagen will – ich kann alte Fetzen in Traumkleider verwandeln. Und wenn Sie wollen, tu ich's auch für Sie. Stellen Sie sich vor, wie wütend Ihre zukünftige Schwiegermutter wäre, wenn Sie zum Traualtar schreiten – in dem Kleid, das sie Ihnen aufgezwungen hat, und Sie darin besser aussehen als sie bei ihrer eigenen Hochzeit!«

Mutlos schüttelt sie den Kopf. »Das verstehen Sie nicht.«

»Erklären Sie's mir.«

»Dieses Kleid, das ich tragen soll – es ist so grauenhaft.«

Naschkatze 263

»So wie dieses Alfred Shaheen-Kleid, als ich's gefunden habe. Mit Obstflecken, bodenlang, obenrum viel zu weit.«

»Nein, es ist viel schlimmer – wie …« Offenbar fehlen ihr die Worte, zögernd hebt sie die Arme, um einen Kreis zu beschreiben. »Mit einem Reifrock. Und – dieses karierte Zeug.«

»Natürlich, der MacDowell-Clantartan.«

»Und es ist mindestens tausend Jahre alt. Es stinkt ganz grässlich. Und es passt mir nicht.«

»Zu groß oder zu klein?«, frage ich.

»Viel zu klein. Da werde ich niemals reinpassen. Und ich habe bereits einen Entschluss gefasst.« Jill wirft ihren Kopf in den Nacken, die blauen Augen glitzern. »Dieses Kleid werde ich nicht tragen. Ich meine – Johns Mutter hasst mich sowieso schon. Was kann mir da noch Schlimmeres passieren?«

»Eigentlich nichts. Haben Sie was anderes?«

»Was denn?« Verständnislos starrt sie mich an.

»Haben Sie ein anderes Kleid gekauft?«

Jill schüttelt den Kopf. »Wann sollte ich denn Zeit dazu haben? Zwischen all den Maniküren? Was glauben Sie denn? Nein, natürlich nicht. Was verstehe ich schon von diesem Zeug? John erzählt mir dauernd, ich soll mich an Vera Wang wenden. Aber jedes Mal, wenn ich in diese Läden gehen will – in diese Designerläden –, kriege ich keine Luft mehr. Und ich habe keine Freundinnen, die sich damit auskennen. Die Leute, mit denen ich zusammenkomme, haben dauernd Affenscheiße an den Schuhen. *Im wahrsten Sinne des Wortes.* Was wissen die schon über Brautkleider? Wirklich, ich habe mir mal überlegt – vielleicht sollte ich nach Hause fliegen und irgendwas im Einkaufszentrum von Des Moines kaufen. Da weiß ich wenigstens, worauf ich mich einlasse.«

Plötzlich greift irgendetwas Kaltes, Hartes nach meinem Herzen, das ich natürlich sofort erkenne. Angst.

»Jill...« Ich nehme mir noch einen Devil Dog. Den brauche ich, weil er mir Kraft gibt. »Darf ich Sie Jill nennen?«

»Klar.«

»Ich bin Lizzie. Und bitte, sagen Sie dieses Wort nie wieder, wenn ich in der Nähe bin!«

»Welches Wort?« Verwirrt runzelt sie die Stirn.

»Einkaufszentrum.« Ich schiebe einen Finger mit köstlicher Cremefüllung in den Mund und lasse sie schmelzen. Aaah. Viel besser. »Niemals. Das ist – einfach falsch, okay?«

»Das weiß ich.« An ihren Wimpern schimmern neue Tränen. »Aber was soll ich denn sonst tun?«

»Erst mal bringen Sie dieses Brautkleid vom MacDowell-Clan zu mir.« Ich nehme eine Visitenkarte aus meiner Handtasche und gebe sie ihr. »Können Sie heute Nachmittag zu dieser Adresse kommen?«

Die Augen zusammengekniffen, inspiziert sie die Visitenkarte. »Meinen Sie's ernst?«

»Todernst. Bevor wir drastische Entscheidungen treffen, die ein Einkaufszentrum betreffen, wollen wir erst einmal sehen, was wir haben. Man kann nie wissen. Vielleicht ist dieses Kleid noch zu retten. Wenn ich's hinkriege, sind Einkaufszentren genauso überflüssig wie Designerboutiquen. Und falls es wirklich klappt, wäre das ein hübscher Schlag in die Fresse Ihrer Schwiegermutter.«

Jills Augen verengen sich. »Moment mal – haben Sie gerade gesagt – in die Fresse?«

Zerknirscht schaue ich sie über dem zweiten Finger voller Devil-Dog-Füllung an, den ich gerade zwischen meine Zähne geschoben habe. »Eh…«, murmle ich am Finger vorbei. »Ja. Warum?«

»Seit der achten Klasse habe ich so was nicht mehr gehört.«

»Nun ja…« Ich ziehe den Finger aus dem Mund. »Irgendwie bin ich ein Spätentwickler.«

Zum ersten Mal, seit Jill aus der Toilettenkabine gekommen ist, lächelt sie. »Genau wie ich.«

Und da stehen wir beide und grinsen uns idiotisch an…

Bis die Tür der Damentoilette aufschwingt und Roberta eintritt. Bei unserem Anblick erstarrt sie.

»Oh – Lizzie!« Strahlend lächelt sie Jill an. »Da sind Sie ja. Soeben hat Tiffany mich gebeten, nach Ihnen zu sehen, weil Sie schon so lange verschwunden sind –«

»Tut mir leid«, entschuldige ich mich und sammle das restliche Junkfood ein, das ich aus der Küche entwendet habe. »Gerade wollten wir…«

»Ich hatte Probleme mit meinem Blutzucker«, fällt Jill mir ins Wort und entreißt mir noch eine Cola und eine Yodels-Packung. »Und Lizzie hat mir geholfen.«

»Oh…« Roberta lächelt noch heftiger. Was wird sie tun? Wird sie mich anschreien, weil ich den Snack-Schrank in der Küche leer geräumt und in die Damentoilette geschleppt habe, zu einer der wichtigsten Klientinnen? »Großartig – solange Sie beide okay sind…«

»Ja, das sind wir«, bestätige ich fröhlich. »Gerade wollte ich zum Empfang zurückgehen.«

»Und ich habe um zwei Uhr einen Termin bei Mr. Pendergast«, ergänzt Jill.

»Also, dann ...« Jetzt ist Robertas Lächeln richtig festgefroren. »Gut!«

Ich laufe zu meinem Arbeitsplatz, wo Tiffanys Augen beinahe aus den Höhlen quellen, als sie sieht, wer mir folgt. Neben dem Empfang wartet Esther, Mr. Pendergasts Assistentin. Sie staunt noch mehr als Tiffany, weil ich Jill Higgins und Roberta im Schlepptau habe. »Oh, Miss Higgins!«, ruft sie und inspiziert die Yodel-Krümel auf Jills Pullover. »Da sind Sie ja. Ich habe mir schon Sorgen gemacht. Soeben habe ich die Sicherheitskontrolle angerufen und erfahren, dass Sie schon vor einer ganzen Weile heraufgekommen sein müssten ...«

»Sorry«, erwidert Jill aalglatt, »ich wollte mir nur einen Snack holen.«

»Das sehe ich.« Esther wirft mir einen kurzen Blick zu.

»Weil sie hungrig war«, füge ich hinzu und halte meine Arme hoch, die mit Kuchensnacks und Colas und winzigen Milchkartons beladen sind. »Wollen Sie auch was?«

»Eh – nein, danke«, erwidert Esther. »Würden Sie mich begleiten, Miss Higgins?«

»Natürlich.« Jill folgt Esther in den Korridor, der zu den Büros führt. Bevor sie verschwindet, schaut sie mich über die Schulter an. Ihren Gesichtsausdruck kann ich jetzt nicht interpretieren, weil ich mich gegen das Geschrei meiner Chefin wappnen muss.

Aber Roberta sagt nur: »Das war – eh – sehr nett von Ihnen, Miss Higgins zu helfen, Lizzie.«

»Danke. Ihr wurde nämlich schwindlig, und da ...«

»Und da haben Sie genau das Richtige gemacht. Nun, es ist schon nach zwei, also ...«

»Ja, ich weiß.« Ich werfe das Zeug aus der Küche auf

Naschkatze

den Empfangstisch. Empört öffnet Tiffany den Mund, um zu protestieren. Beinahe erdolchen mich ihre Augen. »Tut mir leid, Tiff, ich muss mich beeilen. Für heute ist meine Schicht vorbei.«

Und dann flitze ich aus der Kanzlei wie ein Fahrradkurier, der die Sixth Avenue entlangrast.

Lizzie Nichols' Ratgeber für Brautkleider

Was die Schuhe betrifft...

Natürlich wollen Sie an Ihrem Hochzeitstag möglichst gut aussehen, und höhere Absätze können eine hübsche Figur betonen oder eine weniger perfekte verbessern. Aber bedenken Sie – an diesem Tag werden Sie sehr viel Zeit auf Ihren Füßen verbringen. Wenn Sie auf High Heels bestehen, tragen Sie Schuhe, an die Sie bereits gewöhnt sind.

Falls Ihre Brautschuhe am Hochzeitstag immer noch unbequem sind, wäre es eine gute Idee, ein zweites Paar mitzunehmen, das Sie in einer Pause tragen, zum Beispiel, während sie auf den Fotografen warten etc.

Nichts ist romantischer als eine Hochzeit an einem tropischen Strand, bei Sonnenuntergang. Aber überlegen Sie bitte – High Heels und Sand passen nicht zusammen. Wenn Sie an einem Strand heiraten, lassen Sie die Schuhe weg und besprühen Sie Ihre Füße mit einem Insektenspray, um die Sandhüpfer abzuwehren. Sonst müssen Sie sich während der ganzen Zeremonie kratzen.

Lizzie Nichols Designs

19

Wenn Sie Ihre Geheimnisse dem Wind verraten, nehmen Sie's
ihm nicht übel, wenn er sie den Bäumen erzählt.
Kahlil Gibran (1883–1931), Dichter und Schriftsteller

*U*m fünf vor sechs gebe ich die Hoffnung auf, dass Jill
an Monsieur Henris Tür läuten wird. Ich weiß, ich
war zu anmaßend. Warum sollte Miss Higgins, die einen der reichsten Männer von Manhattan heiraten wird,
ausgerechnet mich zu ihrer zertifizierten Spezialistin für
Brautkleider erwählen – eine Frau, die sie nur als Empfangsdame in der Anwaltskanzlei kennt, wo ihr Ehevertrag ausgehandelt wird?

Noch dazu, wo ich gar nicht zertifiziert bin. Noch nicht!

Natürlich verschweige ich den Henris, dass ich ihren
Namen und ihre Adresse einer der berühmtesten New
Yorker Bräute gegeben habe. Ich möchte ihnen keine un-
berechtigten Hoffnungen machen. In letzter Zeit gehen die
Geschäfte immer schlechter, und die beiden überlegen, ob
sie den Laden schließen sollen (das besprechen sie selbst-
verständlich auf Französisch, damit ich nichts verstehe),
wenn Maurice seinen neuen Salon weiter unten an der
Straße eröffnet. Vielleicht ziehen sie dann für immer in die
Provence, wo sie ein kleines Haus besitzen.

Falls sie sich dazu entschließen, werden sie einen großen
finanziellen Verlust erleiden, weil sie eine zweite Hypothek
auf das Sandsteinhaus aufgenommen haben, um die Col-

lege-Tutoren ihrer Jungs zu bezahlen. Und das Haus, das sie in New Jersey bewohnen, ist wegen der stark gesunkenen Immobilienpreise nicht mehr viel wert. Außerdem weigern sich die beiden Söhne Jean-Paul und Jean-Pierre standhaft, nach Frankreich zu übersiedeln oder ein billigeres College als die New York University zu besuchen, zu der sie täglich von daheim aus fahren (wenn sie nicht in das Apartment im obersten Stockwerk über dem Laden schleichen).

Zweifellos werden sie, falls die Henris das Geschäft tatsächlich drangeben, so schmählich enden, wie es ihre Mutter prophezeit. Den Eltern mangelt es an Geld, nicht an Disziplin – zumindest in der Art und Weise, wie Monsieur Henri mich mit Arbeit überhäuft. Für jemanden, der behauptet, seine Auftragslage sei miserabel, hat er mir stets eine ganze Menge zu tun gegeben. Tag für Tag. Inzwischen musste ich zahllose Spitzenrüschen nähen (so wie jene, die ich vor ein paar Monaten im Schaufenster bewundert hatte, fest entschlossen, diese Kunst zu erlernen). Bald war ich mir sicher, das im Schlaf zu können. Und ich weiß auch, wie man Perlen dran befestigt und diesen Glanzeffekt erzeugt. O Gott, nie wieder Rüschen…

Madame Henri drängt ihren Mann, er soll sich beeilen und sein Zeug zusammenpacken. Sonst würden sie in den Stau geraten, weil heute Abend der Rockefeller Center-Weihnachtsbaum beleuchtet wird, und eine Stunde brauchen, um die City zu verlassen. Aber da bimmelt die Ladenglocke. Durch die Glasscheibe sehe ich ein vertrautes Gesicht, von blondem Haar umrahmt, das mich eindringlich anstarrt.

»Was bedeutet das?«, will Madame Henri wissen. »Heute haben wir keine Termine.«

Naschkatze

»Oh, eine Freundin!«, rufe ich hastig, laufe zur Tür und öffne sie, um Jill hereinzulassen.

Erst jetzt entdecke ich die schwarze Limousine mit Chauffeur und getönten Fenstern und laufendem Motor neben dem Hydranten. Und hinter Jill steht ein großer, athletisch gebauter Mann, den ich sofort erkenne ...

»Oh!« Madame Henri lässt ihre Tasche fallen und presst beide Hände an die Schläfen. Auch sie erkennt Jills Begleiter. Kein Wunder. Oft genug ist sein Foto auf der Titelseite der *Post* erschienen.

»Eh – guten Abend«, grüßt Jill, die Wangen von der kalten Luft gerötet, eine Kleidertasche in der Hand. »Sie sagten, ich soll mal vorbeischauen, Lizzie. Ist das ein ungünstiger Zeitpunkt?«

»Nein, nein«, beteuere ich, »kommen Sie nur herein.«

Das Paar tritt aus dem leichten Schneetreiben, das vorhin eingesetzt hat, in den Laden. Auf den Haaren und Schultern der beiden glitzern die Flocken noch intensiver als alle Kristalle, die ich jemals auf irgendwas genäht habe. Sie bringen den Geruch von Winterkälte und Gesundheit – und noch etwas anderem mit.

»Tut mir leid.« Jill rümpft die Nase. »Das bin *ich*. Nach der Arbeit habe ich mich nicht umgezogen. Dafür hab ich mir nicht die Zeit genommen, weil wir den Verkehrsstau wegen des Weihnachtsbaums vermeiden wollten.«

»Dieser berauschende Duft, den Sie sicher wahrnehmen, stammt von Robbenexkrementen«, erklärt John MacDowell. »Keine Bange, man gewöhnt sich daran.«

»John, mein Verlobter«, stellt Jill ihn vor. »John, das ist Lizzie.«

Lächelnd streckt er eine große Hand aus, die ich schüttle.

»Freut mich, Sie kennenzulernen.« Das meint er offenbar ernst. »Jill hat mir von Ihnen erzählt. Hoffentlich werden Sie uns helfen. Meine Mutter – gewiss, ich liebe sie, aber ...«

»Sagen Sie nichts mehr«, unterbreche ich ihn. »Wir verstehen, worum es geht. Glauben Sie mir, wahrscheinlich mussten wir schon heiklere Probleme lösen. Darf ich Sie mit Monsieur Henri bekannt machen, meinem Chef? Der Laden gehört ihm. Und das ist seine Frau, Madame Henri. Monsieur, Madame – Jill Higgins und ihr Verlobter, John MacDowell.«

Monsieur Henri hat in der Nähe gestanden und uns entgeistert angestarrt. Als ich seinen Namen nenne, tritt er hastig vor und reicht Mr. MacDowell seine Hand. »*Enchanté.* Oh, ich bin entzückt, Ihre Bekanntschaft zu machen, Sir.«

»Freut mich auch, Sie kennenzulernen«, sagt John MacDowell höflich.

Madame Henri fällt beinahe in Ohnmacht, als er sie ebenso liebenswürdig begrüßt. Seit das Brautpaar den Laden betreten hat, hat sie keinen Laut mehr von sich gegeben.

»Wollen wir mal sehen, was Sie hier haben?«, schlage ich vor und nehme Jill die Kleidertasche ab.

»Lassen Sie sich warnen«, seufzt John. »Es ist schlimm.«

»*Sehr* schlimm«, fügt Jill hinzu.

»Nun, wir sind an Katastrophen gewöhnt«, versichert Monsieur Henri den beiden. »Deshalb werden wir von der Association of Bridal Consultants empfohlen.«

»Ja, das stimmt«, bestätige ich ernsthaft. »Außerdem wurde Monsieur Henri vom National Bridal Service belobigt.«

Bescheiden neigt Monsieur Henri den Kopf und tritt hinter Jill, um ihr aus dem Parka zu helfen. »Möchten Sie vielleicht eine Tasse Tee? Oder Kaffee?«

»Danke, nicht nötig«, erwidert John und reicht ihm seinen eigenen Parka. »Eigentlich wollten wir nur ...«

Abrupt verstummt er, weil ich inzwischen die Kleidertasche geöffnet habe. Und dann starren wir alle fünf das Brautkleid an, das ich herausnehme.

Monsieur Henri lässt fast die Parkas fallen. In letzter Sekunde tritt Madame Henri zu ihm und fängt sie auf.

»Oh – wie abscheulich«, flüstert Monsieur Henri, glücklicherweise auf Französisch.

»Ja«, stimme ich zu, »aber man kann das Kleid retten.«

»Unmöglich.« Leicht benommen schüttelt er den Kopf.

Warum er das behauptet, erkenne ich auf den ersten Blick. Besonders vielversprechend sieht das Kleid nicht aus, um es gelinde auszudrücken. Aus vielen Metern zweifellos wertvoller antiker Spitze über cremefarbenem Satin, prinzessförmig geschnitten, mit einem voluminösen Rock, noch umfangreicher durch einen großen Reifen, im Saum eingenäht, einem typischen Queen Anne-Ausschnitt und riesigen Puffärmeln, mit Schleifen im Schottenkaromuster an den Handgelenken ... Über dem Rock bauschen sich Tartanrüschen, gehalten von goldenen Knebeln.

Mit anderen Worten – ein Theaterclub, der das schottische Musical »Brigadoon« aufführen würde, könnte so ein Kostüm gut gebrauchen.

»Seit vielen Generationen befindet sich dieses Kleid im Besitz meiner Familie«, sagt John entschuldigend. »Alle MacDowell-Bräute haben es getragen – nach verschiedenen Änderungen. Den Reif hat meine Mutter einnähen lassen – weil sie aus Georgia stammt.«

»Ja, das erklärt alles«, meine ich.

»Unmöglich«, wiederholt Monsieur Henri auf Französisch. »Für Miss Higgins ist das Kleid viel zu klein… Nein, da können wir wirklich nichts machen«, bekräftigt er auf Englisch.

»Treffen wir keine vorschnellen Entscheidungen«, mahne ich. »Natürlich müsste das Oberteil verschwinden. Aber wir haben genug Stoff…«

»Wollen Sie das altehrwürdige Kleid der reichsten Familie dieser Stadt zerschneiden?«, unterbricht mich Monsieur Henri, wieder auf Französisch. »Haben Sie den Verstand verloren?«

»Soeben sagte Mr. MacDowell, auch andere Bräute hätten Änderungen vorgenommen«, entgegne ich. »Versuchen wir's wenigstens.«

»So oder so, das Kleid ist viel zu eng für Miss Higgins«, faucht er.

»Gewiss, in seinem *jetzigen* Zustand. Und es ist auch viel zu lang.« Ich nehme das Kleid vom Bügel und halte es vor Jills Körper. Erschrocken steht sie da und lässt die Arme hängen. »Sehen Sie? Wäre es zu kurz, würde ich Ihnen recht geben – Monsieur Henri. Aber wie ich bereits sagte – wenn wir das Oberteil entfernen…«

»Mein Gott, Sie sind tatsächlich verrückt!«, ruft Monsieur Henri schockiert. »Wissen Sie, was die Schwiegermutter uns antun würde? Womöglich würde sie uns sogar verklagen…«

»Jean.« Zum ersten Mal ergreift Madame Henri das Wort.

Naschkatze 277

»Ja?« Ungeduldig wendet er sich zu ihr.

»Tun wir's«, sagt sie auf Französisch.

Entschieden schüttelt er den Kopf. »Wie ich bereits gesagt habe, es geht nicht. Soll ich meine Zertifikation verlieren?«

»Willst du, dass Maurice uns die letzte Chance verdirbt, die wir vielleicht noch haben – bevor er sein Geschäft weiter unten an der Straße eröffnet?«

»Das wird er nicht tun«, versichere ich. »Ganz bestimmt nicht, wenn Sie mir erlauben, das Kleid herzurichten. Das kann ich.«

Madame Henri nickt mir zu. »Hör auf sie, Henri!«

Damit ist die Diskussion beendet. Monsieur Henri mag seine Nähnadel schwingen, aber in dieser Familie hat seine Frau die Hosen an. Sobald ihr Entschluss feststeht, gibt es keine weiteren Debatten. Sie hat immer das letzte Wort.

Resigniert lässt Monsieur Henri die Schultern hängen, dann wendet er sich zu Jill, die uns ebenso wie ihr Verlobter mit großen Augen anstarrt.

»Wann findet die Hochzeit statt?«, fragt Monsieur Henri mit schwacher Stimme.

»Am Silvestertag«, sagt Jill, und Monsieur Henri stöhnt auf.

Sogar ich muss schlucken. Plötzlich verkrampft sich mein Hals. Am Silvestertag!

Als Jill unsere Reaktion bemerkt, runzelt sie besorgt die Stirn. »Heißt das – ich meine, wird die Zeit reichen?«

»Nur ein Monat…« Monsieur Henri wirft mir einen vernichtenden Blick zu. »Nicht, dass es eine Rolle spielen würde. Was Sie sich vorgenommen haben, schaffen Sie nicht einmal in einem Jahr, Elizabeth.«

»Doch, wenn wir's so machen, wie ich's mir vorstelle. Vertrauen Sie mir.«

Ein letztes Mal inspiziert er die Monstrosität auf dem Kleiderbügel und stößt einen abgrundtiefen Seufzer aus.

»*Maurice!*«, zischt seine Frau. »Denk an Maurice!«

»Also gut«, gibt er klein bei, »versuchen wir's.«

Strahlend drehe ich mich zu Jill um.

»Was bedeutet das alles?«, fragt sie nervös. »Was Sie besprochen haben, konnte ich nicht verstehen. Weil Sie sich nur auf Französisch unterhalten haben.«

»Nun…«, fange ich an.

Und dann wird mir bewusst, was sie soeben gesagt hat.

Schuldbewusst drehe ich mich zu den Henris um, die mich entsetzt anstarren. Auch sie haben es bemerkt – wir drei haben in ihrer Muttersprache diskutiert – die ich angeblich nicht beherrsche.

Andererseits – sie haben auch nie danach gefragt.

Achselzuckend nicke ich ihnen zu. »Wir machen's«, informiere ich Jill.

»Okay…« Mühsam ringt sie nach Atem. »Aber – wie?«

»So genau habe ich mir das noch nicht überlegt«, gebe ich zu. »Aber ich habe ein Idee. Und Sie werden großartig aussehen, das verspreche ich Ihnen.«

Jill hebt die Brauen. »Kein Reifrock?«

»Kein Reifrock«, bestätige ich. »Aber ich muss bei Ihnen Maß nehmen. Wenn Sie mich bitte in die Werkstatt begleiten…«

»Einverstanden.« Und dann gehen wir an den Henris vorbei, die immer noch wie betäubt dastehen. Wahrscheinlich versuchen sie sich an alle die französischen Gespräche zu erinnern, die sie in meiner Hörweite geführt haben.

Und das waren ziemlich viele.

Hinter den Vorhängen, die unsere Werkstatt abschließen, verstärkt sich der Robbengeruch.

»Tut mir ehrlich leid«, murmelt Jill. »Bevor ich nächstes Mal hierherkomme, ziehe ich mich um.«

»Oh, das ist schon okay«, sage ich und versuche ganz flach zu atmen. »Wenigstens wissen Sie, dass der Junge Sie *wirklich* lieben muss, wenn er *das* erträgt.«

»Ja.« Als sie lächelt, wirkt ihr Gesicht – normalerweise nur hübsch – umwerfend schön. »Er liebt mich. Sogar sehr.«

Und da spüre ich einen schmerzhaften Stich im Herzen. Nicht weil ich neidisch bin. Höchstens ein bisschen. Aber vor allem, weil sie etwas hat, das ich mir so sehnlich wünsche. Keine Verlobung mit dem reichsten Junggesellen von Manhattan, keine künftige Schwiegermutter, die ihr Bestes tut, um mir den schönsten Tag in meinem Leben zu verderben.

Nein – ich wünsche mir einen Mann, der mich bedingungslos liebt – selbst wenn ich nach Robben stinke. Der sein restliches Leben mit mir verbringen will (allerdings würde es mir in diesem Moment schon genügen, wenn er bereit wäre, mich zu Weihnachten nach Ann Arbor zu begleiten). Der seine Liebe vor allen Verwandten und Freunden und Reportern bekunden würde, die sich heimlich in die Kirche schleichen. Und genau das habe ich im Augenblick *nicht*.

Aber – hey, ich arbeite wenigstens dran.

Lizzie Nichols' Ratgeber für Brautkleider

Nun ist es an der Zeit, die uralte Frage zu stellen: weiß, elfenbeinweiß oder cremeweiß?

Glauben Sie mir, es gibt viele verschiedene Nuancen von Weiß. Das glauben Sie nicht? Dann gehen Sie mal in die Farbenabteilung Ihres Baumarkts. Noch nie haben Sie so viele verschiedene Namen für etwas gelesen, das den meisten Leuten wie eine einzige Farbe vorkommt – es reicht von Eierschale über Navajo bis zu Natur.

Die Zeiten des traditionellen schneeweißen Brautkleids sind längst vorbei. Heutzutage entscheiden sich viele Bräute für Kleider in gebrochenem Weiß, Beige, Rosa oder sogar Blau. Um eine Farbe zu finden, die Ihrem Teint schmeichelt, befolgen Sie diese Regeln:

Schneeweiß – Haben Sie dunkles Haar, dann steht Ihnen das traditionelle Weiß wirklich am besten. Außerdem würde eine Weißschattierung mit einem Hauch von Blau oder Lavendel zu Ihnen passen.

Cremefarben – Sind Sie blond? Mit Ihrem hellen Teint würde ein cremefarbenes Kleid harmonieren. Die goldene Nuance betont die bräunlichen Lichter in Ihrem Kopfputz (damit meine ich Ihr Haar, nicht Ihre Tiara). Erinnern Sie sich an Prinzessin Diana, an ihrem großen Tag...

Elfenbein – Haben Sie hellbraunes Haar? Elfenbeinweiß steht fast jeder Frau. Deshalb wird es auch oft verwendet, wenn man Zimmerwände streicht.

Lizzie Nichols Designs

20

Für einen Philosophen sind alle sogenannten Neuigkeiten Klatsch,
und sie werden von alten Frauen verbreitet oder gelesen, während sie Tee trinken.

*Henry David Thoreau (1817–1862),
amerikanischer Philosoph, Schriftsteller und Naturalist*

*W*o warst du?«, will Luke wissen, als ich am späten Abend endlich nach Hause taumle, mit mehreren Büchern beladen.

»In der Bibliothek. Tut mir leid. Hast du mich angerufen? Dort muss man sein Handy ausschalten.«

Grinsend nimmt er mir die Bücher aus den Armen. »›Schottische Traditionen‹«, beginnt er die Titel vorzulesen. »›Eine schottische Hochzeit‹, ›Tartans und Toast‹. Lizzie, was ist los? Planst du eine Reise auf die grüne Insel?«

»Das ist Irland«, erkläre ich und wickle den Schal von meinem Hals. »Nein, ich ändere ein altes schottisches Brautkleid für eine Kundin. Und du kommst nie drauf, wer das ist.«

»Wahrscheinlich nicht. Hast du schon was gegessen? Ich wärme gerade ein paar Truthahnreste im Backofen auf…«

»Oh, ich bin viel zu aufgeregt, um auch nur einen Bissen runterzukriegen. Rat mal, wer diese Kundin ist!«

»Keine Ahnung.« Luke zuckt die Achseln. »Vielleicht Shari? Will sie eine lesbische Hochzeit arrangieren?«

»Nein.« Mit schmalen Augen starre ich ihn an. »Und ich habe dir doch gesagt, du sollst nicht ...«

»Ja, ich weiß, ich darf sie nicht in eine Schublade stecken. Okay, ich geb's auf. Wer ist deine Kundin?«

Ich lasse mich auf die Couch fallen. Meine Halsschmerzen beunruhigen mich ein bisschen, und es tut mir gut, endlich zu sitzen. Triumphierend verkünde ich: »Jill Higgins.«

Inzwischen ist er in die Küche gegangen, um Weingläser zu füllen. Sein Gesicht taucht in der Durchreiche auf. »Muss ich wissen, wer das ist?«, fragt er.

Das glaube ich einfach nicht. »Luke! Liest du keine Zeitungen? Siehst du keine Nachrichtensendungen?«

Noch während ich das frage, kenne ich die Antwort. Die einzige Zeitung, die er liest, ist die *New York Times*. Und im Fernsehen sieht er nur Dokumentarfilme.

Trotzdem versuche ich's.

»Weißt du ...«, sage ich, als er ins Wohnzimmer zurückkommt, in jeder Hand ein Glas Cabernet Sauvignon. »Sie ist dieses Mädchen, das in der Robbenabteilung vom Central Park Zoo arbeitet. Als sie einen entlaufenen Seehund ins Wasser trug, verletzte sie sich am Rücken. Manchmal springen diese Tiere nämlich heraus, wenn der Wasserspiegel zu hoch ist – nach starken Regen- oder Schneefällen.«

Diese Information kann ich hinzufügen, weil Jill mir davon erzählt hat. In der Schneiderwerkstatt, wo ich Maß bei ihr genommen habe. Da habe ich sie gebeten, ihre erste Begegnung mit John zu schildern.

»Und in der Notaufnahme des Krankenhauses hat sie dann John MacDowell kennengelernt. Sicher hast du schon von den Manhattan-MacDowells gehört. Also, die beiden wollen heiraten. Das soll die Hochzeit des Jahrhunderts werden, und Jill hat mich beauftragt, ein altes Brautkleid herzurichten.« Immer noch völlig aus dem Häuschen, wippe ich auf dem Sofa herum. »Mich! Ausgerechnet mich! *Ich* werde Jill Higgins' Brautkleid stylen!«

»Wow.« Luke schenkt mir sein zauberhaftes Lächeln und entblößt seine schönen, ebenmäßigen Zähne. »Das ist großartig, Lizzie!«

Offensichtlich hat er keine Ahnung, wovon ich rede. Nicht die leiseste Ahnung.

»Das verstehst du nicht – es ist *fantastisch*«, betone ich. »Die sind alle so gemein zu ihr – die Presse nennt sie ›Robbenspeck‹, weil sie mit Seehunden arbeitet und kein superdünnes Model ist. Manchmal weint sie vor den Reportern, denn die rücken ihr ständig auf den Pelz. Und ihre Schwiegermutter zwingt sie, einen Ehevertrag zu unterschreiben und dieses hässliche Brautkleid zu tragen. Wie grässlich das ist, kannst du dir gar nicht vorstellen. Aber das bringe ich in Ordnung, und dann wird alles gut, und Monsieur Henri wird endlich gute Geschäfte machen und mich bezahlen können. Dann kann ich aufhören, für Chaz' Dad zu arbeiten, und den ganzen Tag tun, was mir gefällt. Ist das nicht himmlisch?«

Luke lächelt immer noch – nicht mehr ganz so strahlend wie zuvor. »Wundervoll, aber ...«

»Leicht wird's nicht«, unterbreche ich ihn, weil ich weiß, was er sagen will. »Wir haben nur einen Monat Zeit – nur einen knappen Monat, um das Kleid hinzukriegen. Und da gibt's eine Menge zu tun, wenn ich's so mache, wie ich's mir vorstelle. In den nächsten Wochen wirst du nicht viel von mir sehen. Das ist gut so, weil du ja ohnehin für deine Prüfungen lernen musst, nicht wahr? Sicher werde ich jede Nacht arbeiten. Aber wenn wir's schaffen, Luke – überleg doch mal! Vielleicht sagt Monsieur Henri, ich soll den Laden leiten – weil er in den Ruhestand treten und nach Frankreich ziehen will. Das könnte er dann tun, und er müsste das Geschäft nicht mit Verlust verkaufen. Und wenn ich genug Geld spare und vielleicht einen kleinen Kredit kriege, werde *ich's* kaufen – das ganze Haus – eines Tages ...«

Verwirrt starrt er mich an. Klar, es ist ein bisschen viel auf einmal, was er da verdauen muss. Trotzdem finde ich, er könnte sich ein bisschen mehr für mich freuen.

»Ich *freue* mich doch«, beteuert er, als ich ihn darauf hinweise (das ist unhöflich von mir, aber – he, mein Hals brennt wie Feuer). »Es ist nur – ich wusste nicht, dass du diese Brautkleider so ernst nimmst.«

»Hör mal, Luke ...« Ich blinzle ungläubig. »Warst du in diesem Sommer nicht dabei, als alle die Freunde von deinen Eltern zu mir kamen und sagten, ich müsste Designerin für Brautkleider werden?«

»Nun – ja. Aber ich dachte – das würdest du nur nebenbei machen. Vielleicht, wenn du deinen Master in Betriebswirtschaft gemacht hast.«

»Betriebswirtschaft?«, kreische ich. »Soll ich wieder aufs College gehen? Machst du Witze? Ich habe gerade mein Studium abgeschlossen – äh –, noch nicht ganz. Warum sollte ich denn noch einmal studieren?«

»Um einen Laden zu führen, brauchst du etwas mehr als dieses Talent, alte Kleider zu verschönern«, bemerkt er trocken.

Naschkatze 287

»Ja, das weiß ich.« Ungeduldig schüttle ich den Kopf. »Aber das lerne ich bei Monsieur Henri – wie man ein eigenes Geschäft führt. Und ich glaube *wirklich*, ich bin bereit dafür – ich meine, für den nächsten Schritt in meiner Karriere. Oder es wird bald so weit sein, je nachdem, wie's mit Jill Higgins' Kleid klappt.«

Luke runzelt skeptisch die Stirn. »Wie soll ein einziges Brautkleid so viel bewirken? Das begreife ich nicht.«

Fassungslos halte ich die Luft an. »Machst du schon wieder Witze? Hast du schon mal was von David und Elizabeth Emanuel gehört?«

»Eh …« Er zögert. »Nein.«

»Die haben Prinzessin Dianas Brautkleid entworfen.« Irgendwie tut er mir ein bisschen leid. Über die Prinzipien der Biologie weiß er eine ganze Menge. Das studiert er in diesem Semester. Aber von populärer Kultur versteht er nichts.

Okay, es ist in Ordnung, denn welche Kenntnis erwartet man denn von einem Arzt?

»Mit einem einzigen Kleid sind sie weltberühmt geworden«, füge ich hinzu. »Wenn ich Jill Higgins auch nicht auf dieselbe Stufe wie Prinzessin Diana stellen will – hier in New York ist sie sehr prominent. Wenn sich herumspricht, dass wir ihr Brautkleid gestylt haben, ist das gut fürs Geschäft. Das ist alles, was ich sage. Da sie am Silvestertag heiraten wird, gibt's sicher einiges Aufsehen. Also …«

»Also werde ich dich nur selten sehen. Mach dir keine Sorgen, das verstehe ich. Und du hast recht, ich muss ohnehin für die Prüfungen lernen. Deshalb wirst du mich auch nicht so oft sehen. Ganz zu schweigen von meiner Reise nach Frankreich, in drei Wochen. Obwohl wir zusammenleben, verbringen wir nur sehr wenig Zeit miteinander.«

»Nur in den Nächten. Und dann sind wir bewusstlos.«

»Okay, erst mal gebe ich mich mit dem zufrieden, was ich habe. Allerdings hatte ich gehofft, du könntest mir einen Teil deiner kostbaren Zeit opfern und einen Weihnachtsbaum mit mir kaufen.«

»Einen Weihnachtsbaum?« Bis ich begreife, was das heißt, dauert es eine Weile. »Oh, du willst einen Weihnachtsbaum aufstellen?«

»O ja. Obwohl wir an den Feiertagen nicht zusammen sind, dachte ich, wir sollten eine kleine private Feier veranstalten, bevor wir unsere Familien besuchen. Dafür brauchen wir einen Baum – vor allem, weil ich was ganz Besonderes für dich habe. Und das will ich an einen besonderen Platz legen.«

Mein Herz schmilzt dahin. »Ein Weihnachtsgeschenk? O Luke, wie süß!«

Aus irgendwelchen Gründen scheint ihn meine Reaktion in Verlegenheit zu stürzen. »Viel ist es nicht – eine Investition in die Zukunft...«

Moment mal – hat er soeben gesagt, was ich *glaube*?

Eine Investition in die *Zukunft*?

Abrupt wendet er sich ab und geht in die Küche zurück. »Nun solltest du was essen. Deine Stimme klingt ziemlich heiser. Du darfst doch nicht krank werden. Immerhin musst du ein Brautkleid stylen!«

Lizzie Nichols' Ratgeber für Brautkleider

Der große Abschied

Traditionsgemäß wurden die Hochzeitsgäste mit Säckchen voll Reiskörner versorgt, die sie auf das frisch vermählte Paar warfen, wenn es den Schauplatz der Trauungszeremonie verließ (normalerweise eine Kirche). Der Reis bedeutet Fruchtbarkeit. Bewirft man das Brautpaar damit, so drückt man seinen Wunsch aus, es möge einer glücklichen Zukunft voller Wohlstand und Kindersegen entgegenblicken.

Aber in den letzten Jahren hat die Verwaltung vieler Kirchen und anderer Gebäude, in denen Hochzeiten stattfinden, das Reisbombardement untersagt, mit der Begründung, die ungekochten Körner würden den Vögeln schaden, die sie aufpicken. In Wirklichkeit ist das ein Großstadtmythos. Viele Vogel- und Entenarten sind auf ungekochten Reis angewiesen, einen wesentlichen Bestandteil ihrer Nahrung.

Das tatsächliche Problem ist die Gefahr, in die der Reis die Menschen bringt. Auf den harten Körnern kann man leicht ausrutschen. Und die Verwalter vieler Räume, in denen Trauungen vorgenommen werden, wollen Gerichtsprozesse vermeiden, indem sie diese kleinen Geschosse verbieten.

Heutzutage ist Vogelfutter ein beliebter Ersatz für den Reis. Doch das kann Ihre Gäste genauso gefährden, da es einen rutschigen Untergrund bildet.

Zudem bereitet es einige Mühe, die verstreuten Reiskörner, das Vogelfutter oder die Konfetti zu entfernen. Und wenn in einem Raum mehrere Hochzeiten pro Tag stattfinden, ist die Reinigung nach jeder Zeremonie zeitraubend und teuer (natürlich will keine Braut in die Reiskörner oder Konfetti ihrer Vorgängerin treten).

Deshalb empfehle ich Seifenblasen als Abschiedssymbol. Die Gäste können einen hübschen »Baldachin« aus Seifenblasen erzeugen, unter dem das Brautpaar auf dem Weg zur Kutsche oder Limousine hindurchschreitet. Bisher hat noch niemand prozessiert, weil er auf einer Seifenblase ausgerutscht ist.

Höchstens ein Gast, dem eine Seifenblase in die Augen geflogen ist…

Lizzie Nichols Designs

21

Wenn alle Menschen wüssten, was die einen über die anderen
denken, gäbe es keine vier Freunde mehr auf der Welt.
Blaise Pascal (1623–1662), französischer Mathematiker

*E*ine Investition in die Zukunft?« Sharis Telefonstimme
klingt ziemlich skeptisch. »Aber das könnte alles Mögliche sein. Aktienzertifikate. Oder eine dieser World Trade
Center-Münzen aus der Franklin-Prägeanstalt.«

»Shari!« Unfassbar, wie dämlich sie ist … »Nun komm
schon, Luke wird mir sicher nichts aus der Franklin-Prägeanstalt schenken. Es ist ein Verlobungsring, das *muss* es
sein. Damit will er mich entschädigen, weil er mich nicht
zu meinen Eltern begleitet.«

»Indem er dir einen *Verlobungsring* überreicht?«

»Klar. Kann er mir was Besseres schenken, bevor ich
nach Hause fliege?« Allein schon bei dem Gedanken daran
wird mir ganz schwindlig. »Obwohl er nicht bei mir ist –
ich werde seinen Ring tragen, und dann merken alle, wie
ernst es mit uns beiden ist. Oh, Moment mal …« Ich drücke auf die Pausentaste und auf die Leitung 2. »Pendergast,
Loughlin and Flynn …« Ich leite den Anruf an einen der Juniorpartner weiter und drücke wieder auf die Taste für die
Leitung 1. »Natürlich ergibt das einen Sinn, Shari. Wir sind
jetzt schon sechs Monate zusammen. Und seit vier Monaten
wohne ich bei ihm. Also wär's nicht völlig aus der Luft gegriffen, wenn er mir einen Heiratsantrag machen würde.«

»Also, ich weiß nicht recht, Lizzie …« Es hört sich an, als würde Shari den Kopf schütteln. »Laut Chaz ist Luke ein Typ, der vor endgültigen Entscheidungen zurückschreckt.«

»Vielleicht hat er sich unter meiner subtilen Anleitung geändert.« Nur zu gut erinnere ich mich an die unfreundliche Warnung, die Chaz vor einigen Monaten ausgesprochen hat. Nun, wahrscheinlich war er einfach nur neidisch, weil Luke eine Freundin hat, die ihn wirklich liebt – und nicht ihre Chefin.

»Lizzie …« Jetzt nimmt Sharis Stimme einen müden Klang an. »Die Menschen ändern sich nicht. Das weißt du.«

»In kleinen Dingen schon. Denk mal an deine erste Zeit mit Chaz, da hat er jeden Abend Schweinekoteletts und Reis aus dem Kochbeutel gegessen. Das hast du ihm total abgewöhnt.«

»Weil ich ihm erklärt habe, dass ich nicht mehr mit ihm schlafe, wenn wir nicht ab und zu was anderes essen. Aber seit ich nicht mehr bei ihm bin, stopft er sich wieder mit diesem ungesunden Zeug voll.«

»Ooooh«, mischt sich Tiffany ein und blickt von der Brautmodenzeitschrift auf, in der sie blättert. Solche Magazine habe ich ins Büro mitgebracht, um mich inspirieren zu lassen. »Wenn du Luke heiratest, solltest du eine Pressemeldung rausgeben, an die *Vogue* und *Town & Country* und so weiter. Dann schicken sie Reporter zur Kirche, die über deine Hochzeit berichten, und du kriegst noch mehr Kundinnen und eine kostenlose PR.«

Ich starre sie an. Obwohl sie furchtbar beknackt sein kann und dauernd vergisst, nach ihrer Schicht die Büro-

tür abzuschließen, ist sie manchmal gar nicht so dumm.
»Gute Idee«, meine ich, »sogar *sehr* gut.«

»Hallo, redest du mit mir?«, fragt Shari. »Oder mit Miss Hirnlos?«

»Nun komm schon …«

»Das versuche ich. Im Ernst, Lizzie. Ich weiß, du liebst Luke. Aber siehst du dich wirklich in fünfzig Jahren an seiner Seite? Oder auch nur in fünf Jahren?«

»Ja«, entgegne ich, empört über diese Fragen. »Natürlich. Warum? Was stimmt denn nicht?« Die andere Leitung zirpt. »Mist. Moment …« Genervt drücke ich auf die Taste für die Leitung 2. »Pendergast, Loughlin and Flynn. Was kann ich für Sie tun? Mr. Flynn? Sofort …« Ein paar Sekunden später telefoniere ich wieder mit Shari. »Wieso glaubst du, Luke und ich hätten keine Zukunft?«

»Was habt ihr denn gemeinsam? Außer Sex?«

»Sehr viel«, behaupte ich. »Wir beide mögen New York, das Château Mirac – Wein. Und Renoir.«

»So was mag jeder.«

»Und er will Arzt werden«, fahre ich fort. »Und Menschenleben retten. Und ich möchte eine zertifizierte Spezialistin für Brautkleider werden. Und Bräuten helfen, gut auszusehen. *Praktisch sind wir ein und dieselbe Person.*«

»Jetzt machst du Witze. Aber ich meine es ernst. Einer der Gründe, warum ich gemerkt habe, dass ich nicht zu Chaz passe, sondern zu Pat, war die Erkenntnis, dass diese Frau und ich auf intellektueller Ebene kompatibel sind. Und ich fürchte, für Luke und dich gilt das nicht.«

In meinen Augen brennen Tränen. »Heißt das, er ist klüger als ich? Nur weil er Dokumentarfilme mag und ich lieber ›Project Runway‹ sehe, diese Modelshow?«

»Nein«, zischt Shari ärgerlich. »Was ich meine – er mag Dokumentarfilme, und dir gefällt ›Project Runway‹. Trotzdem seht ihr immer nur Medienmagazine. Um von Luke geliebt zu werden, erfüllst du alle seine Wünsche, statt ihm zu sagen, was *du* willst – und was *du* im Fernsehen schauen möchtest.«

»Nein, das ist nicht wahr!«, fauche ich. »Wir sehen immer die Sendungen, die *ich* aussuche!«

»Ach ja?« Shari lacht bitter. »Dass du ein ›Nightline‹-Fan bist, wusste ich gar nicht. Eigentlich dachte ich, du würdest eher für David Letterman schwärmen. Aber wenn du auf ›Nightline‹ stehst ...«

»Das ist eine sehr gute Sendung«, gehe ich in die Defensive. »Die schaut Luke sich gern an, damit er weiß, was auf der Welt passiert. Meistens verpasst er die Nachrichtensendungen, weil er so lange in der Bibliothek sitzt und studiert ...«

»Blick doch den Tatsachen ins Auge, Lizzie. Klar, du glaubst, du hättest deinen Märchenprinzen gefunden. Aber hältst du dich für den Typ einer Prinzessin? Nach meiner Ansicht bist du keine. Und Luke denkt sicher genauso.«

»Was soll *das* denn heißen? Selbstverständlich bin ich eine typische Prinzessin. Nur weil ich meine Kleider selber mache, statt auf eine gute Fee zu warten, die mich mit Elfenstaub besprüht ...«

»Elizabeth?«

Leider merke ich etwas zu spät, dass Roberta vor meinem Schreibtisch steht. Und sie sieht gar nicht glücklich aus.

»Upsichmussschlussmachen«, sage ich hastig zu Shari

Naschkatze

und lege auf. »Hi, Roberta.« Neben mir hat Tiffany die Füße vom Tisch genommen. Nun beschäftigt sie sich, indem sie eine Schublade öffnet und ihre diversen Nagellackfläschchen ordnet.

Da ich erwarte, dass Roberta mir Vorwürfe macht, weil ich auf Firmenkosten private Telefongespräche führe, verblüffen mich ihre nächsten Worte. »Tiffany, es ist schon fast zwei. Würden Sie Ihre Schicht ein paar Minuten früher übernehmen, damit ich mit Elizabeth sprechen kann?«

»Klar«, murmelt Tiffany und wirft mir einen verstohlenen Blick zu, der mich warnt: *Jetzt geht's dir an den Kragen.* Prompt krampft sich mein Magen zusammen.

Ich folge Roberta nach hinten zu ihrem Büro, vorbei an Daryl, dem Experten für Faxgeräte und Kopierer, der mich voller Mitleid mustert. Offenbar teilt er Tiffanys Meinung.

Was soll's? Wenn Pendergast, Loughlin and Flynn mich wegen eines einzigen privaten Telefonats feuern, müssten auch alle anderen Mitarbeiter rausfliegen. Oft genug habe ich Roberta mit ihrem Mann telefonieren hören.

Bitte, lieber Gott, tu mir das nicht an, bitte ...

In Robertas Büro angekommen, entdecke ich eine geöffnete *New York Post* auf dem Schreibtisch. Und das große Foto in der Mitte der zweiten Seite legt die Vermutung nahe, dass es vielleicht doch nicht um mein privates Telefongespräch auf Firmenkosten geht. Denn ich kann die Bildunterschrift lesen, obwohl ich die Buchstaben nur verkehrt herum sehe. »Robbenspecks mysteriöse neue Freundin.« Und das Foto zeigt, wie ich Jill und ihren Verlobten nach der Anprobe gestern Abend zu ihrer Limousine begleitet habe. Mein verkrampfter Magen fühlt sich wie eine zitternde Faust an.

»Korrigieren Sie mich, wenn mir ein Irrtum unterläuft.« Roberta hält die Zeitung hoch. »Das sind *Sie*, nicht wahr?«

Mühsam schlucke ich, und die Halsschmerzen, die Luke mit seiner Ankündigung einer »Investition in die Zukunft« so wunderbarerweise kuriert hat, quälen mich von Neuem. »Eh – nein.«

Warum diese Lüge über meine Lippen kommt, weiß ich nicht. Aber sobald sie mir herausgerutscht ist, kann ich sie nicht mehr in meinen Mund zurückstopfen.

»Das sind ganz unübersehbar Sie, Lizzie«, beharrt Roberta. »Dieses Kleid haben Sie gestern bei der Arbeit getragen. Und Sie können mir nicht erzählen, so etwas würde noch jemand besitzen.«

»Oh, diese Kleider gibt's zu Tausenden.« Diesmal lüge ich nicht. »Alfred Shaheen war ein sehr produktiver Designer.«

»Hören Sie, Lizzie ...« Seufzend setzt sie sich hinter ihren Schreibtisch. »Das ist eine sehr ernste Angelegenheit. Gestern habe ich Sie mit Jill Higgins in der Damentoilette reden sehen. Wie Sie wissen, legt unsere Firma großen Wert auf die Diskretion, die sie ihren Klienten schuldet. Und so frage ich Sie – was hatten Sie mit Miss Higgins zu tun? Und, falls man diesem Foto glauben darf, mit ihrem Verlobten, John MacDowell?«

Ich schlucke wieder und wünschte, ich hätte eine Tablette gegen Halsschmerzen. Und ich würde diesen Job nicht so dringend brauchen. »Das kann ich Ihnen nicht sagen.«

Ungläubig hebt sie eine Braue. »Wie, bitte?«

»Ich kann's Ihnen nicht sagen. Aber seien Sie versichert – mit der Kanzlei hängt's nicht zusammen, ehrlich nicht, sondern mit ganz anderen Geschäften. Die sind ebenfalls streng vertraulich. Deshalb darf ich nicht darüber sprechen.«

Nun schnellt Robertas zweite Braue nach oben. »Heißt das – Sie *sind* die junge Frau auf diesem Foto?«

»Das kann ich weder bestätigen noch bestreiten«, plappere ich die Phrase nach, die ich laut Robertas Anweisung sagen soll, wenn Reporter in der Kanzlei anrufen und nach Informationen über prominente Klienten fragen.

»Lizzie …« Anscheinend amüsiert sie sich nicht. »Das ist wirklich sehr ernst. Wenn Sie Miss Higgins belästigen …«

»Das tu ich nicht!«, protestiere ich erschrocken. »*Sie* hat sich an *mich* gewandt!«

»Warum? Welche Tätigkeit üben Sie sonst noch aus?«

»Wenn ich das verrate, wissen Sie, was sie von mir will. Und sie hat mir nicht erlaubt, darüber zu reden. Tut mir leid, Roberta.« Unfassbar, wie ich mich verhalte … Ich meine, dass ich ein Geheimnis *nicht* ausplaudere. Eindeutig ein Beweis meiner neuen Reife. Das sollte ich feiern.

Unglücklicherweise habe ich eher das Gefühl, ich müsste mich übergeben.

»Feuern Sie mich, wenn Sie wollen«, füge ich hinzu. »Aber ich schwöre Ihnen, ich belästige Jill nicht. Wenn Sie mir nicht glauben, schlage ich Ihnen vor, sie anzurufen und danach zu fragen. Dann wird sie's Ihnen schon sagen.«

»Also nennen Sie die junge Dame *Jill?*« In Robertas Stimme schwingt ein sarkastischer Unterton mit.

»Das hat sie mir gestattet«, antworte ich gekränkt. »Ja.«

Irritiert betrachtet sie das Foto. »Das ist *wirklich* nicht normal. Keine Ahnung, was ich davon halten soll …«

»Nur um Sie zu beruhigen – es ist nicht illegal.«

»Hoffentlich nicht!«, stöhnt sie. »Werden Sie Miss Higgins wieder treffen?«

»Ja«, sage ich ohne Zögern.

Roberta schüttelt den Kopf. »In diesem Fall kann ich Ihnen nur empfehlen – seien Sie vorsichtig und versuchen Sie zu verhindern, dass Ihr Bild noch einmal in der *Post* erscheint. Hätte einer der Partner das gesehen und Sie erkannt ...«

»Von der Anwesenheit dieses Fotoreporters habe ich nichts bemerkt. In Zukunft werde ich besser aufpassen. War's das? Darf ich jetzt gehen?«

Erstaunt blickt sie auf. »Wie eilig Sie's haben ... Weihnachtseinkäufe?«

»Nein, ich muss mich mit den Geschäften befassen, die ich für Jill erledige.«

»Also gut ...« Robertas Schultern sacken nach vorn. »Aber seien Sie gewarnt, Lizzie – Pendergast, Loughlin and Flynn sind sehr stolz auf ihren untadeligen Ruf. Beim geringsten Vergehen werde ich Ihnen fristlos kündigen. Ist das klar?«

»Vollkommen.«

Sie nickt, entlässt mich ...

... und ich flüchte aus ihrem Büro. Auf dem Weg zum Empfang ignoriere ich Daryls Flüstern. »He, was haben Sie denn diesmal verbrochen?«

Während ich nach meinem Mantel und der Handtasche greife, starrt Tiffany mich an. »Oh, mein Gott, alles in Ordnung? Du siehst aus, als hätte jemand behauptet, deine Prada-Tasche wäre eine Fälschung.«

»Nein, ich bin okay«, murmle ich. »Bis morgen.«

»Ruf mich an und erzähl mir, was sie gesagt hat!«, verlangt sie. »Ich sammle nämlich Roberta-Storys für ein Revolverblatt.«

Wortlos winke ich ihr zu und laufe davon. Mein Herz hämmert so heftig, dass ich fürchte, es würde aus meiner Brust springen und gegen die Wand klatschen. Ungeduldig warte ich, bis die Lifttüren auseinandergleiten, stürme in die Kabine, ohne zu registrieren, wer drinsteht, und drücke auf den Knopf für die Eingangshalle.

»Hallo, Fremde«, grüßt eine Stimme neben mir.

Da blicke ich auf und erkenne Chaz. »Oh, mein Gott, wolltest du zu deinem Dad? Warum hast du nichts gesagt? Ich hätte dir die Türen aufgehalten… Und jetzt fährst du nach unten. Tut mir leid.«

»Reg dich ab, ich will nicht zu meinem Dad. Ich bin hier, um *dich* zu sehen.«

»Mich?«, frage ich konsterniert.

»Nun, ich hatte gehofft, ich könnte dich zu einem Drink einladen und dir Informationen über meine Ex entlocken, die mir helfen würden, mein maskulines Ego wieder aufzubauen. Sonst müsste ich einer neuen Liebe für immer entsagen.«

Unbehaglich kaue ich an meiner Unterlippe. »O Chaz, ich bemühe mich gerade so sehr, *nicht* über andere Leute zu reden – hinter ihrem Rücken, meine ich. Für mich ist das ganz was Neues. Meine große Klappe hat mich oft genug in Schwierigkeiten gebracht. Jetzt will ich mich bessern. Die Menschen *können* sich nämlich ändern. Obwohl *gewisse Leute* das Gegenteil behaupten.«

»Sicher, das können sie«, bestätigt Chaz. Inzwischen hat der Lift das Erdgeschoss erreicht. »Komm, gehen wir auf ein Bier ins Honey's.«

Eigentlich sollte ich sagen: *Unmöglich ... Ich weiß*, er leidet. Aber ich muss ein Kleid stylen. Deshalb sollte ich erklären: *Nein, ich werde bei Monsieur Henri erwartet. Da haben wir dieses großes Projekt, darüber darf ich auch nicht reden. Und die Zeit läuft uns ohnehin schon davon. Ein andermal, okay?*

Doch dann schaue ich in sein Gesicht und sehe, dass er sich nicht rasiert hat und die Baseballkappe richtig herum trägt.

Und so sitze ich ihm bald danach in einer roten Vinylnische im Honey's gegenüber, eine schwitzende Cola vor mir, und lausche dem Zwerg, der »Dancing Queen« singt – eine Erfahrung, die ich gar nicht so unangenehm finde.

»Das muss ich wissen«, sagt Chaz in seine Bierflasche. »Ich weiß, es klingt blöd. Aber – habe ich irgendwas getan – das sie so verändert hat?«

»Unsinn! Natürlich nicht!«

»Und was ist passiert? Eine Frau ist doch nicht an einem Tag hetero – und am nächsten lesbisch. Es sei denn, ich habe irgendwas getan, um sie ...«

»Gar nichts hast du getan, Chaz. Es ist genauso, wie Shari es dir erklärt hat – sie hat sich einfach in jemand anderen verliebt. Zufällig ist diese Person eine Frau. Genauso gut hätte sie sich in einen anderen Mann verknallen können.«

»Sicher nicht.«

»Doch. So ist es nun einmal mit der Liebe – die treibt die verrücktesten Dinge mit den Leuten. Mach dir keine Vorwürfe. Shari nimmt dir nichts übel, das weiß ich. Auf ihre Art liebt sie dich immer noch.«

Chaz schneidet eine Grimasse. »Das hat sie erwähnt.«

»Und es ist wirklich wahr. Sie liebt dich. Nur nicht mehr auf – romantische Weise. So was kommt nun mal vor.«

»Heißt das …«, beginnt er langsam. »Ich könnte mich eines Tages in einen Jungen verlieben?«

»Klar, das wäre möglich.« Um die Wahrheit zu gestehen – in einer homosexuellen Beziehung kann ich mir Chaz ganz und gar nicht vorstellen. Und ich bezweifle, dass einer der schwulen Jungs, die ich kenne (und mit denen ich ausgegangen bin), an Chaz interessiert wäre. Denn sein modisches Stilgefühl ist gleich null. Er begeistert sich geradezu beängstigend für College-Basketball, und er legt keinen Wert auf Innenarchitektur. Da wär's viel eher denkbar, dass Luke sich mit einem anderen Mann einlassen würde.

»Ist dir das schon mal passiert?«, fragt Chaz.

»Was?« Ich schaue auf die Uhr über der Theke. Jetzt muss ich wirklich zu Monsieur Henri. Ich habe tausend Ideen, wie ich Jills Brautkleid ändern kann, und es juckt mich in den Fingern, endlich mit der Arbeit anzufangen.

»Hast du schon mal eine Frau geliebt?«

»Nun – in meinem Leben gibt's viele Frauen, die ich bewundere. Ich versuche ihnen nachzueifern und will sie besser kennenlernen. Aber – auf sexuelle Weise, nein.«

Chaz kratzt mit seinem Daumennagel das Etikett von der Bierflasche. »Hast du mal mit Shari – experimentiert?«

Wütend werfe ich einen Untersetzer an seinen Kopf. »Nein! Igitt! Du bist genau wie Luke. So, das war's, ich gehe!«

»Was?« Erschrocken packt er meinen Arm, bevor ich von der Bank rutschen kann. »Ich habe doch nur gefragt! Weißt du, ich dachte – viele Mädchen tun so was …«

»Das stimmt nicht. Nicht, dass irgendwas falsch dran wäre. Lass mich los, ich muss zur Arbeit ...«

»Von da kommst du gerade«, unterbricht er mich.

»Ich habe noch einen Job. In diesem Laden für Brautkleider. Neulich haben wir einen großartigen Auftrag bekommen. Damit muss ich anfangen.«

»Auf diese Brautmoden bist du wirklich ganz versessen, nicht wahr?« Auf der Karaoke-Bühne wechselt der Zwerg von Abba zu Ashlee Simpson und erklärt, er habe mir meinen Freund nicht weggenommen, obwohl das alle glauben. »Das nimmst du tatsächlich ernst – das Happy End, die Reiskörner, das ganze Drum und Dran.«

»O ja. Chaz, ich weiß, jetzt bist du traurig. Und das ist auch dein gutes Recht. Aber irgendwann wirst du wieder jemanden finden. Das verspreche ich dir. So wie's mir auch passiert ist.« Vielleicht früher, als irgendjemand vermutet.

»Nun, ich hoffe, du bildest dir inzwischen nicht mehr ein, du hättest eine Zukunft mit Mr. Waldtier.«

Verblüfft starre ich ihn an. »Warum sollte ich daran zweifeln?« Als er die Augen verdreht, fauche ich ihn an: »Komm schon, Chaz, erzähl mir nicht wieder von diesem Pferd. Nur zu deiner Information – Lukes Studium verläuft sehr erfolgreich. Außerdem habe ich das Gefühl, er will unsere Beziehung auf eine neue Ebene befördern.«

Chaz zieht die Brauen hoch. »Meinst du – einen flotten Dreier?«

Entrüstet schmettere ich meine Faust mitten auf seine Baseballkappe. »Nein, er möchte mir was zu Weihnachten schenken – eine Investition in die Zukunft, hat er gesagt.«

Jetzt ziehen sich seine Brauen zusammen. »Und was genau soll das bedeuten?«

»Ganz einfach – er möchte mir einen Verlobungsring schenken. Was denn sonst?«

»Also kauft er einen Ring? Davon hat er mir nichts erzählt.«

»Kein Wunder – nach allem, was du eben erst durchgemacht hast. Glaubst, er würde mit seiner Verlobung prahlen, obwohl deine Freundin dich wegen einer Frau verlassen hat?«

»Besten Dank, du verstehst es wirklich, einen armen Kerl aufzumuntern.«

»Glaubst du etwa, *du* wärst der personifizierte Charme? Erinnerst du dich, wie du mir erzählt hast, Luke wäre kein Pferd, auf das du setzen würdest? Aber vielleicht siehst du das ja jetzt ein bisschen anders.«

»Offen gestanden …« Chaz schüttelt den Kopf. »Nein. Eine Investition in die Zukunft könnte alles Mögliche bedeuten. Das muss kein Ring sein. An deiner Stelle würde ich mir keine Hoffnungen machen, Kindchen. Nichts für ungut – aber ihr verbringt nicht einmal die Weihnachtstage zusammen. Und du hörst trotzdem die Hochzeitsglocken läuten?«

»O Chaz …« Bevor ich aufstehe, schaue ich eindringlich in seine Augen. »Ich weiß, Shari hat dir sehr wehgetan. Das finde ich unglaublich – obwohl's ihr wirklich nicht leichtgefallen ist und sie immer noch darunter leidet. Aber im Ernst – nur weil deine Romanze nicht funktioniert hat, heißt das keineswegs, dass alle anderen Beziehungen genauso scheitern müssen. Sieh dich einfach nur um, such dir eine hübsche Philosophiestudentin, mit der du über Kant oder was auch immer diskutieren kannst. Dann geht's dir bald besser.«

Stöhnend greift er sich an den Kopf. »Eines Tages musst du mir in allen Einzelheiten schildern, was das für ein Leben auf diesem Planeten ist, auf dem du da wohnst. Das klingt nämlich großartig. Da würde ich dich gern mal besuchen.«

Statt zu antworten, schenke ich ihm ein frostiges Lächeln. Während ich zur Tür gehe, stimmt der Zwerg seine Erkennungsmelodie an. »Don't Cry Out Loud.«

Hoffentlich befolgt Chaz diesen Rat.

Lizzie Nichols' Ratgeber für Brautkleider

Make-up

Viele Frauen lassen sich an ihrem Hochzeitstag von Profis schminken. Meistens ist das eine gute Idee – wenn sich ein Profi um das Make-up kümmert, hat die Braut eine Sorge weniger.

Aber wenn eine Braut ein professionelles Make-up bevorzugt, kann sie an ihrem großen Tag so fremd aussehen wie eine Verwandte, die in einem Sarg liegt und von einem Leichenbestatter zurechtgemacht wurde. Passen Sie auf, dass Sie und Ihre Visagistin den gleichen Geschmack haben, was Farben, Intensität und Schattierungen betrifft, und wählen Sie einen dezenten Look. Gewiss, Sie wollen für die Fotos möglichst gut aussehen, aber auch natürlich und hübsch – für all die Gäste, die Sie aus der Nähe betrachten werden. Ein tüchtiger Profi kann beide Ziele erreichen.

Ein paar Make-up-Tipps, die Sie beachten sollten:

Ihr erstes Treffen mit der Visagistin sollte schon vier Wochen vor der Hochzeit stattfinden. Dann finden Sie genug Zeit, einen Look auszusuchen, der Ihnen beiden gefällt.

Ihr Make-up sollte nicht so stark sein, dass Ihr Gesicht eine andere Farbe aufweist als Ihr Hals. Sorgen Sie für sanfte Übergänge!

Am Hochzeitstag wird Ihr Gesicht glänzen, vor Nervosität und vielleicht wegen der Hitze. Ihre Brautjungfern und Sie selbst sollten genug saugfähige Papiertaschentücher und Puderdosen bei sich tragen.

Wenn Sie Ihre Wimpern mit einer erhitzten Wimpernzange bearbeiten, riskieren Sie entzündete Augen.

Benutzen Sie wasserfeste Mascara – Sie werden sicher weinen. Oder zumindest schwitzen.

Ein Concealer unter den Augen wird die Spuren einer schlaflosen Nacht überdecken.

Und zu guter Letzt – verwenden Sie einen haltbaren Lippenstift. Den ganzen Tag werden Sie diverse Leute küssen, essen und trinken. Und Sie wollen nicht dauernd in der Damentoilette verschwinden, um die Lippen in Ihrer Lieblingsfarbe nachzuziehen.

Lizzie Nichols Designs

22

Man flüstert Schlimmes.
William Shakespeare (1564–1616), englischer Dichter und Dramatiker

*E*s dauert nicht lange, bis die Presse herausfindet, wo Miss Higgins ihre »mysteriöse neue Freundin« trifft. Immerhin kann *ich* den Fotoreportern entrinnen, indem ich Jill nicht mehr zum Auto begleite.

In Windeseile spricht sich herum, die Braut des Jahrhunderts würde sich von Monsieur Henri beraten lassen, einem zertifizierten Spezialisten für Brautkleider. Ehe wir wissen, wie uns geschieht, wird der kleine Laden von zahllosen Bräuten belagert, die Kleider bestellen. Jean-Paul und Jean-Pierre müssen als Türsteher/Rausschmeißer fungieren, um Bräute einzulassen und die Paparazzi fernzuhalten.

Angesichts all der Aufträge vergessen die Henris ihren Groll gegen mich, den sie wegen meiner verheimlichten Französischkenntnisse gehegt haben, und müssen sogar einen Terminkalender für das übernächste Jahr kaufen.

Nicht, dass die beiden Jills Brautkleid auch nur ein einziges Mal angefasst hätten, seit sie es in den Laden gebracht hat. Monsieur Henri griff danach, als ich ihm meinen Plan erklärte. Kategorisch prophezeite er, das grauenvolle Kleid sei nicht zu retten und John MacDowells Mutter würde mich verklagen.

Aber seine Frau nahm ihm die schottische Katastrophe

seelenruhig aus den Händen, übergab sie mir und sagte: »Lass sie einfach nur arbeiten, Jean.«

Das wusste ich zu schätzen. Ich habe ihr sogar die Bemerkung verziehen, dass ich »dumm« sei. Offenbar hat sie ihre Meinung geändert. Das Kleid wurde an einen Spezialbügel gehängt. Jeden Nachmittag entfernte ich die Schutzhülle, inspizierte das Resultat meiner bisherigen Bemühungen und überlegte, was ich in den nächsten Stunden tun würde. Dabei flippte ich nur kurz aus, bevor ich mich wieder an die Arbeit machte.

Man behauptet, vor der Morgendämmerung sei die Nacht am dunkelsten. Ich habe mich oft genug nächtelang abgerackert, um zu wissen, dass das stimmt. Ich hatte Jill versprochen, das Kleid am Tag vor dem Heiligen Abend fertigzustellen, damit notfalls noch Zeit für Änderungen in letzter Minute blieb und die Hochzeit am Silvestertag ohne Probleme stattfinden könnte. Doch eine Woche vor Weihnachten war ich mir sicher, dass ich mein Wort nicht halten konnte. Oder – noch schlimmer – dass das Kleid zwar fertig würde, aber grässlich aussähe. Natürlich ist es kein Kinderspiel, ein winziges Brautkleid für eine kräftig gebaute Frau zu vergrößern. Monsieur Henri würde recht behalten – ein unmögliches Unterfangen.

Doch es war nicht unmöglich. Nur furchtbar schwierig. Stundenlang trennte ich Nähte auf und stichelte und trank viele, viele, viele Diätcolas, um meinen schmerzenden Rücken zu ertragen. Jeden Nachmittag saß ich von halb drei – sobald ich mich von Pendergast, Loughlin and Flynn loseisen konnte, meiner immer noch einzigen Einnahmequelle – bis Mitternacht in der Werkstatt. Manchmal sogar bis ein Uhr morgens, dann wankte ich nach Hause und fiel ins

Naschkatze

Bett. Am nächsten Tag stand ich um halb sieben auf, duschte, zog mich an und ging in die Anwaltskanzlei. Meinen Freund sah ich fast nie, geschweige denn jemand anderen. Aber das war okay, weil Luke eifrig für seine Prüfungen büffelte. Wenn er sein Studium in vier Jahren abschließen wollte – das hatte er sich fest vorgenommen –, musste er möglichst viele Kurse in jedes Semester packen.

Wenn ich meinem Freund auch nur selten begegnete – umso öfter betrachtete ich die Schachtel, die unter dem winzigen Weihnachtsbaum stand. Den hatte er auf der Straße mitsamt dem passenden Ständer gekauft, vor ein Fenster gestellt und mit einer Lichterkette umwunden, die man von der Fifth Avenue aus funkeln sah. Diese Schachtel hatte ich entdeckt, als ich eines Abends, nach einem langen, qualvollen Kampf mit Jills Schottenkaro, durch die Wohnungstür getreten war.

Die Schachtel konnte ich gar nicht übersehen. Weil sie so groß war.

Im Ernst. So groß wie ein Miniaturpony. Oder zumindest wie ein Cockerspaniel. Fast größer als der Baum. Sicher KEIN Schmucketui.

»Vielleicht ist er einer von diesen Jungs«, meinte Tiffany, nachdem ich ihr davon erzählt hatte.

»Von welchen Jungs?«

»Ach, du weißt schon – ihre Freundinnen sollen nicht erraten, was für ein Geschenk sie kriegen. Deshalb packen die Jungs lauter Zeug in große Schachteln. Und wenn die Mädchen diese Schachteln schütteln, hören sie die Etuis nicht klappern.«

Natürlich, das ergibt einen wundervollen Sinn. Luke weiß ganz genau, dass ich keine Geheimnisse hüten kann (obwohl ich mich seit meiner Ankunft in New York bessere und allmählich zu einer vernünftigen Person heranreife). Und einer Frau, die das nicht kann, traut man auch zu, zwischen Weihnachtsgeschenken herumzuschnüffeln. Okay, es stimmt – rein zufällig habe ich neulich beim Staubsaugen ein bisschen was von der Silberfolie runtergerissen, die diese Schachtel umhüllt. Aber ich habe mich beherrscht und das Geschenk nicht ausgepackt.

Ja, zweifellos hat Tiffany recht – Luke gehört zu den Jungs, die ein kleines Etui zusammen mit vielen anderen Sachen in eine große Schachtel stecken. Das sieht ihm ähnlich.

So was mache ich auch mit der schicken Brieftasche aus braunem Leder, die ich bei Coach für ihn gekauft habe. Ich verstecke die flache kleine Schachtel in einem großen Karton. Den hat mir Mrs. Erickson gegeben. Bisher hat sie ihn benutzt, um die zahlreichen Flaschen mit Geschirrspülmittel zu verwahren, die sie vor zwei Jahren bei einem Trip nach New Jersey im Sam's Club gekauft hatte. Erst jetzt waren die Flaschen aufgebraucht. Und so hat sie den Karton ausrangiert.

Hoffentlich riecht Luke nicht an seinem Geschenk. Sonst steigt ihm eine Spülmittelwolke in die Nase.

Dann bricht plötzlich der 23. Dezember an, und ich bin so nervös wie ein Kind, das Santa Claus in einem Kaufhaus besuchen wird. Nicht wegen Lukes Geschenk für mich – obwohl mich auch das nervös macht. Oder wegen der Woche, die wir auf verschiedenen Kontinenten verbringen werden. Nein, vor allem belastet mich die große Frage – was wird Jill von ihrem Brautkleid halten? Vor ein paar Tagen ist es endlich fertig geworden und ... Nun ja,

Madame Henri hat es inspiziert und mich angeschaut und gesagt: »Gut. Sehr gut.«

Aus ihrem Mund ein ungewöhnlich hohes Lob. Noch bedeutsamer war die Kritik ihres Mannes. Dazu gehörten ein ausgiebiges Kratzen am Kinn, eine langsame Wanderung durch die Werkstatt, zwei oder drei gezielte Fragen nach den Tartan-Bändern und schließlich ein Nicken und ein »*Parfait*«.

Damit hat er keine Eiscreme gemeint, sondern: »Perfekt.«

Aber er ist nicht der Kritiker, dessen Urteil ich am meisten fürchte. Noch weiß ich nicht, ob das Kleid auch der Braut des Jahrhunderts gefallen wird.

Eine Stunde nach Ladenschluss taucht sie auf. Wir haben die letzten Kundinnen hinausgescheucht, die Jalousien herabgelassen und das Licht im vorderen Raum gelöscht, um den Eindruck zu erwecken, wir wären bereits gegangen. Mit dieser Maßnahme halten wir uns die Paparazzi vom Leib.

Als es um Punkt sieben Uhr klingelt, eilt Madame Henri zur Tür und öffnet sie, ohne das Licht anzuknipsen. Zwei schattenhafte Gestalten huschen herein. Zuerst ärgere ich mich, weil Jill mit ihrem Verlobten aufkreuzt – wo doch jeder weiß, dass es Unglück bringt, wenn der Bräutigam das Brautkleid vor der Hochzeit sieht.

Dann erinnere ich mich, wie sie zu jeder Anprobe allein erschienen ist und so bedrückt ausgesehen hat – nicht nur von der Presse gepeinigt, sondern auch von ihrer eigenen gesellschaftlichen Isolation. Ihre Familie lebt weit entfernt. Und ihre Freundinnen wissen genauso wenig über Brautkleider wie sie selber.

Deshalb bin ich froh über Johns Anwesenheit. Die ganze Zeit hat er sein Bestes getan, um ihr die Situation zu erleichtern. Er mischte sich sogar in die Verhandlungen über den Ehevertrag ein und bestand auf einer fairen Regelung für Jill, andernfalls würde er die Namen seiner Eltern von der Gästeliste streichen. Mit dieser kühnen Drohung erzielte er den gewünschten Erfolg und entzückte Mr. Pendergast so sehr, dass er bei der Firmenweihnachtsfeier im Montrachet eine Extrarunde Champagner bestellte. (Dieses Fest musste ich vorzeitig verlassen, um an Jills Kleid zu arbeiten. Und so verpasste ich den Höhepunkt des Abends: Roberta betrank sich und wurde mit Daryl, dem Experten für Fax- und Kopiergeräte, in der Garderobe beim Sex ertappt. Peinlicherweise von Tiffany, die das Ereignis mit ihrer Digitalkamera festgehalten und die Fotos an uns alle gemailt hat.)

Als Madame Henri glaubt, nun könnte sie's riskieren, das Licht einzuschalten, stockt mir der Atem. Denn Jill wird nicht von ihrem loyalen, liebenswerten Verlobten begleitet, sondern von einer älteren Frau, der sie wie aus dem Gesicht geschnitten ist. Lächelnd macht sie uns mit ihrer Mutter bekannt.

Sofort verdrängt maßlose Erleichterung mein anfängliches Staunen. *Ja.* Endlich steht eine verbündete Person an Jills Seite. Außer ihrem künftigen Ehemann und mir, meine ich.

»Hallo, Lizzie«, grüßt Mrs. Higgins und schüttelt mir genauso herzlich wie ihre Tochter die Hand, als wäre sie sich ihrer Kraft gar nicht bewusst. Und die ist in Jills Fall beträchtlich, sonst könnte sie nicht mit all den bleischweren Robben hantieren. »Freut mich, Sie kennenzu-

lernen. Jill hat mir so viel von Ihnen erzählt und erklärt,
Sie hätten ihr praktisch das Leben gerettet und wären so
spendabel gewesen mit... Was hat sie dir gegeben, Schätzchen? Yoodles?«

»Yodels«, murmelt Jill verlegen. »Tut mir leid, ich habe
die Begegnung in der Damentoilette erwähnt...«

»Oh, das macht nichts«, versichere ich belustigt. »Wenn
Sie ein paar Kuchensnacks möchten – ich habe einen Vorrat in der Werkstatt...« Während der ganzen mühseligen
Arbeit ist die kohlehydratarme Diät auf der Strecke geblieben. Keine Ahnung, wie viele Pfunde ich zugelegt habe...
Aber das interessiert mich auch gar nicht, weil ich wegen
des Brautkleids so schrecklich aufgeregt bin.

Lachend schüttelt Jill den Kopf. »Danke, nein, ich bin
okay. Ist das Kleid fertig?«

»O ja. Gehen wir nach hinten.«

Und dann führe ich sie in die Werkstatt, während Monsieur Henri ihrer Mutter einen Stuhl und ein Glas Champagner anbietet.

Mit zitternden Fingern streife ich die üppigen elfenbein-
weißen Falten über Jills Kopf und versuche meine Nervosität zu verbergen, indem ich ohne Punkt und Komma
plappere. »Also, Jill, diesen Schnitt nennen wir ›Empire-
Stil‹. Das heißt, die Taille ist direkt unter den Brüsten –
bei Ihnen an der schmalsten Stelle. Der Rock fällt gerade herab und umspielt Ihren Körper. Das wünschen sich
die meisten Frauen mit so einer Figur. Diese Empire-Linie
verdanken wir Josephine – das war Napoleon Bonapartes
Ehefrau, die sich von römischen Togen inspirieren ließ.
Die hat sie auf alten Bildern entdeckt. Nun, wie Sie sehen,
haben wir die Schulterpartie entfernt, weil Sie so hübsche

Schultern haben, und die wollen wir natürlich zeigen. Und das hier, der Originaltartan, der am alten Kleid hing – den benutzen wir als Schärpe unter Ihrem Busen, damit diese schmale Stelle betont wird, okay? Schließlich die Handschuhe ... Ich dachte, sie sollten bis zu den Ellbogen reichen – bis zu diesen baumelnden Bändern. Nun ...« Ich dirigiere sie vor den großen Spiegel. »Was meinen Sie? Am besten lassen Sie Ihr Haar hochstecken, mit ein paar Löckchen, die ins Gesicht fallen, das würde zu diesem griechischen Stil passen ...«

Jill starrt ihr Spiegelbild an, und es dauert eine Weile, bis ich merke, dass ihr Schweigen keine Missbilligung ausdrückt. Langsam weiten sich ihre Augen. Dann kämpft sie mit den Tränen. »O Lizzie ...«, würgt sie hervor.

»Finden Sie's grässlich?«, frage ich voller Angst. »Alle Nähte musste ich auftrennen – nun ja, fast alle. Das war ziemlich mühsam ... Jedenfalls glaube ich, dieser Stil steht Ihnen, weil Sie klassische Proportionen haben. Und es gibt nichts Klassischeres als die Form griechischer Amphoren ...«

»Das will ich meiner Mom zeigen«, haucht sie.

»Okay.« Ich springe hinter Jill und hebe die Schleppe hoch. »Wenn Sie tanzen, wird diese Stoffbahn mit einem Haken am Rücken befestigt, wie eine Turnüre. Die Schleppe soll Ihnen natürlich nicht im Weg sein. Aber ich dachte – damit wirken Sie etwas stattlicher. Weil die St. Patrick's Cathedral ja so riesig ist und ...«

Doch sie läuft bereits zum vorderen Raum, wo ihre Mutter und die Henris warten.

»Mom!«, schreit Jill und stürmt zwischen den Vorhängen hindurch in den Laden. »Schau mal!«

Mrs. Higgins verschluckt sich an ihrem Champagner, und Madame Henri klopft ihr ein paar Mal auf den Rücken. Sobald sich die Frau erholt hat, strahlt sie über das ganze Gesicht, genauso wie ihre Tochter. »O Schätzchen, du siehst zauberhaft aus!«

»Ja – nicht wahr?«, fragt Jill ungläubig.

»Natürlich!« Mrs. Higgins eilt zu ihr, um sie genauer zu betrachten. »Dieses Kleid hat sie dir gegeben? Der alte Drachen – ich meine, Johns Mutter?«

»Gewiss, dieses Kleid«, bestätige ich und fühle mich ganz komisch. Das kann ich nicht erklären. Irgendwie eine Mischung von Nervenflattern und Freude. So als hätte jemand eine Flasche Champagner geöffnet – in mir *drinnen*. Oder – wie Tiffany es ausdrücken würde, über meiner *Muschi*. »Natürlich habe ich's ein bisschen geändert.«

»Ein bisschen?«, wiederholt Jill und kichert. Ja! Ein Kichern! Aus dem Mund von Robbenspeck! Also, das ist grandios.

»Einfach umwerfend!«, gurrt Mrs. Higgins. »Wie eine – Prinzessin sieht sie aus!«

»Da wir gerade davon reden – wir müssen entscheiden, was Jill auf dem Kopf tragen soll«, erkläre ich. »Ich habe ihr bereits gesagt, sie müsste ihr Haar hochstecken lassen, mit ein paar Löckchen, die herabhängen. Vielleicht wäre eine Tiara keine schlechte Idee. Sicher würde sie sehr gut zu ihr passen ...«

Aber offensichtlich hört mir niemand zu. Die beiden Damen Higgins starren Jills Spiegelbild an einer Seite des Ladens an, tuscheln miteinander und kichern. Bei diesem Anblick kann ich mir kaum noch vorstellen, wie die Braut erst vor wenigen Wochen in einer Damentoilette geweint und nach Robbenkacke gestunken hat, wenn sie zu den Anproben erschienen ist.

»Tatsächlich«, bemerkt Madame Henri, als ich zu dem Ehepaar hinübergehe, da weder die Kundin noch ihre Mutter mir zuhören. »Das haben Sie geschafft.«

»Ja«, stimme ich zu, immer noch leicht benommen.

Und da tut sie etwas, das mich völlig verblüfft. Sie ergreift meine Hände. »Für Sie«, sagt sie lächelnd. Dann spüre ich, wie sie mir etwas in die Hand drückt. Ich schaue nach unten und sehe einen Scheck. Mit vielen Nullen.

Tausend Dollar!

Verwirrt schaue ich wieder auf und stelle fest, dass Monsieur Henri mich verlegen, aber sichtlich erfreut mustert.

»Das ist Ihr Weihnachtsbonus«, sagt er auf Französisch.

Gerührt und spontan umarme ich ihn – und seine Frau auch. »Danke! Sie beide sind einfach – *fantastique*!«

»Sie werden doch kommen?«, fragt Jill später, als ich ihr vorsichtig aus dem Kleid helfe. »Zur Hochzeit? Und zum Empfang? Natürlich sind Sie eingeladen. Sie und ein Gast. Bringen Sie doch Ihren Freund mit, von dem ich so viel gehört habe.«

»O Jill, wie süß von Ihnen! Ich komme sehr gern. Aber Luke muss die Einladung leider ablehnen, weil er für die Feiertage nach Frankreich fliegt.«

»Ohne *Sie*?«, fragt sie erstaunt.

Etwas mühsam reiße ich mich zusammen, damit mein Lächeln nicht erlischt. »Ja, er besucht seine Eltern. Aber keine Bange. Um nichts auf der Welt möchte ich Ihre Hochzeit versäumen.«

»Großartig. Dann habe ich wenigstens eine Freundin. Außer meiner Familie und den Leuten aus dem Zoo.«

Naschkatze 317

»Bald werden Sie herausfinden, dass Sie noch viel mehr Freunde haben. Das meine ich ernst.«

Schließlich gehe ich nach Hause und glaube, auf einer Wolke zu schweben. Das hängt nicht so sehr mit den tausend Dollar und der Hochzeitseinladung zusammen. Was mir viel wichtiger erscheint: Das Kleid *gefällt* ihr!

Und wie gut sie darin aussieht! Ich wusste es.

Wenn Mrs. MacDowell ihre künftige Schwiegertochter durch den Mittelgang der Kirche schreiten sieht, wird sie STERBEN. Dieses Kleid hat sie der Braut gegeben, um sie zu demütigen. Weil sie mit der Wahl ihres Sohns nicht einverstanden ist.

Okay, wer wird sich jetzt gedemütigt fühlen, wenn »Robbenspeck« zur schönsten Braut dieser Saison avanciert?

Und ich werde dabei sein, wenn dieses Ereignis stattfindet!

Also ehrlich, ich habe den besten Job der Welt. Obwohl ich kein regelmäßiges Gehalt dafür beziehe.

Während ich das Apartmentgebäude betrete und mit dem Lift nach oben fahre, schwebe ich immer noch wie auf Wolken. Auch als ich die Tür aufschließe und Luke sehe, vor dem beleuchteten Weihnachtsbaum.

»Da bist du ja«, ruft er, eine Weinflasche in der Hand. »Endlich!«

»O Luke!«, juble ich. »Das wirst du nicht glauben! Das Kleid gefällt ihr! Sie *liebt* es. Und Monsieur und Madame Henri haben mir einen Weihnachtsbonus gegeben, und Jill hat mich zu ihrer Hochzeit eingeladen … So schade, dass du dieses Ereignis versäumen wirst. Aber am allerwichtigsten – das Kleid gefällt ihr *wirklich*! Und sie sieht großartig darin aus. Nie wieder wird man sie ›Robbenspeck‹ nennen.«

»Wunderbar, Lizzie!« Er füllt zwei Weingläser, und ich merke erst jetzt, dass alle Lampen ausgeschaltet sind. Nur die Lichter am Weihnachtsbaum und ein paar Kerzen brennen. Luke hat eine Käseplatte und ein paar Schüsselchen mit Snacks bereitgestellt, die ich gern mag – Salznüsse und kandierte Orangenschalen. So festlich – und romantisch...

»Ein perfekteres Geschenk hätte ich gar nicht für dich aussuchen können.« Luke reicht mir eines der Weingläser. »Willst du's jetzt auspacken?«

Warum hätte er kein perfekteres Geschenk aussuchen können? Weil alles so perfekt ist? Und weil mich sein Heiratsantrag an diesem wunderbaren Abend noch viel glücklicher machen wird? Was anderes meint er ganz sicher nicht.

»O ja, Luke, jetzt will ich's auspacken! Seit ich's hier gesehen habe, kann ich's kaum erwarten.«

»Okay, dann leg mal los.«

Seltsam, so etwas zu sagen, wenn man seiner Freundin unter einem Weihnachtsbaum einen Heiratsantrag machen will. Aber wie auch immer...

Mein Weinglas in der Hand, setze ich mich neben mein Geschenk auf den Parkettboden und warte, bis er neben seinem kauert.

»Möchtest du anfangen?« Wahrscheinlich würde ihn mein Geschenk enttäuschen – nach den Freudentränen, die er mir mit *seinem* entlocken wird.

Aber er erwidert: »Nein, du zuerst. Ich will endlich wissen, wie's dir gefällt.«

Also zucke ich die Achseln und entferne die Silberfolie von der großen Schachtel. Auf der steht: »Quantum-Futura CE-200.« Jetzt beginnt das schwebende Glücksgefühl nachzulassen. Und als ich das Bild der Schachtel sehe – eine Nähmaschine –, verfliegt die Euphorie endgültig.

Unsicher schaue ich auf. Luke strahlt mich an, über sein Weinglas hinweg, und sieht kein bisschen wie ein Mann aus, der seiner Freundin einen Heiratsantrag machen will. Und da ist mir – ganz elend zumute.

»Das ist eine Nähmaschine!«, teilt er mir mit. »Ein Ersatz für die Singer, die mein Dad zertrampelt hat. Aber die ist viel besser. Einsame Spitze, hat die Verkäuferin gesagt. Damit kannst du sogar sticken und so weiter. Da drin steckt ein Minicomputer.«

Die Augen zusammengekniffen, starre ich die riesige Schachtel an. Eine Investition in die Zukunft, hat er gesagt.

Okay, genau das hat er mir geschenkt.

Und ehe ich weiß, wie mir geschieht, fange ich an zu weinen.

Lizzie Nichols' Ratgeber für Brautkleider

Hochzeiten sollten erfreuliche Ereignisse sein. Deshalb will niemand zugeben, am allerwenigsten die Braut, dass ... Nun ja, manche Hochzeiten finden nicht statt. Vielleicht hat der Bräutigam kalte Füße bekommen. Oder die Braut. Oder das Paar befindet das Timing für falsch. Oder ein geliebtes Familienmitglied ist verschieden, und es wäre allen Betroffenen unangenehm, während der Trauerzeit ein Fest zu feiern. Solche Dinge passieren nun einmal.

Aus diesem Grund schließt die kluge Braut eine Hochzeitsversicherung ab. So wie eine Reiseversicherung garantiert eine Hochzeitsversicherung, dass Sie nicht das ganze Geld verlieren, das Sie bereits für den gemieteten Festsaal, die Torte, die Fotografen, das Essen, Limousinen, Blumen, die Hochzeitsreise und Ihr Brautkleid ausgegeben haben.

Meistens ist der Hochzeitstag der wichtigste Tag im Leben eines Mädchens. Wollen Sie, falls irgendwas schiefgeht, nicht mit der Gewissheit getröstet werden, dass Sie wenigstens keine finanziellen Einbußen erleiden? Den Kerl haben Sie schon verloren. Wollen Sie auch noch Ihr sauer verdientes Geld verlieren?

Ich rate allen meinen Kundinnen zu einer Hochzeitsversicherung. Auch Sie sollten sich dazu entschließen.

Lizzie Nichols Designs

23

Die Liebe und der Skandal versüßen den Tee am besten.
Henry Fielding (1707–1754), englischer Schriftsteller

*W*as ist denn los?« Erschrocken beobachtet Luke meinen Zusammenbruch. »Habe ich die falsche Nähmaschine gekauft? Warum weinst du?«

»Nein …« Das glaube ich einfach nicht, dass ich vor ihm heule – dass ich mich nicht besser beherrschen kann. Wie lächerlich! Seine Schuld ist es nicht. Nur meine. Ich bin auf die idiotische Idee gekommen, mit dieser »Investition in die Zukunft« hätte er gemeint – hätte er gemeint …

»Was soll ich denn gemeint haben?«, fragt er verwirrt.

Zu meiner Bestürzung habe ich den Gedanken auch noch *ausgesprochen!* Leider merke ich das zu spät … O nein! So vorsichtig bin ich gewesen – so sorgsam habe ich die kleinen Brotkrumen ausgestreut, damit das kleine Waldtier ihnen folgen würde. Jetzt darf ich nicht mit einem Hammer auf seinen Kopf schlagen. Wo er das Ziel beinahe erreicht hätte …

»Dass du mir einen Verlobungsring schenken wirst«, höre ich mich schluchzen. »Dass du mich bitten wirst, dich zu heiraten.«

So. Nun ist es mir rausgerutscht, es fliegt durch das Universum, und alle werden es zur Kenntnis nehmen, sogar Luke.

Und genauso, wie ich es in der Tiefe meines Herzens

immer gewusst habe, noch vor Sharis und Chaz' Warnungen, ist er entsetzt.

»Dich *heiraten*?«, stößt er hervor. »Lizzie ... Klar, ich liebe dich, aber – wir sind erst seit sechs Monaten zusammen!«

Sechs Monate, sechs Jahre – das ist vollkommen unerheblich. In diesem Moment sehe ich es ein. Es gibt gewisse Waldgeschöpfe, die einem niemals gehören werden – ganz egal, wie viele Krümel man ihnen vor die Nase streut – ganz egal, wie geduldig man wartet. Niemals lassen sie sich zähmen. Weil sie es vorziehen, frei und wild durch den Wald zu laufen.

Und so ein Geschöpf ist Luke. Alle anderen haben es erkannt. Nur ich nicht. Ich bin der einzige Dummkopf, der sich geweigert hat, die Wahrheit zu akzeptieren. Dass es ihm jetzt gefällt, mit mir zusammenzuleben. Aber nicht für immer. Sechs Monate. Sechs Jahre. Nie wird er sich an jemanden binden.

Zumindest nicht an mich.

»Wirklich, ich dachte, wir hätten Spaß miteinander«, sagt er, und sein Kummer wirkt sogar echt. »Ich finde es wundervoll, dass wir zusammenwohnen. Aber eine Ehe ... Ich weiß nicht einmal, wo ich nächstes Jahr sein werde. Geschweige denn in vier Jahren, wenn ich mein Medizinstudium abgeschlossen habe. Wie kann ich *irgendwen* bitten, mich zu heiraten? Ich bin mir nicht einmal sicher, ob ich *überhaupt* heiraten will – ob das Thema Ehe jemals auf meinem Radar erscheinen wird.«

»Oh«, wispere ich.

Was soll ich denn sonst sagen? Offenbar hätten wir dieses Gespräch schon vor einiger Zeit führen sollen.

Wenn er nicht einmal sicher ist, ob er eine Ehe eingehen will – mit mir oder mit *irgendjemandem* ...

Es sei denn, er hätte sich das eines Tages gewünscht, wenn ich meine Interessen nur etwas cooler verfolgt hätte. Aber jetzt habe ich meine große Klappe aufgemacht und alles vermasselt. Hätte ich mich bloß etwas länger geduldet ...

Nein, in einem Jahr – oder in zwei Jahren wird er genauso denken. Das sehe ich an der Panik in seinen Augen. In John MacDonalds Blick lese ich etwas ganz anderes, wenn er Jill anschaut. Sogar in Chaz' Augen hat es aufgeblitzt, wenn er Shari angelächelt hat.

Warum bin ich so blind gewesen? Wieso ist mir nie aufgefallen, dass dieser besondere Glanz in Lukes Augen fehlt?

»Das ist schon okay«, sage ich leise. Ich bin müde. Schrecklich müde. So hart habe ich gearbeitet. Und morgen muss ich in ein Flugzeug steigen und nach Hause fliegen.

Dem Himmel sei Dank. Plötzlich wünsche ich mir nichts sehnlicher, als daheim in den Armen meiner Mutter zu liegen. So wie sich Jill in die Arme ihrer Mutter geworfen hat. Allerdings aus anderen Gründen.

Jill ist glücklich gewesen. Und das bin ich nicht.

»O Gott, Lizzie, ich fühle mich grauenvoll«, gesteht Luke. »Wenn ich jemals irgendwas gesagt oder getan habe, das dich auf solche Gedanken bringen musste ... Aber du hast mir dauernd erzählt, wie gern du einen eigenen Laden eröffnen würdest. Und deshalb dachte ich, du würdest genauso denken wie ich. Für mich kommt eine Ehe nicht in Frage. Angenommen, wir heiraten, und ich will mein Studium in Kalifornien abschließen. Dann müsstest du deinen Laden aufgeben. Würdest du das mir zuliebe tun? Wohl kaum. Oder ich kriege einen Job in Vermont, wenn ich meinen Doktor gemacht habe. Würdest du mich nach *Vermont* begleiten?«

Ja, natürlich. Überall würde ich mit dir hingehen, Luke, und alles aufgeben, wenn wir nur zusammen sind.

Aber so etwas empfindet er nicht für mich. Luke springt auf, schaltet die Lampen ein, und ich blinzle ins plötzliche Licht. »Es tut mir so leid, Lizzie. Nun habe ich alles verbockt, nicht wahr?«

»Nein.« Entschlossen schüttle ich den Kopf, wische mit dem Handrücken die Tränen von meinen Wangen und stehe auf. »*Mir* tut's leid. *Ich* war dumm. Wahrscheinlich, weil ich ständig an Hochzeiten denke. Sozusagen Berufsrisiko. Es ist nur...«

»Was?« Er kommt zu mir und umarmt mich. »Was kann ich tun, um das wiedergutzumachen? Das will ich nämlich. Ich möchte auch weiterhin mit dir Spaß haben. So wie bisher.«

»Ja...« Am liebsten würde ich darauf eingehen. Weil – was ist schon dabei?

Und doch – das schaffe ich nicht. Vielleicht, weil ich das strahlende Glück in Jills Augen gesehen habe. Oder weil meine Schwestern morgen *nicht* fragen werden, ob das ein Verlobungsring an meinem Finger ist, und weil ich *nicht* cool und lässig antworten kann: *Na klar...*

Woran es liegt, weiß ich nicht. Jedenfalls muss ich ehrlich sein. Zu Luke. Und zu mir selber. »Sicher, es ist großartig, wenn man Spaß hat. Aber eines Tages will ich heiraten. Das wünsche ich mir wirklich. Und du willst es nicht.

Welchen Sinn hätte es da, wenn wir zusammenbleiben? Wäre es nicht besser, Schluss zu machen? Schauen wir uns da draußen um – suchen wir jemanden, mit dem wir uns eine Zukunft vorstellen können.«

»Hey!« Luke presst seine Lippen in mein Haar. »Red doch keinen Unsinn! Ich habe nicht gesagt, dass ich mir eine Zukunft mit dir *nicht* vorstellen kann. Aber im Augenblick weiß ich noch gar nicht, wie meine eigene Zukunft aussehen wird – und erst recht nicht, ob ich sie mit jemandem teilen werde. Wie soll ich dich da einplanen – so gern ich dich auch bei mir habe?«

Ich lege meine Wange an seine Brust, spüre sein gestärktes weißes Hemd mit dem aufgeknöpften Kragen und rieche den schwachen Duft des Eau de Colognes, das er als Aftershave benutzt. Diesen Geruch habe ich immer mit Sex und Fröhlichkeit assoziiert.

Bis jetzt.

»Ja, ich weiß.« Mit sanfter Gewalt schiebe ich ihn von mir. »Und es tut mir ehrlich leid. Trotzdem muss ich mich verabschieden.«

Ich gehe ins Schlafzimmer, wo mein Koffer für die morgige Reise steht. Nur meine Toilettenartikel habe ich noch nicht eingepackt, die hole ich aus dem Bad.

»Soll das ein Witz sein?« Luke ist mir gefolgt.

»Kein Witz«, erwidere ich und stopfe meine Zahnbürste und die Reinigungsmilch in die Luscious Lana-Kosmetiktasche. Was ich mache, sehe ich kaum, weil Tränen meinen Blick verschleiern. Blöde Augen … Ich schiebe mich an Luke vorbei, um die Kosmetiktasche im Koffer zu verstauen. Dann schleife ich ihn zur Wohnungstür.

»Lizzie!«, ruft Luke und versperrt mir den Weg, das Gesicht voller Sorge. »Was ist denn los mit dir? So habe ich dich noch nie gesehen …«

»Was meinst du denn?« Wie scharf diese Frage klingt – das will ich gar nicht. »Hast du mich noch nie wütend gesehen? Stimmt, weil ich mich immer so nett wie nur möglich benommen habe. Um dir zu beweisen, dass ich deiner würdig bin – eines so großartigen Jungen würdig! Das ist wie – dieses Apartment, dieses schöne Apartment. Ich habe versucht, mich so zu verhalten wie jemand, der hierher gehört – in ein Apartment, wo ein kleiner Renoir an der Wand hängt. Und weißt du, was ich herausgefunden habe? Die Person, die hier lebt, will ich gar nicht sein. Weil ich die Leute nicht mag, die solche Apartments bewohnen – die ihre Ehemänner betrügen und einem Mädchen vorgaukeln, es würde eine gemeinsame Zukunft geben – obwohl sie gar nicht an einer Heirat interessiert sind. Nur an Spaß. Und ich glaube, da habe ich was Besseres verdient.«

Verwirrt blinzelt er mich an. »Wer betrügt hier seinen Ehemann?«

»Frag mal deine Mutter, wen sie am Tag nach Thanksgiving zum Lunch getroffen hat!«, fauche ich, bevor ich mich zurückhalten kann. Dann unterdrücke ich ein Stöhnen. *Okay, das war's …* Jetzt muss ich verschwinden. Sofort. »Mach's gut, Luke.«

Aber er steht mir immer noch im Weg, seine Kinnmuskeln verkrampfen sich. »Mach dich nicht lächerlich, Lizzie!« Nun schlägt er einen ganz anderen Ton an. »Es ist zehn Uhr abends. Wo willst du denn hingehen?«

»Was interessiert dich das schon?«

»Natürlich interessiert mich das. Das *weißt* du. Wie kannst du nur so reden?«

»Weil ich mich nicht mit dem *Augenblick* begnüge. Ich brauche eine dauerhafte Liebe. Die *verdiene* ich.«

Energisch dränge ich mich an ihm vorbei, schließe die Tür auf und stelle den Koffer in den Hausflur. Dann hole ich meinen Mantel und die Handtasche.

Bedauerlicherweise ist ein dramatischer Abgang etwas schwierig, wenn man im Hausflur steht und auf den Lift warten muss. Luke lehnt am Türrahmen des Apartments und starrt mich an. »Natürlich werde ich dir nicht nachlaufen, Lizzie.«

Darauf gebe ich keine Antwort.

»Und morgen fliege ich nach Frankreich.«

Ich verfolge die Zahlen über der Lifttür, die nacheinander aufleuchten. Wegen meines Tränenschleiers verschwimmen sie.

»Lizzie«, sagt er in seinem entnervend vernünftigen Ton, »wohin gehst du? Wie willst du über die Weihnachtstage ein neues Quartier finden? In der Woche zwischen Weihnachten und Neujahr ist diese Stadt praktisch geschlossen. Hör mal, nutzen wir diese Zeit, um uns zu beruhigen, okay? Sei einfach – hier, wenn ich zurückkomme. Damit wir reden können. Einverstanden?«

Zum Glück ist der Aufzug endlich da, und ich betrete die Kabine. Ohne den uniformierten Liftboy zu beachten, der neugierig zuhört, rufe ich: »Leb wohl, Luke!«

Und dann schließen sich die Lifttüren.

Lizzie Nichols' Ratgeber für Brautkleider

Die Party ist vorbei ...
Was machen Sie mit Ihrem Brautkleid, wenn die Hochzeit vorbei ist?

Nun, viele Frauen heben ihre Brautkleider für künftige Töchter oder Enkelinnen auf, damit sie es bei ihren eigenen Hochzeiten tragen können. Und andere verwahren die Kleider einfach nur für die Nachwelt.

Was immer Sie beschließen, es ist wichtig, das Kleid reinigen zu lassen, nachdem Sie es zum letzten Mal getragen haben. Sonst würden sogar verborgene Champagner- oder Schweißflecken den empfindlichen Stoff im Lauf der Zeit rettungslos verfärben.

Aber wenn manche Frauen das gereinigte Kleid in einen luftdichten Karton gelegt haben, erkennen sie vielleicht eines Tages, dass es den einstigen sentimentalen Wert verliert. Möglicherweise findet die Ehe mit einer Scheidung oder mit dem Tod des Partners ein Ende.

Selbst wenn Ihr Brautkleid schmerzliche Erinnerungen weckt – werfen Sie's nicht weg. Spenden Sie's lieber »Lizzie Nichols Design« oder einer der zahlreichen wohltätigen Organisationen, die mittellosen Bräuten zu Traumhochzeiten verhelfen. Eine solche Spende können Sie von der Steuer absetzen, also machen Sie auch noch Ihren Buchhalter glücklich.

Damit helfen Sie einer bedürftigen Braut, befreien sich von traurigen Erinnerungen und ersetzen sie durch erfreuliche. Versuchen Sie's! Sie werden es sicher nicht bereuen.

Lizzie Nichols Designs

24

>»Es gibt nur eine Unannehmlichkeit, die peinlicher ist, als in aller
Munde zu sein: nicht in aller Munde zu sein.

Oscar Wilde (1854–1900),
anglo-irischer Dramatiker, Romanautor und Dichter

*E*s ist meine Schuld«, sage ich.
»Nein, ist es nicht«, widerspricht Shari.

»Doch. Ich hätte ihn fragen müssen. Schon damals in
Frankreich hätte ich ihn fragen sollen, wie er über die Ehe
denkt, statt die Strategie ›Kleines Waldtier‹ anzuwenden.
Dann wäre mir das alles nicht passiert. Ausnahmsweise wär's besser gewesen, ich hätte mal den Mund aufgemacht – und mir diesen ganzen Kummer erspart.«

»Aber dann wärst du nicht so oft flachgelegt worden«,
gibt Shari zu bedenken.

»Ja, das ist wahr«, seufze ich mit tränenerstickter
Stimme.

»Besser?«, will sie wissen, presst einen kühlen, feuchten
Waschlappen auf meine Stirn, und ich nicke.

Lang ausgestreckt liege ich auf der Futon-Couch ihrer
Lebensgefährtin Pat im hübschen Wohnzimmer des Park
Slope-Apartments, flankiert von zwei großen Labradors.
Links sitzt der schwarze Scooter, rechts der goldbraune
Jethro.

Obwohl wir uns eben erst kennengelernt haben, liebe
ich die beiden.

»Wer ist ein braver Junge?«, frage ich Jethro. »Ja, wer denn?«

Ich sehe, wie Pat einen unbehaglichen Blick in Sharis Richtung wirft.

»Keine Bange«, versucht Shari sie zu beruhigen. »Sie wird sich bald erholen. Sie hat nur einen kleinen Schock erlitten.«

»Klar«, bestätige ich, »allzu lange wird's nicht dauern, bis ich wieder okay bin. Morgen fliege ich zu meiner Familie. Aber ich komme zurück – auf keinen Fall werde ich in Ann Arbor bleiben. New York hat mich *nicht* durchgekaut und ausgespuckt. So wie Kathy Pennebaker.«

»Natürlich kommst du zurück«, sagt Shari. »Wir haben für Sonntag denselben Flug gebucht. Erinnerst du dich?«

»O ja. Ich werde zurückkommen und auf den Füßen landen. So wie immer.«

»Klar«, stimmt Shari zu. »Jetzt gehen wir ins Bett. Ist das okay, Lizzie? Du bleibst mit Scooter und Jethro hier. Wenn du irgendwas brauchst, genier dich nicht und weck uns. Ich lasse in der Diele das Licht brennen. Nur zur Sicherheit. Okay?«

»Okay«, murmele ich, während Jethro meine Hand ableckt. »Gute Nacht.«

»Gute Nacht!«, rufen die beiden, verlassen das Wohnzimmer, und Pat löscht das Licht.

»Sag mal«, höre ich sie wispern, »hat er ihr *wirklich* eine Nähmaschine geschenkt?«

»Ja«, flüstert Shari zurück. »Und sie war so felsenfest überzeugt, sie würde einen Ring bekommen.«

»Armes Ding …«

Dann verstehe ich nichts mehr, weil sie ins Schlafzimmer gehen und die Tür schließen.

Blinzelnd schaue ich ins Halbdunkel. Ich habe das Haus verlassen, in dem Lukes Mutter ein Apartment besitzt, ein Taxi herangewinkt und dem Fahrer gesagt, er soll mich nach Park Slope bringen. Auf der Fahrt habe ich Shari angerufen. Ohne nach Einzelheiten zu fragen, hat sie mich aufgefordert, sofort zu ihr zu kommen. Wozu sind beste Freundinnen schließlich da?

Pats ebenerdige Wohnung ist sehr schön, mit einer Holztäfelung und graugrünen Wänden, mit spinnenförmigen Grünpflanzen, die in Körben von der Decke herabhängen, und mehreren Bildern von Enten. Auf der Decke, die Pat um meine Schultern gelegt hat, als ich weinend hereingekommen bin, prangt eine Stockente.

Irgendwie wirken die Enten tröstlich. Ich persönlich würde meine eigene Wohnung ja nicht mit Entenmotiven schmücken, aber die Tatsache, dass jemand es tut, gefällt mir.

Vielleicht, denke ich, während ich zwischen Scooter und Jethro liege und den heißen, stinkigen Hundeatem fast so tröstlich finde wie die Enten, vielleicht lassen Pat und Shari mich ja hier wohnen. Nur so lange, bis ich in ein eigenes Apartment ziehen kann. Ja, das wäre nett – drei Mädchen gegen den Rest der Welt. Gegen die Männerwelt, gegen die Kerle, die keine Ehe in ihrer Zukunftsplanung sehen. Zumindest nicht mit einem Mädchen wie mir.

»Es ist meine Schuld.« Das habe ich Shari immer wieder versichert, als ich zur Tür hereingekommen bin. »Wie kann ich erwarten, dass er mich heiratet, wenn er mich erst seit sechs Monaten kennt?«

»Selbst wenn er nicht heiraten will«, sagte Pat kategorisch, »er müsste merken, wie wichtig die Ehe für eine Frau ist, die ihren Lebensunterhalt mit Brautkleidern verdient.«

»Damit verdiene ich meinen Lebensunterhalt nicht«, informierte ich sie.

»Jedenfalls ist er eine miese Ratte«, meinte Shari. »Da, trink das.«

Der Whiskey half mir. Dass sie Luke eine »miese Ratte« genannt hat, stört mich. Denn in der Tiefe meines Herzens erkenne ich, dass er das nicht ist, sondern einfach nur ein Junge, der vor ein paar Monaten noch nicht gewusst hat, was er mit seinem Leben anfangen soll. Oder er wusste es, wagte aber nicht, ein Risiko einzugehen und es zu versuchen. Bis ich aufgetaucht bin und ihn zu seinem Medizinstudium ermutigt habe.

Wahrscheinlich liegt darin sein Problem mit der Ehe. Er fürchtet das Risiko, glaubt jedoch, dass es irgendwo da draußen ein Mädchen gibt, mit dem er's wagen könnte. Offensichtlich bin ich dieses Mädchen nicht. Weil wir trotz allem, was ich mir in dieser ganzen Zeit eingeredet habe, nicht zueinander passen. Vielleicht bin ich meinem Seelenkameraden noch nicht begegnet. Oder doch, und ich hab's nicht mitgekriegt.

Oder, wie Chaz immer sagt, man biegt sich seinen eigenen Seelenkameraden zurecht.

Vermutlich ist eine Ehe gar nicht das Wichtigste im Universum. Viele glückliche Paare sind unverheiratet. Und die sitzen keineswegs herum und jammern. Womöglich lachen sie sogar über den Gedanken, sie könnten heiraten. Es ist gar nicht so schlimm, Single zu bleiben ...

…und das erkläre ich meiner Mutter und meinen Schwestern, als ich am nächsten Tag nach Ann Arbor zurückkehre. Weil sie an meinen rot geweinten Augen natürlich merken, dass irgendwas nicht stimmt.

»Luke und ich haben Schluss gemacht«, erzähle ich. »Für eine feste Bindung war er nicht bereit. Und ich schon.«

Dazu geben Rose und Sarah ein paar markige Kommentare ab.

Rose: »Wusste ich's doch, es wird nicht lange dauern. Ich meine, du hast ihn im Urlaub kennengelernt. Und Ferienflirts führen niemals zu einer ernsthaften Beziehung.«

Sarah: »Die Jungs wollen sich nie binden. Deshalb hättest du einfach schwanger werden sollen. Sobald einer weiß, ein Brötchen liegt im Ofen, kommt er sehr schnell zur Vernunft. Auf jeden Fall, sobald seine Mom erfährt, dass sie Großmutter wird.«

Aber ich will meinen Partner fürs Leben nicht so einfangen wie meine Schwestern ihre Ehemänner. Weil das genauso heimtückisch ist wie meine Taktik »Kleines Waldtier«. Und was bei dieser Strategie herausgekommen ist, sieht man ja.

Glücklicherweise lenkt Sharis Ankündigung in ihrem Elternhaus, die ihre neue Freundin betrifft, die allgemeine Aufmerksamkeit vor mir ab und wird schon bald in der ganzen Nachbarschaft diskutiert, was Mrs. Dennis' rasanten Telefonaten zu verdanken ist. Wie ich später erfahre, hat Dr. Dennis auf die Neuigkeit nur mit verkniffenen Lippen und einem Gang zum Barschrank reagiert.

Aber Mrs. Dennis lässt sich zur regionalen Sprecherin einer landesweiten Organisation wählen, die sich für die Eltern, Verwandten und Freunden von Schwulen und

Lesben einsetzt. »Auch für Bisexuelle«, erklärt sie meiner Mutter beim Weihnachtsdinner. Dabei platzt sie beinahe vor Stolz. »Wir sorgen für die Gesundheit dieser Menschen.«

»Wie nett«, meint Mom.

»Möchten Sie beitreten? Hier habe ich eine Broschüre.«

»Oh.« Mom legt ihre Gabel beiseite, die sie mit Yorkshire-Pudding gefüllt hat. »Sehr gern.«

Shari zwinkert mir über den Tisch hinweg zu. *Hat er angerufen?*, formen ihre Lippen. Im Gegensatz zu mir glaubt sie nicht, dass es zwischen Luke und mir aus ist. Sie ist fest davon überzeugt, dass er mich anruft und wir uns aussprechen und dass dann alles wieder gut wird. Sie lebt in einer Fantasiewelt. Wahrscheinlich hängt das mit den Enten zusammen.

Am Weihnachtstag geht's im Nichols-Haushalt immer drunter und drüber, weil Mom alle Kinder und Enkel um sich schart, dazu Grandma, die Dennis' und die jeweiligen Assistenten meines Dads in der Computer-Abteilung am College – Studenten, die sich zu den Feiertagen keine Heimreise leisten können. Die bringen immer Gerichte aus ihren Heimatländern mit, und so besteht unser festliches Menü oft aus Beef Wellington mit malaiischen Kopftas, das sind Hackbällchen, und einem Korb voller frisch gebackener Poori, indischen Bällchen aus Puffreis.

Da gibt es kein Entrinnen vor kreischenden Kleinkindern und der schrillen Stimme meiner Mutter, die bei der Muppet-CD mitsingt; vor der geduldigen Erklärung des Studenten, die defokussierende Wirkung des radialen Feldgefälles würde durch die Kanten der Magnetfronten kompensiert, die das Feld azimutal variieren; vor Roses

Zusammenbruch, weil ihr letzter Schwangerschaftstest zwei blaue Linien gezeigt hat statt der erwarteten einen; und vor Sarahs Zorn, weil sie sich weißgoldene Ohrstecker mit Diamanten gewünscht und von ihrem Mann gelbgoldene bekommen hat. (»Ist der *farbenblind*, oder was?«)

Die ganze Zeit umklammere ich mein Handy. Manchmal glaube ich, es würde zucken. Aber vermutlich spüre ich nur meine Herzschläge, denn er ruft nicht an. Nicht einmal, um mir frohe Weihnachten zu wünschen.

Und ich rufe ihn auch nicht an. Wie könnte ich?

Als ich die Kellertreppe hinabsteige, um Zuflucht vor Kindertränen und endlosem Geschwätz zu suchen, treffe ich Grandma vor dem Flachbildfernseher an. Den haben meine Eltern für sie kaufen müssen. Darauf hat sie bestanden. Sie sieht gerade »Ist das Leben nicht schön?«, in der ursprünglichen, nicht kolorierten Version.

»Hi, Gran.« Ich setze mich zu ihr auf die Couch. »Jimmy Stewart, was?«

Sie grunzt. Natürlich entgeht mir die Flasche Budweiser in ihrer Hand nicht. Angelo, Roses idiotischer Ehemann, hat die Flasche mit alkoholfreiem Bier gefüllt, was keine Rolle spielt. Später wird Grandma so oder so ihre Schwipsnummer abziehen.

»Damals wussten sie noch, wie man richtige Filme dreht«, murmelt sie und zeigt mit der Bierflasche auf den Bildschirm. »So wie den da. Und der andere, mit diesem Rick – wie heißt er doch gleich? Ach ja, ›Casablanca‹. Das waren richtige Filme. Keine Explosionen, keine sprechenden Affen. Nur schlaue Dialoge. Jetzt weiß niemand mehr, wie man solche Filme macht. Offenbar laufen in Hollywood nur noch geistig zurückgebliebene Typen herum.«

Ich spüre mein Handy beben. Aber es ist nichts. Dann muss ich den Kopf senken, um meine Tränen zu verbergen.

»Ja, der Junge ist gut«, fährt Grandma fort und zeigt auf Jimmy Stewart. »Aber ich mag auch diesen Rick, dem das Café in Casablanca gehört hat. Also, der war Klasse. Erinnerst du dich, wie er dem Ehemann des Mädchens geholfen hat, das Geld zu gewinnen? Damit sie nicht mit dem Franzosen schlafen musste? Da siehst du, was einen echten Mann ausmacht. Und was kriegt Rick für all seine Mühe? Gar nichts. Nur seinen Seelenfrieden. Dieser faule Zauber, den Brad Pitt da treibt, der interessiert mich nicht. Was leistet der denn schon, außer sein Hemd auszuziehen und eine Horde Waisenkinder zu adoptieren? Rick zieht sein Hemd nie aus. Das hat er nicht nötig! Den müssen wir nicht nackt sehen, um zu merken, dass er ein richtiger Mann ist! Deshalb finde ich ihn viel besser als Brad Pitt. Weil er sein Hemd nicht ausziehen muss, um seine Männlichkeit zu beweisen. He, warum heulst du denn?«

»O Gran«, würge ich hervor, »es ist schrecklich – alles ist so schrecklich!«

»Was? Bist du schwanger?«

»Nein, natürlich nicht.«

»*So* natürlich ist das gar nicht. Das ist alles, was deine Schwestern zustande bringen. Dauernd lassen sie sich schwängern. Man sollte meinen, die hätten noch nie was von einer Bevölkerungskrise gehört. Wenn du nicht schwanger bist – was ist dann los mit dir?«

»Anfangs lief alles so gut«, schluchze ich. »In – New York, meine ich. Aus diesem Laden für Brautkleider habe ich wirklich was gemacht. Jetzt kenne ich auch den Unterschied zwischen der First Avenue und der First Street. Und ich habe einen Friseur gefunden, der mir Strähnchen macht, die ich mir leisten kann ... Und dann musste ich weinen, weil Luke mir keinen Verlobungsring zu Weihnachten geschenkt hat, sondern eine Nähmaschine!«

Nachdenklich nimmt Grandma einen Schluck Bier. Dann sagt sie in gleichmütigem Ton: »Wäre dein Großvater jemals auf die Idee gekommen, mir eine Nähmaschine zu schenken, hätte ich sie ihm an den Kopf geschmettert.«

»O Gran!« Durch den Schleier meiner Tränen sehe ich sie kaum. »Verstehst du denn nicht? Um das Geschenk geht's gar nicht. Er will mich nicht heiraten. Niemals! Er sagt, so weit kann er nicht in die Zukunft schauen. Aber glaubst du das nicht auch – wenn man jemanden liebt, sieht man doch, was in zwanzig Jahren passieren wird. Und dann will man immer noch mit diesem Menschen zusammen sein.«

»Klar. Und wenn er behauptet, so was weiß er nicht, war's ganz richtig, dass du ihm den Laufpass gegeben hast.«

»Nein, Gran, es ist viel komplizierter. Bitte, erzähl's Mom nicht – aber Luke und ich – wir haben zusammengelebt.«

»Dann ist's ja noch schlimmer«, schnauft sie. »Er hat's mit dir ausprobiert? Und er weiß trotzdem nicht, ob seine Liebe groß genug für eine dauerhafte Beziehung ist? Sag ihm, er soll sich zum Teufel scheren! Wofür hält er sich eigentlich? Für Brad Pitt?«

»Manchmal brauchen Jungs länger als sechs Monate, um zu wissen, ob ein Mädchen zu ihnen passt oder nicht.«

»Wenn er ein Pitt ist – vielleicht. Aber nicht, wenn er ein Rick ist.«

Um das zu verdauen, brauche ich ein paar Sekunden. »Nun werde ich mir eine neue Wohnung suchen. Wahrscheinlich muss ich viel mehr Miete zahlen als jetzt. Bisher hatte ich die Vergünstigungen einer – Lebensgefährtin.«

»Und was ist dir wichtiger? Geld? Oder deine Würde?«

»Beides.«

»Dann musst du eben Mittel und Wege finden, um beides zu kriegen. Stell dich der Herausforderung! Hast du nicht behauptet, mit Schere und Nadel und Faden und einer Stickpistole würdest du *alles* schaffen? Jetzt geh rauf und hol deiner Grandma noch ein Bier. Aber diesmal ein richtiges. Diesen alkoholfreien Mist habe ich satt. Leere Kalorien für nichts und wieder nichts.«

Ich stehe auf und nehme ihr die leere Flasche aus der Hand. Nun klebt ihr Blick wieder am Bildschirm. Jimmy Stewart läuft die Straße hinab und wünscht Mr. Potter frohe Weihnachten.

»Gran, wieso magst du Sully in ›Dr. Quinn‹ so sehr? Aber du hasst Brad Pitt? Zieht Sully nicht auch ständig sein Hemd aus?«

Da starrt sie mich an, als hätte ich den Verstand verloren. »›Dr. Quinn‹? Das ist *Fernsehen*. Kein Kino. Also was ganz anderes.«

Lizzie Nichols' Ratgeber für Brautkleider

Sie haben es geschafft! Endlich sind Sie verheiratet! All die harte Arbeit, die mühselige Vorbereitung… Jetzt ist es an der Zeit, den Hochzeitsempfang zu eröffnen und zu FEIERN!

Aber warten Sie – haben Sie einen Trinkspruch parat?

Nicht nur Trauzeugen und Brautväter stehen an der Tafel auf, um einige Worte zu sagen. Heutzutage übernehmen viele Bräute einen Großteil der enormen Hochzeitskosten. Warum sollten sie nicht auch eine kurze Rede halten?

Die besten Ansprachen einer Braut enthalten ein bisschen was von allem – Humor, Herzenswärme, und ja, auch ein paar Tränen. Folgendes ist absolut unverzichtbar:

Danken Sie den Gästen, die aus weiter Ferne angereist sind, um an der Zeremonie und am Empfang teilzunehmen, oder andere Anstrengungen auf sich genommen haben, um an diesem großen Tag bei Ihnen zu sein.

Danken Sie allen für die Geschenke und ihre Großzügigkeit (was Ihnen nicht erspart, später Dankesbriefe zu schreiben).

Danken Sie den Freundinnen, die Ihnen bei den Hochzeitsvorbereitungen beigestanden haben. Dazu gehören vor allem die Brautjungfern, die sich Ihnen zuliebe selbst übertroffen haben. (Natürlich musste sich jede Person, die bereit war, bei der Hochzeit an Ihrer Seite zu stehen, selbst übertreffen. Also vergessen Sie bloß nicht, allen zu danken!)

Danken Sie Ihrer Mom und Ihrem Dad. Insbesondere, wenn sie die Hochzeit bezahlen. Und wenn nicht, erkennen Sie etwaige spezielle

Rollen an, die sie während der Verlobungszeit oder bei der Zeremonie gespielt haben.

Danken Sie Ihrem neuen Ehemann, weil er Sie erträgt. Eine amüsante Story über die erste Begegnung oder über Gründe, warum Sie sich ineinander verliebt haben, wird den Gästen sicher gefallen.

Schließlich müssen Sie Ihren Gästen zuprosten und ihnen noch einmal danken, weil sie an diesem wichtigen Tag gemeinsam mit Ihnen feiern.

Und dann genießen Sie das Fest in vollen Zügen. Aber nicht so sehr, dass Sie Ihr Kleid ruinieren.

Lizzie Nichols Designs

25

Klatsch ist die Kunst, auf eine Art und Weise nichts zu sagen, die praktisch nichts ungesagt lässt.

Walther Winchell (1897–1972),
amerikanischer Nachrichtenkommentator

Eine Nähmaschine?«, ruft Tiffany schockiert. »O nein, unmöglich!«

»An der Nähmaschine lag's nicht«, erkläre ich. »Die war nur der Auslöser für das Gespräch danach – bei dem mir klar wurde, dass er meine Gefühle nicht erwidert.«

»Aber eine *Nähmaschine?«*

Es ist Montag nach Weihnachten, der erste Arbeitstag nach dem Fest, der zweite Tag, den ich wieder in New York verbringe. Während des restlichen Sonntags habe ich Zeitungsannoncen studiert, auf der Suche nach einem Apartment, das ich mir leisten kann – im Gegensatz zu der Wohnung über dem Laden, für die Madame Henri zweitausend Dollar pro Monat verlangt.

Leider war es hoffnungslos. Die einzigen Apartments, die tausend Dollar oder weniger kosten, sind WGs. In Jersey City. Und die künftigen Mitbewohner werden gebeten, eine »aufgeschlossene« Einstellung mitzubringen.

Ganz besonders deprimierend war es, im Apartment von Lukes Mutter an der Fifth Avenue zu sitzen, mit dem Renoir an der Wand und dem Metropolitan Museum of Art direkt vor den doppelt verglasten Fenstern, und zu lesen: *Hombres de preferencia.*

Hombres? Ich will nicht mit einer Horde Hombres zusammenwohnen, ich will nur *einen* Hombre ...

Und der hat noch immer nicht angerufen, geschweige denn eine Nachricht für mich hinterlegt. Ich fand das Apartment genauso vor, wie ich es verlassen hatte – sauber, meine Nähmaschine immer noch in dem großen Karton neben dem mittlerweile völlig vertrockneten kleinen Weihnachtsbaum. Und die Brieftasche für Luke ist immer noch eingepackt. Was ich für ihn ausgesucht habe, interessiert ihn gar nicht.

Soll ich beide Geschenke zurückbringen und fragen, ob ich das Geld dafür bekomme? Das würde ich dringend brauchen.

»Genau genommen ist das gar kein Geschenk«, betont Tiffany. »Weil sein Dad deine Nähmaschine DEMOLIERT hat. Und deshalb war er dir eine neue SCHULDIG. Aber er hat dir nichts wirklich *Neues* gekauft, sondern etwas, das du schon hattest – und das *kaputt* war.«

»Stimmt – ich weiß«, murmle ich. »Okay?«

»Also, ich meine, was ist denn DAS für ein Geschenk. Wenn Raoul irgendwas von meinen Sachen kaputt macht – und möge Gott verhüten, dass sein DAD jemals zu Besuch kommt und irgendwas von meinen Sachen kaputt macht –, erwarte ich natürlich, dass er es mir ersetzt, und nicht, dass er es als WEIHNACHTSGESCHENK ausgibt. Jetzt ist Luke dir immer noch ein richtiges GESCHENK schuldig.«

»Ja, ich weiß.« Erleichtert atme ich auf, als das Telefon läutet. »Pendergast, Loughlin and Flynn. Was kann ich für Sie tun?«

»Lizzie?« Verblüfft erkenne ich Robertas Stimme am anderen Ende der Leitung. »Ist Tiffany schon da?«

»Ja.« Wie üblich ist Tiffany früher an unserem Arbeitsplatz erschienen, um sich zu erkundigen, wie mein Weihnachtsfest verlaufen ist, und von ihrem zu erzählen, das sie mit Raoul auf dem Landsitz seiner Großmutter in den Hamptons verbracht hat. Dort haben sie sich total betrunken auf einem Eisbärenfell geliebt. Und er hat ihr einen Ring mit einem gelben Diamanten und eine Fuchsstola geschenkt. Die trägt sie über ihrer Schlangenlederhose und der Seidenbluse.»Weil das zu meinem persönlichen OUTFIT gehört«, wie sie vorhin erläutert hat.

»Gut«, sagt Roberta. »Würden Sie Tiffany bitten, das Telefon zu übernehmen, und in mein Büro kommen? Und seien Sie so freundlich – bringen Sie Ihren Mantel und Ihre Handtasche mit.«

»Oh – ja, okay.« Langsam lege ich auf. In meinem ganzen Körper sinkt die Bluttemperatur auf den Gefrierpunkt hinab.

Offenbar sieht Tiffany meinem Gesicht an, dass irgendwas nicht stimmt, denn ihre Aufmerksamkeit wird sekundenlang von ihrem neuen Diamantring abgelenkt. »Was ist los?«

»Roberta will mich in ihrem Büro sehen. Sofort. Und ich soll meinen Mantel und die Handtasche mitnehmen.«

»O Scheiße«, stöhnt Tiffany. »Scheiße, Scheiße, Scheiße. Dieses verdammte Biest! Ausgerechnet am Tag nach Weihnachten! Und da regt man sich über den ›weißen Hai‹ auf!«

Was habe ich verbrochen? Mechanisch stehe ich auf und greife ich nach meinem Mantel. *So vorsichtig war ich. Niemand hat mich zusammen mit Jill gesehen. Kein einziges Mal seit jenem ersten Tag. Da bin ich mir ganz sicher.*

»Hör mal…« Tiffany setzt sich in den Drehsessel. »Nur weil wir nicht mehr miteinander arbeiten, heißt das noch lange nicht, dass wir keine Freundinnen bleiben können. Ich mag dich wirklich. Immerhin hast du mich zum Thanksgiving-Dinner eingeladen. In dieser verdammten Stadt hat mich sonst niemand eingeladen. Also werde ich dich anrufen. Alles klar? Wir sehen uns. Und wenn du in der Fashion Week zu einer Modenschau gehen willst – was auch immer… Ich bin für dich da. Hast du mich verstanden?«

Leicht benommen nicke ich und gehe zu Robertas Büro. Jemand ist bei ihr. Als ich näher komme, erkenne ich Raphael von der Sicherheitskontrolle. Was macht der hier oben?

»Sie wollten mich sprechen, Roberta?«, sage ich und betrete das Büro.

»Ja«, bestätigt sie kühl. »Schließen Sie bitte die Tür, Lizzie.«

Ich gehorche und wende mich nervös zu Raphael, der mich ebenso nervös anschaut.

»Nun…«, beginnt Roberta, ohne mir Platz anzubieten. »Zweifellos erinnern Sie sich an unser Gespräch vor einigen Wochen. Dabei ging es um ein Foto, das in der Zeitung erschienen ist und Sie gemeinsam mit einer unserer Klientinnen zeigt – Jill Higgins, nicht wahr?«

Weil ich meiner Stimme misstraue, nicke ich nur. Vor Entsetzen ist mein Hals ganz trocken. Warum ist Raphael hier? Habe ich gegen irgendein Gesetz verstoßen? Wird er mich verhaften? Aber er ist nicht mal ein richtiger Cop…

»Damals haben Sie mir versichert«, fährt Roberta fort, »Ihre Beziehung zu Miss Higgins sei von unserer Kanzlei

Naschkatze 349

unabhängig. Also erklären Sie mir bitte, warum ich heute Morgen *das da* im *Journal* gefunden habe.«

Sie reicht mir eine Ausgabe des *New York Journal,* auf der zweiten Seite geöffnet …

… und da springt mir ein großes Schwarzweißfoto ins Auge – Monsieur Henri und seine Frau stehen vor ihrem Laden und grinsen von einem Ohr bis zum anderen, unter der Überschrift: »Die Designer von Robbenspecks Brautkleid.«

Das Erste, was ich verspüre, ist heiße Wut im Bauch. Designer? Nein, das sind nicht die Designer von Jills Brautkleid! Das bin ich! Nur ich! Wie können sie's wagen, so was zu behaupten …

Aber dann überfliege ich den Artikel und stelle fest, dass sie sich keineswegs mit fremden Federn schmücken. Offen und ehrlich teilten sie dem Reporter mit, eine laut Monsieur Henri »außergewöhnlich talentierte junge Dame« habe das Brautkleid gestylt, nämlich Elizabeth Nichols. Kurz davor sei sie Miss Higgins in der Anwaltskanzlei Pendergast, Loughlin and Flynn begegnet. »Dort arbeitet Miss Nichols als Empfangsdame, und Miss Higgins sucht in diesem Büro juristischen Beistand, um den Ehevertrag mit ihrem Bräutigam John MacDowell auszuhandeln.«

Da gibt's noch ein Foto, körnig und verschwommen, doch es zeigt eindeutig, wie ich in die Halle des Gebäudes eile, in dem ich jetzt stehe.

Der graue Kordanzug. Das ist alles, was ich in diesem Moment denken kann. *Dem verdanke ich diese Katastrophe. Bei seinem Anblick habe ich's sofort gewusst – mit dem Kerl wird's Ärger geben.*

Und die nächsten Gedanken … *Oh, warum mussten die*

Henris ausplaudern, wie ich Jill kennengelernt habe? Klar, ich habe ihnen nie gesagt, dass das ein Geheimnis bleiben muss. Aber wieso habe ich's ihnen überhaupt erzählt? Ich hätte einfach erklären sollen, sie sei eine Freundin. O Gott, was für eine dumme Kuh ich bin!

»Wie Sie wissen, legen wir bei Pendergast, Loughlin and Flynn großen Wert darauf, die geschäftlichen Verbindungen mit unseren Klienten diskret zu behandeln.« Über dem Rauschen in meinen Ohren höre ich Robertas Stimme nur undeutlich. »Ich habe Sie schon einmal gewarnt. Jetzt bleibt mir nichts anders übrig, als Ihnen fristlos zu kündigen.«

Blinzelnd schaue ich von der Zeitung auf. Weil mir Tränen in die Augen steigen, muss ich noch heftiger blinzeln. »Sie *feuern* mich?«, flüstere ich.

»Tut mir leid, Lizzie.« Und Roberta sieht tatsächlich so aus, als meinte sie das ernst. Das hilft mir. Irgendwie. »Aber wir haben darüber gesprochen. Ich werde Ihnen den letzten Gehaltscheck sofort schicken. Jetzt brauche ich nur noch den Büroschlüssel. Dann wird Raphael Sie nach unten bringen.«

Meine Wangen brennen. Mit bebenden Fingern wühle ich in meiner Handtasche, ziehe den Büroschlüssel heraus und lege ihn auf Robertas Schreibtisch. Fieberhaft suche ich in meinem Gehirn nach einer Antwort auf die Anklage, die gegen mich erhoben wird. Aber mir fällt nichts ein. Klar, sie *hat* mich gewarnt. Und ich habe nicht auf sie gehört.

Dafür muss ich jetzt den Preis bezahlen.

»Leben Sie wohl, Lizzie«, sagt Roberta, nicht unfreundlich.

»Bye …« Nur die Speicheltropfen auf meinen Lippen – vermischt mit den Tränen, die ungehindert über mein Gesicht strömen – halten mich davon ab, noch mehr zu sagen. Eine Hand auf meinem Ellbogen führt Raphael mich durch den Korridor zu den Aufzügen, an den Büros vorbei. Alle starren mich an. Zumindest glaube ich das. So genau sehe ich's nicht, weil ich blind vor Tränen bin. Dann fahren wir zur Eingangshalle hinab – schweigend, weil noch andere Fahrgäste in der Liftkabine stehen.

Im Erdgeschoss angekommen, führt Raphael mich durch die Halle, weil ich noch immer nichts sehen kann. An der Tür bleibt er stehen und sagt ein einziges Wort zu mir. »Mist.«

Danach wendet er sich ab und kehrt zur Sicherheitskontrolle zurück.

Ich stoße die Tür auf und trete in die bittere Kälte Manhattans hinaus. Wohin ich gehe, weiß ich ehrlich nicht. Wohin *kann* ich gehen? Ich habe keinen Job, bald kein Dach mehr über dem Kopf und keinen Freund. Und das ist nun wirklich der Gipfel, nachdem ich soeben gefeuert worden bin und keine Wohnung habe. Ich fühle mich elend. Genauso muss es auch Kathy Pennebaker zumute gewesen sein, als sie schließlich zugegeben hat, New York City, diese riesige, hektische, glitzernde Stadt – habe sie zu Brei zermalmt und wieder nach Hause geschickt.

Zu Weihnachten habe ich Kathy gesehen, daheim in Ann Abor. Im Supermarkt. Da hat sie einen Einkaufswagen herumgeschoben. So verloren sah sie aus, so erschöpft, dass ich sie kaum wiedererkannte.

Werde ich eines Tages auch so aussehen, habe ich überlegt, als ich mich hinter den Nüssen und Trockenfrüchten versteckte und sie anstarrte. Wird's mir egal sein, was die Leute von mir denken? Werde ich in einem formlosen Formel-1-Shirt und einer kurzen Cargohose (im Winter!) einkaufen gehen? Werde ich mit einem Kerl zusammen sein, dessen Schnurrbart ganz gelb vor Nikotin ist? Der so viele Hustenbonbons hortet, dass er davon diese Monsterdroge Crystal Meth fürs Wochenende mixen kann? Werde ich jemals tatsächlich Radieschen kaufen? Ich meine, für einen Salat? Oder nur als Garnitur?

Das alles habe ich mich an jenem Tag gefragt. Und als ich jetzt die Straße entlangstolpere, das Gesicht voller Tränen, und im Schneematsch unter meinen Füßen beinahe ausrutsche, wird mir plötzlich etwas klar.

Nicht weil ich plötzlich vor dem Rockefeller Center stehe, vor der Eislaufbahn und der goldenen Statue eines Mannes, der wie eine Ikone des New York City-Images daliegt, mit dem gigantischen funkelnden Weihnachtsbaum dahinter. Nein, sage ich mir. So werde ich *nicht* sein, *niemals*. Ich werde niemals in der Öffentlichkeit Cargohosen tragen. Niemals einen Freund mit gelbem Schnurrbart haben. Und Radieschen sind nur gut auf Tacos.

Ich bin nicht Kathy Pennebaker. Und ich werde niemals Kathy Pennebaker sein. NIEMALS.

Ermutigt drehe ich mich um und versuche ein Taxi heranzuwinken. Das schaffe ich schon beim ersten Versuch! Beim Rock Center! Ein Wunder! Ich nenne dem Fahrer die Adresse von Monsieur Henri.

Als der Wagen vor dem Laden hält, öffne ich meine Börse und finde kein Bargeld darin. Nur den Zehn-Dollar-Schein, den Grandma mir geschenkt hat. Habe ich eine Wahl? Ich drücke dem Taxifahrer den Schein in die Hand und sage ihm, er soll das Wechselgeld behalten. Dann stürme ich in den Laden, wo Monsieur und Madame Henri über dem *Journal* kichern, dampfende Café au Lait-Tassen in den Händen, eine Platte mit Madeleines vor sich auf dem Tisch.

»Lizzie!«, ruft Monsieur Henri entzückt. »Da sind Sie ja wieder! Haben Sie's gesehen? Das Foto? Den Artikel? Nun sind wir berühmt! Das verdanken wir Ihnen. Das Telefon hört gar nicht zu klingeln auf. Und die allerbeste Neuigkeit – Maurice schließt sein Geschäft hier in der Straße und macht eins in Queens auf! *Ihretwegen!* Nur wegen dieser Story!«

»So?« Wütend starre ich die beiden an und reiße mir den Schal vom Hals. »Und *ich* bin wegen dieser Story gerade gefeuert worden!«

Damit wische ich das Lächeln von ihren Gesichtern.

»O Lizzie …«, beginnt Madame Henri.

Aber ich bringe sie mit einem hochgereckten Finger zum Schweigen. »Nein, kein Wort! Jetzt werden Sie *mir* zuhören. Erstens will ich dreißigtausend im Jahr *und* die Provisionen. Außerdem verlange ich zwei Wochen bezahlten Urlaub, eine Kranken- und Zahnarztversicherung, einen Krankentag pro Monat, zwei zusätzliche freie Tage pro Jahr. Und ich will das Apartment da oben, mietfrei. Und ohne Nebenkosten.«

Verdutzt starren mich die beiden an und sperren Mund und Nase auf. Monsieur Henri erholt sich zuerst von seiner Überraschung. »Lizzie«, sagt er in gekränktem Ton, »natürlich verdienen Sie, was Sie verlangen. Das würde niemand bestreiten. Aber ich verstehe nicht, warum Sie solche Forderungen an uns stellen …«

Da mischt sich Madame Henri ein. »*Tais-toi!*« Während er sie entgeistert anschaut, fügt sie mit klarer Stimme hinzu: »Keine Zahnarztversicherung.«

Vor lauter Erleichterung knicken mir fast die Knie ein. Aber das lasse ich mir nicht anmerken. So würdevoll wie nur möglich nickte ich ihr zu. »Einverstanden.« Und dann nehme ich die Einladung zu einer Tasse Café au Lait und Madeleines an. Wenn das Herz gebrochen ist, spielen Kohlehydrate keine Rolle.

Lizzie Nichols' Ratgeber für Brautkleider

Aaaahhhh! Sie sind von der Hochzeitsreise zurückgekehrt! Jetzt ist es an der Zeit, das heimische Eheglück zu beginnen, nicht wahr?

FALSCH. Sie haben eine ganze Menge zu tun. Holen Sie Ihr Briefpapier hervor (vielleicht haben Sie sich für Dankeskarten entschieden, die Ihren Hochzeitseinladungen gleichen, oder Sie benutzen das Papier mit Ihrem neuen Briefkopf) und Ihren Lieblingsfüllfederhalter und *fangen Sie zu schreiben an.*

Wenn Sie klug waren, haben Sie mit den Danksagungen nicht bis zu Ihrer Rückkehr von der Hochzeitsreise gewartet, sondern die Dankesschreiben sofort nach Erhalt der Geschenke abgeschickt. Falls Sie, aus welchen schrecklichen Gründen auch immer, damit gewartet haben, müssen Sie jetzt an die Arbeit gehen. Zumindest hätten Sie sich alle Geschenkanhänger aufheben und auf den Rückseiten notieren sollen, zu welchem Geschenk sie gehören. Wenn ja, haben Sie's leicht – da genügen ein paar nette Zeilen, UND ERWÄHNEN SIE DAS GESCHENK AUSDRÜCKLICH. Dann unterschreiben Sie mit herzlichen Grüßen. Auch Ihr Mann muss seinen Namen daruntersetzen.

Wenn Sie sich nicht erinnern, wer Ihnen was geschenkt hat, stellen Sie Nachforschungen an. Denn Sie können drauf wetten – selbst wenn Sie's nicht beachtet haben, irgendjemand hat ganz genau aufgepasst. Und dieser Jemand – normalerweise Ihre Mutter oder die Schwiegermutter – kann Ihnen sagen, welches Geschenk von wem stammt.

Warum Sie das Geschenk in Ihrem Dankesbrief erwähnen müssen? Damit der Spender erfährt, dass Sie's bekommen haben und zu würdigen wissen. Wenn Sie nur schreiben: »Vielen Dank für das Geschenk«, ist es unhöflich und unbefriedigend für den Spender. Und der wird Ihnen bei der Taufe Ihres Babys sicher nichts schenken.*

Ja, Sie müssen jeden Dankesbrief mit der Hand schreiben. Nein, Sie dürfen den Gästen keine Fotokopien oder Serienbriefe schicken.

Lizzie Nichols Designs

---

* Ausnahme: Wenn ein Gast Ihnen Geld geschenkt hat, ist es weder nötig noch höflich, in Ihrem Dankesschreiben die Summe zu erwähnen. In diesem Fall genügt ein Hinweis auf das »großzügige Geschenk«.

26

Ob's die Wahrheit ist, kann ich nicht sagen,
nur was man mir hat zugetragen.

Sir Walter Scott (1771–1832),
schottischer Romanschriftsteller und Dichter

*M*oment mal!«, ruft Chaz. »Also hat er gesagt, er kann sich eine Zukunft mit dir nicht vorstellen?«

Ich schleppe gerade das vorletzte Kleiderbündel die schmale Treppe zu meiner neuen Wohnung hinauf. Hinter mir trägt Chaz das letzte.

»Nein, er kann sich überhaupt keine Zukunft vorstellen. Weil so was in weiter Ferne liegt. Oder er hat so was Ähnliches gesagt. Daran erinnere ich mich gar nicht mehr. Und das ist okay, weil's keine Rolle spielt.«

Am Treppenabsatz wende ich mich nach links. Und dann betrete ich mein neues Apartment. MEIN Apartment. Das niemand anderer bewohnt. Sauber, in schäbigem Schick möbliert, mit verblichenem rosa Teppichboden und cremefarbenen Tapeten voller Rosen in allen Räumen außer dem Badezimmer, das in schlichtem Beige gekachelt ist. Überall sind die Böden noch schiefer als in Chaz' Bude. Nur vier Fenster – die beiden Wohnzimmerfenster gehen zur East Seventy-eighth Street hinaus, die Schlafzimmerfenster zu einem dunklen Hof. Und eine Küche – so winzig, dass sich nur eine einzige Person darin aufhalten kann.

Aber die Badewanne ist groß und komfortabel, mit einer glühend heißen Dusche. Und es gibt zwei kleine, dekorative Kamine. Einer, welch ein Wunder, funktioniert sogar.

Wie ich das alles liebe, auch das breite, klumpige Bett, in dem die beiden jungen Henris zweifellos unzähligen unaussprechlichen Aktivitäten gefrönt haben … Diesem ekligen Übel kann ich mit ausreichender Lüftung und neuem Bettzeug von Kmart sicher abhelfen. Außerdem werde ich den winzigen Schwarzweißfernseher mit den Hasenohren durch einen Farbfernseher ersetzen, sobald ich genug Geld gespart habe.

»Eigentlich klingt das nach Luke.« Chaz folgt mir ins Schlafzimmer, wo wir den Kleiderständer an einer Wand aufgebaut haben. »Weißt du, diese Neigung, sich einzureden, alles sei okay.«

»Ja«, stimme ich zu. Vor über einer Woche haben Luke und ich Schluss gemacht – falls das an jenem Abend im Hausflur vor dem Apartment seiner Mutter tatsächlich geschehen ist. Seither habe ich nichts mehr von ihm gehört.

Es tut immer noch weh, und ich will nicht darüber reden.

Aber anscheinend kann Chaz über nichts anderes reden. Sicher ist das ein kleiner Preis, den ich dafür bezahlen muss, dass er mir beim Umzug hilft. Dafür hat er sich ein Auto von seinen Eltern geliehen. Vermutlich glaubt er, das wäre das Mindeste, was er tun sollte, denn immerhin ist sein bester Freund für mein gebrochenes Herz verantwortlich und die Kanzlei seines Vaters für meine derzeitigen finanziellen Probleme.

Ich habe ihm erklärt, dass die Kündigung sogar vorteilhaft für mich gewesen war. Wäre das nicht passiert, hätte ich vielleicht niemals die Energie aufgebracht, von meinen »richtigen« Arbeitgebern endlich die Vergünstigungen zu verlangen, die ich verdiene.

Sogar Shari war verblüfft über die »Courage«, die ich plötzlich entwickelt hatte. »Ein mietfreies Apartment *und* ein Gehalt? Guter Job, Nichols«, lobte sie mich, als ich sie anrief, um ihr die Neuigkeiten zu erzählen.

Wenn man's recht bedenkt – genau genommen muss ich Shari die Schuld an all dem geben. Sie war mit Chaz zusammen, der uns letzten Sommer in Lukes Château eingeladen hat. Und man könnte auch sagen, Chaz sei dran schuld, weil er Luke verraten hat, wie gern ich Diätcolas trinke. Deshalb hat Luke an jenem Tag im Dorf eine Diätcola für mich gekauft, und wegen dieser aufmerksamen Geste habe ich mich in ihn verliebt.

Und Chaz hat mir den Job bei Pendergast, Loughlin and Flynn verschafft, auf den ich jetzt verzichten muss.

Hätte er Shari und mich nicht nach Frankreich eingeladen, wäre ich Luke nie begegnet. Und hätte er seinem Freund nichts von meinem Faible für Diätcolas erzählt, wäre ich gar nicht auf die Idee gekommen, Luke zu lieben. Und hätte ich mich nicht in ihn verliebt, wäre ich wohl kaum nach New York gezogen. Und wäre ich nicht nach New York gezogen, hätte ich den Job in der Kanzlei von Chaz' Dad nicht bekommen, Jill niemals kennengelernt und meinen Traum, alte Brautkleider zu stylen, nicht verwirklicht.

Eindeutig, im Grunde ist Chaz an allem schuld – und deshalb sogar *verpflichtet,* mir beim Umzug zu helfen.

»War's das?«, fragt er, als ich ihm das letzte Kleid abnehme und an den Ständer hänge. »Bist du sicher, dass du jetzt alles zusammenhast?«

Selbst wenn was fehlen würde, könnte ich nicht in Lukes Apartment zurückkehren, weil ich dem Pförtner den Schlüssel gegeben habe. Zusammen mit einem kurzen, aber freundlichen Brief. Darin habe ich Luke für meine monatelange Unterkunft gedankt und ihn gebeten, er möge sich bei mir melden, falls er mir meine Post nachschicken und ich noch irgendwelche Rechnungen oder Instandhaltungskosten bezahlen müsste.

Natürlich kann ich nie mehr ins Met gehen. Ich würde es nicht ertragen, ihm zu begegnen. Klar, ich werde die arme Mrs. Erickson vermissen. Auch für sie habe ich einen Abschiedsbrief beim Pförtner hinterlegt, weil sie gerade Urlaub in Cancún macht. Dass ich ausgezogen bin, weiß sie noch gar nicht. Sogar vor dem Renoir-Mädchen habe ich gestanden und mich liebevoll verabschiedet. Hoffentlich weiß Lukes nächste Freundin – wer immer das sein mag – dieses Bild zu schätzen.

»Ja, bin mir sicher, Chaz«, antworte ich. »Das war alles.«

»Dann bringe ich jetzt das Auto zurück. Sonst kriege ich Ärger mit dem Feiertagsparkverbot.«

»Oh … Okay.« Beinahe hätte ich vergessen, dass heute Silvester ist. In ein paar Stunden werde ich zu Jills Hochzeit gehen. Und da fällt mir was ein. »Was machst du heute Abend? Ich meine, Luke ist verreist und Shari – nun ja – bei Pat. Hast du irgendwelche Pläne?«

»Im Honey's gibt's eine Party.« Lässig zuckt er die Achseln. »Da werde ich wahrscheinlich rumhängen.«

»Willst du den Silvesterabend in einer Karaoke-Bar mit lauter fremden Leuten verbringen?«, frage ich ungläubig.

»Das sind keine Fremden«, protestiert er gekränkt. »Der Zwerg mit dem Zauberstab, die Barkeeperin, die dauernd ihren Freund anschreit... Die sind meine Familie, wie auch immer sie heißen.«

Impulsiv packe ich seinen Arm. »Hast du einen Smoking, Chaz?«

Und so stehe ich neun Stunden später neben Chaz im großen Ballsaal des Plaza Hotels (jetzt Plaza Luxury Condominiums), ein Glas Champagner in der einen, in der anderen Hand die Unterarmtasche, die zur rosa Seide meines Jacques Fath-Abendkleids aus den Fünfzigerjahren passt. Soeben steigt Jill Higgins, jetzt Mrs. MacDowell, auf das Klavier, um den Brautstrauß in die Gästeschar zu werfen.

»Los, gib mir das Zeug«, sagt Chaz. »Geh nach vorn.«

»Oh«, murmele ich. Ursprünglich hatte ich vor, den Hochzeitsempfang früh zu verlassen. Ich wollte nur sichergehen, dass Jills Kleid perfekt aussieht (tut es), und sehen, wie die Augen ihrer Schwiegermutter beim Anblick der Braut aus ihren Höhlen quellen (ist passiert). Irgendwie fand ich's unangenehm, an einer Hochzeitsfeier teilzunehmen, auf der ich nur das Brautpaar kenne. Und die beiden kümmern sich an ihrem großen Tag natürlich vor allem um Verwandte und Freunde. Aber dann habe ich mich trotz meiner Bedenken köstlich amüsiert. Außerdem hat Chaz erklärt, er würde auf keinen Fall vor zwölf Uhr nach Hause gehen. (»Ich ziehe doch keine Affenkluft an, um in Jeans zu schlüpfen, ehe die Uhr zwölf Mal schlägt.«) Und er hatte völlig recht. Jills Freunde aus dem Zoo waren zum Schreien komisch und genauso deplatziert wie ich – und Johns Freunde nicht annähernd so versnobt, wie ich befürchtet hatte, ganz im Gegenteil. Die einzige Person, die keine so fröhlichen Stunden erlebte, war Johns Mutter. Offenbar hing das mit Anna Wintours Kommentar zusammen, Jills Kleid sei »raffiniert«.

Raffiniert. Die *Vogue*-Chefin hat mein Werk *raffiniert* genannt.

Was mich nicht sonderlich überrascht. Genauso würde ich dieses fabelhafte Brautkleid auch beschreiben.

Eins steht jedenfalls fest – die Presse wird Jill nie mehr »Robbenspeck« nennen. Und das scheint Johns Mutter zu deprimieren, so sehr, dass sie jetzt an der Tafel des Brautpaars sitzt, den Kopf in eine Hand stützt und fürsorgliche Kellner verscheucht, die ihr immer wieder Eiswasser und Aspirin bringen.

»Aufgepasst!«, ruft Jill vom Klavier herunter. »Wer den Strauß fängt, ist die nächste Braut!«

»Geh schon, Lizzie!«, drängt Chaz. »Ich halte deine Tasche fest.«

»Verlier sie nicht! Da steckt mein Nähzeug für Notfälle drin.«

»Du redest wie eine Krankenschwester«, meint er belustigt. »Nein, ich werde die Tasche nicht verlieren. Geh endlich!«

Ich laufe nach vorn, zu den Brautjungfern und den Tierpflegerinnen, die sich vor dem Klavier versammelt haben. Leicht verwirrt überlege ich, dass Chaz eine *sehr* gute Figur macht, für jemanden, der normalerweise nur Jeans und Baseballkappen trägt. Als er mich aus meiner Wohnung abgeholt und in seiner »Affenkluft« vor der Tür gestanden hat, ist mir fast das Herz stehen geblieben.

Aber im Smoking sehen *alle* Männer gut aus.

»Okay!«, ruft Jill. »Nun werde ich mich langsam herumdrehen, damit's auch wirklich mit rechten Dingen zugeht. Alles klar?«

Ich mische mich unter die anderen Mädchen, und Jill entdeckt mich. Lächelnd zwinkert sie mir zu. Was soll denn *das* heißen?

»Eins«, ruft sie.

»HIER!«, kreischt die Frau an meiner Seite, in der ich eine der anderen Robbenpflegerinnen erkenne. »WIRF DEN STRAUSS ZU MIR!«

»Zwei!«, ruft Jill.

»Nein, ZU MIR!«, schreit eine andere Frau und hüpft in ihrem festlichen, aber viel zu grellen Hosenanzug aus Charmeusesatin auf und ab.

»Drei!«, sagt Jill.

Und dann fliegt ihr Bukett aus weißer Iris und Lilien durch die Luft. Sekundenlang bildet es eine dunkle Silhouette vor dem warmen goldenen Licht der Deckenleuchten. Ohne allzu viel zu erwarten, hebe ich die Atme – noch nie im Leben habe ich einen Ball aufgefangen. Deshalb bin ich ernsthaft schockiert, als der Strauß in meinen ausgestreckten Händen landet.

»Wow!«, ruft Chaz, als ich etwas später triumphierend zu ihm eile, um ihm meine Beute zu zeigen. »Wenn Luke dich jetzt sehen könnte, würde er sicher in Ohnmacht fallen.«

»Schaut her, ihr Junggesellen von Manhattan!«, schreie ich und schwenke mein Bukett durch die Luft. »Ich bin die Nächste! Ich bin die Nächste!«

»Erst mal bist du betrunken«, wendet Chaz sichtlich zufrieden ein.

»Nein, ich bin nicht betrunken«, widerspreche ich und

blase mir eine Haarsträhne aus dem Gesicht. »Ich bin nur high. Vom Leben.«

»Zehn«, beginnen die Leute rings um uns plötzlich zu singen. »Neun. Acht.«

»Oh!«, juble ich. »Das neue Jahr! Das habe ich ganz vergessen!«

»Sieben!«, singt Chaz mit. »Sechs!«

»Fünf!«, schreie ich. Natürlich hat Chaz recht. Ich *bin* betrunken. Und *raffiniert*. »Vier! Drei! Zwei! Eins! PROSIT NEUJAHR!«

Die Leute, die sich an ihre Gastgeschenke erinnern, lauter Neujahrshörner, pusten kräftig hinein. Und die Band intoniert »Auld Lang Syne«. Über unseren Köpfen wird ein Netz geöffnet, und ein paar Hundert weiße Ballons schweben sanft herab, wie Schneeflocken. Tanzend landen sie zwischen uns.

Da greift Chaz nach mir, und ich greife nach ihm. Glücklich küssen wir uns, während die Uhr Mitternacht schlägt.

Lizzie Nichols' Ratgeber für Brautkleider

Eine hochwirksame Kur gegen den Kater am Morgen nach dem Hochzeitsempfang:

Gießen Sie 150 ml Tomatensaft in ein hohes Glas. Fügen Sie einen Spritzer Zitronen- oder Limettensaft, etwas Worcestersauce und zwei bis drei Tropfen Tabascosauce hinzu. Dann streuen Sie Pfeffer, Salz und Selleriesalz nach Geschmack darüber. Wenn Sie sich abenteuerlustig fühlen, geben Sie auch ein bisschen pürierten Rettich dazu. Jetzt kommen noch ein paar Eiswürfel hinein, dann garnieren Sie das Glas mit einer Selleriestange und einer Zitronenscheibe.

Füllen Sie den Drink mit 40 ml Wodka auf.

Lassen Sie sich's schmecken!

Lizzie Nichols Designs

27

Ein Gerücht spricht sich schneller herum, aber die Wahrheit bleibt länger bestehen.

Will Rogers (1879–1935),
amerikanischer Schauspieler und Humorist

*E*in pochendes Geräusch weckt mich.
Anfangs glaube ich, mein Kopf würde dröhnen.

Ich hebe meine Lider. In den ersten Sekunden weiß ich nicht, wo ich bin. Dann wird mein Blick klarer, und ich kann es sehen – was ich für große, verschwommene, vor meinen Augen schwebende rosa Flecken gehalten habe, sind in Wirklichkeit Rosen. Und die schmücken alle Wände.

Natürlich, ich liege im Bett meines neuen Apartments über dem Geschäft von Monsieur Henri.

Und wie ich jetzt feststelle, bin ich nicht allein.

Und jemand klopft an die Tür.

Das sind zu viele Wahrnehmungen auf einmal, und jede würde für sich schon genügen, um mich zu verwirren. Aber da sie alle gleichzeitig auf mich einstürmen, dauert es eine ganze Minute, bis ich herausfinde, was da vorgeht.

Das Erste, was ich danach registriere, ist das Jacques Fath-Abendkleid, das ich immer noch trage. Zerknittert, voller Schokoladenkuchenflecken. Aber ich habe es an. Ebenso den Spanx-Body darunter, der die Figur so schön formt und einen flachen Bauch macht.

Und das ist gut. Sehr gut.

Zweitens bemerke ich, dass auch Chaz vollständig bekleidet ist. Das heißt, er trägt die Smokinghose und das Jackett. Aber anscheinend hat er die Smokingschleife verloren. Und das Hemd ist aufgeknöpft. Die Manschettenknöpfe – aus Onyx und Gold, von seinem Großvater geerbt, das hat er mir erzählt – sind ebenso verschwunden wie seine Schuhe.

Ich zerbreche mir meinen armen, benebelten Kopf und versuche mich zu entsinnen, was passiert ist. Wieso schläft Chaz, der beste Exfreund meines Freundes – nein, der beste Freund meines Ex – vollständig bekleidet in meinem neuen Bett?

Und während ich andere Fakten bemerke – zum Beispiel Jills Brautstrauß auf meinem Nachttisch (leicht verwelkt, aber nicht allzu mitgenommen und meine verschwundenen Schuhe) –, kehrt die Erinnerung an die Ereignisse, die dieser verwirrenden morgendlichen Entdeckung vorausgegangen sind, langsam zurück. Zu Beginn des neuen Jahres haben Chaz und ich uns geküsst.

Rein freundschaftlich. Zumindest hatte ich das so geplant. Aber dann hat Chaz mich in die Arme genommen, und der Kuss wurde immer intensiver. Lachend versuchte ich ihn wegzuschieben und sah, dass er nicht lachte – wenigstens nicht so amüsiert wie ich.

»Komm schon, Lizzie«, mahnte er, »du weißt doch …«

Bevor er weitersprechen konnte, hielt ich ihm den Mund zu. »Nein, das dürfen wir nicht.«

»Oh, und warum nicht, zum Teufel?«, fragte er unter meinen Fingern. »Nur weil ich Shari zuerst kennengelernt habe? Wären wir beide uns früher begegnet …«

»NEIN!«, wiederholte ich und presste meine Hand noch fester auf seine Lippen. »Nicht *deshalb*. Im Augenblick fühlen wir uns verwundbar und einsam. Wir wurden beide verletzt...«

»Ein Grund mehr, warum wir einander trösten sollten.« Chaz zog meine Hand von seinem Mund weg. Um sie zu küssen! »Und ich glaube, du müsstest deinen ganzen Frust, den du Luke verdankst, an mir auslassen. Physisch. Ich verspreche dir, ganz still dazuliegen, während du's tust. Es sei denn, du willst, dass ich mich bewege.«

»Hör auf!«, japste ich und entriss ihm meine Hand. Wieso brachte er mich zum Lachen, in einem so ernsten, bedeutsamen Moment? »Du weißt, ich liebe dich – als guten *Freund*. Und ich möchte nichts tun, was unsere *freundschaftliche Beziehung* gefährden würde.«

»Also, ich schon. Ich will Dinge tun, die unsere freundschaftliche Beziehung sogar sehr gefährden würden, Lizzie. Weil ich nämlich glaube, wir sollten am physischen Aspekt unserer Beziehung arbeiten.«

»Da musst du dich gedulden.« Ich lachte immer noch. »Weil wir beide Zeit brauchen, um zu betrauern, was wir verloren haben, und zu genesen.«

Angewidert schnitt er eine Grimasse, die mich nicht überraschte. Mein Protest und meine Wortwahl schienen ihm zu missfallen.

Aber ich fuhr unbeirrt fort: »Falls wir nach einiger Zeit immer noch den Wunsch verspüren, unsere Beziehung auf eine andere Ebene zu verlagern, können wir ja noch mal darüber reden.«

»Wie lange dauert das?«, wollte er wissen. »Ich meine, bis wir genug getrauert haben und genesen sind.«

»Keine Ahnung.« Es fiel mir schwer, mich zu konzentrieren, weil er mich immer noch umarmte und die Manschettenknöpfe seines Großvaters sich durch die Seide meines Kleids drückten. Und das war nicht alles, was sich an mich presste. »Mindestens einen Monat.«

Da küsste er mich wieder, und wir schwankten im Takt der Musik umher.

Sicher war's nicht nur der Champagner, der das Gefühl in mir weckte, statt der weißen Luftballons würden goldene Sterne auf uns herabregnen.

»Nun ja, mindestens eine Woche«, verbesserte ich mich, als er mir endlich zu atmen erlaubte.

»Abgemacht«, sagte er. Dann seufzte er. »Aber das wird eine lange Woche. Was hast du eigentlich da drunter an?« Seine Finger zupften am Gummiband meines Höschens, das er unter meinem Kleid spürte.

»Oh, meinen Spanx-Body.« In diesem Moment beschloss ich, von jetzt an skrupellos, ja sogar brutal ehrlich zu sein – und zum Beispiel einem Jungen gestehen, dass ich keine Tangas, sondern Radfahrerhosen trug.

»Spanx«, murmelte er an meinen Lippen. »Klingt ziemlich abgefahren, und ich kann's gar nicht erwarten, dich drin zu sehen.«

»Nun ...«, begann ich und begrüßte eine weitere Chance zu brutaler Ehrlichkeit. »Eins will ich dir schon jetzt sagen – es ist nicht so aufregend, wie du vielleicht vermutest.«

»Das glaubst *du*. Und ich möchte dir nur klarmachen – wenn ich in meine Zukunft schaue, sehe ich nichts außer dir.« Flüsternd fügte er hinzu: *»Und da trägst du keinen Spanx-Body.«*

Die restliche Nacht war ein verschwommenes Durcheinander voller Küsse und Champagner und Tänzen und noch mehr Küssen. Schließlich taumelten wir aus dem Plaza, als die ersten rosa Lichtstreifen am Himmel über dem East River erschienen, sanken in eines der wartenden Taxis und dann irgendwie in mein Bett.

Aber offensichtlich ist nichts passiert, weil wir a) beide vollständig angezogen sind und weil ich b) nicht dazu bereit gewesen wäre – ganz egal, wie viel Champagner ich getrunken habe.

Denn *diesmal* werde ich alles richtig machen, nicht auf die Lizzie-Art.

Und es wird klappen. Weil ich *raffiniert* bin.

Nun liege ich da und denke darüber nach, wie raffiniert ich bin. Dann mustere ich Chaz, der auf der Seite liegt und keinen besonders erfreulichen Anblick bietet. Wie zerknautscht sich sein Gesicht in mein Kissen drückt... Und wenn er auch nicht sabbert, so wie ich, so schnarcht er doch etwas zu laut. Plötzlich höre ich wieder das Pochen, das ich vorhin für ein Schädelbrummen gehalten habe. Wegen meines Katers.

Jemand klopft unten an die Haustür. Da gibt's eine Sprechanlage, aber die ist kaputt (Madame Henri hat mir geschworen, bis zum nächsten Wochenende würde sie das Ding reparieren lassen).

Wer könnte um diese Zeit an die Tür klopfen, am – o Gott – am Neujahrstag, um zehn Uhr morgens?

Ich rolle aus dem Bett und komme unsicher auf die Beine. Ringsum schwankt das Zimmer. Nein, es ist nur der schiefe Boden, der den Eindruck erweckt, ich würde jeden Moment hinfallen. Okay, vielleicht hängt's auch mit meinem Kater zusammen.

Vorsichtig taste ich mich an der Wand entlang zur Wohnungstür und sperre sie auf. Im schmalen – und eiskalten – Treppenhaus klingt das Pochen noch lauter.

»Schon gut, ich komme ja!«, rufe ich. Vielleicht eine UPS-Lieferung für den Laden. Davor hat Madame Henri mich gewarnt. Wenn ich in diesem Apartment wohne, muss ich alle Belege für die Lieferungen unterschreiben, die außerhalb der normalen Geschäftszeiten eintreffen.

Aber liefert UPS sogar am Neujahrstag? Unmöglich. Sogar Brown muss seinen Angestellten diesen Tag freigeben.

Am Fuß der Treppe kämpfe ich mit all den verschiedenen Schlössern, bis ich schließlich die Tür ein wenig aufziehen kann. Natürlich will ich die Sicherheitskette nicht lösen. Falls da draußen ein Serienkiller und/oder ein religiöser Fanatiker steht.

Durch den Türspalt sehe ich die letzte Person, die ich erwartet habe.

Luke.

»Lizzie?« Er sieht müde aus. Und verärgert. »Endlich! Seit Stunden klopfe ich an diese Tür. Hör mal, lass mich rein, ich muss mit dir reden.«

In wilder Panik schlage ich die Tür zu.

Oh, mein Gott. Oh, mein Gott. Es ist Luke. Aus Frankreich zurück ... Und er ist zu mir gekommen. Warum? Hat er meinen kurzen, aber freundlichen Brief erhalten, in dem meine neue Adresse steht? Da soll er mir einfach nur die Rechnungen und meine Post nachschicken – aber nicht selber hier antanzen.

»Lizzie!« Ungeduldig hämmert er wieder gegen die Tür. »Sei nicht so gemein! Die ganze Nacht bin ich geflogen, um dir das zu sagen. Also sperr mich nicht aus!«

Naschkatze

Heiliger Himmel. Luke vor meiner Tür. Luke vor meiner Tür …

… und sein bester Freund schläft oben in meinem Bett!

»Lizzie? Mach endlich die Tür auf! Bist du noch da?«

Ach, du meine Güte! Was soll ich nur tun? Ich kann ihn nicht hereinlassen. Sonst sieht er Chaz. Nicht dass Chaz und ich irgendwas Falsches getan hätten. Aber wer würde das glauben? Nicht Luke. Allmächtiger, was soll ich tun?

»Ja, ich bin noch da.« Nur um das zu sagen, öffne ich die Tür. Und ich löse sogar die Sicherheitskette. Aber ich trete nicht beiseite, um Luke hereinzulassen. Obwohl es eiskalt ist und ich in meinem dünnen Abendkleid auf der Schwelle stehe. »Aber du kannst nicht reinkommen.«

Luke schaut mich mit seinen traurigen dunklen Augen an. »O Lizzie …« Anscheinend merkt er nicht, dass ich in meinen Kleidern geschlafen habe. Nicht in irgendwelchen Kleidern, sondern in meinem Jacques Fath-Abendkleid, das ich jahrelang aufgehoben habe, für ein grandioses Ereignis, das seiner würdig ist. Nicht, dass er das wissen müsste. Weil ich's ihm nie erzählt habe.

Ohne mich aus den Augen zu lassen, fügt er hinzu: »Ich war ein totaler Arsch. Und ich geb's zu – unser Gespräch letzte Woche – über die Ehe, das hat mich total vom Hocker gerissen. Darauf war ich nicht vorbereitet. Ich dachte wirklich, wir würden einfach nur miteinander rumhängen und Spaß haben. Aber du hast mich nachdenklich gemacht. Und am Ende konnte ich nur noch an dich denken. Obwohl ich mich dagegen gewehrt habe.«

Zitternd blinzle ich ihn an. Deshalb hat er die Neujahrsnacht in einem Flugzeug verbracht, um von Frankreich nach Amerika zu fliegen? Um mir das zu sagen? Dass ich seine Ferien ruiniert habe? Obwohl er sich so sehr bemüht hat, nicht an mich zu denken?

»Sogar mit meiner Mutter habe ich darüber geredet.« Unter der Wintersonne funkeln die bläulichen Glanzlichter in seinem tintenschwarzen Haar. »Übrigens, sie hat keine Affäre. Weißt du, wer der Typ war, den sie nach dem Erntedankfest getroffen hat? Ihr Schönheitschirurg, der behandelt sie mit Botox. Aber das ist jetzt ja auch egal.«

»Oh …« Krampfhaft schlucke ich – und erkenne verspätet, warum keine Fältchen rings um Bibis Augen entstanden sind, als sie mich aufgefordert hat, die Weihnachtstage in Frankreich zu verbringen. Es muss am Botox gelegen haben.

Trotzdem – es ändert nichts. Nein, es ändert gar nichts an der Tatsache, dass Luke lieber mit seinen Eltern in Frankreich Weihnachten gefeiert hat statt mit mir und meiner Familie im Mittelwesten.

Daran erinnere ich mich jetzt, weil's mir sehr schwerfällt, mein Herz zu verhärten und vor ihm zu schützen. Natürlich ist die Wunde immer noch viel zu frisch. Wie ich's Chaz erklärt habe – wir werden noch eine ganze Weile trauern.

Aber Luke so müde und unglücklich vor meiner Tür zu sehen – das hilft mir kein bisschen.

»Mom hat mir klargemacht, was für ein Idiot ich gewesen bin«, erzählt er.« Obwohl sie sauer war, weil du dachtest, sie hätte eine Affäre. Diese Sache mit dem Botox will sie meinem Dad verheimlichen!«

Endlich kann ich meine trockene Zunge lange genug vom Gaumen lösen, um einzuwenden: »Das tut einer Beziehung nicht gut, wenn man unehrlich ist.« Was ich auf schmerzliche Weise erfahren musste …

»Genau. Deshalb habe ich ja gemerkt, wie glücklich ich bin, weil ich dich habe, Lizzie.« Seine Finger, von eiskalten Lederhandschuhen umhüllt, greifen nach meiner Hand. »Wenn du auch manchmal zu viel redest – du sagst immer die Wahrheit.«

Nett von ihm, das zu erwähnen. Und es stimmt. Nun ja – meistens.

»Hast du diese weite Reise auf dich genommen, um mich zu beleidigen?«, frage ich, um einen arroganten Ton bemüht. Viel lieber würde ich in Tränen ausbrechen. »Oder gibt's noch einen anderen Grund? Ich friere nämlich …«

»Oh!« Hastig schlüpft er aus seinem Mantel und legt ihn um meine Schultern. »Tut mir leid. Sicher wär's einfacher, wenn du mich reinlässt …«

»*Nein*«, entgegne ich energisch, obwohl sich meine bestrumpften Füße wie Eisklumpen anfühlen.

»Okay.« Luke lächelt schwach. »Wie du willst. Ich sage nur, weshalb ich hier bin, dann verschwinde ich.«

Ja. Weil Prinzen so was tun – die fliegen ein paar Tausend Meilen weit, um sich zu verabschieden.

Was immer Prinzen sonst sein mögen – sie sind stets höflich, in jeder Situation.

»Lizzie …«, beginnt er. »Noch nie habe ich ein Mädchen wie dich gekannt. Du weißt immer ganz genau, was du willst – und wie du's kriegst. Du fürchtest dich nicht davor, irgendwas zu tun oder zu sagen. Vor keinem Risiko schreckst du zurück. Wie sehr ich das bewundere, kann ich gar nicht sagen.«

Wow, wirklich nett für eine Abschiedsrede.

»Du bist in mein Leben gestürmt... Wie ein Tsunami oder so was. Ein guter, meine ich. Völlig unerwartet und unwiderstehlich. Wo ich jetzt ohne dich wäre, weiß ich ehrlich nicht.«

Zurück in Houston, bei deiner Ex, hätte ich beinahe gemurmelt.

Doch ich halte den Mund, weil ich neugierig bin, was er sonst noch sagen wird. Obwohl ich eigentlich nach oben laufen und in mein Bett fallen will...

Nein, das geht nicht, da liegt ein schnarchender Mann.

»Ich bin nicht der Typ, der seine Ziele einfach ansteuert«, fügt Luke hinzu. »Vielleicht bin ich zu vorsichtig. Ich muss über alle Möglichkeiten nachdenken, das Für und Wider abwägen...«

Ja, ich weiß.

Leb wohl, Luke, leb wohl für immer. Niemals wirst du wissen, wie sehr ich dich geliebt habe...

»Deshalb hat's so lange gedauert, bis mir klar geworden ist, was ich dir wirklich sagen will...«

Jetzt kramt er in der Tasche seiner anthrazitgrauen Wollhose. Warum tut er das, frage ich mich unwillkürlich. Versucht er mich zu quälen? Merkt er nicht, wie mühsam ich mich zusammenreiße, um nicht an seine Brust zu sinken? Warum geht er nicht einfach?

»Was ich dir schon immer sagen wollte, Lizzie, seit dem Tag, wo wir uns in diesem idiotischen Zug getroffen haben...«

Verschwinde aus meinem Leben und lass nie wieder was von dir hören.

Aber das sagt er nicht.

Stattdessen kniet er aus irgendwelchen Gründen nieder – vor dem geschlossenen Laden für Brautkleider, vor der Lady, die auf der anderen Straßenseite ihren Hund spazieren führt, und dem Mann im Minivan, der einen Parkplatz sucht, vor der ganzen Bevölkerung der East Seventy-eighth Street.

Und obwohl ich nicht glaube, was ich sehe, und mir sicher bin, meine müden, verkaterten Augen spielen mir einen Streich, zieht er ein kleines schwarzes Samtetui aus seiner Hosentasche. Das öffnet er, und da glitzert ein Solitär im Morgenlicht.

Ja, das tut er wirklich. Über seine Lippen kommen Worte. Und diese Worte lauten: »Lizzie Nichols, willst du mich heiraten?«

Danksagung

Von ganzem Herzen danke ich Beth Ader, Jennifer Brown, Barbara Cabot, Carrie Feron, Michele Jaffe, Laura Langlie, Sophia Travis und ganz besonders Benjamin Egnatz.

Von Meg Cabot bereits erschienen:

Heather Wells – Amateurdetektivin wider Willen
Darfs ein bisschen mehr sein? (36630)
Schwer verliebt (36834)
Mord au chocolat (37137)

Lizzy Nichols – eine Frau ist nicht zu bremsen
Aber bitte mit Schokolade (36673)
Naschkatze (36932)
Hokus, Pokus, Zuckerkuss (37201)

Traummänner und andere Katastrophen
Um die Ecke geküsst (37541)
Der will doch nur spielen (37567)
Aber bitte für immer (37568)

Meena Harper – Liebe mit Biss
Eternity (geb. 0377)
Endless (geb. 0446)

Perfekte Männer gibt es nicht (37200)

Mord, Romantik und Schokoriegel: eine Amateurdetektivin zum Knutschen!

288 Seiten. ISBN 978-3-7341-0541-8

Heute ist einfach nicht Heathers Tag: Das Joggen in aller Herrgottsfrühe war eine einzige Quälerei, dann hat ihr Freund in letzter Sekunde seinen Antrag zurückgezogen, und jetzt hat sie auch noch ihren Boss mit einer Kugel im Kopf gefunden. Obwohl der Tod ihres Chefs natürlich eine Tragödie ist, so hat er doch eine gute Seite für Heather. Denn die Hobby-Spürnase kann sich nicht aus den Ermittlungen heraushalten – und hat dabei mehr als genug Gelegenheiten, Zeit mit dem unverschämt attraktiven Privatdetektiv Cooper Cartwright zu verbringen ...

Lesen Sie mehr unter: **www.blanvalet.de**